ハヤカワ文庫 SF
〈SF2138〉

人類補完機構全短篇 3

三惑星の探求

コードウェイナー・スミス

伊藤典夫・酒井昭伸訳

早川書房

8031

THE REDISCOVERY OF MAN

by

Cordwainer Smith

Translated by
Norio Ito & Akinobu Sakai
First published 2017 in Japan by
HAYAKAWA PUBLISHING, INC.
This book is published in Japan by
arrangement with
SPECTRUM LITERARY AGENCY
through JAPAN UNI AGENCY, INC., TOKYO.

目次

人類補完機構全短篇3

三惑星の探求

宝石の惑星
On the Gem Planet

伊藤典夫◎訳

思いうかべて——馬を。宝石の崖にできたクレバスを、馬は登っていく。その馬をつき動かしているのは、人間への愛だ。

思いうかべて——ミッザー、あのリゾート惑星を。独裁者ウェッダー大佐が文化を大改造してしまったため、粗雑であっただけのものが、いまやおぞましい。

思いうかべて——ジュヌヴィーヴを。あまりの富豪であるため、富から逃《のが》れられず、美しすぎるため、美に傷つけられ、聡明すぎるため、運命に対してなにひとつ——なにひとつ、打つ手がないことを知っている。

思いうかべて——キャッシャー・オニールを。惑星から惑星へとさまよう男。正義を求めながら、心の底の底では、〝正義〟がたんに復讐の同義語ではないことを祈っている。

思いうかべて——ポントッピダンを。そこは文字どおりの宝石の惑星。住民はあまりにも金持ちで忙しいため、うまい食べ物、すがすがしい空気、楽しい遊びすら満足に味わえない。

あるのは、ダイヤモンド、ルビー、トルマリン、エメラルドだけだ。

以上をすべてかきまぜると、世界から世界へ語りつがれてきたうちでも、とっておきの奇談がひとつできあがる。

1

ポントッピダンに降り立って、キャッシャー・オニールは、首都にアネルセンという似合いの名がついていることを知った。

時は〈人間の再発見〉の第二世紀。いたるところで古代の人名、古代の言語、古代の習慣がよみがえっていた。いくら資料を掘りだしてもとても追いつかないありさまで、ロボットも下級民も、忘れられた星間航路の吹きだまりや〈ふるさと《マンホーム》〉の地底廃墟をあさるのに忙しい。

キャッシャーは苦い経験から、このことをよく知っていた。この文化復興のおかげで革命が起き、追放の憂き目にあったのだ。彼は美しい砂の惑星ミッザーの生まれで、堕落した元支配者クールァフの甥であった。元支配者は好ましからざる本の収集家で、そのコレクションは一時期、ひとの住む銀河圏で並ぶものがなかったほどだ。ギブナ大佐とウェッダー大佐が改革の名のもとに惑星を乗っ取ったときには、彼も賛成したい気分だったので、でしゃばらずにいた。ウェッダーが専制政治を布《し》いたとき、補完機構に訴えたが、聞きとどけられなかった。そしていま彼は星から星をめぐりながら、ウェッダーを滅ぼす武器と兵士をさがし、カヒールがふたたび昔のような絢爛《けんらん》たる楽しい都市にもどる日を夢見ているのだった。

ポントッピダンに着いて、目的はかなえられそうもないとわかった。人びとは心温かく人なつっこく聡明だが、戦おうにもそもそも動機と武器と敵が欠けているのだ。故郷のミッザーで出会ったような義侠心というものが、ほとんど見られなかった。ポントッピダン人たちは、つまらないことばかりに気をとられていた。

たとえば、キャッシャーが着いた時期、ポントッピダンは一頭の馬のことで沸きかえっていた。

馬だって！　誰が馬なんか気にかける？

キャッシャー自身、そう口にしたものだ。「なぜ馬なんかに？　ミッザーにはたくさんいますよ。手が四本ある生き物で、体重は人間八人分もあり、それぞれの手に指が一本ついている。その指の爪がたいへん頑丈なので、よく走ります。だからみんな馬を飼うのです――走らせるために」

「走らせる？」とポントッピダンの世襲執権はいった。「なぜ走らせる？　飛ばせばいいじゃないか。きみたちのところには羽ばたき飛行機《オーニソプター》はないのか？」

「われわれはいっしょには走りません」キャッシャーは憤然としていった。「何頭かで走る速さを競い、いちばん速かった馬に賞を出すのです」

「しかし、すると——」と世襲執権のフィリップ・ヴィンセント。「非常に筋の通らない状況が生じるな。その四本指の生き物連中をためしに走らせれば、速さがわかるじゃないか。それがどうした？　なにがおもしろい？」

その姪《めい》が口をはさんだ。こわれそうなかよわい娘で、キャッシャー・オニールの好みからすると、ちょっと小柄すぎた。澄んだグレイのひとみ、くっきりした眉、凝りに凝ったスタイルにセットしたシルヴァー・ブロンドの髪、見たこともないほどデリケートな口もと。この星の流行にしたがって、顔にはある種のおしろい、というかフェース・クリームを塗っている。肌色っぽいピンクだが、うっすらとライラック色を忍びこませてある。二十二になってこんな配色をすれば、老婆とまちがえられても仕方がないだろう。だが、ぎくりとはするものの、ジュヌヴィーヴの顔には、これは決して不快ではなかった。無邪気な子どもが、嬉々として、それもじょうずに大人のまねをしているという印象だ。こうしたへんぴな惑星では、ひとの歳を当てるのはなかなかむずかしい。ジュヌヴィーヴは、若返り処置を三回も四回も重ねた大年増かもしれない。

再度ながめて、その直感はぐらついた。ジュヌヴィーヴのことばづかいは、分別があって若くて生意気だったのだ。

「だけど叔父さま、彼らは動物よ！」

「あたりまえさ」執権はぶつぶつという。

「だけど叔父さま、どういうことかわかってらっしゃる？」

「〝だけど叔父さま〟はやめて、ちゃんと教えてほしいね」うなり声だが、声音はやさしかった。

「動物はみんな気まぐれですもの」

「そうだとも」

「だからゲームになるんじゃないの、叔父さま。一頭一頭が同じことを二度するかどうかわからないのよ。考えてごらんなさい、そのスリル――地球から来た美しい大きな生き物たちが、四本の中指で競技場をいつまでも駆けるなんて。大きな爪が地面をひっかいて、蹴たてる宝石！」

「そういうふうにいくものかな。それにミッザーの地面は、もっと値打ちのあるものでできているかもしれないよ。たとえば、土とか砂とか――このポントッピダンにあるような宝石じゃなくて。おまえの植木鉢にはいっているものは知っているだろう？　温かくて柔らかで湿った豊かな土だ」

「知ってるわよ、叔父さま。いくらでお買いになったかも知っているわ。感謝してます、いままでも」ジュヌヴィーヴは如才なくつけ加え、尊敬の念がどこまで客人に通じたか、すばやくキャッシャー・オニールのほうに目を走らせた。

「ミッザーはそんなに富んだ星ではありませんよ。ほとんどが砂漠で、十二ナイルという大河の集まりに沿って、農地があるだけです」

「河は写真で見たことがあるわ。すてき――世界全体が草花の養分で埋まっているなんて！」

「話が脱線したよ、ダーリン。われわれがしゃべっていたのは、このポントッピダンに馬を、それもたった一頭の馬を、なぜ持ってくるような酔狂をしたかだ。ストップウォッチを使えば、馬自身と競走させることもできるだろう。だが、そうしてなにがおもしろい？　きみならやるかね、オニールくん？」

キャッシャー・オニールは態度が大きくならないように気をつけた。「昔は故郷にも馬がたくさん飼われていました。伯父がその一頭一頭のタイムを計っているのを見たことがあります」

「きみの伯父だと？」執権は興味深そうな顔をした。「その四本指の〝馬〟たちを走らせていた伯父というのは何者かね？　地球の動物はたいへん高価なものだ」

キャッシャーは、えぐるような鈍い一撃を感じた。いままでいくたびとなく味わった痛みが、広大な外界からみぞおちめがけて押し寄せてくる。「伯父は」――どもりながら――「伯父は――ご存じだと思いましたが――ミッザーの元独裁者、クールァフです」

フィリップ・ヴィンセントの体がはねた。肉づきのよさに似合わず、動きは軽かった。若い女主人ジュヌヴィーヴは、ドレスの襟《えり》もとを手でつかんだ。

「クールァフ！」と老執権は叫んだ。「クールァフとは！　こんなところでも、あの男の噂は伝わっている。しかし、きみはミッザーの愛国者というふれこみで、クールァフ一味ではなかったはずだぞ」

「彼には子どもはいません――」キャッシャーは説明をはじめた。

「それはそうだろう、あの行状ではな！」

「――だから、わたしは彼の甥で、後継者ということになります。しかし絶対権力をにぎることになっても、独裁制は復活させません。ウェッダー大佐を追放したいだけです。彼のおかげで同胞の暮らしはめちゃめちゃになってしまった。故郷の星を解放するために、金か武器か援助のいずれかがほしいのです」信じてもらえるかもらえないか、ここが分かれ目となる。キャッシャー・オニールは知っていた。だめなら、あとはなにをしても仕方がない。信じてもらえれば、同情は確保できる。いままでのところ、手をさしのべてくれる者はなかった。同情だけだ。

だが補完機構は、ウェッダー大佐に対する武力行使は拒んだものの、若いキャッシャー・オニールに全惑星通行許可証を与えた。並みの人間には、生涯の貯蓄額を百倍しても買えないものだ（彼の不道徳な伯父は、リゾート惑星トティオーレの都サンヴェールに移り住み、カジノと海辺のあいだで余生を送っていた）。ミッザーの良心は、キャッシャー・オニールの手のなかにあった。星ぼしの旅人のなかで、十二ナイルの自由のために戦いも辞さないのは、彼ひとりだ。そしていま、この一室で、ひとつのターニング・ポイントが訪れた。

「きみにやるものはなにもない」と世襲執権はいったが、声は打ち解けていた。姪が彼の袖をひっぱりはじめた。

執権はつづけた。「やめなさい、ジュヌヴィーヴ。さて、きみがクールァフの腐れきった一味とあれば、なにもやれないが、もしきみが――」

「お願いします、どうか。十二ナイルへの土産に、なにか武器でも援助でもいただければ！」

「よろしい、わかった。わたしのまえに心を開くなら考えんでもない。これでもわたしは腕のいいテレパスなのでね」

「心を開けと！　なんのために？」この筋の通らない暴言には、キャッシャー・オニールもショックを受けた。いままでも男や女や政府にいろいろ不思議な注文をつけられたが、心を開けと、冷たく傲慢に命じられたことはなかった。「しかし、なぜ？　そうしてなにを得ようというのですか？　たいしたものは見つかりませんよ」

「たしかめるためさ」と世襲執権。「きみの信念が、まっすぐで鋭いようだとこまるからな。なにをすべきか確信がありすぎるようだと、ウェッダー大佐の二の舞いになって、実現のあてのないユートピアのために、人民にたくさんの苦しみをなめさせることになる。頓着しないたちなら、きみの伯父の同類になりかねない。彼は危害は加えなかった。惑星をまるごと私物化し、とんでもない趣味で星の海の噂の的になっただけだ。ひとを殺したことはないのだろう？」

「ありません」とキャッシャー。伯父の小さな美点をひとつだけでもいうことができ、彼はほっとした。クールァフ伯父の肩を持とうにも、いいところなどほとんど見つからないのだ。

「きみの伯父みたいな恥知らずの放蕩者は、どうも好かん。だが嫌いというのでもない。それほどひとを傷つけてるわけでもないからな。実際問題として、自分自身を痛めつけてるだけさ。ただし星の資産を食いつぶす。ミッザーで飼っている馬たちみたいにな。ただゲームをするだけだったら、われわれはこの世界、ポントッピダンに決して生き物を運びこまない。貧乏なわけではないよ。オールド・ノース・オーストラリアとは比べものにならないが、この収入も悪くない」

キャッシャー・オニールの耳には、それは本年ナンバー・ワンの低姿勢に聞こえた。だが大きな賭《かけ》に出ている彼は、慎重を期し、口をつぐんだ。執権は抜け目なくキャッシャーを見ている。キャッシャーの如才ない沈黙に感心しているのだ。ジュヌヴィーヴが袖をひっぱったが、眉をひそめてしりぞけた。

「もしも、だ」と世襲執権。「もしだね」とくりかえす。「きみが二つのテストをパスしたら、大きな緑のルビーを進呈しよう。わたしの頭くらいもあるやつだ。もし評議会が許せばという条件はつく。しかし説得できると思う。テストのひとつは、わたしに心を隅々までのぞかせ、まっ正直な馬鹿者ではないことを確認させること。正直すぎるのは馬鹿とおなじで、人類にとっては危険なものとなる。きみに夕食をふるまったら、ただちにこの惑星から退散させる。それから、もうひとつのテストは――その馬の謎を解くこと。ポントッピダン唯一の馬だ。なぜそんな動物がここにいるのか？　われわれはどう扱えばいいのか？　食べておいしいのなら、料理法は？　それとも、どこかほかの世界へトレードしてしまうか？　きみの惑星のミッザーでは、馬に値段をつけているようだからな」

「ありがたいことですが——」とキャッシャー・オニール。

「でも叔父さま」とジュヌヴィーヴ。

「静かにしなさい、ダーリン、この若者がなにかいいたそうじゃないか」

「——お聞きしたかったのは」とキャッシャー。「緑のルビーにどんな価値があるかということです。緑色のものがあるなんてことも知らなかった」

「そいつが、オニールくん、ポントッピダンの特産物さ。ここの地質は、超重化学物質から成っている。むかし巨大な惑星があって、それが内破してできたのがポントッピダンなのだ。使いかたは単純だ。その緑のルビーを使ってレーザー・ビームをつくれば、きみのところのカヒールの街など、あっというまに蒸発させられる。ここには兵器はないし、われわれは兵器を信じてもいないので、きみに与えることはできない。もっと遠くへ旅して、船を見つけ、緑のルビーを搭載できる装置を手に入れることだ。もしきみにルビーをプレゼントできればだがな。しかしウェッダー大佐との対決に、また一歩前進できる」

「ありがとう、ありがとうございます、高貴なる閣下!」キャッシャー・オニールは感激して叫んだ。

「だけど叔父さま」とジュヌヴィーヴ。「その二つはあまりいいテストではないと思うわ。わたし答えを知っているんですもの」

「この若者のことがわかっているという口ぶりだな、おまえ独特の見方で」と執権。

ライラック色のファンデーション・クリームの下で、ジュヌヴィーヴはぽっと頬を染めた。

「いちおう知りたいことはね」

「どうしてわかるのだね、ダーリン？」

「ただわかるというだけ」

彼女の叔父はなにもいわなかったが、いかにもかわいくてならないとでもいうようににっこり笑ったところを見ると、はじめて聞く台詞《せりふ》ではないようだった。

彼女は片足でフロアをたたいた。「馬のことも知っているわ。なにもかも」

「会ったことがあるのかね？」

「いいえ」

「話したことは？」

「馬は口をきかないでしょ、叔父さま」

「下級民はほとんどみんな口をきく」

「これは下級民ではないのよ、叔父さま。ふつうの、加工されていない旧地球《オールド・アース》の動物。ことばは話さないの」

「では、なにを知っているというんだい？」やさしいところはあいかわらずだが、声にはどこかいらだちが感じられた。

「テープにとったの。全部。ポントッピダンの馬の物語を。わたし編集までやったのよ。今朝お見せしようと思ったんだけれど、部下がこちらの若いかたを呼び入れてしまったものだから」

キャッシャー・オニールにまなざしでジュヌヴィーヴに詫《わ》びた。

彼女は気づかない。叔父を見つめている。

「そこまでやったのなら、見せてもらいたいね」彼は付き人たちに向いた。「椅子を運びなさい。それから飲み物もだ。わたしはいつものやつ。若いレイディにはレモン・ティーを。本物のティーだ。オニールくん、きみはコーヒーにするかね？」

「ここにコーヒーとは！」とキャッシャー・オニール。だが、いったとたん、うかつさに気づいた。ポントッピダンは金持ち惑星である。たいていの世界の商品相場では、コーヒーはキロ当たり二人年《マン・イヤー》に相当する。ここではハーフトラックが宝石を踏みしだきながら、発着する貿易船へ代金積みこみに向かっているのだ。

椅子が並べられた。飲み物が出された。それまで世襲執権は考えにふけり、交わした約束を思い迷っているふうだった。一度はキャッシャーに向かい、こうつぶやきさえした。「取引の有効性だと？　姪のいったことは気にしなくていい」キャッシャーは勢いこんでうなずいた。だが執権はふたたびむずかしい顔を付き人たちに向け、虎男がとびこんでくるまで表情をゆるめなかった。虎男がトレイをささげもつ手つきは、軽業師のように危なげなかった。

椅子はすでに並んでいる。

執権は姪の椅子に手をかけ、すわるように無言で命じた。キャッシャー・オニールには、向かいあう椅子をうなずいて示した。

「明かりを落として……」と命じる。

指図《さしず》はないが、あとの者たちも三つの貴賓席のうしろの席につき、下級民もさらにそのうしろのベンチやテーブルにすわったり、もたれたりした。私語はほとんどなかった。ポントッピダンはよく統制のとれたところらしい。ふとキャッシャーの心に疑問がわいた。たった一頭の馬でこんな騒ぎだとすると、執権にはほかにどれくらいの仕事があるのだろう？　娅の世話をやいたら、あとは見まもるだけかもしれない——山なす宝石を袋に詰めるのはロボットたちの仕事、その重さをはかり、リストをこしらえ、得意先に請求書を書くのは下級民の仕事だ。

2

スクリーンはなかった。これは高性能の映写装置だ。


惑星ポントッピダンが視野にはいってきた。空気もないのにまばゆく輝き、豊かな鉱物資源の存在をうかがわせる。

ところどころに巨大なドームが見えてきた。そのひとつには、この宮殿もすっぽりとおさまっている。

ジュヌヴィーヴの声が、若い娘らしく直情的に、そのくせ学者ぶった調子で、惑星の物語を説きはじめた。見ているとまるで叔父だけでなく、遠くからの客まで意識してつくっているようだ。なんと、そうなのだ――とキャッシャー・オニールは思った。水耕野菜以外ろくに食物もできなくて、たいした居住スペースもないなら、あとは貿易をするしかない。つまりは、訪問客をいっぱい当てにしているということだ。

惑星の話も興味深かったが、彼女その人のほうがもっと興味をそそった。その顔に照り映える色とりどりの光は――フロアから一メートル、いや、もうすこし上か――映像から反射してくるものだ。知性と魅力がこんな特異なかたちで結びついた女性を、キャッシャー・オニールは見たことがなかった。どこまでも女、女、女でありながら、目から鼻に抜けるような才気があり、その才気を楽しんで使っている。きっとしあわせいっぱいに育ってきたのだろう。キャッシャーはいくたびかジュヌヴィーヴをこっそりと盗み見た。一度だけ、同じようにこっそりと、彼女もこちらを見たのがわかった。映像が暗かったおかげで、二人ともこれを偶然のせいにし、きまりのわるい思いをしないですんだ。

映写テープは〝ディプシー〟の説明にはいった。惑星の表面に深い切り傷のようにのびる雄大な峡谷のことである。カラー映像のいくつかは壮観といったらなかった。むかし、砂の惑星ミッザー相続の〝被指名人〟であったころ、キャッシャー・オニールは、伯父の蔵書のうちわいせつではない方面をいつまでも逍遥《しょうよう》したもので、宇宙の名だたる景勝にはよく親しんでいた。

とはいうものの、こんなものは見たことがなかった。ひとつは高さ六キロもある断崖をバックに日没の風景を撮ったものだが、断崖はどうやらエメラルドのかたまりらしい。ポントッピダンのライラック色をおびた小さい強烈な太陽のもと、異様に明るい日ざしが宝石の壁にさんざめき、まるで生きている水を見ているようだ。一メートル四方の縮小された映像でさえ、それは息を呑むながめだった。

ディプシーの底には、蒸気を噴きだすおかしな円筒状の隆起がいくつも見えるが、浸食作用のせいか人間の身長の二、三倍を越えるものはない。ジュヌヴィーヴの録音した声が語っていた。ポントッピダンの希薄な大気が人間の呼吸に適するようになるには、あと二千五百二十年かかる。というのは惑星人口がわずか六万人なので、住民たちは、呼吸などという贅沢に資源の無駄づかいをする気がないのだ。それならむしろ酸素マスクをかぶり、富をほかのことに使ったほうがいいという。じっさいドーム都市がないわけでないし、なかには半径何キロというものもある。また通常の水耕農園のほかに、七・二ヘクタールの園芸用土壌を厚さ五・五センチ分、実りを豊かにする充分な水といっしょに輸入している。それだけではない。庭園の土をやわらかにし、地味を肥やすために、一ぴきにつきダイヤ八カラットの値段でミミズさえも買っている。

こうした業績のリストがつづくにつれ、ジュヌヴィーヴのナレーションの声は誇らしげに高くなっていったが、話がまたディプシーの件にもどると、そこに悲しげな調子が忍びこんできた。「……その内側に住み、空気を増やしたいところですが、それは実現していません。大量の放射能が漏れだしているからです。蒸気の間欠泉は、あるときは汚染され、つぎの噴出のときには汚染されていないという状態です。そのため、わたしたちは外からながめるだけです。人間が住みついたディプシーはたったひとつだけ。ヒッピー・ディプシーがそれで、馬はそこから来ました。つぎの場面をごらんなさい」

カメラが空へ昇った。地表からどこまでもどこまでも昇っていく。ダイヤモンドの山やトルマリンの谷をさまよっていたカメラは、いま周辺宇宙の暗青色のなかにはいった。超高度から見る峡谷のひとつには、女体の尻と足に似たグロテスクな模様が見えている。ただし上半身にあたる部分は、崩れた丘陵地帯にまぎれこみ、それも北部のほとんど真珠色に近い明るい平原で終わっている。

「あれがヒッピー・ディプシーです」本物のジュヌヴィーヴの声が、ナレーションを圧してひびいた。「ほら、青い色が見えるでしょう？　あれがポントッピダン唯一の湖。これから隠者の家へ降下します」

カメラが軌道上から大峡谷の深みにとびこむにつれ、めまいに近いものがおそった。近づく瞬間、峡谷のふちが唇そこのけに動いたようで、開いてすぼまり、彼を吸いこんだ。

とつぜん場面は、美しい小さな湖のほとりに変わった。

一軒の小屋が岸辺に建っている。

戸口にすわる男は死んでいた。

放置されて長い時間がたつのだろう。死体はすでにミイラ化している。

ジュヌヴィーヴの録音された声が、事情を説明した。「……ノーストリリアの法と慣習によって、彼は寿命の終わりを宣告されました。生きるには適さないので、〈死の館〉へ行くように命じられたのです。オールド・ノース・オーストラリア人は桁《けた》はずれの金持ちなので、みんな生きたいだけ生きることが許されます。例外はストルーンでも若返りが無理なときと、社会に対して文字どおり有害になったときだけで、そのときは〈死の館〉行きを勧められ、何週間も何日も夢うつつの喜びに叫び、あえぎながら、至福と興奮の極《きわ》みに達して息絶えます……」ためらいは録音の声にまで感じとれた。「この男がなぜ拒否したのかはわかりません。彼は軌道上に来て、ヒッピー・ディプシーを見つけたことを話しました。あらゆる世界のなかでいちばん美しい場所だといい、そこに小屋を建て、ひとりで住みたいといいだしました。動物の友を一頭連れていくだけだと。小さなペットだろうと思っていました。ヒッピー・ディプシーはたいへん危険なところだと話しますと、もう年をとって死ぬのだから、かまわないとのことです。そして十二ヘクタールの土地を貸してほしいと、この惑星の平均年間所得の十二倍の金額を申し出ました。ただし百パーセントのプライバシー保証付き、撮影なし、スキャナーなし、手助けなし、訪問者なしでです。風景と孤独だけ。男はペリネーと名のりました。わたしの曾祖父は、預金の譲渡証書のほかにはなにも要求しませんでした。支払いがすむとペリネーは、死んだあともほっておいてくれとつけ足しました。霊柩ロケットでポントッピダンの周囲を永遠にまわるとか、虚無へゆっくりと飛びたつとか、みんなが好むようなやりかたは興味がないと。そういうわけで、これがはじめて撮った映像です。その死がわかったのは〈人口調査室〉のライトがひとつ消え、虎人のひとりが報告をよこしたからです。ヒッピー・ディプシーで人間の意識がひとつ消えたと。

ペットのことは考えもしませんでした。だいたい写真も撮っていなかった。これがペリネーの小屋から彼がやってきたときのようすです」

ひとりのロボットが映った。コントロール・ルームから大共通語で興奮したように呼びたてている。

「人びと、人びと！　判断ねがいます！　ヒッピー・ディプシーから出てくる物体あり。形状は変則的。正しい物体に該当せず。上がってくるはずのない物体。でも上がってきます。人びと、お答えを、人びと、お答えを！　破壊しますか否か？　物体は変則的。落ちるはずだが、上がってきます。ヒッピー・ディプシーから出てきます」

揺るぎないカチリという音が、ロボットのおしゃべりをとめた。体格のいい女が取って代わった。彼女の職種としなやかでスムーズな歩みから、キャッシャー・オニールは猫の生まれと見当をつけたが、ドレスや態度に下級民であることをうかがわせるものはなかった。

映像の女はスクリーンをつけた。

女は自分のまえの宙で両手をひらつかせた。その仕草は、昼日中《ひるひなか》に道をまさぐる盲人を思わせた。

映像内のスクリーンが焦点を結んだ。

顔が現われた。

なんという顔！　キャッシャー・オニールがそう思うと同時に、映写室にざわめきがひろがった。

馬だ！

想像するんだ、生まれたばかりの猫の子みたいな顔、とキャッシャーは思った。ミッザーには猫がいっぱいいる。ところが、その顔にばかでかい口があり、大きな黄色い歯が生えている——そして信じられないような長い鼻。つぎは人なつっこい目を想像する。映像のなかでは、その目は登攀《とうはん》の苦しみにぎょろぎょろしているが、それでも——神経の集中がゆるんだときなど——敵意のなさは見てとれる。おとなしい親しみやすい目つきだ。二つの珍妙な耳が空へ突き立ち、そのあいだに金色の毛の房がのぞいている。

映っている場面がまたコミカルだった。猫女のほうも、観客とおなじように仰天している。彼女が非常スイッチを押したのは幸運だった。おかげで馬ばかりか、彼女自身とその行動まで記録におさめることができたのだから。

世襲執権のまえに身をのりだし、ジュヌヴィーヴがささやいた。「このあと、彼がパロミノの毛色のポニーであることがわかりました。たいへん特殊な馬です。おまけにペリネーは彼を不死に、というか、ほとんど不死にしていました」

「シーーッ！」と執権。

スクリーンのなかのスクリーンのまえでは、猫女がまた宙で両手をひらつかせた。視野が広がった。

馬には四本の手があるだけで、足がなかった。いや、四本足で手がないというべきか——それは見方しだいだろう。

馬が苦労しいしい登ってくるのは、ヒッピー・ディプシーから抜けでる狭いルビーの亀裂だ。息づかいは激しい。はい進むごとに、両わきにぶらさげた酸素ボンベが荒っぽく揺れる。猫女のイメージだろうか、馬はなにかに目をとめたようすで、ひと声上げた――

ウィヒヒヒ・ウィヒーン！

手前の映像のなかで、猫女がきっぱりと呼びかけた――

「名前、年齢、種族、それから本惑星に滞在する正当な論拠を示しなさい」猫女はできるだけ権威ある口調ではっきりと伝えた。

馬には聞こえたらしい。耳を手前に傾けた。だが返事はまえとおなじだった。

ウィヒヒーン！

キャッシャー・オニールは気づいた。映像のムードにのまれ、いつのまにかポントッピダン人の側に立って馬をながめていたのだ。考えてみれば、馬なんてべつに珍しくなく、十二ナイル地方や、カヒールの街の〈こびと馬市場〉にはいっぱいいる。年老いた雄のポニーだった。もはや繁殖には適さないし、おそらく乗馬向きでもないだろう。金色の毛には白いものがまじり、歯はすりへっている。体中に傷跡ややけどの跡がある。殺して、切り刻み、競走用の犬に食わせるぐらいしかないだろう。だが周囲の人びとには、そんなことはひとことも漏らさなかった。みんな食いいるように映像を見ている。

猫女がくりかえした。

「おまえの名前はウィヒヒンではない。正しい身元を明かしなさい。まず名前から」

馬は声を高くして、同じことばをくりかえした。

猫女は非常スクリーンといっしょに自分も録画されていることを忘れてしまったらしい。こういった。「答えないと、本物の人間を呼ぶよ！　迷惑をかけると、こわいんだから」

馬は目をぎょろつかせ、なにもいわない。

猫女は部屋のわきにある非常ボタンを押した。明るくなったもうひとつの交信スクリーンは、ここからは見えないものの、彼女のことばははっきりしていた。

「オーニソプターを出動させて。大きなやつ。非常事態よ」

わきのスクリーンからつぶやき声。

「行先はヒッピー・ディプシー。下級民がいるんだけど、ひどく困ってるようで口もきかないの」となりのスクリーンでは、馬がメッセージの雰囲気を――ことばの意味は無理にしても――察したらしい。こうくりかえした――

ウィヒ・ウィヒヒーン！

「ほら」と猫女は、わきのスクリーンの人物にいった。「こうなのよ。見たとおりの非常事態でしょ」

わきのスクリーンから声が流れてきた。二重録音のため、遠くかぼそい。

「馬鹿はおまえだ、猫女！　ディプシーにオーニソプターを飛ばせるものか。おまえの間抜けな友人に、底にもどれといってやれ。宇宙ロケットで救出してやる」

ウィヒヒーン！　馬がいらだった声を上げた。

「わたしの友人じゃないわ」猫女は当惑顔できびきびと答えた。「つい二、三分まえに発見したばかりなの。救助を求めています。向こうのことばは知らなくても、それくらいどんな馬鹿にもわかるわ」

映像が切れた。

つぎの場面は、ちっぽけな人影がいくつか、サーチライトの光をたよりに気の遠くなるような断崖のてっぺんで作業しているところだった。サーチライトのビームが崖面をところどころ照らしている。どこまでも無数に連なる半透明の結晶面は、不気味な窓の列のようで、サーチライトの動きにつれて窓の明かりがついたり消えたりする。

はるか地の底に赤い輝きが見えた。山の深部から火が昇ってくるのだ。

望遠レンズを使っても、カメラマンたちは輝きのクローズアップを撮ることはできなかった。亀裂の片面には馬の姿があり、四本の腕を信じがたい角度にぴんと伸ばして、ふちにしがみついている。地中の火をはさんだ向かい側には、もっと小さな複数の人影があり、吊り革のようなものを調節して馬に近づこうと苦労している。

録音技術のなにかとんでもないいたずらだろうか、話し声が手にとるように聞こえ、そこに老馬の疲れた荒い息づかいさえもまじる。馬はときおり例の特殊な馬ことばを発するが、それがボキャブラリーの限界らしい。明らかに救助隊の動きをながめており、自分に好意が向けられていることも納得しきっているようすだ。サーチライトの光芒のなか、大きなおとなしい黄色い目がぎょろぎょろ動き、ときおり見下ろしては身ぶるいするのがわかる。

これはキャッシャー・オニールにも共感できた。どれだけ目をこらそうが、ヒッピー・ディプシーの底は見えないのだ。それでも馬は、四本の発達した中指の爪をたよりに、高さ六キロの壁面のうちの四キロをすでに登りきっていた。

壁面で苦闘する人間と下級民とロボットのチームのなかから、ひとりの虎男の声がはっきりとひびいた。

「これは賭だけど、たいした賭じゃない。おれはいま体重六百キロなんだが、ガキの時分から全力を出しきるような経験をしたことがないんだ。この火を飛びこえて、やつをもっと居心地よくすることはできると思う。ロープもかけられるぜ。これだけ面倒かけて、すべって落っこちられたんじゃ困るからな。やつだって苦労したし」と、つけ足す声にもすごみがある。「もしかしたら抱えて、ジャンプしてもどるか。両方に安全ロープをつなげばだいじょうぶだ。実際こんなにつかみやすいやつは見たことないよ。こいつの指は〝指〟とはいえない。骨が丸くかたまってて、走りまわるにはいいが、あとたいした役には立たない」

つぶやきが二、三はいり、やがて監督の命令が出た。「やってみろ」

このあとにつづいたできごとを予想した者はいなかった。

カメラマンがフレームのまんなかに虎男をとらえたときには、その太い胴体にはロープが取り付けられていた。虎男は、当局が人間の外形美にはこだわらなかった改良型だった。耳はまだ頭の両側に立ったままで、顔には黄と黒の毛が密生し、巨大な犬歯が下あごと嚙みあい、鼻の下から太いひげがアンテナのようにとびだしている。しかし体内は徹底的に改良されているのだろう、気質はおだやかで人なつっこく、多少ひょうきんでさえあった。ロの改造も念入りにおこなわれたようで、人語のしゃべりかたははきはきとし、癖もない。

虎男はジャンプした。みごとなジャンプで、のびあがる炎の先っぽを突き抜けた。

馬がこれを見た。

ほとんど間《ま》をおかず馬もジャンプし、おなじく炎の先っぽを突き抜けて、反対側に跳んだ。

馬は断崖よりも虎男のほうがこわかったのだ。

馬は、作業員の集まったまんなかにとびおりた。ばたつく足で傷つけまいと注意したが、ひとりを――それも真人を――崖から突きとばしてしまった。絶叫が遠のき、男の姿は底知れぬ闇のなかに見えなくなった。

ロボットたちの動きは速かった。感情らしいものは〈オン〉と〈オフ〉と〈高《ハイ》〉しかないので、興奮することはない。彼らは馬を吊り革に固定してしまい、真人や下級民が足場の確保でもたついているうちに、てっぺんにいるクレーンの操縦員に引き揚げの合図を送った。

虎男は炎を突き抜け、近くの岩棚にもどった。映像が消えた。

映写室では、世襲執権フィリップ・ヴィンセントが立ちあがった。背伸びをし、見まわした。

ジュヌヴィーヴは期待をこめてキャッシャー・オニールを見つめている。

「そういう話だよ」と執権は柔和にいった。「さて、この謎を解いてもらいたい」

「馬はいまどこですか？」

「もちろん病院だ。姪が案内してくれるだろう」

3

執権じきじきのテレパシーで、短いけれども辛い徹底した心の精査が終わると、キャッシャー・オニールとジュヌヴィーヴは馬が収容されている病院へ向かった。ポントッピダン人は馬をどう扱ってよいかわからないので、強い鎮静剤で眠らせ、糖分の水溶液を静脈注入して体力をもたせようとしていた。ジュヌヴィーヴによると、馬はどんどん衰弱しているという。

二人はアメシストの砂利を踏み、病院へ歩いた。

キャッシャーは宇宙服の代わりに、酸素量を増やす地表ヘルメットをかぶっていた。ホストたちが予想しなかったのは、大気圧の急激な低下で、彼が猛烈な肌のかゆみにおそわれていることだった。だが自分からいうつもりはなかった。十二ナイル河流域の解放を賭けたウェッダー大佐とのプライベートな戦争のために、緑のルビーはどうしても武器にほしいのだ。とはいえ、耐えがたいかゆみが和らぐときには、小さな美しい女性と連れだって宝石の原を歩くのは楽しかった。（後年になって、ありえたかもしれない別の筋書きを想像したことがある。あのかゆみも運命の一部であり、あれのおかげでカヒールの都と惑星ミッザーにたちもどることができたのだろうか？　でなければ、彼女の無垢《むく》な輝くばかりの愛らしさに負けて使命を捨て、永久にポントッピダンにとどまっていただろうか？）

ジュヌヴィーヴは戸外の散歩向きに新しい化粧をしていた――桃色がうっすらと勝った微温性のおしろいで、頰の自然なピンクが透けて見える。その目は生きいきした濃いグレイ。まつげは長く、笑みは常識からは考えられないほど無邪気に挑発的だった。世襲執権が、彼女をめぐる若者たちの決闘や殺人をとめるような経験をしたことがないというのは驚きだ。

二人はやっと病院に着いた。かゆみは限界に達し、ジュヌヴィーヴに助けてもらうか、車でドーム内に運んでもらうしかないと思案をはじめたときだった。

建物は地下にあった。

入口が豪華だった。ドアをはめこむ外枠に、ミッザーの煉瓦ほどもあるダイヤモンドやルビーを使い、ドアそのものは琺瑯《ほうろう》引きのスチールらしい。ジュヌヴィーヴは彼の視線に気づいた。

「これはたいへんな費用がかかったのよ。オリンピアからわざわざ盲人の画家を呼んで、ドアに絵を描かせたものだから。かわいそうな人だった。ほとんどの時間をつかって、ひとつでも余分に宝石を盗もうとしていた。わたしたち報酬ははずむし、いままで盗んで逃げおおせた人はいないのに」

「どうなるんだい？」とキャッシャー・オニール。

「泥棒は大気圏を出たところで消してしまうの。この星のまわりを飛んでいる有人の巡回艇は、わたしの知るかぎり、どこよりも多いわ。オールド・ノース・オーストラリアには負けるかもしれないけれど。あの星の近くへ行って、生きて帰った人はいないから」

　二人は病院にはいった。


　恐縮した外科主任はキャッシャーたちを診察室にとどめ、お茶とケーキでもてなそうとした。二人とも馬に会いたいのだが、常識的なエチケットからいって無理強いするのはためらわれた。ようやく儀式が終わり、馬のいる病室に通された。

　近づいて、馬の味わった苦難のほどがわかった。切り傷とすりむき傷はほとんど全身に及んでいた。〝ひづめ〟のひとつは——歩くのに使う大きな中指の爪は、正しくは〝ひづめ〟というのだとドクターが教えてくれた——割れていたので、ドクターはカドミウム銀の棒をさして固定していた。キャッシャーたちを見て馬は頭をもたげたが、ただの人間で、馬仲間ではないとわかると、ふたたびおとなしく頭を下ろした。

「容態は、ドクター？」馬から目をそらせ、キャッシャー・オニールはきいた。

「そのまえにおたずねしてよろしいですか？　愚問かもしれないが」

　キャッシャーはびっくりし、ようやくイエスとだけ答えた。

「あなたはオニール一族。伯父上の名はクールァフ。どうして〝キャッシャー〟と呼ばれているのですか？」

「単純なことですよ」キャッシャーは笑った。「これはぼくの青年名なんです。ミッザーでは、人間は生まれるとすぐ幼名をつけられる。これは誰も使わない。それから仮の名前——仮名をもらい、つぎに青年名というのが、なにか性格や体の特徴とか悪気のないジョークにちなんでつけられて、一人前になるまでこの名がつづくんです。そして身を立てる方向が決まったら、自分でキャリア名を選ぶ。ぼくがミッザーを解放し、ウェッダー大佐を倒したときには、ぴったりしたキャリア名を考えなきゃいけなくなるでしょうね」

「しかし〝キャッシャー〟の由来は？」ドクターはしつこかった。

「子どものころ、なにがほしいかと大人にきかれると、いつもキャッシュをねだったんです。浪費癖の伯父といい対照だったのかもしれない。それでキャッシャーと呼ばれるようになった」

「そのキャッシュがわからんのです。故郷《くに》の農作物かなにか？」

こんどはキャッシャーが目を丸くする番だった。「キャッシュとは現金、お金です。紙製の通貨ですね。品物を買うとき、これをやりとりする」

「このポントッピダンでは、お金はみんなわたしのものなの。全部そっくりね」とジュヌヴィーヴがいった。「伯父がわたしの管財人というわけ。だけどわたし、さわることもつかうことも許されていないのよ。みんなわたしの手のとどかない惑星レベルの話」

ドクターはかしこまって目をぱちくりさせた。「さてと、名前についてはお許しいただくとして、馬の件だが、これは変なケースですな。生理学的には純粋な地球タイプ。草食にしか適していないが、その点を除けばヒトとたいへん近い。胃はひとつで、きわめて大きな円錐形の心臓を持っています。問題はそれです。心臓がいい状態ではない。死にかけているのです」

「死にかけている？」とジュヌヴィーヴ。

「そこが悲しくて残酷なところなんだ。死にかけているのに死ねないのです。このまま何十年も生きつづける。ペリネーはこの生き物に、惑星をまるごと不死にできるくらいストルーンを注ぎこんだのでね。そのため弱りきっているのに死ぬことができない」

キャッシャー・オニールは、低く長い、泣き声のような口笛を吹いた。部屋じゅうの者がとびあがった。キャッシャーは目もくれない。それは彼が十二ナイル地方で暮らしていた時分、馬を呼びたいとき、厩舎《きゅうしゃ》のそばで吹いた口笛だった。

馬は知っていた。大きな頭が起きあがった。きょろりとこちらを向いた目は哀願するようで、いまにも涙がこぼれ落ちそうに見えた。だが馬が涙を流せないのはたしかなような気がした。

キャッシャーはフロアに腰を下ろすと、馬の頭のそばにすわり、たてがみに手を置いた。「急いで」と小声で外科医につぶやく。「砂糖をください。それに下級民のテレパスがひとりほしい。食肉獣の出だとこまるので、それは気をつけてください」

ドクターはぽかんとしている。助手に向かって「砂糖」と命じたあと、キャッシャー・オニールのとなりにすわりこんだ。「その下級民のところがよくわからないのだが……ここは下級病院ではないですよ。下級民はほとんどいない。馬が収容されているのはフィリップ・

ヴィンセント閣下のご意向で、閣下はペリネーの馬に、このうえなく手厚い治療を施すようにと命じられました。それから、わたしに向かっても」とドクター。「もし馬に万一のことがあったら、以後八十年間、巡回艇まわりにすると。そういうわけで、できるかぎりのことはします。わたし無駄口が多すぎますか？　ときどきそういわれるので。どういう下級民がお望みですか？」

キャッシャーの声はあくまで冷静だ。「ほしいのはテレパシー能力のある下級民です。この馬の考えを知りたいし、ぼくが彼を助けに来たことも伝えたい。馬は草食なので、肉を食べる動物とは気が合わない。この病院に草食の下級民はいますか？」

「むかしリス人がいたが、空気循環システムを取り替えたときに、古い装置といっしょに引っ越してしまいましたな。いまは鉱山のほうにいる。ここには虎人と猫人がいて、わたしの秘書は狼です」

「無茶だ！」とキャッシャー・オニール。「考えられますか、病気の馬が狼に気を許すなんて？」

「それはいまのあなたの状態だ」外科医が声をひそめた。ジュヌヴィーヴが聞いていないかと目を上げたが、ひとまず安心したようだ。「ここの代々の世襲執権は、怪しい客を見つけると、帰る途中でよく八つ裂きにしてきた。命を保証されているのは、ライセンスを持った常連の貿易商だけです。でも、あなたはそうではない。もしかしたらスパイで、われわれの財産をくすねようとしているのかもしれない。わたしにはわからん。あなたが来週まで生きている可能性には、ダイヤのチップ一枚だって賭けたくはないですな。この馬になにをしたいのか？　話によっては執権もお喜びになるかもしれない。あなたの寿命も延びる」

ドクターの確信の強さに、キャッシャー・オニールは患者のことも忘れ、つくづく考えこんでしまった。キャッシャーが気落ちしたように見えたのだろう、馬は彼の手をなめた。

ドクターがひとつアイデアを思いついた。「馬と犬は仲がいいんじゃなかったかな——遠い〈ふるさと《マンホーム》〉の時代、人間がみんな惑星・地球に住んでいたころには？」

「そうだ。ミッザーでは、まだ狩りのときいっしょに走らせる。もっとも補完機構の新しい法律が施行されてからは、獲物になる下級民の犯罪者がいなくなってしまったけれど」

「手ごろな犬がいます」とドクター。「テレパシーはうまいんだが、思いやりがありすぎて、患者を動揺させてしまうのです。いまは地下二階に置いて、食器殺菌装置を扱わせている」

「呼んでください」とキャッシャーは小声でいった。

そして声をひそめる必要はないのだと気づくと、立ちあがり、ジュヌヴィーヴに告げた。

「いい犬テレパスが見つかったよ。馬の心をのぞいて、答えを見つけてくれるかもしれない」

ジュヌヴィーヴは彼の腕にそっと手をおき、プリンセスらしい賞賛のジェスチャーをした。その指が彼の肌を強く押した。叔父の常習的な裏切りに負けるなと祈ってくれているのか、それとも世の中の仕組みをなにひとつ知らないおぼこ娘が、その場のはずみでしただけのことなのか？

4

面接はおそろしくうまく運んだ。

犬女はほとんど非の打ちどころがない人間型だった。どう見ても疲れた陽気なよぼよぼの老婆で、寿命を延ばすサンタクララ薬、通称ストルーンの投与に値するとは思えない。仕事は彼女の人生であり、その辛酸はたっぷりとなめてきたのだ。しあわせは壮大な運命ではなく、人生のちょっとした風向きで決まると知ったとき、キャッシャーはうずくような羨望《せんぼう》をおぼえた。顔はやせこけ、髪はほつれて灰色にくすんでいるものの、彼女が人生から汲みだす愛としあわせと思いやりは、クールァフがその道楽に、ウェッダー大佐がその権力に、彼自身がこの聖戦に見いだしたものの比ではなかった。人生はなぜこんな仕打ちをするのか？　正義などというものはこの世にないのか？　なぜこのすりきれた下級民の老婆がしあわせで、自分がしあわせではないのか？

「だいじょうぶ、そのうち乗り越えたら、しあわせになれるから」と犬女がいった。

「なにを乗り越えるって？　なんにもいってないぜ」

「わたしからはいえないね」彼女はいいかえし、自分がテレパスであることを示した。「あんたは自分という牢屋に閉じこめられてる。執着を捨てたときに、しあわせが来る。あんたはいい人だ。自分を救おうとしながら、それでもこの馬が好きなんだね」

「もちろんさ」とキャッシャー・オニール。「勇気ある年寄り馬だよ。人間のもとへ帰ろうと、あの地獄から這いあがってきたんだから」

キャッシャーが〝地獄〟といったとたん、老婆は目を見ひらいたが、なにもいわなかった。心のなかに、黒っぽい壁になぐり書きされた魚のしるしが見え、彼女の思いが伝わってきた。

(そうか、あんたもあの〝秘められたすばらしい知識〟のことをすこしは知ってるんだね。人間にはまだ明かされていないというのに)

彼は〝十字架〟のイメージを老婆に投げかえし、また馬に注意をもどした。この思考のやりとりがモニターされたら、二人ともどんな異様な刑罰を受けるかわからない。

老婆がことばでいった。「接続《リンク》する?」

「しよう」

ジュヌヴィーヴが進みでた。かわいい整ったデリケートな顔だちが、興奮に輝いている。

「わたし――わたしも割りこんでいい?」

「いいよ」と犬女はいい、キャッシャーを見た。キャッシャーはうなずいた。三人が手をとりあうと、犬女は左手を老いた馬のひたいにあてた。

足もとで砂塵が舞いあがり、彼らはカヒールへと駆けていく。背中に乗せた人間の体の重みがこころよい。頭上には赤くかがやくミッザーの空。叫びが起こった――

「おれは馬だ、おれは馬だ、おれは馬だ!」

「きみはミッザーの生まれなのか」とキャッシャー・オニールは思った。「それも、カヒールから！」

「名前は知らない」馬の思いが返ってきた。「だが、あんたもおなじ土地の出だ。いい土地、すばらしい土地だ」

「きみはここでなにをしている？」

「死にかけている」と馬は思った。「何百日も、何千日も死にかけている。じいさんが連れてきた。走れない、乗せられない、誰もいない。年寄りと狭い土地だけだ。ここへ来たときから、おれは死にかけてる」

すわって馬をながめるペリネーの姿が、キャッシャーの心に見えた。ペットに不死を与えながらなにひとつ仕事をさせない残酷さ、寂しさにはまったく気づいていない。

「死がなんだかわかるか？」

すかさず馬が答えた。「わかるとも。ない／馬だ」

「生きるとはどういうことかわかるか？」

「うん。ある／馬だ」

「ぼくは馬ではない」とキャッシャー・オニール。「だが生きている」

「話をこじらせるな」と馬はいったが、キャッシャーは、ことばに置き換えているのは自分の心で、馬の心ではないことに気づいた。

「死にたいか？」

「ない／馬になることか？　ああ。もしこの部屋が永遠の行きどまりというのならな」

「いちばんほしいものはなに？」とジュヌヴィーヴ。心に流れこむ彼女の思いは、まるで真新しい銀貨の滝――まばゆくさわやかで、明るく汚れなかった。

答えは早かった。「足もとに土があって、湿った空気があって、背中に人間を乗せたい」

犬女が割りこんだ。「馬さん、わたしを知っているかい？」

「あんたは犬だ」と馬。「りっぱな、りっぱな犬だ！」

「そのとおりさ」老婆は満足そうにいった。「あんたの世話の仕方もこの人たちに教えてやれる。寝なさい。こんど目がさめたときには、しあわせの道を駆けだしてるから」

彼女は馬に〈眠れ〉の命令をかけたが、思念が強かったため、キャッシャーとジュヌヴィーヴも気が遠くなって倒れてしまい、看護人たちに抱きとめられる始末だった。

二人が気をとりなおすころには、犬女は外科医への細かい指示を終えるところだった。

「――それから空気に約四十パーセントの酸素を補充すること。本物の人間が乗ってくれるといいんだけど、軌道上の巡視兵のいくたりかは油を売ってるより、馬に乗ってやるほうがましだわ。心臓は治らない。手をつけちゃ駄目よ。ミッザーの砂は幻術でなんとかできる。砂漠の冒険がいっぱい詰まったドラマ・キューブを二、三個用意して、それに浸らせておくんだ。さーて、わたしのことはびくびくしないで。これ以上差し出口はしないから。ドクター人間さん、そら！」彼女は笑った。「あんたらは犬にやさしいけど、正しいことをすると許さない。ちょっとのあいだ犬より下になったみたいな気がするんだね。だいじょうぶ。わたしは下で皿洗いにもどるから。わたし好きなんだよ、お皿たちが。さようなら、きれいな人」とジュヌヴィーヴに。「さようなら、旅の人！　元気でね」とキャッシャー・オニールに。「正義にこだわってるかぎり、あんたは苦しむよ。でも、あきらめることができたら、きっと目が開かれて、しあわせになれる。くよくよしないで。まだ若いし、何年か苦しんだって損はしないさ。若さっていうのは、すぐ治る病気なんだ。ちがうかい？」

補完機構の長官《レィディ》そこのけに、彼女は一同に向かってひざを曲げ、体をかがめる正式な会釈をした。しわだらけの顔は喜びにかがやいているが、その笑みにはからかいの色が見えなくもない。

「わたしのことは気にしないで、ボス」と外科医にいう。「お皿さんたち、いま行ってやるよ」犬女は風のように去った。

「ほら、おわかりですな？」とドクター。「あのおそろしい楽天ぶり！　皿洗いがあの調子でのさばり、みんなをしあわせにしてしまったら、誰が病院をやっていけますか？　われわれは失業してしまう。もちろん彼女の考えはりっぱなものだが」

そのとおり。犬女の指示は非の打ちどころがなかった。一字一句に至るまで。

評議会から異議の申し立てが起こった。キャッシャー・オニールは、その話しあいの席に出た。

ひとりの評議員バシュナックは、馬のどういう処遇に対しても強硬に反対の立場をとった。

「われわれはその動物の名前さえ知りません！　そんなあやふやな基盤に立っているとあっては、抗議せざるを――」と声をはりあげた。

「なるほど知らない」フィリップ・ヴィンセントは認めた。「しかし名前がこれとどうかかわってくるのかな？」

「この馬が何者かわからない。動物としての身元証明すらない。ペリネーの借地に残されていた肉のかたまりというだけです。殺して食べてしまったほうがいい。それがいやなら、ほかの惑星に売りとばすという手もある。本物の地球の肉なら、高い金を積んでも惜しくないという連中がここにはたくさんいます。わたしなどはお気になさらないで、閣下！　あなたは世襲執権、わたしはけし粒のような存在です。権力も財産もなにもない。あなたのご慈悲にすがる身です。わたしにいえるのは、どうか最大の利益をお考えになってというだけです。わたしには声しかない。その声を使ってお力になりたい、そう思うわたしを責めることはできないでしょう。ちがいますか？　そうです、わたしはお力になりたいのです。もしこの動物に金をつかえば、あなたはまちがいを、まちがいを、まちがいを犯したことになる。ここは決して豊かな惑星ではありません。ただ身を守るためだけに莫大な経費をかけています。われわれの子どもが外に出て遊ぶ空気に払う金もない。なのに、あなたは口もきけない馬に金をつかおうとなさる！　よろしいか、あなたご自身の利益、ならびに全ポントッピダンのゆくゆくの実権者であられるジュヌヴィーヴ様の利益を守るためにも、評議会は反対を唱えます。これをないがしろにはできませんぞ、閣下！　あなたの権力のまえにはわれわれは無力です。しかし、ここは衷心よりの忠告を――」

「謹聴、謹聴!」数人の評議員が声を上げた。世襲執権がかすかに眉をひそめたのに、すこしもたじろぐ気配はない。

「意見を述べたい」とフィリップ・ヴィンセントその人がいった。

発言権を求めて、いくつか手が上がっていた。ひとりの頑固な男は、執権が話す意向を明らかにしてからも、まだ手を下ろさなかった。フィリップ・ヴィンセントはその男にも目を向けた――

「わたしが話し終えて、まだ意見があるなら発言してよい」

フィリップ・ヴィンセントは穏やかに部屋を見わたし、姪に向かってあるかなきかのほほえみを投げ、キャッシャー・オニールにこころもちうなずくと、口をひらいた。

「みなさん、いま裁きの場にあるのは馬ではない。ポントッピダンです。われわれが裁いている相手はわれわれです。しかし何者のまえで、みずからを裁いているのか? われわれひとりひとりが、この世でいちばん恐ろしい法廷、おのれの良心のまえに立っているのです。もしここで馬を殺したとしても、みなさん、そんなにひどい扱いをしたことにはならないと思う。年寄りの馬だし、死よりも恐れていた孤独から脱したいま、死ぬのをそれほど嫌がっているようにも見えない。すでに彼は最大の勝利をつかんでいる――宝石の断崖を登り、地熱の噴出口をとびこえ、さがしもとめた人びとに救われたのです。あまりにもみごとに成し遂げたため、じっさい彼はわれわれを超えてしまった。われわれは力になれるが、たいしたことはできないし、傷つけるにしても、たいしたことはできない。彼の成し遂げたことの大きさからすれば、どちらの方向にもできることは限られている。

そう、みなさん、ここで裁いているのは馬の件ではない。宇宙を裁いているのです。〈大いなる無〉に乗りだすとき、ひとになにが起こるか？　古い地球を捨て去るのか？　なぜ文明は滅びるのか？　ふたたび滅びるのだろうか？　文明とは拳銃やブラスターやレーザーやロケットなのか？　平面航法船や、ピンライターの働く姿だろうか？　みなさんもわたしと同様ご存じだ。文明とは、われわれがなにをつくれるかではない。もしそうであったら、古代人の滅亡はなかったはずだ。あの暗黒時代にも、人間は核融合弾を二つや三つは保有し、誘導ミサイルをこしらえていたし、カスカスキア効果などという兵器もあり、これはまだ再発見されていない。暗黒時代は、ひとが技術や科学を見失ったからそう呼ばれているのではない。ひとがひとを見失ったから、暗い時代と呼ばれたのです。ひとであるためにはたいへんな努力がいる。努力をつづけなければ、忘れられる。みなさん、馬がわれわれを裁いているのです。

　これは心に銘じるべきことだ。〝文明《シヴィリゼーション》〟とは本来女性のことばです。宇宙旅行がはじまる三世紀もむかし、フランスという国に、このことばを広めた女性作家たちがいた。〝文明化《シヴィライズ》する〟とは、ひとが穏健で親切になり、洗練されることだった。もしこの馬を殺せば、われわれは荒くれだ。やさしく扱えば、穏健となる。みなさん、ここにひとりだけ証人がおり、その証人がひとこと発言する。投票はそのあと、どちらに投票するも自由だ」

こう告げた瞬間、テーブルの周囲にざわめきが広がった。フィリップ・ヴィンセントは明らかに自分が起こした騒ぎを楽しんでいる。一、二分ほっておいたあと、彼はテーブルを軽くたたいた。「みなさん、証人が発言する。用意はいいかな？」

同意のつぶやきが起こった。バシュナックはおさまらない。「公共資金の問題がまだありますぞ！」だが、まわりがシーッと制止した。テーブルは静まった。いならぶ顔が世襲執権のほうを向いた。

「みなさん、宣誓証言にはいる。ジュヌヴィーヴ、おまえが言えといったのは、こういう話だったな？　文明とはなによりも女が選ぶもので、男は二の次ということだな？」

「ええ」とジュヌヴィーヴは答え、しあわせいっぱいの笑みをうかべた。

評議会は笑いと拍手のうちに解散となった。

5

一カ月後キャッシャー・オニールは、中サイズの定期平面航法船の一室にすわっていた。船はすでにポントッピダンの勢力圏から遠く離れている。世襲執権は心変わりせず、キャッシャーは緑のビームに切り刻まれずにすんだ。残っているのは不思議な思い出ばかりだが、若者としては悪い思い出ではなかった。

　ジュヌヴィーヴが庭園で泣いている姿もそのひとつだった。

「わたし、ロマンチックになってしまった」彼女は泣き、ケープの袖で涙をぬぐった。「法律的には、わたしはこの惑星の所有者で、ありあまるお金と権力と自由をにぎっているわ。だけど、ここを出るのは駄目なの。わたしが重要すぎる存在だから。好きな相手と結婚することも駄目。重要すぎるから。叔父もやりたいことをやっているわけではないわ――世襲執権としていつもやっているのは、評議会が何週間もおしゃべりの末に決めることだけよ。わたし、あなたを愛することもできない。あなたは放浪の君主で、この先にも旅と戦いと裁きと不思議なできごとが待っている。だけど、わたしは行けない。重要すぎるから。やさしすぎるのね。ときどき自分がいやで、いやで、いやでたまらなくなる。いい子すぎるから。おねがい、キャッシャー、いっしょに高速艇で宇宙へ逃げてくださる？」

「大気圏を出るまえに、叔父さんのレーザーで二人ともずたずたさ」

　彼はジュヌヴィーヴの両手をとると、その顔にやさしいまなざしを向けた。いまの彼には、美しいたおやかな若い女性をまえにして、秀でた若者が感じるあの烈《はげ》しいやむにやまれぬしあわせな炎の輝きはなかった。いま感じているのは、もっと不思議で柔らかで落ち着いた――心にすがすがしく、神経に穏やかな感情だった。それはひとがひとに対して抱く単純明解な共感だった。キャッシャーは彼女のためにひとつの賭に出ることにした。なぜならこの〝秘められた知識〟はすばらしいものだが、よこしまな者の手に落ちるとたいへん危険だからだ。

ジュヌヴィーヴの美しい小さな手が彼の手のなかにはいると、彼女は目を上げ、キスをさ れるのではないと察した。彼の姿勢にあるなにかから、空の下のロマンチックなキスよりもっと貴重な贈り物があることに気づいたようだ。それに、この庭園でできるのはヘルメットのふれあいだけだった。

彼はやさしく、熱い思いをこめてジュヌヴィーヴにいった――

「あの犬女をおぼえているかい？　病院で皿洗いをしていた女だ」

「もちろん。頭のいい明るいりっぱなひとで、わたしたちを助けてくれたわね」

「ときどき彼女といっしょに働いてごらん。なにも聞かず、なにもいわず、ただいっしょに機械のそばで働くんだ。ぼくにいわれたと、そういうんだよ。しあわせはつかむものだ。きみもきっとつかむと思う。ぼくだって、小さいやつだけど、つかんだ気がするからね」

「わかるような気がする」ジュヌヴィーヴはひっそりといった。「キャッシャー、さようなら、お元気で、幸運を祈っています。叔父が待っているわ」

二人は並んで宮殿にもどった。

思い出のもうひとつは、ポントッピダン世襲執権フィリップ・ヴィンセントとの別れだった。ひげ剃りあとも青々した、穏やかなでっぷりした赤ら顔が、やさしく彼を見つめた。無慈悲さはときには平和の代償であり、守りのかたさは富の代償であることがわかってくるにつれ、キャッシャー・オニールはいっそうこの男に尊敬の念をおぼえるようになった。

「きみはかしこい若者だ。じつにかしこい。その分なら、クールァフ伯父の持っていた権力を奪いかえすことができるぞ」

「そんな権力はいらないのです！」とキャッシャー・オニールは叫んだ。

「きみへの忠告がある」と世襲執権。「これは有効な忠告だし、そうでなければわざわざ口に出しはしない。わたしは政治の技術に習熟している。でなければ、いまごろ生きてはいないだろう。いいたいのは、権力を拒むなということだ。ただつかんで、賢明に使え。伯父上の悪名から逃げようとするな。消してしまえ。その名をみずから冠して、善政を布くのだ。二、三十年もたてば、誰も伯父上のことなど思いださない。きみだけとなる。きみは若い。まだ勝てない。だが成長と勝利はきみの運命に刻まれている。それが読めるんだ。わたしはそういうことが得意なんでね。武器はもうきみにわたした。だます気はない。安全なように荷造りしてあるので、それを持って立ち去っていい」

　キャッシャー・オニールはひっそりと息をしながら、すべてを信じた。そしてこの恰幅のよい強大な人物に、どんな感謝を述べようかと考えているとき、フィリップ・ヴィンセントのほうがいい足した。声にはかすかな笑いがある。

「それから金の節約をさせてくれて、ありがとう。キャッシャーの名前どおりだな」

「金の節約？」

「アルファルファさ。馬がほしがったアルファルファルファだ」

「ああ、あのアイデア！　わかりきったことです。功績というほどじゃない」

「わたしは思いつかなかった」と世襲執権はいった。「家来も同様だ。われわれは愚かではないよ。それはいいかえれば、きみが切れるということだ。ヒッピー・ディプシーで馬が生きていたのなら、ペリネーは食料変換機を持っていたにちがいないと、きみは推理した。おかげで装置をアルファルファにセットし、年に二度、馬の食料を船いっぱい運んでくる手間が省けた。この経費が節約できて、われわれは喜んでいる。ここの暮らしは豊かだが、浪費はしたくないのでね。さて、礼をして下がりなさい」

キャッシャーは礼をすると、叔父の椅子のかたわらに立つかよわい愛らしいジュヌヴィーヴに、もう一度すばやく目をやった。

最後の思い出はごく新しい。

そのために、彼は二十万クレジットの大枚をこの定期船でつかう羽目になった。きっかけはストップ・キャプテンの退屈した姿を見たことだった。船はすでに平面航法にはいり、操縦はゴー・キャプテンに替わっている。

「馬にテレパシー・コンタクトをとれないかな?」

「馬とはなんだ?」とゴー・キャプテン。「どこにいる? 金はあるのか?」

「馬とは改造処置を受けていない地球産の動物だよ」キャッシャー・オニールは辛抱強くいった。「下級民じゃない。図体は大きいが、頭はいいんだ。この馬はポントッピダン周囲の軌道上にいる。ふだんの値段で払うよ」

「百万地球クレジットだ」とストップ・キャプテン。

「めちゃくちゃだ！」

結局、コンタクト成功に対して二十万クレジット、失敗でも装置の使用に対して一万クレジットという値で折り合いがついた。コンタクトは失敗ではなかった。技術者は蛇男だったが、仕事の腕はたしかでクールで申し分なかった。二、三分で男はヘッドセットをよこし、「これだと思う、たぶん」と控えめにいった。

そのとおりだった。彼は馬の心にいきなり飛びこんでいた。

キャッシャー・オニールの眼前には、果てしなくうねるミッザーの砂漠があった。遠くでは十二ナイルの何本もの河筋が一点に収束している。彼はたゆみなく力強くギャロップしていた。近くには仲間の馬たちがいて、乗り手やほかの物体も見える。だが意識しているのは、弾力のある湿った砂を打つひづめの音と、理解ある乗り手のたしかな存在だけだった。まるで幻覚を見るようにおぼろげに、キャッシャー・オニールは小さな軌道船を意識した。年老いた馬はその内部にいて、中空を駆け、その背中には練習生が楽しげに乗っている。重力のないこの宇宙空間では、老いてすりきれた心臓でも、長いあいだ働きつづけることができるのだ。やがてまた馬の楽園が見えてきた。きらめくひづめの群れが追いついてきたが、すぐにまた遠く引き離した。行くてには厩舎《きゆうしや》があり、心地よいマッサージと、うまい汁気の多い緑の食物、そして朝になれば若い雌馬が待っている。

ポントッピダンの馬は、自分がとても賢明であったことを確信した。彼は信頼したのだ、人びとを——この星の海におけるあらゆる慈悲と残酷さの源、人びとを。すると人びとは応《こた》えてくれたのだ。馬は、馬である喜びを心ゆくまで味わっていた。力みなぎる夢のように、務めを果たしおえたように、乗り手との究極の一体化を成し遂げたように、キャッシャーは老いた体が川べりを進んでいくのを感じた。

嵐の惑星
On the Storm Planet

酒井昭伸◎訳

1

「あすの朝二時七十五分に」と、惑星の司政官はキャッシャー・オニールにいった。「この娘をナイフで殺せ。二時七十七分、高速地上車がおまえを回収し、この公館へ連れて帰る。そうすれば強襲巡航艦はおまえのものだ。どうだ、条件を呑むか?」

司政官はそういって、片手を差しだした――キャッシャー・オニールが当然のようにその手を握り、そうすることで忠誠を誓うか、取引に応じると決まっているかのように。

キャッシャーはこの男を侮《あなど》ってはいなかったので、ひとまずグラスを手にとった。

「まずは取引を祝して乾杯しましょう!」

司政官は疑心もあらわに、落ちつきなく動く目でじろじろとキャッシャーを見まわした。湿り気を帯びた生ぬるい海風が室内を吹きぬけていく。この司政官は用心深く、疑り深く、油断怠りないように見えるが、わずかに覗く敵意の下にはほかの感情も見え隠れしており、キャッシャーはその片鱗《へんりん》を感じることができた。それは際限なき絶望に根差した疲労らしい。

それとも、回復しがたい疲労の奥深くに埋めこまれた絶望というべきだろうか。

そのもうひとつの感情、かろうじて感じとれる感情は、じつに奇妙なものだった。人類が居住するさまざまな惑星を経《へ》めぐる旅路において、キャッシャーはいろいろな種類の奇妙な男女に遭遇してきた。だが、そのキャッシャーでさえ、この司政官のような人物には会ったことがない。才気煥発《かんぱつ》で奇矯、自画自賛のはなはだしいこの人物に対する正式な呼びかけは、〝ミスター・コミッショナー〟。以前はこの惑星ヘンリアダで補完機構の長官《ロード》を務めていた人物である。その当時は六億を数えた惑星人口も、いまではたったの四万前後でしかない。その結果、地方政府は著しく縮小し、当惑星に現存する唯一の立法・行政当局は、肩書きが〝司政官〟に変わったこの奇矯な人物が担っていた。

それでも、この人物は余剰の強襲巡航艦を持っている。そしてキャッシャー・オニールは、ぜがひでもその巡航艦を入手する覚悟を固めている。いずれ母星ミッザーに帰還し、統治権簒奪者ウェッダー大佐を排除する長期計画において、巡航艦はどうしても欠かせない決め手だからだ。

司政官は鋭く用心深い目でキャッシャーを見つめていたが、おもむろに、自分もグラスをかかげた。緑の薄明がグラスの液体を染め、まるでなんらかの奇妙な毒薬のように見える。じっさいには、これは蒸留酒——地球産のバイガーで、毒でこそないが、アルコール度数はそうとうに高い。

ひとくち、ほんのひとくちすすっただけで、司政官はすこし肩の力を抜いた。

「おまえはわしをだますつもりなのかもしれん、若僧。荒廃した惑星を司《つかさど》るわしのことを年老いた愚者と思っているかもしれん。くだんの娘を殺すことがなんらかの犯罪だと思っている可能性すらある。しかし、これは犯罪ではまったくないぞ。わしはヘンリアダの司政官として、この八十年間、毎年毎年、この娘を殺す命令を出しつづけてきたのだ。そもそも、対象は〝娘〟ですらない。たんなる下級民、召使いに仕立てられたどれかの動物種にすぎん。このさいだ、おまえを保安官代理に任命してもいいだろう。あるいは、刑事局長あたりに。ここは後者のほうがいいか。この百年以上ものあいだ、刑事局長は置いていなかったが――ようし、おまえはわしの刑事局長だ。あすになったら出発しろ。なに、目的の館を見つけるのはむずかしくない。この惑星に残された最大かつ最良の館だからな。出発は明朝とする。着いたらまず娘の主人に面会をもとめろ。そのさいには、かならず正しい呼称を使うのだぞ、〝ミスター&オーナー・マーリー・マディガン〟とな。ロボットどもはおまえを館に通そうとはせんだろう。それでもねばっていれば、じきに件《くだん》の娘が玄関口に出てくる。その瞬間をとらえて、娘の心臓にナイフを突きたてろ、戸口のところでだ。殺してから、十進化時計で二分後、わしの地上車が現場に駆けつける。おまえはその車に飛び乗って、ここにもどってこい。前にも同じ手を使ったことがあるんだ。拒否する理由はなかろう。わしが何者かは、ちゃんとわかっているはずだしな」

「十二分にわかっていますとも」キャッシャー・オニールはほほえんだ。「あなたが何者であるかは承知しています、ミスター・コミッショナー。この惑星の司政官であるあなたは、地球2の出身で、かつてはこの惑星における補完機構の長官《ロード》であられた、ランキン・ミクルジョン閣下です。そして、結局のところ、わたしが私用でこの惑星に着陸する許可を出してくれたのは、その補完機構にほかなりません。わたしが何者であり、なにが目的かを承知のうえで、それでも許可を出してくれたのです。その点も含めて、この件、どうもいろいろと気になります。なぜ強襲巡航艦を——ご自分でおっしゃるように、閣下の全艦隊中で最強の艦を——報酬にくださるのです？　それも、たかがひとりの娘、人間の娘の外見をしていて、人間の娘のようにしゃべるが、しょせんは一頭の改造動物を殺す程度のことで？　それに、なぜわたしに？　なぜ外からの訪問者に委ねるんです？　なぜ惑星外からきた者になど依頼するんです？　特定の下級民ひとりを殺せるかどうかを、なぜそれほど気になさるんです？　過去八十年ものあいだ、八十回も娘の処刑命令を出してこられたのであれば、命令はとうのむかしに果たされていてもおかしくはない。念のために申しあげておきますが、司政官閣下、断わるといっているのではありません。わたしとしては巡航艦がほしい。のどから手が出るほどほしい。しかし、この条件は破格にすぎる。どこに落とし穴があるのです？　あなたがほんとうにほしいのは、館のほうですか？」

「〝美しいまなざし《ボール・ガール》〟をか？　いいや、ボールガールなどほしくはないさ。マディガン老は好きに腐っていかせればいい。館があるのはエスペランサ湾の、アムビロクシとモティルのあいだだ、見落としようがない。道路もよく整備されている。現地までは問題なく、自分で運転していけるだろう」

「では、ここにはどういう裏が？」

キャッシャーの声は、答えを聞くまでは梃子《てこ》でもゆずらない響きを含んでいた。

司政官の〝答え〟は単純そのものだった。まず、大きな吸入グラスに強いバイガーをつぐ。それから、バイガーを満たしたグラスの縁ごしに、敵を見るようなまなざしでキャッシャー・オニールをじっと凝視した。最後に、グラスの中身を一気に飲み干したが――これほどの量のバイガーをいちどきに摂取すれば、並の人間なら死にいたりかねない。キャッシャーはそれを知っている。

それなのに、司政官は倒れもせず、死にもしない。

それどころか、極端に酔いが深まったふしも見られない。

アルコール度数八十度の火酒《かしゅ》が効き目を表わすにつれ、さすがに顔は真っ赤になり、目も飛びだしぎみになったが、それだけだった。司政官はなにもいわない。ただキャッシャーを見つめるだけだ。長い流浪暮らしのあいだ、さまざまなゲームを経験し、急場のしのぎ方を学んできたキャッシャーは、こちらも無言で見返した。

先に降参したのは司政官のほうだった。

いきなり笑いだしたのである。身をふたつに折り、鳥のようにかんだかい声を発しつつ、まるで銀河系じゅうの歓楽をいちどきに味わった男のように、司政官は延々と笑いつづけた。キャッシャーも司政官に合わせ、小さく笑いを漏らした。それは可笑《おか》しいからというよりも、神経を張りつめさせたあとの、反動のような笑いだった。以後、司政官の笑いが収まるまで、キャッシャーはただ待った。

やっとのことで司政官が自制を取りもどした。にんまりと笑い、キャッシャーにウインクしてみせ、もう四フィンガーぶん、バイガーをグラスにつぐと、クリームでもなめるようにしてぐいと飲み干してから、やおら立ちあがり——ほんのすこしだけ、ふらついた——歩みよってきて、ぽんとキャッシャーの肩をたたく。

「おまえも食えんやつだな、若いの。たしかにわしは、おまえをたばかろうとした。わしにとっては、強襲巡航艦などどうでもいい。わしにとっては、なんの価値もないしろものだ。だからくれてやろうといっているのさ。この惑星から強襲巡航艦を発進させようともくろむやつがどこにいる？　あれは無用の長物だ。だれにも顧みられはせん。このわし同様にな。さあ、いけ。巡航艦は持っていっていい。見返りなどいらんぞ。勝手に持っていくがいい。無償でかまわん。無条件でくれてやる」

キャッシャー・オニールは勢いよく立ちあがり、いかにも冷酷そうな小男の真っ赤な顔をまじまじと見おろした。

「お礼を申しあげます、司政官閣下！」

叫ばんばかりにそういって、取引成立の確認もこめ、司政官の手を握りしめようとした。

ランキン・ミクルジョン司政官は、かくも多量の火酒を一気に飲んだ人間にはありえないほどしらふに見えた。右手をしっかりと自分の背中にまわして、握手には応じようとしない。

そして、いった。

「かまわんぞ、巡航艦は持っていっていい。見返りはいらん。無条件でくれてやる。無償でいいとも。あれはおまえのものだ。それでも——先にあの娘を殺してくれ！　わしの願いをきいてくれる気があるのなら。わしは物惜しみせん歓待者だっただろう？　おまえのことは気にいっている。おまえの願いはかなえてやりたい。だからかわりに、わしの願いもきいてくれ。あの娘を殺すんだ。午前二時七十五分に。あすの」

「なぜです？」

キャッシャーはたずねた。大きく冷たい声を出したのは、同じことばを世迷《よま》い言《ごと》のようにくりかえす男の口から、道理を引きだしたかったからである。

「そのわけは——わけは——わけは——わしがそういうからだ……」

つっかえつっかえ、司政官は答えた。

「なぜです？」

キャッシャーはくりかえした。ふたたび、大きく、冷たい声で。

突然、蒸留酒が全身にまわったらしい。司政官は片手をうしろに伸ばし、椅子の肘かけを探りあて、どすんと腰を落とし、キャッシャーを見あげた。いまはもうひどく酔っぱらっている。あの得体の知れない感情、とらえどころのない疲労と絶望の混じりあったなにかは、その顔からすっかり消え失せていた。以後、司政官は率直にしゃべった。ただし、一語一語、極端にはっきりと区切ってしゃべろうとするので、通りすがりの者にも泥酔していることはわかっただろう。

「なぜならな、この阿呆」とミクルジョンはいった。「あの連中は――この八十年のあいだ、八十回以上にわたって、あの娘を殺させるためにボールガールへ送りこんできた連中は――あの連中は――」

同じことをくりかえしかけ、急にことばを切り、しっかりと唇を閉じ合わせた。

「どうなったのです？」キャッシャーは冷静に、かつ相手の理性に訴える口調でたずねた。

司政官はふたたびにやりと笑った。またもや、あの異様な笑いの発作に取り憑《つ》かれそうなようすになっている。

「どうなったんです！」とうとう、キャッシャーは怒鳴った。

「わからんのだよ。まるっきり、わしにはわからん。だれひとり帰ってはこなかった」

「その者たちの身になにが？　その娘に殺されたんですか？」

「どうしてわしにわかるはずがある？」

ますます酔いがまわったのだろう、司政官は目に見えて眠たげになっている。

「なぜ機構に報告しなかったんです？」

これには司政官もむっとしたようだった。

「たったひとりの小娘によって、このわしが、一惑星の司政官が、意志をはばまれましたと報告しろというのか？　たったひとりの小娘に、それも人間ですらない小娘によってだぞ！機構は応援を差し向けるだろうが、同時にわしを嘲笑いもする。〈鐘《ベル》〉にかけて、若いの、わしはもう充分に笑われてきた！　惑星外からの支援はいらん。おまえは明朝、現地へいけ。

二時七十五分にナイフをふるうんだ。地上車は待機させておく」

　司政官は食いいるようにキャッシャーを凝視していたが、そこで突然、デスクにつっぷし、眠りこんだ。キャッシャーはロボットたちを呼び、自室へ案内するようにと命じた。一部が案内にまわるいっぽうで、残りのロボットたちはあるじの介抱にとりかかった。

2

　翌朝、午前二時七十五分きっかりになっても、なにごとも起きなかった。キャッシャーはバロック様式の廊下を歩いていった。歩きながら、美しくも荒廃した部屋をつぎつぎに覗く。すべてのドアは開かれていた。

　あるドアの奥からは、病んだ感じで粘液質の、深く響くいびきが聞こえていた。

　それは司政官そのひとのいびきだった。司政官がベッドの上に、歪んだ姿勢で横たわっていたのである。そばに小型の看護ロボットが付きそっていたが、彼女の白エナメル仕上げのボディには、わずかに錆が浮かんでいた。じっと見つめるキャッシャーに向かって、彼女は〝どうぞお静かに〟といわんばかりに、機械の手を突きだしてみせた。相手は機械なのに、そのしぐさは不思議にさりげなく、繊細で、可憐にすら思えた。

　キャッシャーは歩いて自室に帰りつき、ホットケーキ、ベーコン、コーヒーを注文した。

ロボットたちが料理を用意するあいだ、窓の強化ガラスごしに竜巻を眺めやる。庭園の地面には弾性のある樹々がしがみついていた。暴風も激しいが、樹々のしがみつきようも風威に劣らず激しい。竜巻の柱状の漏斗《トランク》が、狂える象の鼻《トランク》のごとく庭園に襲いかかっても、樹々は果敢に抵抗している。何頭かの動物が空気の大渦に巻きあげられ、見えなくなった。ついで竜巻は、まっすぐ司政官の公館に襲いかかってきたが、建物はまったくダメージを受けない。ただすさまじい音がしているだけだ。

「一日に二、三百は竜巻が襲ってまいります」執事ロボットがいった。「すべての宇宙船を地下に格納しておりますのも、気象制御装置をいっさい屋外に置いておりませんのも、みな竜巻が原因でございまして。人間の方たちがおっしゃるには、この惑星を居住可能な状態に維持するより、かろうじて輸出産品を産出できる状態のまま放置しておくほうが、コストがかかりませんのだそうです。ニュースをお聞きになるのでしたら、ラジオはライブラリーにございます。ランキン・ミクルジョン閣下は夕方になるまで起きてこられませんでしょう。お目覚めは七時五十分から八時ごろになるかと」

「外に出られるか？」

「もちろんでございます。あなたさまは真人ですので、すべてお好きなようになさることができます」

「ぼくがいうのは、外に出ても安全かという意味だ」

「とんでもない！　烈風が吹き荒れておりますから、屋外に出たとたん、ばらばらにされてしまうか、遠くへ運び去られるか、そのどちらかでございましょう」

「人間が外に出ることはないのか？」

「ございます。地上車か動甲冑をお使いになられればよろしいのです。車体や軀体《くたい》の重量が五十トン以上あれば、中の人間の方はぶじと聞いております。しかし、じっさいのところはなんとも――ごらんのとおり、わたくしはロボットでございますので。ボディはこの惑星で、頭脳は地球2で造られまして、この公館の外に出たことはございませんのです」

キャッシャーはロボットに目をすえた。この個体、ロボットにしては自発的にしゃべる。このさいなので、もっと情報を引きだせないか試してみよう。

「ボールガールのうわさを聞いたことは？」

「ございます。この惑星で最良の館の由――人間の方たちが、ボールガールはヘンリアダで最良の館だとおっしゃるのを聞いたことがございます。所有しておられるのは、ミスター&オーナー・マーリー・マディガン。ご出身はオールド・ノース・オーストラリアで、かつてヘンリアダが活気ある惑星だったころに母星を捨てられ、ここに移住してこられた棄星者の方と承っております。そのさい、全財産をもってこられたそうで。下級民やロボットたちが申しますには、ボールガールの館はすばらしいところだそうでございますよ」

「きみは見たことがないのか？」

「ございません。わたくしはこの公館を出たことがございませんので」

「マディガンなる人物が公館に訪ねてきたことは？」

ロボットは笑おうとしたようだったが、うまくいかなかった。返ってきた答えは、ひどくぎくしゃくとしたものだった。

「ございません。あの方はどこにもお出かけにならないのです」

「マディガンと同居している女性について、なにか話してもらえることはあるか？」

「ございません」とロボットは答えた。

「その女性について、なにか知っているか？」

「お話しできないのは、知らないからではございません。彼女については、よく存じあげております」

「ではなぜ話せない？」

「お話ししないようにと命じられているからでございますよ」

「ぼくはな」とキャッシャー・オニールはいった。「真人だぞ。真人の権限をもって、その命令を撤回する。くだんの女性のことを話せ」

ロボットの声が形式的で冷たい感じになった。

「この命令は撤回不能でして」

「なぜだ？」キャッシャーは語気を強めた。「司政官の命令か？」

「いいえ」

「では、だれの？」

「彼女のです」

おだやかにそう答えて、執事ロボットは部屋を出ていった。

3

キャッシャー・オニールは、その日はずっと情報を集めようと試みたが、成果ははかばかしくなかった。

司政官補佐は若い男で、司政官のことを憎んでいた。

キャッシャーはこの補佐と食事をともにしたさいに——官費で不味い昼食をとったダイニングルームは、いまはふたりしかいないが、ゆうに五百人はすわれるだけの広さがある——率直にたずねた。

「マーリー・マディガンについてなにを知っている？」

返ってきた答えは、無礼なほどに率直なものだった。

「なにも」

「この男の存在を聞いたこともないというのか！」キャッシャーは声を荒らげた。

「自分の問題は自分だけにとどめていてくださいよ、ミスター・訪問者《ヴィジター》どの」司政官補佐はいった。「昇進の声がかかって惑星外に出られるまで、わたしはここにいなきゃならない。かたやあなたは、いつでも出ていける。そもそもあなたは、ここにくるべきじゃなかったんです」

「ぼくは補完機構から全惑星の通行許可証をもらっている」

「ははあ、そうですか。それがあるからには、あなたはわたしよりも重要人物ということだ。ねえ、この件はもうやめにしましょうよ。ときに、どうです、ここの昼食は」

キャッシャーは子供時代のうちに――惑星ミッザーを統《す》べる独裁者の跡継ぎだったころに――外交術を学んでいた（恐るべき伯父であったルファークが支配権を失ったとき、一時はウェッダー大佐とギブナ大佐による政変を容認したキャッシャーだが、いまやウェッダーは最高指導者の座につき、恐怖と廉潔の時代を全ミッザーに強制する圧政者となっている）。ゆえにキャッシャーは、儀礼と儀式、大言壮語と他愛ない雑談の使い分けをよく知っている。ここは雑談で流すことにした。若い司政官補佐にはたったひとつの野望しかない。早く惑星ヘンリアダを出ていき、二度とランキン・ミクルジョンの顔を見ず、声も聞かずにすむ身分になることだ。

その気持ちが、キャッシャーにはよく理解できた。

ところが、食事中、ひとつだけ興味深いことが起きた。

食事がおわるころになって、キャッシャーがさりげなく、ごくくだけた口調でこの質問をしたときのことである。

「下級民がロボットに命令できるものかな？」

「もちろんですとも」と若者は答えた。「われわれが下級民を使う理由のひとつはそれですからね。下級民のほうがロボットよりも臨機応変でしょう。連中はいろんなケースにおいて、われわれがロボットに与える命令をきめこまかく調整するんです」

　キャッシャーはほほえんだ。

「そういう意味じゃない。下級民がロボットに命令を与えることは可能なのか？　それも、真人の指示ですら撤回できない形で？　ききたいのはそれだよ」

　若者は口いっぱいに料理をほおばったまま答えかけた。あまり洗練されたマナーとはいいがたい。ところが、そこで急に、もぐもぐしていた口の動きをとめ、大きく目を見開いた。ついで、まだ料理を口に入れたまま、こういった。

「どうやら、この惑星ならではの事情をききたいみたいですね。そいつをききたい気持ちはわかります。あなたはもう渦中の人なんだから。なら、このまま渦中をつっきることです。うまくすれば、生きて渦から脱出できるかもしれない。こちらとしては、巻きこまれたくはないですがね。あれにも、あなたにも、彼にも、彼の憎悪に満ちた計画にもです。わたしの望みは、お呼びがかかったとき、ぶじにこの惑星を出ていくことだけなんですよ」

　そこまでいって、若者は咀嚼《そしゃく》を再開した。目は自分の皿だけにすえている。

　キャッシャーはあたりさわりのないことばを返して、話題を変えようとした。だが、そのひまもなく、執事ロボットがやってきて背後に立ち、身をかがめてキャッシャーにいった。

「お客さま、ご質問はわたくしにも聞こえました。わたくしからお答えさせていただいてもよろしゅうございましょうか」

「もちろん」キャッシャーはおだやかに答えた。

「ご質問に対するお答えはですね」執事ロボットは、ものやわらかに、しかし、きっぱりとした口調でいった。「〝ありえない、断じて、絶対に〟です。それが文明諸惑星の一般的なルールでございますからね。しかしながら、この惑星ヘンリアダにかぎりましては、答えは〝可能〟となります」

「なぜだ？」

「務め上、申しあげますが」と執事ロボットはいった。「この穫れたてのアーティチョーク、お奨めでございますよ。それ以外のことがらにつきましては、お答えする権限を与えられておりません」

「そうか、すまないな」とキャッシャーはいった。

まったく動じていないように見せるには、すこし努力が必要だった。

その晩は、たいしたできごとも起こらなかった。せいぜい、ミクルジョンが起きてきて、またしてもしっかり聞こし召したことくらいだ。司政官は、酒につきあえとキャッシャーを呼びだしはしたものの、それほど真剣には例の娘の話をしなかった。ただし、いちどだけ、思うところを一気に吐露した。

「この件はあすにまわそう。謹厳実直。公明正大。清廉潔白――それがわしだ。あす、わしみずからボールガールに連れていってやる。なあに、現場にいけばたやすい仕事だ。ナイフ一本あればことたりる。な？　おまえのように旅慣れた若者なら、ナイフのあつかいくらい熟知しているだろう。小娘のあつかいもだ。たいしたことじゃない。簡単な仕事だよ。考えなおすことなどない。ああ。バイガーにすこし、アップルジュースを入れるか？」

元ロードの酒につきあうため、キャッシャーは事前に三錠、制酔薬を服《の》んできていたが、それでもミクルジョンのペースにはついていけなかった。アップルジュースで酒が薄まってくれるのはありがたかったので、この申し出を、優美に、優雅に、優然と受けいれた。

公館の周囲ではいくつもの小さな竜巻が荒れ狂っている。ミクルジョンは酔いにまかせ、あちこちの惑星で自分が受けた不当な仕打ちの昔語りをはじめており、周囲の竜巻には目もくれようとしない。いつしか時間も過ぎゆき、夜の九時五十分をまわるころ、いつのまにか眠りこんでいたキャッシャーは、はっと目を覚ました。椅子の上で眠りこんでいたためか、からだがあちこち、こわばっている。見ると、司政官の姿はなかった。こういうときの服務規定でもあるのか、ロボットたちがベッドに運んでいったらしい。キャッシャーはふらつく足で自室にもどり、天井ごしに轟く雷鳴に毒づくと、ふたたび眠りについた。

4

翌日は、前日とは打って変わった展開となった。

司政官はもうしらふにもどっており、いまだかつて酒など飲んだことがないかのように、きびきびとして精力的にふるまっていたのだ。

迎えのロボットたちを通じて朝食に招かれたキャッシャーは、司政官のもとへと出向き、
ともに食事をとった。食事がすむと、こんなことをいわれた。

「賭けてもいい。ゆうべはおまえ、わしが酔っぱらっていると思った。そうだな」

「その……」キャッシャーは答えかけた。

「惑星熱。あれはそう呼ばれるものだ。惑星熱とな。すこしアルコールを入れれば、あまり悪化しないですむ。さて、いまは三時六十分。四時までに出発の準備ができるか？」

キャッシャーは眉根を寄せて腕時計を見た。この腕時計は通常の二十四時間表示だ。

司政官はキャッシャーの視線をたどり、詫びをいった。

「おお、すまん！　わしのミスだ。しじゅう忘れてしまう。すぐに十進化腕時計をわたそう。一日が十時間、一時間が百分の時計だ。ここヘンリアダの者はみな、進歩的なんだよ」

司政官はぱんぱんと手をたたき、キャッシャーの部屋へただちに腕時計をとどけるように、そして、キャッシャーのバイオリズムに合わせて調整するため、腕時計修理ロボットも同行させるようにと命じた。

「それでは、四時に」司政官はきびきびした動きでテーブルから立ちあがった。「地上車で出かけるのに必要な装いをつけてきてくれ。着用のしかたは召使いたちが知っている」

キャッシャーの部屋には、すでにひとりの男がきて待っていた。ぽっちゃりとした人物で、

考古学の本に載っている古代ヒンドゥーの賢者のような風貌をしている。男は快活に一礼し、こういった。

「ゴシーゴといいます。この惑星に移り住んだ〝忘れ者〟ですが、本日はあなたのガイド兼運転手として、この公館からボールガールの館へお連れします」

〝忘れ者〟には、下級民よりもかろうじて上の地位しかない。元はさまざまな大罪を犯した人間で、各惑星の法廷または補完機構が、死刑のかわりに――あるいは死刑よりもいっそう苛酷な刑罰、たとえば惑星シェイヨル行きのかわりに――完全な記憶喪失を許可した罪人のことである。

キャッシャーはまじまじとゴシーゴを見た。これまでに見てきたおおぜいの忘れ者には、つねに当惑しているような雰囲気がつきものだったが、この男にはそれがない。ゴシーゴはキャッシャーの視線に気づき、自分なりにそれを解釈した。

「わたしはもう健全者ですよ。それに、腕力もかなりあります。そうしろと命じられたら、あなたの背骨をへし折れるくらいです」

「それはつまり、脊髄《せきずい》を損傷させるということか？　なんと乱暴な。なんと不愉快なことをいうんだ！　きみがそんなまねをしようとしたら、それより先に殺してしまえるとは思うが――しかし、どこからそんな物騒なことを考えついた？」

「司政官はいつも、そういって人を脅すんですよ。この男に背骨をへし折らせるぞ、とね」

「じっさいに人の背骨を折ったことは？」

キャッシャーはたずねつつ、ゴシーゴを入念に観察し、評価しなおした。この男は、自分よりも背が低いが、しっかり筋肉がついている。ぽっちゃり型の人間によく見られるように、外見は柔和ながら、敵にまわせばはなはだ侮りがたい相手なのかもしれない。

ゴシーゴはつかのま、微笑を見せた。しあわせそうにさえ見える微笑だった。

「いいえ、一度も。折るところまではやっていません」

「なぜ折らなかった？　司政官は毎回、命令しては撤回してばかりいるのか？　それとも、ときどき酔っぱらいすぎて、自分がそんな命令を出したことを忘れてしまうのか？」

「いえいえ、そういうわけでは……」

「なら、どういうわけだ？」

「わたしは司政官以外からも命令を受けるのですよ」ややためらいがちにゴシーゴは答えた。「たとえば、きょう受けている複数の命令セットがいい例でしょう。一セットは司政官から、一セットは司政官補佐から、一セットは外部の指示者から命令が出ておりましてね」

「その外部の指示者とは何者だ？」

「それはまだ説明してはならない──と、彼女からいわれています」

キャッシャーは呆然とその場に立ちつくした。

「それは……ぼくが思っているとおりの人間か？」

ゴシーゴはひどくゆっくりとうなずき、換気孔を指さした。まるでそこに、盗聴マイクが仕掛けてあるかのように。

「複数の命令セットとやらの内容は説明できるか？」

「ああ、それでしたら、問題ありません。司政官からは、ご自身とあなたを地上車でボールガールへとお送りし、館の戸口までお連れして、そこであなたが下級民の娘を刺殺するのを見とどけたうえで、あなたを救出するために、二台めの地上車を呼べと指示されています。司政官補佐からは、あなたをボールガールへお送りし、そこであなたを好きにふるまわせたうえで、もしもあなたがミスター・マーリーの館から生きて出てこられたら、アムビロクシ経由でこの公館にお連れしろと指示されています」

「外部からの命令は？」

「あなたがボールガールの館に入ったら、ただちに玄関ドアを閉めて、今生においてはもう二度とあなたのことを考えるな、なぜならあなたは、とてもしあわせでいられるからだ……というものでした」

「気でも狂ったのか、きみは」キャッシャーはことばを荒らげた。

「わたしは忘れ者ではありますが」それなりの威厳を見せてゴシーゴは答えた。「狂人ではありませんよ」

「で、だれからの命令にしたがうつもりだ？」

ゴシーゴは、人間的なあたたかい笑みを浮かべてみせた。

「それはあなたしだいではありませんか。わたしの意志など関係ないでしょう？　わたしが進んであなたを殺そうとしている人間に見えますか？」

「いいや、見えない」

「わたしの目に、あなたはどういう人物に映っているとお思いです？」のどを鳴らすような声で、ゴシーゴはつづけた。「あなたが小さな少女をも殺す人間だ――そう判断したとき、わたしがあなたの手助けをすると、ほんとうに思われますか？」

「そこまで知っているのか！」

キャッシャーは思わず叫んだ。顔から血の気が引いていくのがわかった。

「知らない者などいませんよ。このヘンリアダで、ほかに話題にすることなどありますか？　なにはともあれ、装備をつける手伝いをさせてください。すくなくともボールガールまでの行程では、生きていられるようにしてあげないといけませんからね」

ゴシーゴはそういって、肩パッド、パッド入りのヘルメット、その他の装備を手わたした。キャッシャーは装備の着用に取りかかったが、なかなかうまくいかなかった。

結局、ゴシーゴに手伝ってもらった。

装備一式を身につけたキャッシャーが思ったのは、宇宙空間でさえこれほど厳重な装備をつけはしないな、ということだった。地上車で数時間ほど移動するにも、こんなに重装備が必要となると、ヘンリアダの自然環境はよほど苛酷なものにちがいない。

ゴシーゴもすでに、同じ系統の装備を身につけおえている。

忘れ者がキャッシャーを見るまなざしは好意的で、口元にたたえたいたずらっぽい微笑は、どこかおもしろがっているような雰囲気さえあった。

「わたしを見てください、高貴なるお客人。だれか思いだす人はいませんか？」

キャッシャーは注意深い目でまじまじと相手を見つめ、答えた。

「いや、とくに」

ゴシーゴの顔に失望の色が浮かんだ。

「これはゲームです。わたしとしては、自分がかつて何者であったのか、探ろうとせずにはいられないのですよ。もしや、信用を失墜する行為を働いた補完機構のロードだったのか。それとも、想像を絶する行為に知識を悪用した科学者だったのか。でなければ、補完機構はふつう、各惑星の政治には関与しないものですが、その機構でさえも介入して排除せざるをえないほどの、はなはだ悪辣《あくらつ》な独裁者であったのか。ここでのわたしは、精神的にも健全で、賢明で、注意を怠らない存在です。この惑星ではゴシーゴという名前を与えられています。もしかするとわたしは、はじめからこの惑星の地元民で、ローカルな犯罪を犯しただけなのかもしれません。わたしにはひとつ、条件づけが施されておりましてね。だれかから本名やほんとうの過去を教わったとたん、大きな悲鳴をあげて卒倒し、そのときにいわれたことをすべて忘れてしまうんです。みんなはわたしが、死刑のかわりにこの刑罰を選んだはずだという。そうかもしれません。しかし、忘れ者からすれば、死はときにうらやましくも見えるものなのですよ」

「いままでに悲鳴をあげて卒倒したことはあるのか？」

「それすらもわかりません」ゴシーゴは答えた。「本日、これからどのような経験をなさるのか、あなたにはまったくわからないのと同じです」

やけに謎めかした言いかたをする。そこがひっかかって、キャッシャーはむだに好奇心を見せる愚を避けた。だが、忘れ者本人のことは気になるので、こうたずねた。

「つらいのかい？……その、忘れ者でいることは？」

「いいえ。つらくなどありませんとも。これからあなたが経験することにくらべれば――」

そこまでいいかけたとき、最後のほうで声色が急に変化し、声が一オクターブほども高くはねあがった。すっかり血の気の引いた顔で、食いいるようにキャッシャーを見つめている。両手をぴしゃっと顔にたたきつけ、二度と口をきくまいとするかのように、口もとをぐっと押さえた。押さえた指のあいだから荒い息が漏れた。それとともに、ことばもだ。

「しかし――おお！　あの恐怖――あのおぞましくも荒涼とした恐怖――自分でいることの……！」

依然として、目はキャッシャーにすえたままにしている。

やっとのことで自分のことばを押さえこんだゴシーゴは、渾身の力をこめるかのように、必死のようすで顔から両手を引きはがし、ほぼふつうにもどった声でいった。

「……そろそろ旅に出るとしますか？」

ゴシーゴは先に立ち、飾り気のない殺風景な廊下を歩いていった。廊下にはそれとわかる程度の風が吹きぬけていたが、目につくかぎり、開かれている窓もドアもない。ほどなく、ふたりは荘厳な階段に差しかかり、階下へ降りはじめた。一段一段の奥行がかなりあるので、ふだんとはちがう歩幅で進むことを余儀なくされた。ようやく降りきった公館の最下層は、かつては本格的なレセプション・ホールとして使われていたにちがいない。それがいまでは、地上車で埋めつくされている。

それも、奇妙な地上車ばかりでだ。

この地の地上走行車両は、いまだかつてキャッシャーが見たこともない形状をしていた。しいていえば、古い写真で見た古代の〝装甲戦闘車両〟に通じるところがある。異様に短く醜悪な潜水艦のようでもあった。車輪はどれも直径が大きくて、スパイクつきだ。しかし、車両全体でとくに目だつのは、車体から何本もにょきっと突き出た、巨大なコルク抜き状の複雑な構造だった。各構造は車体の左右に四本ずつ、方向を自在に変えられる複雑な器具によって取りつけられている。キャッシャーは宇宙からじかに宮殿の発着場へ降りてきたため、まだ竜巻が荒れ狂うヘンリアダの屋外へは出たことがない。

司政官は駐車場で待っていた。全身をすっぽりおおうスーツに地位を示す徽章《きしょう》が記されているのが見えた。

キャッシャーは丁重に一礼をした。スーツの上から手首につけた、瀟洒《しょうしゃ》な十進化腕時計をちらりと見る。これもゴシーゴがつけるのを手伝ってくれたもので、表示されている時刻は〝3：95〟だった。

キャッシャーはあらためてランキン・ミクルジョンに一礼し、いった。

「いつでも出発できます。閣下さえよろしければ」

キャッシャーの半歩うしろから、ゴシーゴがささやきかけてきた。

「ようすが変です。気をつけて！」

「わしも出かけられるぞ」答えた司政官の声は震えていた。

キャッシャーは丁重な態度を崩さぬまま、用心してその場に立ちつづけた。これは危険な徴候なのだろうか、それとも愚かさの表われか？　さっき別れてから間がないのに、こうも早く酔えるものか？

キャッシャーは注意深く、静かに司政官のようすを見まもった。司政官がいちばん近くの地上車へ歩きだすのを待つ。車のドアは大きくあけはなたれている。

とくにおかしなことは起こらないな——と思ったとき、司政官の顔色が蒼くなりはじめた。この場にいる人間は、六人ないし八人。ほかの者たちはみな前にも同じ光景を見ているのだろう、心配するようすも、けげんそうなようすも見せていない。と、司政官が目に見えて震えだした。かさばる旅行スーツを着ているというのに、キャッシャーの目にもはっきりと震えが見てとれる。両手もがくがく震えていた。

うわずったかんだかい声で、司政官がいった。

「ナイフだ。ナイフは持ってきたか」

キャッシャーはうなずいた。

「見せてみろ」

キャッシャーはブーツに手を伸ばし、みごとなバランスの美しいナイフを鞘から抜いた。

が、刃先を上に立てて見せるひまもなく、ゴシーゴのごつい手で肩をぐっとつかまれた。

「ご主人さま」ゴシーゴはミクルジョンにいった。「お客さまにナイフをしまわれるようにおっしゃってください。いかなる者も、ご主人さまの前で武器を見せることをゆるされてはおりません」

キャッシャーはごつい手から逃《のが》れるために、身をよじろうとした。しかし、へたに動けばバランスが崩れて、威厳が失われてしまう。しかもゴシーゴにはカラテの心得があるらしく、床に根でも生やしたかのように、びくともしない。はたからはそれとわからぬまま、攻防はつづいた。キャッシャーは梃子《てこ》の原理で肩を前後にゆすり、ゴシーゴの強力なグリップから逃れようとしたが、いっこうに脱け出せずにいる。

攻防から解放してくれたのは、司政官のこんなことばだった。

「ナイフをしまえ……」

依然、あの奇妙なかんだかい声のままだ。

腕時計の表示は4：00時にせまろうとしているのに、だれもまだ車に乗りこんではいない。

ここでゴシーゴが、ふたたび口を開いた。

「ご主人さま、そろそろ〝道路に出る前の一杯〟の時間では？」

それを聞くなり、司政官補佐が馬鹿にしたように笑い声をあげた。いまなお立ったままの補佐は、通常の屋内服を着ている。

「わかっている、わかっているとも」司政官がぼそぼそと答えた。息づかいはほぼふつうにもどってきている。それから、これはキャッシャーに向かって、「では、いっしょにやれ。これは当地の慣習なのだ」

キャッシャーはブーツの鞘にナイフをもどした。ナイフがしまわれると、ゴシーゴがすぐ、肩から手を放した。キャッシャーは痛む肩をさすりながら、司政官と向かいあって立った。口はきかない。かわりに、そっとかぶりをふり、酒は遠慮する意志を示した。

ロボットの一台が、司政官に巨大なグラスを運んできた。グラスの中身は、すくなくとも一リットル半はありそうだ。ごく丁重な態度で、司政官がキャッシャーにたずねた。

「ほんとうに、おまえはいらんのだな？」

これだけ近いと、酒のにおいがはっきりわかる。混じり気なしのバイガーだ。アルコール度数は、すくなくとも八十度はあるだろう。キャッシャーはもういちどきっぱりと、ただし、やはりそっと、かぶりをふった。

司政官がグラスをかかげた。

液体がのどに流れこんでいく。のどの筋肉が動いているのが見える。ごくりと飲むたびに、荒い息をつく音が聞こえた。巨大なグラスに入っていた透明な蒸留酒の嵩《かさ》がみるみる減っていく。

とうとうすっかり飲み干された。

司政官は首を横にかしげ、オウムのそれのような声でキャッシャーにいった。

「では――さあらば」

「どういう意味です？」

司政官は晴れ晴れと顔を輝かせた。キャッシャーとしては、司政官があれだけの量を一気飲みしながら死んでいないことに驚きを禁じえないでいる。

「さらば、という意味さ。わしは――どうも――ぐあいが――悪い」

そこまでいったとたん、岩の柱が倒れるように、直立したまま、まっすぐ前に倒れだした。召使いのひとりが、たぶんこれも忘れ者だろう、床に倒れる前に司政官を抱きとめた。

「いつもこんな調子なのか？」キャッシャーは司政官補佐にたずねた。

補佐は苦りきり、軽蔑を隠そうともせずに答えた。

「いやいや。このときだけですよ」

「どういう意味だ、〝このとき〟とは？」

「ボールガールの少女に刺客を差し向けるたびに、こうなるんです。刺客はひとりも帰ってこなかった。あなたも帰ってこないでしょうね。もうすこし前だったら逃げることもできたでしょうが、いまとなってはもう遅い。現地にいって、少女を殺す試みをなさい。首尾よくいけば、5：25時にここで会いましょう。もしもどってこられるようなら、司政官を起こす努力をしてみますよ。しかし、あなたはまずもどってこない。幸運を。あなたに必要なのはそれでしょうから。幸運を」

キャッシャーは手袋をはずすことなく、補佐と握手をした。ゴシーゴはすでに、地上車の運転席に乗りこんで、モーターの試運転をしている。車体から突き出た八本の巨大なコルク抜きが下を向きはじめた。が、先端が床に触れる寸前、ゴシーゴは動きを反転させ、全部を〝上向き〟にセットした。

キャッシャーも地上車に乗りこんだ。とくに差し迫った危険などなさそうなのに、室内の者たちが身を隠せる場所へ足早に駆けだしていく。人間の召使いのうち、ふたりは司政官を階段へ引きずっていった。そのすぐあとから、司政官補佐も足早に追いかけていった。

「シートベルトを」ゴシーゴがうながした。

キャッシャーはシートベルトを見つけ、カチリとバックルをとめた。

「ヘッドベルトを」これもゴシーゴだ。

キャッシャーはゴシーゴを見つめた。ヘッドベルトというのは聞いたことがない。

「上から引きおろすんです。ネットをあごの下にあてがって」

キャッシャーは頭上を見あげた。

地上車の天井の、頭のすぐ上に、ネットがしっかり取りつけてあった。上に手を伸ばして引きおろそうとしたが、びくともしない。むっとして力をこめた。こんどはゆっくりと下に降りてきた。

〈鐘《ベル》〉と〈蔵《バンク》〉に賭けて、この連中、これでおれを縊《くび》る気か！

ネットを引きおろしながら、キャッシャーは思った。ネットの両端は強靭なファイバーのベルトにつながっている。ネット自体は、十五センチから二十センチほどの長さしかない。手を放せば、勢いよく天井に引きもどされそうな気がする。こうやってネットの両端を持ち、ぐっと引っぱったままでいると、なんだか馬鹿みたいに思えるが、かといって、どうすればいいのかわからない。ここでゴシーゴが、すこしじれったそうなようすで身を横に乗りだし、ネットをあごの下にあてがうのを手伝ってくれた。ネットがぴんと張って、キャッシャーはつかのま、頭をがくんと上へ引きあげられそうに感じた。

「抵抗してはいけません」ゴシーゴがいった。「力を抜いて」

キャッシャーはいわれたとおりにした。それまで気づかなかったが、シートの背もたれの上部には発泡性のパッドを張った窪みがあって、頭はそこに数センチほどめりこんだ状態になっていた。一、二秒後には、妙な姿勢ではあるが、これがじつはなかなか安定していて、快適であることがわかった。

ゴシーゴが自分もヘッドベルトをはめ、車体前部のヘッドライトをつけた。かっと灯ったライトはあまりにもまばゆかったので、もうすこしで、これはレーザー照射かと思うところだった。これほどの出力があれば、この駐車場の内扉《ないひ》くらい焼き切れるのではないか——。

しかしそれは、内扉を開放するキーだった。

5

前方で一対のパネルが左右に開かれ、すさまじい風声と枝葉の揺れ動く音がどっとなだれこんできた。外には狂風が吹き荒れている。それでも、ハリケーンの風速にはまだまだ遠くおよばない。

地上車は大きな車輪でぎごちなく進みだし、公館から道路へ迅速に進み出た。

空は茶色に染まっている。陽光が透過しているのか、明るい茶色だった。ところどころに黄色い条《すじ》模様が走っているのが見える。いままでに訪ねた惑星で、このような色の空は見たことがない。長い流浪暮らしで、訪ねた惑星は相当数にのぼるというのにだ。

ゴシーゴはまっすぐに前方を見すえ、車体に道路の中央を進ませるべく、奮闘していた。路面は黒く、やわらかく、タールを思わせる。

「気をつけて！」

いきなり、声が耳もとに響いた。

ゴシーゴの声だ。ヘルメットに組みこまれた通信機で話しかけてきたのである。

キャッシャーは前を見た。変わったものはとくにない。行く手に見えるのは、狂風が吹き荒れる地形と樹々のみ。そのとたん、いきなり、地上車の中が真っ暗になり、車体の上下がひっくり返ったかと思うと、がくがくと激しく揺さぶられた。と同時に、油っぽい刺激臭をともなった悪臭、強烈な悪臭が車内に侵入してきた。

すぐさま、ゴシーゴがずらりとボタンのならぶコントロール・パネルを引きだした。車外に正視できないほどまばゆい光と炎がほとばしり、ウインドシールドと側面の窓を炙《あぶ》りだす。戦いは始まりもしないうちに終わっていた。

地上車は小さな沼地のようなもののただなかで横倒しになっていた。道路は三十メートルから三十五メートルほど先に見えている。

と、車内のどこかでガリガリという音が響きはじめ、横転していた地上車が通常の姿勢にもどりだした。ついで、なにかを吸いこむような、異様な音が響いたのち、ガリガリという音は収まった。窓ごしに目をやると、車体の側面から突きだした例の巨大なコルク抜きが、ゆるい地面にしっかりと食いこんでいる。

やっとのことで正常な姿勢に復帰した地上車は、全体が多数の枝、木の葉、海藻のようなものにまみれていた。

襲ってきた小さな竜巻は、そろそろ真上を通り過ぎようとしているらしい。

ここでゴシーゴが、わざわざ顔を横に向け、キャッシャーに語りかけてきた。

「空鯱《くうこ》に呑まれたので、焼いて脱出せねばなりませんでした」

「なににだって？」キャッシャーは大声でたずねた。

「空鯱ですよ」ゴシーゴは通信機ごしに、冷静な声で答えた。「この惑星には原生の生物がいません。が、地球から持ちこまれた生物たちがいて、それが大きく変容していましてね。なかでも鯱《シャチ》は、しじゅう竜巻で空中に巻きあげられるうちに、一部が空を飛ぶ暮らしに適応してしまったというわけで。空鯱は歯鯨《ハクジラ》類ですから、地上車を歯で割って中身を食らおうとするんです。ま、道路にもどりさえすれば、しばらくは安全でしょう。空中生活に適応した野人もすこしはいますが、とくに危険なことはありません。こちらが二進《にっち》も三進《さっち》もいかない状態にあると判断しないかぎり、襲ってはきませんよ。軟泥から脱け出すのには、それほど時間がかかりません。脱け出したら道路へもどる試みに取りかかります。なあに、ここからアムビロクシまでは、それほど遠くありませんから」

道路にもどるまでには長い時間がかかった。道路自体は見えているのに、なかなかはかがいかないのだ。道路へあがるためには、さまざまな方法が試みられた。

最初の試みでは、地上車はぞっとするほど大きく前方にかたむいた。計器パネルのあちらこちらで赤ランプが灯り、ブザーがつぎつぎに鳴りはじめる。底なし沼にでも咥《くわ》えこまれたかのように、スパイクつきの大型タイヤもむなしくからまわりするばかりだ。

ゴシーゴが助手席に叫んだ。

「つかまっていてください！　後進をかけて、軟泥から一気に飛びだします！」

シートベルトを締め、ヘッドベルトとパッドで頭をやんわりと固定しているというのに、これ以上からだを安定させるすべがあるんだろうかといぶかりつつ、キャッシャーはアームレストをしっかりと握りしめた。

唐突に、世界が炎で真っ赤になった。地上車の前部から、ロケットの推進炎にも匹敵する猛炎が吐きだされたのである。前方の沼が沸騰しだす。もうもうたる蒸気でなにも見えない。ゴシーゴがウインドシールドを可視光からレーダー波の表示に切り替えたが、レーダー波をもってしても、ほとんどなにも見えない状況にあった。見えているのは灰色に渦巻く形なき亡霊たちだけだ。車体をかしがせ、ぐらつかせながら、地上車は比較的固い地面の上に這いあがろうと苦闘をつづけた。いきなり、計器パネルのランプが緑一色に変わり、ゴシーゴは操車を中断した。さっきまで横倒しになっていた場所に、地上車がもどったらしい。珊瑚《サンゴ》に似た梯梧《ディゴ》の樹々の枝々には、爆裂して燃えた空鯱の、醜悪なはらわたがひっかかっていた。

「では、もういちどお願いします」ゴシーゴがいった。

まるでキャッシャーが車を動かすのに関与しているような言いぐさだった。

ゴシーゴがふたたびコントロールパネルを操作した。地上車がぐぐっとせりあがっていく。車輪のスパイクが油圧で伸張し、一本一本の長さがすくなくとも百五十センチに伸びたのだ。感覚的には、大きな車輪の上でぐらぐらと揺れる、カバーつきの自転車に乗っているような感じだった。風は強くて気まぐれだが、いまのところ、竜巻は見えない。

「さて、いくとしますか」

ゴシーゴがいわずもがなのことを口にした。地上車は泥の上を進みだし、かたむきながら樹々のあいだをつっきって、キャッシャーの右手にある、周囲よりずっと高くなった本来の道路へ急いだ。

突如として、骨がきしむほどの衝撃を受けた。道路にあがりそこねたらしい。つかのま、キャッシャーは朦朧《もうろう》として、現在地を確認する余力すらも失った。

それにしても、このヘルメットには助けられる。ヘッドベルトのネットで首を固定されているのも大きい。完全防備でなかったら、いまの激しい衝撃で死んでいたかもしれない。

ゴシーゴの反応を見ると、ここの旅では、こういうことは日常茶飯事のようだ。古典的なヒンドゥー系の顔に思慮深げな笑みを浮かべ、リラックスしたようすで、忘れ者はいった。

「大きな岩がぶつかってきたんです。それで横倒しになったんですよ。では、もういちど」

キャッシャーはあえぎつつ、かろうじて声を絞りだした。

「この乗り物、壊れないのか?」

答えたゴシーゴの声は笑いを含んでいた。

「ちょっとやそっとでは。なにしろ、かけがえのない命を乗せて運ぶものですから」

地面に向けて、また炎が吐きだされた。今回は車体側面からだった。地上車は起きあがり、四つの大きな車輪で危なっかしくバランスをとった。ここでレーダー画面をオンにしたのは、火炎噴射が引き起こした気流を通し、周囲のようすをさぐるためだろう。

道路が見えた。平坦な一本道がすぐそばにある。

「さあ、もういちど!」

ゴシーゴが叫んだ。地上車は勢いよく進みだし、沼の上で、まさにバレエとしかいえない動きを披露した。急進し、減速し、小高い場所の上では回転して、ときおり火炎噴射の力も借りながら沼をつっきっていく。

そのとき、キャッシャーの目が漏斗形の竜巻をとらえた。ここから半キロ、いや、もっと近くか。それまでの向きを変えて、こちらへ向かってきている。

口に出されないキャッシャーの危惧をゴシーゴは感じとったらしい。というのは、それに答えるかのように、通信機を通して、忘れ者はこういったからである。

「さてさて、ここで問題です。道路に到達するのはどちらが先でしょう。竜巻でしょうか、われわれでしょうか！」

地上車は跳ねあがり、よろめき、蛇行し、回転した。

前部のウインドシールドごしには、もはやなにも見えないが、ゴシーゴが自分のとるべき行動を心得ていることはまちがいない。

と、胃がでんぐりがえるような、吐き気をもよおす急激な動きとともに、それまでずっとせりあがっていた地上車の前部がすとんと大きく落下し、車体が水平に安定した。ついで、はじめて耳にする音がしだした。ナイフとナイフで鍔迫《つばぜ》り合《あ》いをしているようなギリギリという音だ。

ゴシーゴは心配するふうでもなく、ヘッドネットから頭を抜きだすと、微笑を浮かべて、キャッシャーの顔を覗きこんだ。

「竜巻は一、二分で襲ってきます。しかし、もう案じることはありません。車は道路に乗りました。固定具を路面にねじこんだので、当面はだいじょうぶです」

「路面にねじこんだ？」あえぎながら、キャッシャーはたずねた。

「あなたも見たでしょう、車外についている大きな螺旋体を？　あれを路面にねじこんで、車体を固定するんです。この惑星の道路は例外なくネオアスファルト製で、自己修復機能を備えていましてね。この世で最後に存在を知られるであろう惑星の、最後に存在を知られるであろう人間が死んだあとでも、この道路は痕跡くらい残っているでしょう。これはじつにすばらしい道路なんですよ」そこでゴシーゴは、急にことばを切った。「ああ、竜巻がいま、真上を通過していく……」

その先をつづけるひまもないうちに、ふたたび地上車が揺れだした。暴風が襲いかかってきたのである。だが、地上車は路面にがっちりと固定具を食いこませ、永続石の土台に固定されているかのように、微動だにしない。

ここでゴシーゴがボタンをふたつ押し、ひとつのダイヤルをまわした。目をすっと細めて計器をにらむ。それから、助手席の縁にあるひとつのボタンを押した。鋭い爆発音が響いた。化学物質で岩を破砕したような音だった。

キャッシャーは口を開きかけたが、ゴシーゴは片手で制し、沈黙を求めた。

ついで、いくつものダイヤルをすばやく調整した。ウインドシールドを通して見えていた外のようすがふっと消えて、レーダー画面が映り、それもまた消えて、こんどは派手な色のマップが表示された。スクリーンいっぱいに明るい赤の地色が表示されており、その上に、くっきりとした金色のラインが何本も走っている。マップの各所には、十カ所以上に輝点が表示されていた。ゴシーゴはその位置関係をじっと見つめた。

やがてマップはぼやけ、薄れていき、赤い混沌に埋没して消えた。

ゴシーゴが別のボタンを押した。ウインドシールドの外の光景がまた見えるようになった。

「いまのはなんだったんだ？」キャッシャーはたずねた。

「超小型レーダー・ロケットからのデータですよ。周囲の状況を探るため、高度十二キロに打ちあげたんです。それが送ってきた気象データをレーダー画面に表示させました。竜巻の発生密度がいつもより高いですね。しかし、なんとか乗りきれるでしょう。マップの右上に気づきましたか？」

「マップの右上？」

「ええ、マップの右上。あそこになにか見えましたか？」

「いや、なにも。なにもなかった」

「正解です。それが意味するものがなにか、わかりますか？」

「なにをいわれているのかよくわからない。それが意味するのは、あそこにはなにもないということなんじゃないんだろうか」

「また正解です。もうすこし具体的にいいましょうか。あそこは寄せつけないんですよ」

「なにを？」

「あらゆるものを。マップのあの部分は、なにものも寄せつけません。アムビロクシ以東は──なにより、ボールガールは。あのあたりはけっしてマップには表示されません。あそこではなにも変化が起きないんです」

「悪天候にも──ならないのか？」

「なりません」

「なぜだ？」

「彼女が許容しないからですよ」

ゴシーゴはきっぱりといった。まるで筋の通ったことをいったかのような口調だった。

「それはつまり、その彼女の気象制御装置が効いているということか？」

キャッシャーは唯一考えられる合理的な説明にしがみついた。

「そのとおりです」

「なぜだ？」

「彼女が運営資金を提供しているからですよ」

「どうしてそんなことができる？」キャッシャーは思わず大きな声を出した。「この惑星が、ヘンリアダ自体が破産しているんだぞ！」

「彼女がかかわっている部分については、そうではないんです」

「謎めかした言いかたはもうやめろ。いいかげん、彼女とやらがだれなのかをいえ。これがどういうことなのか、ぜんぶ説明するんだ」

「頭をネットで固定してください」ゴシーゴがいった。ついで、固定具を路面から抜きとり、車を発進させた。「なにも好き好んで謎めかした言いかたをしているわけではないんですよ。彼女については黙っているよう命令されているんです」

「それはきみが忘れ者だからか？」

「忘れ者であることとこの件と、なんの関係があります？　そのような言いかたはしないでいただきたいですね。いいですか、わたしは動物ではないし、下級民でもない。何時間かは召使いとしてあなたに仕えるとはいえ、わたしは人間なのです。それはもうじきわかることでしょう。ああ、しっかりつかまっていてください！」

　地上車が急停止した。タイヤの長いスパイクを、丈夫で復元力の強いネオアスファルトに食いこませている。停止すると同時に、車体外部の巨大コルク抜きが路面に潜りこみだした。あまりにも突然の急停車に、目玉が飛びだすかと思いながらも、キャッシャーはしっかりとアームレストを握りしめた。新たな竜巻が車を直撃したのはそのときだった。車体は何度も何度も激しく揺さぶられた。車は外部の固定具を路面にしっかりとめりこませ、嵐のとくに激烈な部分に備えている。

「心配いりません！」嵐の咆哮に負けない声で、ゴシーゴが叫んだ。「いよいよのときは、いつも観測ロケットを真上に打ち上げて、すこしでも接地圧を強めるんです。この種の車が暴風で道路から転げ落ちることはめったにありません」

　キャッシャーは緊張をほぐそうとした。

　まるで生命を持っているかのような漏斗状の竜巻は、さらにもう一、二度、車体を空中に浮きあがらせようと試みたのち、そのまま通過していった。

　今回は、嵐に乗って飛ぶという空鯱は見当たらなかった。まわりに見えるのは雨と風――そして荒れ地しかない。

　竜巻はまたたく間に去った。そのあとを、宙に大きく飛びはねながら、いくつもの亡霊のような影が追いかけていった。

「風人《かざびと》です」興味のなさそうな目をちらりと向けて、ゴシーゴが説明した。「ヘンリアダの地表で生きるすべを学んだ野人ですよ。あの連中は動物と大差がありません。ここはもう、〝淑女〟の勢力圏の付近ですから、われわれを襲うようなまねはしないでしょう」

キャッシャー・オニールは呆然とするあまり、ゴシーゴに質問することも、説明を求めることも忘れていた。

地上車はふたたび固定具を引き抜き、なめらかで細く曲がりくねったネオアスファルトの道路を軽やかに進みだした。まるで地上車そのものが、道を走れること、快走できることを喜んでいるかのようだった。

6

風声荒れ狂うヘンリアダの荒野をいつ脱けだし、いつ静かで美しいミスター・マーリー・マディガンの地所に入ったのか、はっきり憶えてはいない。キャッシャーが憶えているのは、具体的な事実ではなく、そのときいだいた気持ちのほうだった。

アムビロクシの町はまったく印象に残らなかった。ごくふつうの町、時代に取り残された小さな町で、意識に残る要素がほとんどなかったからである。板張りの歩道には、年老いた人々がすわって午後を過ごし、町を通りすぎていくよそ者たちを眺めていた。大通りでは、駐車してある地上車の合間合間に、馬が数頭ずつ、平行してつないであった。それはみな、大むかしののどかな写真から脱け出てきたような光景だった。

　町に入ってしまうと、竜巻の気配はまるで感じられなくなった。ランキン・ミクルジョン司政官の公館を出たばかりのころは、あたりに惨憺《さんたん》たる荒廃の跡が広がっていたものだが、それもやはり見あたらなかった。下級民やロボットの姿もまったく見かけることがなかった。見かけた人々の中に混じっているとしたら、よほど巧妙に外見を作り、真人のふりを装っていることになる。こんなにものどかで居心地がよく、とくに記憶に残らないような場所を、どうして憶えていられよう。どの建物にも、恐るべき嵐に対する補強の跡すら見られない。激烈な嵐の活発化により、かつて繁栄を誇った惑星ヘンリアダ全体が、こんなにも荒れはて、人の住まぬ地になったというのにだ。

　自明のことを口にする才能に恵まれたゴシーゴは、淡々とこういった。

「ここでは気象制御装置が機能しています。とくに用心する必要はありません」

　だが、ゴシーゴはこの町に、休憩、飲食、会話、燃料補給のいっさいを求めることなく、素通りした。この町には似合わぬ巨大な装甲地上車を駆って、要領よく、静かに、平和的で無防備な地上車のあいだを通過していく。そんなゴシーゴの手ぎわは、同じルートを何度も通ったことがあり、経路をすっかり知りつくしている者のそれだった。

　ひとたびアムビロクシの外に出てしまうと、ゴシーゴはスピードをあげた。といっても、公館をあとにしてすぐ、竜巻から逃れるため、しゃにむに車を駆っていたときのスピードにくらべれば、ほどほどの速さでしかなかったが。この一帯の地形は地球的で……うるおいがあり……地面の大半は植物でおおわれていた。

道路ぎわにはそこここに、古めかしいレーダー連動式の迎撃ミサイル発射塔が建っていた。それにどのような使い道があるのか、キャッシャーには想像もつかなかった。わかるのは、その外見からして、打ち捨てられてひさしいということくらいだ。

キャッシャーはたずねた。

「迎撃ミサイル用レーダーなんて、なんに使うんだ、この惑星で？」

いまは頭をヘッドベルトからはずしているので、しゃべるのがずいぶん楽だった。

ゴシーゴは顔をこちらに向け、けげんな顔でキャッシャーを見た。

「迎撃ミサイル用レーダー？　迎撃ミサイル用レーダー？　そんなことばは知りませんね。まるでわたしが知っていて当然のようにおっしゃるが……」

「レーダーなら、前にきみが使ってみせたじゃないか。嵐の中で視界ゼロになって、周囲のようすが見えなくなったときに」

ゴシーゴは前方に顔をもどし、ぶつかりそうになっていた樹木を危ういところで回避した。

「ああ、あれ？　あれはただの人工的ヴィジョン表示システムですよ。なぜ〝迎撃ミサイル用のレーダー〟などという表現を使ったんです？　あの表示システムのたぐいは、ここでは地上車くらいしか積んでいません。もっとも、わが女主人《ミストレス》もあのシステムを起動させていた場合は、それを使ってわたしたちを監視しているかもしれませんが」

「しかし、あの塔——あれは古代の迎撃ミサイル発射塔にそっくりだぞ」

「塔？　塔なんていうものは、ここにはありませんが」

「ほら、あれ。あそこにもまた二本、見えてきた」

「あれは人間が造ったものじゃありません。そもそも建物ですらない。あれはただの陸珊瑚《おかサンゴ》です。そのむかし、人間が地球から持ち込んだ珊瑚が適応して、陸地でも棲息できるようになったんですよ。住民たちはよく、風よけの手段としてあれを植えていましたね。みんながヘンリアダに見切りをつけて移転していく前のことでした。風よけとしてはあまり役に立ちませんが、観賞用としてはなかなかのものです」

　それから何分間かは、とくにキャッシャーが質問することなく、地上車は移動していった。道路ぎわにそびえる高木の枝々からは、樹上着生植物の猿麻桛擬《サルオガセモドキ》がたれさがっている。この一帯は海に近い。道路の左右には湿原が広がって、そこここに沼も見えるようになってきた。無数に発生する竜巻がこの一帯からは締めだされているので、なにもかもが公園を思わせるのどかさだ。ボールガールの地所は、ヘンリアダの他のすべての領域と、まるっきり趣《おもむき》を異にしていた。居住不可能性と荒廃に向かってひた走る惑星全土のただなかで、ここだけがぽっかりと、おだやかな自然環境を維持している。ゴシーゴでさえ、この領域外にいたときよりもリラックスしており、なにやら上機嫌のようすで、周囲より高くなった快適な道路に地上車を進めていた。

　そのゴシーゴが急にためいきをついて前に身を乗りだし、コントロールパネルを操作して地上車を停止させた。

冷静な顔を助手席に向け、正面からキャッシャー・オニールを見つめる。

「ナイフはお持ちですね？」

キャッシャーは反射的にナイフを手さぐりした。ナイフはいまもそこにあった。ブーツの鞘に安全に収まっている。こくりとうなずいた。

「命令はご承知でしょう」

「娘を殺せという命令か」

「そうです」ゴシーゴは答えた。「娘を殺せ、です」

「ちゃんと憶えている。そんなことをいうために車を停める必要はなかろうに」

「あらためてお伝えしましょう」分別のあるヒンドゥー系の顔は、おもしろがっているようでもなければ、怒っているようでもなかった。「命令を実行してください」

「つまり、娘を殺せということだな？　顔を合わせたとたん、その場で？」

「実行してください」ゴシーゴはくりかえした。「真実《トルース》を目《ま》のあたりにしたときに」

「実行するかどうか、その判断はこちらでする。それは自分の良心の問題だ。きみはぼくのお目つけ役としてついてきたのか？　司政官のために？」

「あんな酔っぱらいの阿呆のために？　あんな男はどうでもよろしい。わたしは忘れ者で、あの男の所有物であるというだけの関係です。それより、わたしたちは彼女のテリトリーにいます。したがって、なにごとも彼女の望むとおりに行なわなくてはなりません。あなたは彼女を殺せという命令を受けている。いいでしょう。では、殺してください」

「それはつまり――娘が自分自身を殺してほしがっているということか？」

「もちろん、ちがいます！」

ゴシーゴの声には、知りたがりの子供の質問攻めに遭い、いちどにあまりにもたくさんのことがらを説明しなければならない、おとなのいらだちがにじんでいた。

「だったら、どうやって娘を殺せるというんだ？　これがどういうことなのか、なにひとつわからない状態で？」

「彼女が知っていますよ。彼女は自分自身を知っているんです。自分の主人のことも。この惑星のことも。わたしのことも知っています。あなたのこともいくぶんかは知っています。このまま進んで、彼女を殺してください。それがあなたに与えられた命令ですから。彼女が死にたいと望んだとしても、それはあなたやわたしが決めることではありません――彼女が決めることです。彼女が死にたくないと思えば、あなたには命令をはたせないでしょう」

「ぜひ会ってみたいものだ」キャッシャーはいった。「いきなりナイフで襲いかかられて、それをとめられる人物にな。きみはもしや、ぼくがいくことを彼女に伝えてあるのか？」

「なにも伝えてなどいませんよ。しかし彼女は、われわれがいくことをもう知っていますし、あなたがなんのために差し向けられたかもよく知っています。考えてはいけません。ただ、いわれたとおりにしてください。ナイフを持って彼女に飛びかかればいいのです。それから先のことは彼女が考えてくれます」

「しかし――」キャッシャーはいいかけた。

「質問はもうそのへんで。ただ命令にしたがってください。そして忘れないように。彼女がいろいろと考えてくれることを。あなたのことでさえもです」

ゴシーゴは地上車を発進させた。

それから一キロたらず進んだところで、車は低い尾根を乗り越えた。ボールガールはその向こうにそびえていた。海辺に屹立する大きな館は、明るい空のもと、何本もの白亜の柱や、何カ所かの四阿《パーゴラ》を輝かせている。いくつかある庭園もパルメット椰子も、みなきちんと整備されていた。

キャッシャーは勇敢な男だ。だが、あと一、二分で殺人を犯さなくてはならないと思うと、両の手のひらに冷や汗がにじむのをおぼえた。

7

地上車はカーブした車まわしを進んでいった。やがて車は玄関の前に横づけして停まった。ひとことも口をきかぬまま、ゴシーゴがドアを開く。空気はおだやかで、潮風は湿気を含み、ひんやりとして新鮮だった。

キャッシャーは車を飛びおり、玄関ドアに向かって走りだした。

驚いたことに、走る自分の脚は震えていた。

前にも人を殺したことはある。真人相手の諍《いさか》いで、真人をだ。だったら、たかだか動物を殺すくらいのことで、なぜこうも動揺するんだろう？

ドアがキャッシャーを押しとどめた。

考えることなく、キャッシャーはドアをむりやりあけようとした。

ドアノブは動かない。目につくところには自動解錠機構もない。では、これはほんとうに、古い古い様式にのっとった館なのだ。両手でドアをたたいた。ドンドンという音があたりに響いた。その音が館の中にまで届いているのかどうかはわからない。ドアの向こうからは、なんの音も反響も聞こえない。

ここで、いうようにと指示されていたことばを練習した。

「ミスター&オーナー・マーリー・マディガンにお目にかかりたく……」

そのとたん、ドアが開いた。

戸口に少女が立っていた。

この娘のことは知っている。ずっと前から知っている。この娘は愛する人、ひさしぶりに会う幼なじみだ。いたことのない妹、若かったころの母親だ。齢格好は、十歳から十三歳。それは子供が——ことわざにいうように——〝子供でありながら成熟し、もはや子供のままではいない〟奇跡の年齢にほかならない。親切で、冷静で、知的で、なにかを期待しているようで、物静かで、人を惹きつける魅力を持ち、物怖じもしないその娘は、いままでずっといっしょに過ごしてきた人間のような錯覚をもたらした。それでいて、一度も会ったことのない人間のようでもある。

自分の声が、〝ミスター&オーナー・マーリー・マディガンにお目にかかりたい〟というのを聞きながら、心の奥底で、キャッシャーは首をかしげた。この少女は何者なのだろう。マディガンの娘だろうか？　ランキン・ミクルジョンもその補佐も、人間の家族のことなど、ひとことも口にしなかったが……。

少女はキャッシャーをじっと見つめるばかりだ。

気がつかないうちに、キャッシャーはあいさつのことばをいいおえたにちがいない。というのは、少女からこんな反応が返ってきたからである。

「ミスター&オーナー・マーリー・マディガンはね」と少女はいった。「きょうはだれにも会わないの。でも、あなたはいま、わたしとは会っているわ」

少女は淡々と、冷静なまなざしでキャッシャーを見つめている。その態度にはごくわずかながら、どこかおもしろがっているような、こちらをまったく恐れていないようなようすがうかがえた。

「きみはだれだ？」キャッシャーは思わず問いかけた。

「この館の管理者よ」

「きみが？」思わず、驚きの声が出た。声には警戒の念がにじんでいる。

「わたしの名は――ト・ルース」

はっと気がつくと、自分の手にナイフが握られていた。いつ抜いたかもわからない。心の中に司政官の指示がよみがえる。

〝突け、突け、刺せ、刺せ、逃げろ！〟

少女はナイフを視界にとらえた。が、その目をキャッシャーの顔から離さない。

キャッシャーのほうは不安な思いで少女を見つめた。

これが下級民だとしたら、かつて見たなかでもっとも傑出した存在だ。名前は〝真実《トルース》〟といったようにも聞こえたが、元の動物名を示す〝T《ト》〟に、〝ルース〟がついたものだろう。このルースは慈愛を示す意味かもしれない。ともあれ、ゴシーゴでさえも、キャッシャーに務めをはたすようにといった。真実《トルース》を目のあたりにしたときに、と。そのト・ルースが目の前にいる。だが、とても殺すことはできそうにない。

空中に軽くナイフを放りあげ、一回転させて刃先をつかむと、柄のほうを先にして少女に差しだした。

「きみを殺せといわれて送りこまれてきたが」とキャッシャーはいった。「とてもむりだとわかった。おかげで巡航艦をもらいそこねてしまったよ」

「殺したいのなら殺しなさい。あなたのことは怖くないもの」

少女の冷静なことばはキャッシャーの経験を大きく超えたものだったので、ナイフの柄を左手でつかみ、刃先を少女に向けてふりかぶった――相手を刺そうとするかのように。

だが、結局、その手を下におろし、

「やはり、できない」と沈んだ声でいった。「いったいぼくになにをした？」

「なんにも。あなたは子供を殺したくない。そしてわたしは、あなたの目には子供に見えている。それに、あなたはわたしを愛しているとも思うのよ。もしもそうなら、わたしを殺すことは、あなたにとって、とても気まずいことにちがいないわ」

ナイフが床に落ちる音が響いた。手からすべり落ちたのだ。いまだかつて、ナイフを取り落としたことなどないのに。

「きみは何者だ」あえぎながら問いかけた。「ぼくにこんなことができるきみは」

「わたしはわたし」

少女の声は、どんな女の子の――それも、おおいなるしあわせと安らぎに満ちた女の子の――声にもおとらず、おだやかでしあわせそうだった。

「わたしはこの館の管理者」

小悪魔的ともいえる微笑を浮かべて、少女はさらにつけくわえた。

「そして、この惑星の支配者でもあるようなの」

ここで、声に真剣さを帯びさせて、

「人間には――」と問いかけた。「――わからないかしら？ わたしは動物、亀《タートル》。名前の頭にタートル《Turtle》の頭文字のTがつくの。わたし、人間のことばにはそむけなくってね。小さいころはしつけを受けたし、いろんな命令をされたものよ。生きているかぎり、わたしはその命令を実行するわ。あなたを見ていると、なんだか変な感じ。わたしに恋してしまったのに、どうしていいかわからない人を見ているようで。あ、ちょっと待ってて。ゴシーゴを帰してあげなくちゃ」

　戸口の床の上でナイフがきらめいている。少女はちらとそれを見やり、またぎ越えた。

　ゴシーゴは地上車を降り、少女に向かって丁重に、深々と礼をした。

「話しなさい」少女はぴしりと命じた。「たったいま、あなたが見たことを！」

　少女の声には親しみがこもっていた。何度も興じてきたゲームを、またくりかえしているような感じがある。

「わたしはキャッシャー・オニールが館の上がり段を駆け昇るのを見ました。玄関のドアをあけたのはあなた自身です。キャッシャー・オニールがあなたののどにナイフを突きたてたところ、大量のどす黒くて赤い血が奔流となって流れだし、あなたは戸口で死亡しました。しかし、どういうわけか、キャッシャー・オニールは、わたしにはなにもいわず、館の中に入っていきました。わたしは怖くなって逃げだしました」

　そういうゴシーゴは、すこしも怯《おび》えているようには見えなかった。

「わたしが死んだのなら」少女はいった。「どうしてあなたと話ができているの？」

「わたしにきかないでください」ゴシーゴは叫んだ。「わたしはたんなる忘れ者。あなたが殺されるたびに、わたしはいつもランキン・ミクルジョン閣下のもとへ逃げ帰り、この目で見た真実《トルース》を報告します。すると、閣下が薬を与えてくださるので、こんどは別のことを報告します。その時点で、あの男は痛飲してふさぎこむのです——いつものように」

「悲しいことね」少女はいった。「あのひとを助けてあげられればいいんだけれど、でも、それはできないの。あのひとはボールガールへこようとしないから」

「あの男が？」ゴシーゴは笑った。「もちろんですとも、あの男がくることはありません！　絶対に！　あの男はまた別の人間をよこすだけです――あなたを殺させるために」

「そして、けっして満足することはないわ」少女は悲しげにいった。「何度わたしを殺しても！」

「そのとおりです」ゴシーゴは晴れやかに答え、地上車に乗りこもうとした。「それでは、わたしはこれで」

「ちょっと待って」少女は呼びかけた。「運転して帰る前に、なにか食べるか、飲むかしていけば？　帰途の道路には、ひときわたちの悪い嵐がいくつも待ちかまえているわよ」

「どうせその嵐を憶えてはいられません。あの男はわたしへの懲罰に、あらためてすべてを忘れさせたうえで、新たな忘れ者にしてしまうでしょうから。もしかすると、すでにもう、そんな目に遭っているかもしれません。一度ならず何度も、忘れ者として再出発させられているのかもしれません」その声にふと、希望があふれた。「ト・ルース！　ト・ルース！　あなたなら、わたしにほんとうのことを教えられるのではありませんか？」

「教えたら、どうなるの？」

ゴシーゴは悲しげな表情になった。

「わたしは痙攣《けいれん》を起こして、あなたと話をしたことを忘れてしまいます。なにはともあれ、いまはこれで引きあげましょう。嵐の数々をかいくぐって帰る試みをするとしますよ。もしあなたが、あのキャッシャー・オニールにまた会うことがあったら」ゴシーゴはまっすぐにキャッシャー・オニールを見すえ、本人の耳に届く声でつづけた。「こう伝えてください、彼のことは気にいったが、もう二度と会うことはないでしょうと」

「伝えておくわ」少女はやさしく答えた。

少女が見まもる前で、恰幅がよく肌の茶色い男は、すばやく地上車に乗りこんだ。上部の装甲ドアが音もなく閉まる。すぐに車輪が回転しだし、地上車は発進して、車まわしぞいに植えられたパルメット椰子の陰に消えた。

ト・ルースの澄んだ声は、いかにも女の子らしく、あたたかくてトーンが高かった。その声でゴシーゴと話をするあいだ、キャッシャーはじっと少女を見まもっていた。身につけているのは薄手の青いシフトドレスで、その下に薄い肩が透けて見えている。ドレスの下には極薄素材のパンティーを穿《は》いていることもうかがえた。ヒップはまだ豊かな丸みを帯びてはいない。斜め四十五度の角度から見ると、頬はすべすべで、髪にはきちんとブラシを入れてあり、小さな乳房はまだ蕾《つぼみ》の状態であることがわかる。女帝のようにふるまうこの少女は、いったい何者なのだろう？

少女はこちらに向き直り、あたたかい微笑、詫びるような微笑を浮かべてみせた。

「ゴシーゴとはいつも、ああいう作り話をしていてね。ゴシーゴが帰ってその話をしても、どうせミクルジョンは信用しないわ。そして、何カ月ものあいだ悶々としながら、最初からまたわたしの殺人計画を練りはじめるの。わたしはたんなる動物だから、だれかがわたしを殺そうとしても〝殺人〟というべきではないと思うんだけれどね。もちろん、殺そうとする試みには抵抗するわよ。いえ、自分のことはどうでもいいの。でも、命令を受けているから。わたしのご主人とご主人の館を危害から護るようにとの、強い命令を」

「きみはいくつだ？」キャッシャーはたずねた。それから、「──もし真実《トルース》を語れるのならだが」

「わたしは真実《トルース》以外を語れないのよ。そう条件づけられているんだもの。わたしの年齢は、地球年で九百六歳」

「九百……？」キャッシャーは素っ頓狂な声を出した。「しかし、見た目はまだ子供……」

「子供でもあるし」と少女はいった。「子供ではない者でもあるのよ。わたしは地球の亀。人間の都合で、ヒトの形に変えられたの。しかも、姿を変えられるそのときに、推定寿命を三百倍に引き延ばされてね。本来なら、わたしの寿命は三百歳だったそうよ。それが延びて、九万歳。ときどき、怖くなるわ。あなたは老齢でしあわせな死を迎えるかもしれないけれど、キャッシャー・オニール、わたしはそのときになっても、あいかわらずこの館のカーテンをあけて、屋内に陽の光を入れようとしているでしょう。ねえ、戸口で立ち話もなんだから、中に入って、なにか軽く食べましょう？　どうせどこにもいけないんだし。わかっていると思うけど」

　キャッシャー・オニールは少女のあとにつづき、館の中に入っていった。が、問いかけたことばには不安がにじんでいた。

「つまりぼくは、きみの虜《とりこ》ということか？」

「わたしが虜にするんじゃないわ、キャッシャー。あなたが自分自身で虜になるのよ。あの地上車でどうにかしのいだ嵐の世界を、どうすれば越えられると思うの？　わたしの地所のはずれまではいけるでしょう。でも、一歩その外に出たら、たちまち竜巻に巻きあげられて、だれにも見られることなく死を迎えるはめになるわ」

少女は廊下に面する大きな古い部屋に入っていった。そこはさんさんと陽光のそそぐサンルームだった。明るい色合いの木製家具をそろえてあるので、室内はいっそう明るく見える。キャッシャーは勧められるまま、気まずい思いで室内の椅子に腰をおろした。玄関ドアをあとにしたとき、ナイフはブーツの鞘に収めておいた。そのナイフで殺すはずだった相手といっしょにすわっていると思うと、ひどく奇妙な感じがした。

ト・ルースが悠然としたしぐさで、古めかしい丸テーブルの上に置いてある真鍮《しんちゅう》のベルを鳴らした。女性のものらしいパタパタという足音が廊下を近づいてきて、ひとりのメイドが室内に姿を現わした。黒いドレスに白いエプロンをつけている。キャッシャーは古いドラマ・キューブでこの手の服装を見たことがあったが、まさかほんとうにこのような服装をしたメイドにお目にかかろうとは思ってもみなかった。

「ハイティーにしたいの」とト・ルースはいった。「あなたはどちらのほうがいいかしら、キャッシャー？　紅茶、それともコーヒー？　ビールとワインの用意もあるわよ。はるばる地球から運んできたウイスキーも二瓶あるわ」

「コーヒーをいただきたいね」

「わたしの飲みものはわかっているわね、ユーニス」

「承知しております、マム」ユーニスと呼ばれたメイドはそう答え、姿を消した。

キャッシャーは前に身を乗りだした。

「あの召使い——あれは人間か？」

「もちろんよ」

「人間がきみのような下級民になぜ仕える？ つまり——けっして侮辱するつもりはないが——その——それはあらゆる法にもとるだろう？」

「ここではちがうの。このヘンリアダでは」

「なぜだ？」キャッシャーは食いさがった。

「なぜなら、ヘンリアダでは、このわたしが法だからよ」

「しかし、政府は——？」

「もうないわ」

「補完機構は？」

ト・ルースは眉をひそめた。そうしていると、賢明だが困惑している子供のように見える。

「そこの部分は、きっとあなたのほうがわたしよりもくわしいでしょう。補完機構はここに、あのひとを司政官として置いたの。ロードだったあのひとをほかに再配置できそうな惑星がなかったということもあるでしょうし、生きていくためには本人も仕事が必要だったということもあるでしょう。ただし補完機構は、わたしのご主人を逮捕したり、わたしを殺したりできるだけの権限をあのひとに与えなかった。わたしがあえて挑戦的な行動に出なければ、補完機構はこのまま見過ごしてくれそうな感触もあるわ」

「しかし、補完機構は規則を――」キャッシャーは食いさがった。

「ここには強要しないの。ここボールガールにも、アムビロクシの町にもね。このふたつの場所については、わたしに運営を一任してもらっているし、わたしもできるかぎりのことをしているし」

「では、さっきのメイドは？　あのメイドも補完機構から派遣されてきたのか？」

「いいえ、ちがうわ」少女＝女性は笑った。「あのメイドはね、二十年前、わたしを殺しにきたのよ。でも、本人は忘れ者のうえに、ほかに行き場もなかったので、わたしがメイドとして心得を教えこんだの。契約の相手はわたしのご主人で、給金は毎月、惑星上空の衛星に振りこんでいるわ。本人にその気があれば、いつでもここを出ていける契約。出ていきたいとは思わないでしょうけれど」

　キャッシャーはためいきをついた。

「なにもかも、まったく信じられない。きみは子供だ。しかし、千歳にちかい齢だという。きみは下級民だ。なのに、一個の惑星全体を支配しているという――」

「そうせざるをえないときだけよ！」ト・ルースが口をはさんだ。

「きみはぼくが知り合ったほとんどの人間よりも賢い。それなのに、子供のように見える。

自分ではいくつくらいに感じてるんだ？」

「子供のように感じているわ。一千歳の子供よ。それに、賢明な淑女の教育、記憶、経験も脳に刻みこまれているわね」

「その淑女とは？」

「オーナー＆シティズン・アガサ・マディガン。わたしのご主人の奥さまだった人よ。亡くなるとき、奥さまの脳の中身はわたしに転写されたの。だからこんなによくしゃべれるし、いろいろ知っているというわけ」

「だが、それは違法だ！」キャッシャーは叫んだ。

「違法だったのでしょうね」ト・ルースは答えた。「それでも、ご主人は転写を実行させたのよ」

キャッシャーは椅子にすわったまま、前に身を乗りだした。じっくりと相手を観察する。キャッシャーの心の一部は、はじめて見たときの印象そのままに、愛らしい少女としてのト・ルースを愛《め》でていたが、別の一部は、これまでに出会ったどんな人間よりも強力な相手に対して畏怖をおぼえていた。ト・ルースは独特のおだやかな微笑を——このうえなく女性的であると同時に、冷静沈着そのものの微笑を浮かべて、やさしいまなざしをキャッシャーに返している。ふたりの顔には、ヘンリアダの黄色い朝陽が当たっていた。

「だんだんわかってきたよ」とキャッシャーはいった。「いまのきみが、〝そうであらねばならない〟きみであることが。とても奇妙だ。こういう忘れられた惑星だけに」

「ヘンリアダは奇妙なところでね」とト・ルースはいった。「あなたからすれば、わたしもさぞ奇妙に思えるでしょうけど、いまあなたがいったとおり、わたしたちはひとりひとりが、そうであらねばならない自分なの。でも、それが自由というものでしょう？　わたしたちのひとりひとりが、なにかであらねばならないとしたら、自由というのは、それを見つけて、それになることじゃない？　ひとつの仕事を、それぞれの性質にもっともふさわしい役割を見つけて、それを行なうことじゃない？　なにかでありながら、それがなんだかわからない状況なんて、ぞっとするわ！」

「たとえば、だれのように？」

「たとえば、ゴシーゴのように。たぶんね。あのひとは、はるか遠い惑星、まだ王が必要とされている惑星で、偉大な王さまだったのよ。とてもいい王さまだったの。ところが、ある許容しがたいミスを犯してしまったために、補完機構によって忘れ者にされて、ここに送りつけられてきたの」

「それで謎が解けた！」とキャッシャーはいった。「では、ぼくはなんなんだろう？」

ト・ルースは冷静な、ゆるぎない視線でキャッシャーを見つめてから、こう答えた。

「あなたは殺人の経験と覚悟がある者。そのことはあなたの人生を、いろいろな面でとても困難なものにしているわ。自分の行動を正当化することにも窮々としているし」

　これは真実にかなり迫るものだったので――正義とはたんに〝復讐〟の美名ではないか、という長年の苦悩の核心をつくものだったので――キャッシャーはと胸を衝《つ》かれて、沈黙に陥った。

「それでね。あなたにひとつ、仕事があるのよ」驚嘆すべき少女はつづけた。

「仕事が？　ここに？」

「そうなの。人を殺すよりもずっとずっとつらい仕事が。それでも、やってもらわなくてはならないわ、キャッシャー、いまから八万九千年たってわたしが死ぬより前に、ここを出ていきたいのなら」そこで少女はまわりを見まわした。「しっ！　ユーニスがくる。あなたがやらなくてはならない恐ろしい仕事を聞いたら、ユーニスが怯《おび》えてしまうわ」

「その仕事をするのは、ここでか？」キャッシャーは急いでささやいた。「この場所で——この館の中でか？」

「この館の中でよ」

少女がふつうの大きさの声で答えたとき、ユーニスが大きなトレイを携えて室内に入ってきた。トレイには軽食がいく皿かのほかに、飲みもののポットとカップがふたつずつ載っている。

キャッシャーは動物のために嬉々として働く人間のメイドを見つめた。だが、茶器と皿をテーブルにならべるユーニスだけでなく、亀であり、女性であり、おだやかな態度ながら、有無をいわさず食器の位置をならべなおすト・ルースも、キャッシャーにはまったく注意を払っていなかった。

キャッシャーの頭の中では、少女のことばがこだましていた。

（この館の中で……人を殺すよりも……ずっとつらい仕事）

意味がわからない。十進化時間で五時前にハイティーというのもだ。二十四時間制では、いまは午後の一時すぎ。ハイティーとはふつう、二十四時間制で午後五時前後にとるお茶と軽食のことではないか。

ためいきをついたとたん、ふたりがキャッシャーを見た。ユーニスが向けたのはおもしろがっているような好奇の視線、ト・ルースが向けたのは愛情のこもった懸念の視線だった。

「この方、たいていの刺客よりもうまく折り合いをつけておられますよ、マム」ユーニスがいった。「マムを殺すために送りこまれてくる刺客は、目的をはたせないと知ると、ひどく動揺する者ばかりですのに」

「この人には殺人の経験があるの、ユーニス、殺人の覚悟もね。だから、あんまり動揺していないんだと思う」

ユーニスは満面の笑みをキャッシャーに向けた。

「まあ、殺人の覚悟を。お迎えできて光栄にぞんじます。ほとんどの者は、殺人にかけてはずぶの素人で、お仕事を見つけてあげる以前に、マムが治療を施してあげないといけませんものですから」

キャッシャーは思わず質問した。

「彼女を殺しにきた連中は、みんなまだここにいるのか？」

「ほとんどの者はおりますよ。心身に問題が発生しなければ、ですが。たとえば、わたしのように。ほかにどこへいけるというのでしょう？　あの司政官、ランキン・ミクルジョンのもとへですか？」

ユーニスは深い蔑みをこめて司政官の名を口にすると、キャッシャーに軽くひざを曲げてお辞儀をし、女性＝少女のト・ルースには深々と一礼をして、サンルームを出ていった。

ト・ルースは親しみをこめたまなざしをキャッシャー・オニールに向けた。

「そこにすわって悪い知らせを待っていたら、消化できるものもできなくなるでしょうから、教えてあげる。さっき人を殺すよりつらいことといったけれど、それは女の視点から見ての話でね。この館にはひとり、殺人狂がいるの。この館のお客人だけど、オールド・ノース・オーストラリアの法で保護されているのよ。だから殺すこともできないし、追いだすこともできない。まあ、わたしとほぼ同じ程度に不死ではあるんだけれどね。ともあれ、わたしとあなたが協力してその男を脅せば、わたしのご主人を悩ますのをやめさせることができると思うの。わたしにはその男を治療することも愛することもできないわ。その男はあまりにも深く狂気に囚われていて、感情にアクセスすることができないから。でも、純粋で圧倒的な恐怖なら反応を引きだせるでしょう。そうするためには、人間の協力が必要なのよ。仕事を引き受けてくれれば、報酬はたっぷりはずむんだけれど」

「もしも引き受けなかったら？」

少女はふたたび、キャッシャーをじっと見つめた。目を通して魂の奥底までも見通すかのような、鋭い視線だった。キャッシャーはふたたび、この少女に対してかすかなあわれみをおぼえた。それはボールガールの戸口ではじめてト・ルースを見たときに淡くいだいたあの気持ち——男ならではの欲求に染まってもいた。

　からみあっていたふたりの視線が解けた。

　ト・ルースは床に視線を落として、

「わたしはうそをつけないの」といった。それが欠陥ででもあるかのような口ぶりだった。「あなたが自主的に手を貸してくれなければ、わたしは自分に使える力を用いて、いやでもあなたが手助けせざるをえないようにするしかないわ。使える力といっても、たいしたものじゃないんだけれどね。あなたをここに住まわせて、この館で寝食を提供しつづけるうちに、あなたはすっかり退屈して、この地所の日常的な仕事をやらせてほしいとたのんでくるはず。あるいは、別の形で、進んで仕事をしたくなるようにもできるわ——」

　少女はキャッシャーを見あげた。顔から胸もとまで、真っ赤になっていた。

「——わたしに恋するようにしむけることでね。でも、それはあんまりな仕打ちというもの。そんなまねなんかしたくない。引き受けるかどうかは、自分の意志で決めてもらわないと。決めるのはあなた。ともあれ、まずは食事をしましょう。また刺客がくると聞いて、わたし、夜明けからずっと起きていたのよ。こんどの刺客にはついに殺されるかもしれないと思って、じつは戦々兢々《きょうきょう》としていたの。ご主人をたったひとり残していくなんて、そんな恐ろしいこと！」

「しかし、きみは——きみ自身が殺されることは怖くないのか？」

「わたしが？　わたしはもう、一千年も生きていて、この先も八万九千年、生きるのよ！　わたしの生き死にはもう、たいした問題じゃないの。さ、コーヒーをどうぞ」

そういって、ト・ルースはコーヒーをついだ。

8

それから二、三回、キャッシャーは依頼される仕事の内容に会話を引きもどそうとしたが、ト・ルースは些細な話を持ちだしては、お茶をにごした。そのうち、大きな窓の前に歩いていかされた。窓の前からは、湿原や湾ごしに、はるか遠くまでもが見わたせた。遠方の空はどんよりと暗く、無数の〝長虫〟がうねっている。あれはみなト・ルースの気象制御装置の圏外で暴れる竜巻だ。ヘンリアダの全領域で荒れ狂う嵐は、アムビロクシとボールガールを包む境界で押しとどめられ、内側にまでは入ってこられない。そのほかには、異様な珊瑚の城も見物させられた。湾の海底から生えた珊瑚の城は、海面の上に大きく頭を突きだして、空中百メートル以上もの高さにそそりたっている。それから、野生の風人《かざびと》たちの一家も見るようにいわれた。ちょうどいまは、こっそりとト・ルースの果樹園から林檎《リンゴ》を盗もうとしているそうだが、キャッシャーにはまったく目視できなかった。ここの地形を見慣れていないせいだろうか。でなければト・ルースは、キャッシャーよりもはるかに遠くまで見通せるのかもしれない。

　ここは水の豊かな惑星だ。一連の劣悪な宇宙空間ポケットに位置してさえいなかったら、水を輸出品にもできていただろう。人類はかつて、この惑星にできるかぎりの手を加えた。入植惑星産の食物に不足しがちな鉄分と燐分を豊富に含む海藻を生育させ、多大なコストをかけて気象制御を行ないもした。それでも補完機構は、最終的にこの惑星を見かぎるように推奨した。ヘンリアダの輸出品には輸入品に見合うだけの価値がなく、補助金が通常よりもずっと多くなってしまったからである。いっぽうで、地球の生物は異常なほどの勢いでこの惑星の環境に適応した。ごくふつうの生物たちが、ヘンリアダの風、雨、新奇な化学物質、奇妙な放射線パターンの挑戦を受け、急激に新しい性質を獲得したのである。鯱《シャチ》は滞空性を身につけ、珊瑚は地上に適応し、風にさらわれた人間の赤ん坊はときに生き延びて野生化し、亜人となり、水母《クラゲ》は空をただよう浮遊生物となった。初期住民たちは、手ごろな価格で惑星ヘンリアダを入手した。もとはといえば、この惑星はポスト・ソヴィエトの入植協同組合が開拓したのち、別の所有者が買いとったもので、手ごろな価格ではあったものの、けっして格安だったわけではない。そののち、初期住民は新たな惑星を賃借し、居住環境を整備し、そこへ移住して、いまはよろしくやっている。

　かくしてヘンリアダに残ったのは、荒々しい気象、失われた希望、抜け殻だけとなった。

　その抜け殻のなかでも最大の者が、マーリー・マディガンだ。

　かつての大地主であり、名士であり、紳士中の紳士であり、惑星随一の大金持ちであったマディガンは、やがて年老い、知力も体力も衰え、死か極低代謝状態かの選択を迫られた。そして、妻の死をきっかけに、自分自身の死を恐れるようになっていた老人は、亀娘のト・ルースを確保し、極低代謝を選んだ。以後、マディガンはほとんどの時間を、凍てついたも同然の停滞状態で過ごしている。長期にわたって、老人の代謝はごくゆっくりと機能する。そののち、数時間から数日のあいだ、正常な状態の代謝がつづく。ときどき睡眠が何週間もつづくことがあるし、どうかすると、何年間もつづくことさえある。補完機構の医師たちは、司法判断のためというよりもむしろ科学的な好奇心からマディガンを診察し、これは奇妙な生存形態ではあるが合法的なものであるとの結論に達したのち、ひとりマディガンを残して立ち去った。ただし、彼のもとには、死の床にあった妻アガサ・マディガンの全人格を吸いあげ、それを脳に転写した亀娘が残った。このような行為は違法であるのに、それでもなお医師たちが転写を強行した理由は、単純にして明快。買収されたのである。

以上のすべてを、お茶を飲み、たっぷりの軽食をゆっくりと食べながら、キャッシャーはト・ルースから聞かされた。

本物の暖炉の中では、大むかしそのままに、薪が燃えている。

ト・ルースが話をしているあいだ、キャッシャーはじっと彼女を見つめていた。向こうへ歩いていくときの、肩胛骨《けんこうこつ》のたおやかな動き。歩くさいのシフトドレスの、軽やかな動き。子供っぽい顔はとてもやさしそうで、とても魅力的で、とても賢そうだ。

ヘンリアダのことはほとんど知らないので、キャッシャーは必死に考えをまとめ、自分が置かれた苦境を見きわめようと努めた。たしかにこの少女は魅力的かもしれない。とはいえそれは、自分がこの館の中で直面しているさまざまな苦境をなにひとつ説明してはいない。自分がヘンリアダへきた主目的は強襲巡航艦を手に入れることだったが、その道は絶たれた。自分、つまりキャッシャーが〝少女を殺す〟という任務をはたさぬかぎり、あの酔いどれで血迷った司政官、ランキン・ミクルジョンがなにかをくれると見る理由はまったくない。

しかしその任務は、もはや実行される可能性のないものとなった。キャッシャーがボールガールへ送りこまれた理由は、ト・ルースを殺すことにあったのに、その目的がはたされる見こみはない。長年にわたる悲しい経験から、キャッシャーは知っていた。ひとつの計画が完全に頓挫したのちも、自分にはまだ〝生き長らえる〟という任務が残っている――もしも自分の命が母星ミッザーにとってなんらかの意味があるのなら、そして、自分がどのような形でもミッザーに帰還することにより、十二ナイル地域にほんとうの自由がもたらされるのなら。

ゆえにキャッシャーは、それまでとは異なる冷徹な目で少女を見つめた。この娘は自分の計画の役に立ってくれるかもしれない。その逆に、じゃまをするかもしれない。この少女がこれまでに行なった口約束は、悲しくも複雑な政治力学の世界ではあいまいにすぎ、あてにできないものばかりだ。

ともあれ、いまはこの少女といっしょにいることと、自分が置かれることになった奇妙な立場を楽しもう。

エスペランサ湾は視界のうちにある。はるか遠い水平線上にくねる多数の竜巻が見えた。アムビロクシからモティルにかけての沿岸には、ボールガールの費用持ちでいまも稼動中の気象制御装置がならび、竜巻の群れはそこの防衛ラインを突破しようとしているが、うまくいっていない。浜辺には大量の海藻が打ちあげられている。かつては換金作物であったあの海藻も、もはや邪魔ものでしかない。遠くに見える荒れはてた建築物群は、おそらく海藻の加工プラントだったものだろう。しかし、一見人工的に見える陸珊瑚の城が手前に点在しているため、その姿ははっきりとは見えなかった。

いっぽう、この館だが――この館はいったいどういう意義を担っているのだろう？下級民の娘――気味が悪いほどに賢くて、自分が非合法なレベルの人格転写を受けている事実を認める娘。生きている死体ともいうべきその主人。この館の中ではおおっぴらに口にすることさえできないらしい脅威。惑星政府に取って代わったように思える館。補完機構に見放されて朽ちてゆく惑星政府。政府が見放されるには、機構ならではの測りがたい理由があったと見ていい。不可解だ。不可解だ。じつに不可解なことばかりだ。

気がつくと、亀娘がじっとこちらを見つめていた。キャッシャーが美術の学生だったなら、少女が自分を、聖母マリアのやさしさ、女性らしさ、形容に絶するかすかな微笑を浮かべて見つめている、と思ったかもしれない。しかしキャッシャーは、古代の絵画のモティーフをまったく知らない。わかるのは、それがト・ルース自身に特徴的な微笑だということだけだ。

「不思議に思っているのね……？」少女がいった。

キャッシャーはうなずき、相互を結ぶものがことばしかないことに対して、急にみじめな思いをいだいた。

「不思議に思っているのね、補完機構がなぜ、あなたがここにくるのを許容したのかと？」

ふたたび、うなずいた。

「わたしにも理由はわからないの」

少女は右手を差しのべて、キャッシャーの右手をとった。愛らしい手、女の子のきちんと手入れされた手を添えられると、自分の手が巨獣の毛むくじゃらの前趾《ぜんし》のように感じられた。じっさい、そのように見えなくもない。だが、少女の目に宿る力強さ、しっかりとした声の落ちつきぶりは、安心感を与えているのが少女のほうであり、キャッシャーではないことを物語っている。

この子は自分を救おうとしているんだ！

それはとんでもない考えであり、ありえないものでありながら、真実だった。

その考えに警戒をいだき、キャッシャーは手を引っこめようとした。少女はほんのすこしだけ力をこめて、そっと手を握った。それでもう、キャッシャーには抵抗できなくなった。

またしても、あの思いにとらわれた。ボールガールの戸口ではじめてト・ルースと出会い、暗殺に失敗したさい、自分をぐっとわしづかみにしたあの思い——自分はずっと前からこの子を知っている、ずっと前からこの子を愛していた、というあの思いだ。

（どこかの惑星で、奇妙な人々が、奇怪な異教を信じてはいなかったか？　そこでは人々が、人間はかつて生きた人間たちの断片的記憶を持ち、際限なく生まれ変わるのだと思っていた。それとよく似た思いこみを、自分はいだいているのではないか？　ここでだ。いまここでだ。自分はこの娘と会ったこともないのに、ずっと知っていた。この娘を愛したことがないのに、始原の時からずっと愛していた）

ト・ルースがいった。ごく静かな、ささやきと変わらない声で。

「待って……待って……もうじきあなたの死が、あのドアを通りぬけて入ってくる。それとどうやって闘えばいいのかを教えてあげるわ。でもそのまえに、こんなときだけれど、この惑星でもっとも美しいものを見せてあげなくてはいけないの」

小さな愛らしい手でしっかりと、ただしやさしく手を握ってもらっているにもかかわらず、キャッシャーはいらだちのにじむ声で答えた。

「もううんざりだ。ヘンリアダにきて以来、謎かけめいた言いまわしばかり。司政官からはきみを殺す任務を与えられ、ぼくはそれに失敗した。そこできみは、だれかを脅せといったのに、かわりに旨い食事を出した。そしていまは、脅威と闘うことをほのめかすそばから、またはぐらかしだ。さすがに腹がたってきたぞ。こんな調子で延々と、何度も何度も何度も——」ことばに窮した。「——とにかく、腹をたてたぼくは、ものの役にたたない。ぼくにきみのための闘いをさせたいなら、その闘いがどういうものか教えて、いますぐその闘いをさせてくれ。やる気は充分にある」

少女は例の、ごく微妙でやさしい、かすかな笑みをすこしも揺らがせないまま、

「キャッシャー」といった。「あなたに見せようとしていたものはね、この闘いにおいて、もっとも重要な武器なのよ」

彼の手を握っていないほうの手、あいている左手で、少女は自分の首にかけた細い金鎖のネックレスを引っぱった。シフトドレスの下から、それまで隠れていた飾りが引きだされてきた。それは二本の木片を交差させ、その上に釘で磔《はりつけ》にされた男をあしらったものだった。

キャッシャーはまじまじと小像を見つめ——ヒステリックな笑い声をあげた。

「やってくれたな、マム」キャッシャーは叫んだ。「そんなものを出されたら、もうきみの力にはなれない。だれの力にもだ。それがなにかは知っている。これまでも、うすうすそうじゃないかと思ってはいたが。宇宙3を探険したロボット、鼠、コプト教徒はみんな意見を同じくするだろう。そいつは象徴だ——〈古代の有力宗教〉の。きみはそんなものをぼくの精神に押しこめた。もうじきこの部屋にくるという人間は、ぼくの精神を覗きこんでそれを消してしまう。おそらく、それといっしょにぼく自身も。そんなのは武器じゃない。敗北だ。きみは敗北をぼくの精神に植えた。磔にされた男の象徴——〈魚のしるし《イクテュス》〉のことはずっと前から知っていたが、いままではかろうじて接触せずにすんでいたのに」

「キャッシャー！」ト・ルースが声を張りあげた。「キャッシャー！　気をしっかり持って。ボールガールを出ていく前に、これのことはあなたの記憶から消えているわ。これのことは忘れてしまう。あなたは安全なのよ」

キャッシャーは立ちあがった。どうしていいのかわからなかった。やみくもに逃げだせばいいのか、大声で笑えばいいのか、椅子にすわりこみ、自分を襲った愚かしく悲しい不運を嘆いて泣けばいいのか。狂信者の烙印《らくいん》を脳に押され、星々を旅する資格を永久に剝奪された自分を想像してみた。それもこれも、下級民の娘に、この奇妙な飾りを見せられたばっかりに！

「これはね、あなたが思っているほど悪いものではないのよ」少女もやはり立ちあがった。

愛しげな表情で、キャッシャーの顔を見つめる。「わたしが、キャッシャー、恐れていると思う？」

「いいや」

「あなたはこの件を忘れてしまうわ、キャッシャー。ここを立ち去るときにはね。わたしはただの亀娘、ト・ルースというだけではないの。市民であるアガサの転写体でもあるのよ。アガサの話は聞いたことがある？」

「アガサ・マディガンか？」キャッシャーはゆっくりとかぶりをふった。「ない。どういう人物かは……知らない、まったく聞いたことがない」

「では、〈ゴンファローネのエチゼラ〉の物語を聞いたことは？」

キャッシャーは驚き顔になった。

「聞いたというか、見たことがある。劇でだ。演劇でだ。はるか遠いむかしの伝説をもとにしたといわれるが。そのひとは旗《ゴンファローネ》という惑星の出で、〈宇宙の魔女〉と呼ばれていた。そして、純然たる幻術《ヒュプノシス》によって、無から宇宙艦隊を呼びだせたとも。遠いむかしの物語だ」

「一千百年は、そう遠いむかしではないわ」少女はいった。「今夜でちょうど、一千百年と十四カ月よ、この惑星の暦でね」

「きみは一千百年も生きてはいないじゃないか」キャッシャーはなじるようにいった。

そして、料理の残るテーブルを離れ、窓辺に歩みよった。あの恐ろしい宗教的飾りを見て、すっかり気が動転していた。惑星から惑星へ宗教を持ちだすことを禁ずる法律は多々あるし、あれがあらゆる法に触れることも知っている。〈磔にされ、高みにさらされた神〉の小像をこの目で見てしまったいま、自分はどうするべきだろう？　自分になにができる？　あれはまさに輸出入不可の禁制品であり、何百もの惑星の警察や税関ロボットが目を光らせているしろものだ。

補完機構はたいていのことには寛容だが、宗教の移植は徹底的に排除する対象のひとつにあげている。宗教というものは、どのようにしてか、惑星から惑星へと漏れ出してしまう。ときには下級民やロボットでさえもが、宗教の断片を携えて宇宙を移動するといわれる――さすがにそれはありそうにないが。補完機構は通常、宗教が一個の惑星にのみ定着している場合には放置しておく。しかし、補完機構のロードたち自身は、その惑星の民の信仰生活を遠ざけて、狂信的信仰が二度とふたたび星々のあいだで燃えあがらぬよう、二度とふたたび全人類に狂おしい希望と大規模な死をもたらすことのないよう、心血をそそいでいる。

（いままでは）とキャッシャーは思った。（補完機構はよくしてくれた。個人単位ではなく、おおいなる集合なりのやりかたで、おれを支援してくれていた。しかし、おれの脳に禁断の知識という火がついてしまったいま、その支援はどうなる？）

少女の声がいった。キャッシャーははっとわれに返った。

「あなたの問題に対する答えはあるわ、キャッシャー」と少女はいった。「話を聞いてさえくれれば教えてあげる。わたしはその〈ゴンファローネのエチゼラ〉なのよ。すくなくとも、一個の個人を別の個人に転写できる範囲においてはね」

キャッシャーは愕然として、少女に顔をもどした。

「きみには、子供よ……きみにはほんとうに、その女性、アガサ・マディガンの人格が転写されているのか？」

「彼女の能力はすべて備えているわ、キャッシャー」少女は静かな声で答えた。「それに、自分で学びとった能力もいくつかあるし」

「あれはただの物語だと思っていた……きみがほんとうにゴンファローネからきた恐るべき魔女なら、ぼくなど必要ないだろう。ぼくは手を引く。いますぐに」

キャッシャーはドアに向かって歩きだした。胸がむかついていると同時に、すっかり打ちのめされた気分だった。ト・ルースは子供かもしれない。魅力的だし、手助けを必要としているかもしれない。しかし、あの恐るべき古い物語から抜け出てきた女なら、キャッシャーなどは必要としていない。

「だめよ、それはだめ」とト・ルースはいった。

9

思いがけなく、ト・ルースは戸口の前に立ちふさがり、行く手をはばんだ。

その手が握りしめているのは、交差する二本の木片に磔にされた男の小像だった。

ふだんなら、キャッシャーは女性を押しのけたりはしない。だが、今回は急いでいたため、思わず手を突きだしてしまった。少女はびくともしなかった。力強い手で思いきり押しても、全体が熔接した鉄の塊ででもあるかのように、シフトドレスもからだも、千分の一ミリすら動かない。

「さあ、どうする？」ふいに、背後からト・ルースのやさしい声がたずねた。

ふりかえると、本物のト・ルースはいまも窓際にたたずみ、少女＝女性のあえかな笑みを浮かべていた。

心の奥底で、キャッシャーはあきらめはじめていた。自分の幻影を投げかけられる幻術は聞いたことがある。しかし、これほど確固たる幻影に遭遇するのははじめてだ。

幻影を投じているのはト・ルースにちがいない。どうやったらこんなことができるんだ？いや、これはほんとうに、本人が自分の意志でしていることなんだろうか。準随意的に働く幻影だってありうるだろう。下級民として手を加えられた精神は、なんらかの説明不可能な能力、かつての動物時代から持ち越した不思議な能力でもそなえているのだろうか。人間が自分分析するにはあまりにも繊細で、あまりにも原初的な能力が。それともこれは、本人が自分では理解しないまま使っている能力なのか。

「それは幻影」と少女はいった。

「わかってる」むすっとして、キャッシャーは平板に答えた。

「これは念動」と少女はいった。

たちまち、キャッシャーのナイフがブーツの鞘から勢いよく飛びだし、目の前にふわりと浮かんだ。

本能的に、それをパシッとつかむ。つかんだナイフは手の中でうごめいたが、浮かぶ力はそれほど強くない。せいぜい、大型磁気エンジンのそばを通りかかったときに感じる程度の力だ。

「光も奪えるわ」と少女はいった。

そのことばとともに、室内は真っ暗になり、なにも見えなくなった。

「音は聞こえるぞ」

いうなり、キャッシャーはけもののごとくに、だっと前へ飛びだした。記憶にある室内の位置関係、それとト・ルースのごく静かな息づかいをたよりに、少女がいると目星をつけた場所へ突進していく。この時点ではすでに、少女が戸口に立ちはだからせた幻影がまったく音を立てていないこと、呼吸の音すら出していないことに気づいていた。

少女に近づいたことがわかった。突きだした指先が、少女の肩かのどに触れる。傷つけるつもりはなかった。ただ翻弄されるばかりではないことを示したいだけだった。

「これは幻聴」と少女はいった。

その声は、まわりのあらゆる方向から聞こえてきた。天井にこだまし、古い奇妙な部屋の五つの壁すべてに反響し、開かれた窓の外からも、ふたつあるドアの外からも聞こえてきた。まるで自分が宇宙空間に引きあげられ、無重量状態の中、ゆっくりと回転しているかのようだった。自己の制御を取りもどそうとした。たくさんの偽りの音の中から、たったひとつの真の音を聞きわけようとした。ごくわずかな可能性を梃子に、少女をトラップにかけようとした。

「記憶も甦《よみがえ》らせられるの」少女の声があちこちから響いた。

つかのま、そんなことがなんの武器になるのだろうかといぶかしんだ。いくらこの亀娘が〈ゴンファローネのエチゼラ〉の恐るべきトリックをすべて身につけているにしても……。

つぎの瞬間、その威力をいやというほど思い知らされた。

またもや伯父が――ルファークが見えた。まわりにはむかし住んでいたアパートメントが鮮明に見えている。ルファークはそこにいた。老人はみじめで、憎悪に満ち、酔っぱらい、見るもあわれな状態にあった。そんな独裁者ルファークのひざにすわって、少女は彼を――キャッシャー・オニールを――嘲笑していた。嘲笑の対象になっているのはルファークもだ。キャッシャーはかつてセックスに対し、ティーンエイジャーならではの強い関心を持っていたが、それと同時に、男女の関係が気まずくなり、行きづまり、破綻した場合の、あまり表だっては語られず、はたからは見えにくい含意に対して、ティーンエイジャーならではの強い恐怖をいだいてもいた。

そしていま、キャッシャーは遠い過去の自分を思いだし、ト・ルースの幻術が紡ぐ蜘蛛の巣にからめとられ、もがいていた——それも、自分が持つもっとも醜悪な記憶の中で。

その記憶とは、ミッザーの宮殿における大殺戮《さつりく》にほかならない。

ふたりの大佐が率いる反乱軍は、首都カヒールを制圧し、ついにはルファークをリゾート惑星トティオーレへ追放せしめた。

しかし、ルファークの追従者たち——旧十二ナイル共和国を堕落させたあの者たちの運命たるや！　連中は逃げられなかった。怒りに駆られた兵士たちにより、ナイフでずたずたに斬殺された。あのときの流血がまぶたによみがえる。床に広がりねばつく血糊の海、大量にほとばしっては絨緞《じゅうたん》を紫色に染める血煙、げぼっという異音を発して白いのどから奔出する真っ赤な鮮血、血まみれの手が大理石のテーブルに残したのち、乾いて茶色に変色してゆく血の手形。そのむかし、あたたかで居心地がよかった宮殿は、どこもかしこも吐き気を催す血臭であふれかえった。いまだ若きキャッシャーは知らなかった——人体にあれほど大量の血が収まっていることを。テーブルクロスを濡れそぼらせるほどに——香りつきのクロスがかかったテーブルには、まだ料理や飲みものがならべられていた——大量の血潮が人体から流れ出ることを。死にゆく者らが断末魔を迎え、最後の異様な音を立てて筋肉を痙攣させるなか、床にゆっくりと広がっていく生々しい血が、あれほど大きな血の海を作ることも。

あの惨劇の日が終わりを迎える前に、生後二カ月から八十九歳にいたる一千三百十一人の人間が死体と化し、その日まではルファークが君臨していた宮殿から運びだされていった。その間に、鎮静剤を投与されたルファークは恒星船の到着を待っており――その後、自分が永遠に母星を追われるはめになることを、本人はまだ知らない――キャッシャーは――彼、キャッシャー・オニールは！――こともあろうに、大流血を命じた張本人であるウェッダー大佐と握手を交わしていた。その手は洗った。爪も徹底的に表面を削《そ》いだ。だが、袖口にはなおも、ほかの人間の乾いた血がこびりついている。ウェッダー大佐自身は、自分の袖口を顧みはしないだろう。血がついていたとしても、気にもしないだろう。しかし……。

「もうやめて！」どこからともなく、少女の声がいった。

気がつくと、キャッシャーはボールガールのあの部屋にいて、床に両手と両ひざをついていた。急に視覚がもどってきた。部屋は変わっていない。ト・ルースはほほえんでいる。

「これがわたしの闘いかたよ」と少女がいった。

キャッシャーはうなずいた。自分が口をきける状態にあるとはとても思えない。

水のグラスに手を伸ばし、そこに血が一滴でもたれたようすがあるかどうか、しげしげと眺める。

もちろん、血などあろうはずもない。ここにはない。いまこのとき、この場所には。

必死の思いで立ちあがった。

少女には手を貸さないだけの分別があった。

薄く質素なシフトドレスを着てその場に立ったト・ルースには、見るからに賢明な女性＝少女のたたずまいがある。いっぽうキャッシャーは、立ったままごくごくと水を飲み干した。ついで、グラスをまた満たし、それも飲み干した。

ここでやっと、少女に向きなおり、話しかけた。

「あの記憶はみんな、きみが見せたものなのか？」

ト・ルースはうなずいた。

「独力でか？　ドラッグや機械の助けも借りずに？」

ふたたび、うなずく。

「見た目は子供でも！」とキャッシャーは叫んだ。「きみは人間じゃない！　きみ自身が、一個の兵器システムだ。じっさい、きみは何なんだ？　何者なんだ？」

「わたしは亀の子ト・ルース。そして、わが良き主人の——ミスター＆オーナー・マーリー・マディガンの——忠実な所有物にして、寵愛深きしもべ」

「マダム。きみは一千歳ちかい。きみに奉仕もしよう。だから、あとでぼくを解放してくれ。なによりも、あの宗教的イメージをぼくの精神から取り除いてくれ」

キャッシャーがしゃべっているあいだに、少女はテーブルから首飾りを手に取っていた。差しだされるまで、キャッシャーはそれに気づかなかった。細い金鎖の先で揺れているのは、古代の腕時計か、小さな丸い箱のようなものだ。

「これを見て」と少女はいった。「わたしを信用してくれるなら、わたしのいうことをそのままくりかえして」

（なにも起こらなかった。なにひとつ――いずこでも）

　キャッシャーはいった。

「その装飾品をぶらぶらさせられると、なんだかぼうっとしてくる。しまってくれ。それはきみがつけていたあの首飾りとはちがうものなのか？」

「ええ、キャッシャー。ちがうものよ」

「ぼくらはなんの話をしていたんだっけ？」

「なにかを。憶えていないの？」

「うん」キャッシャーはぼそりと答えた。「すまない、しかし――また腹がへってきた」

キャッシャーは砂糖衣《フォンダン》をかけてフルーツをちらしたスイートロールをがつがつと食べた。口いっぱいにほおばった菓子を水で流しこむ。やっとのことで、キャッシャーはいった。

「で、つぎは？」

それまで、時を超越した優美さでキャッシャーを眺めていたト・ルースは、こういった。

「急ぐことはないわ、キャッシャー。分単位や時間単位で考えなくてもいいのよ」

「ゴシーゴが置いていったぼくを、だれかと闘わせたいんじゃなかったか？」

「そのとおりよ」ぞっとするほど静かな声だった。

「その闘い、この部屋で行なったような気がするんだが」

そういって、キャッシャーは呆然と室内を見まわした。

少女もごくおちつきはらった態度で室内を見まわした。

「だれかがここで闘ったようには見えないでしょう？」

「たしかに。血が流れたあとはない、一滴もない、きれいなものだ」

「とてもきれいなものよ」

「だったら、なぜ」とキャッシャーはいった。「ここで闘ったように錯覚したんだ？」

「ヘンリアダの荒々しい気象で、ときどき外星人は惑《まど》ってしまうの、慣れるまではね」

ト・ルースはおだやかに答えた。

「過去に闘っていないのなら、未来で闘うことになるのか？」

淡い色のオークの家具で統一した古い部屋がまわりで揺らいだ。外の景色も奇妙に見える。陽の光に照らされた湿原と、延々と連なった広いよどんだ入江《バイユー》の向こう側——水平線のすぐ向こうには、気象制御装置がならぶラインに押しとどめられ、やむことなく荒れ狂う雷嵐《らいらん》の領域が広がっている。キャッシャーは肩をすくめ、身ぶるいした。正面から少女を見つめる。

少女は背筋を伸ばして立ち、すべてに君臨する女帝の目で、泰然とキャッシャーを見すえている。シフトドレスの薄い生地を通して、綻《ほころ》びかけた蕾のような乳房がうっすらと見えた。履いているのは黄金のフラットシューズだ。首には細い金鎖をかけているが、鎖の先にぶらさがった飾りはドレスの下に隠れて見えない。蕾の胸が成熟に向かって花開きかけていると思うと、すこし興奮をおぼえた。子供に対して、いままで不適切な劣情などいだいたことのないキャッシャーだが、この人物には、すこしも子供とは思えないなにかがあった。

「きみは少女であって、少女ではない……」

当惑ぎみの声で、キャッシャーはいった。

少女は厳粛な面持ちでうなずいた。

「きみは物語に出てくるあの女性なんだな。〈ゴンファローネのエチゼラ〉なんだ。生まれ変わりなんだ」

これもまた厳粛な面持ちで、少女はかぶりをふった。

「いいえ、わたしは生まれ変わりなどではないわ。わたしは亀の子、長い長い寿命を持った下級民。わたしには市民アガサの人格が植えつけられている――それだけのことよ」

「幻聴も聞かせられる。しかし、どうやったらそんなまねができるのかわからない」

「幻聴も聞かせられるわ」少女は平板に答えた。

キャッシャーの精神の縁には、熱く小さな苦痛の記憶がちらついていた。

「思いだしたぞ！」キャッシャーは叫んだ。「きみはだれかを殺させるためにぼくをここに残した。だれかと闘わせようとしている」

「闘ってもらうことになるわ、キャッシャー。あなたではなくて、ほかのだれかを選べればよかったのだけれど、この仕事をまかせられるほどの強さを持った人間は、ここにはあなたしかいないのよ」

衝動的に、キャッシャーは娘の手をとった。その手に触れた瞬間、相手は子供でも下級民でもなくなった。華奢《きゃしゃ》であると同時に興奮もさせられる相手——なによりも魅力的であると同時に、たいせつな人間にも感じられた。これは妹か？　いいや、自分に妹はいない。この女性にとって、自分が恐ろしいほどに、耐えがたいほどにたいせつであることが感じられた。その手を放したくはない。だが、慎みのある人間にはいっさい抗《あらが》えない威厳をもって、ト・ルースはその手をひっこめた。

「あなたはこれから、死と闘わなくてはならないの、キャッシャー」

そういって、少女は冷徹な目でキャッシャーを見つめた。それは危険な任務のため特別に選ばれた兵士を品定めする、部隊指揮官の目のようでもあった。

キャッシャーはうなずいた。精神を混乱させられるのにはもううんざりだ。あの忘れ者、ゴシーゴによって玄関口に置き去りにされたあと、なにかが起こったことはわかっている。だが、それがなんだかさっぱりわからない。この部屋で少女といっしょに食事をしたような気はする。この娘《こ》に恋をしてしまったようでもある。この娘が人間ですらないことも知っている。彼女が九万年生きることも思いだした。史上最強の戦闘幻術師、〈ゴンファローネのエチゼラ〉の名前と能力を受け継いでいることも思いだした。首にかけた金鎖については、なにか奇妙なこと、なにか恐るべきことがかかわっている。それはなるべく知らずにすませたいなにかだ。

それについて考えようと精神を凝らしたとたん、思考はたちまち気泡のようにはじけた。

「ぼくは闘士だ」キャッシャーはいった。「闘わせてくれ。その闘いについて教えてくれ」

「彼のほうは、あなたを殺していいことになっているの。殺さないでほしいものだけれどね。それに対して、あなたは彼を殺してはいけない。この客人は不死者で、正気ではないものの、オールド・ノース・オーストラリアの――わたしのご主人、ミスター&オーナー・マーリー・マディガンが棄星する前に住んでいた惑星の――法によって、彼を傷つけてはならないし、万やむをえない場合を除いて、追いだすこともできないのよ」

「じゃあ、ぼくにどうしろと？」キャッシャーはいらだち、声を荒らげた。

「彼と闘うの。脅かすの。彼のあわれな狂った精神を徹底的に怯えさせて、二度とあなたと闘えないようにするの」

「そんなめんどうなことをしなければならないのか」

「あなたならできるわ」真剣な声で、少女はいった。「もう試したもの。この部屋について、部分的に憶えていないことがあるでしょう。それがその痕跡」

「しかし、なんのために？　なぜわざわざそんなことを？　きみの人間の使用人を使って、その男を拘束して、パッドを張った部屋に閉じこめるだけじゃだめなのか？」

「使用人たちには、彼の相手はむり。強すぎるし、大きすぎるし、正気をなくしていても、賢すぎるもの。それに、彼のいくところへは、とてもついていけないわ」

「どこへいくというんだ」ことば鋭く、キャッシャーはたずねた。

「コントロールルームよ」とト・ルースは答えた。

かつて口にした中で、それがもっとも悲しいことばであるかのような口調だった。

「それのどこが問題なんだ？　ボールガールほど立派な館であっても、管理用調整室《コントロールルーム》なしにやっていけないわけじゃないだろう。調整機器をロックしてしまえばいいじゃないか」

「そういうコントロールルームじゃないの」

「じゃあ、どういうものなんだ！」声に怒りをにじませて、キャッシャーは怒鳴った。

「このコントロールルームというのは——」と少女は答えた。「操船室のことなのよ。平面航法船の——つまり、この館のね。このあたり一帯、湾の一端にあるモティルから反対端のアムビロクシにいたる一帯もまた、この船の一部。海そのもの、エスペランサ湾のかなりの部分までも含めて、このあたり一帯が、一隻の巨大な船なのよ」

キャッシャーの職業的な興味が不信に打ち克《か》った。

「機関を切ってあるなら、この船に対して、とくに危害は加えられないだろう」

「切っていないの。わたしのご主人は、ごくごくわずかなエネルギーを出力させているから。気象制御装置を稼動させて、ヘンリアダのこの一帯をとても快適な場所にするために」

「ということは……異常者が不用意にコントロール装置をいじって、この地所全体を宇宙に飛びださせる恐れがあるということか」

「いいえ、宇宙に出ようとさえしないでしょうね、彼は」ト・ルースは沈んだ声で答えた。

「ではいったい、どうするつもりなんだ！」

「コントロール装置にたどりついたら、ただ空中に浮かばせるだけ」

「浮かばせるだけ？　〈鐘《ベル》〉にかけて、からかうのはよせ。これほど広大な土地を大気中に浮かばせようものなら、惑星全体がいつ消滅してもおかしくはない。これほど大きな機械を浮かばせることのできた人物は、宇宙航行の歴史を通じて二、三人しかいないんだ」

「でも、彼はできるの」少女はいいはった。

「その男、何者だ？」

「知っているとばかり思っていたんだけど。でなければ、どこかで耳にしているだろうって。そのひとの名は、ジョン・ジョイ・トリー」

「あのゴー・キャプテンのトリーか？」あたたかい部屋の中だというのに、キャッシャーは総毛立つのをおぼえた。「あの人物はとうのむかしに死んだはずだ——あの記録的な航行を行なったあとで」

「死んではいなかったのよ。不死性を買って、気がふれて。そのあとここにきて、わたしのご主人の保護のもとに暮らしているの」

「おお……」

キャッシャーはぼそりとつぶやいた。ほかにいうべきことが出てこなかったからである。ジョン・ジョイ・トリー——はじめて銀河系外で〈長距離飛躍〉を行なったという、偉大なノーストリリア人。遠いむかしのマーニョ・タリアーノと同じように、生身の脳の力だけで宇宙を飛べたといわれる男。

そんなトリーと闘う？　いったいどうやってトリーほどの者と闘えるというんだ？　パイロットは船を飛ばす。殺人者は殺人をする。女は愛し、忘れてしまう。だが、目的をごちゃまぜにすれば、なにもかもがおかしくなるだけだ。

キャッシャーはどすんと椅子にすわりこんだ。

「コーヒーはもっとあるかい？」

「コーヒーなんていらないわ」

キャッシャーはけげんな顔になり、少女を見あげた。

「あなたは闘士。あなたに必要なのは闘うこと。それだけ」ト・ルースはそういって、少女特有の華奢な指で小さなドアを指さした。クローゼットへの入口のように見えるドアだった。

「あそこから中に入るのよ。彼はいま、あそこにいるわ。またコントロール装置をいじっているわね。このまま放置しておけば、いつわたしのご主人が吹っとんでしまうかわからない。わたしは百年以上ものあいだ、それを食いとめてきたの」

「自分でいけばいいだろう」

「あなたは船のコントロールルームに入ったことがあるでしょう？」

「ある」キャッシャーはうなずいた。

「だったら、知っているわね。コントロールルームに入ったら、人は精神を丸裸にされて、すくみあがってしまう。ゴー・キャプテンになるのに、どれほどの訓練が必要になるのかも。そんな訓練を受けたら、わたし、どうなると思う？」

　ここにおいて、ついに、やっとのことで、少女の声はうわずり、かんだかくなり、怒りと興奮と子供らしさをにじませた。

「どうなるんだ？」

　キャッシャーはぼんやりとたずねた。なんだかもう、どうでもよかった。骨の髄まで疲れはてている。無益な闘い、試みた殺人、すでに時代遅れとなったバラッドについて論じあう死んだ人々。なぜ〈ゴンファローネのエチゼラ〉は自分でその仕事をしないんだ？

　キャッシャーの思考をとらえて、少女は声を張りあげた。

「だって、わたしにはできないことだもの！」

「そうか、できないのか。じゃあ、なぜできない？」

「わたしがわたしになってしまうからよ」

「なんになってしまうって？」すこし驚いて、キャッシャーはたずねた。

「わたしは亀の子。でも、姿形は人のそれ。わたしの脳は大きいわ。それでも、わたしは亀。わたしのご主人がどれだけわたしを必要としていても、しょせんわたしは亀でしかないの」

「亀であることとこれと、なんの関係があるんだ」

「危機に瀕したときに、亀はどうする？　亀系の下級民ではなくて、本物の亀がよ、小さな動物がよ。あなたもどこかで聞いたことがあるでしょう」

「実物を見たことさえある。どこかの惑星で。甲羅の中にからだを引っこめるんだったな」

「それがわたしのすることよ」少女は泣いていた。「わたしのご主人を助けるべきときにね。

たいていのことには相対できるわ。わたし、臆病者ではないもの。でも、あのコントロールルームに入ると、わたしは忘れてしまうの、忘れてしまうの、忘れてしまうの！」

「だったら、ロボットを送りこめばいい！」

悲鳴にちかい声で、ト・ルースは叫び返した。

「ジョン・ジョイ・トリーにロボットを立ち向かわせる？　あなたまで気が狂ったの？」

キャッシャーはぼそぼそと、自分のあやまちを認めた。考えてみれば、史上最高のゴー・キャプテンにロボットを差し向けたところで、なんの役にもたちはしない。気は進まないが、結論はひとつだ。

「わかった。ぼくがいく。きみがいってほしいというのなら」

「では、いますぐに！」ト・ルースは叫んだ。「いますぐに入って！」

いうが早いか、少女はキャッシャーの腕をとり、なかば引きずるように、なかば先導するようにして、そこだけ明るい小さなドアに向かった。こうしてみると、ドアは無垢《むく》に見える。

「しかし――」

ト・ルースは懇願した。

「進みつづけて。わたしがあなたにたのむことはこれだけ。彼を殺さないで、怯えさせて、彼と闘って。必要なら、傷を負わせてもいいわ。あなたにはできる。わたしにはできない」すすり泣きながら、少女はキャッシャーの腕を引っぱりつづけた。「わたしはわたしでしかいられないんだもの」

なにが起こったかもわからないうちに、少女はドアをあけていた。その向こうにあふれる光は、澄明で明るくて青味を帯びており、すべてのビュアーに映る〈ふるさと《マンホーム》〉の、母なる地球の青空を思わせた。

少女に押されて中へ入る。

背後でカチリと、ドアが閉まる音がした。

室内の細部を把握するひまも、ゴー・キャプテンの椅子に座す男に気づくひまもなかった。この部屋にただよう雰囲気と意味は、のどくびを打たれたような衝撃をもたらした。

（この部屋は）とキャッシャーは思った。（地獄だ）

自分がどこで〝地獄〟なることばを知ったのかはわからない。知ったときの記憶があるかどうかも心もとない。とにかく、地獄とは、すべての善なるものを悪しきものに、すべての希望を不安に、すべての願いを強欲へと変えるもののはずだ。

なんとなく、この部屋がそうであることはわかった。

と、そのとき……。

10

と、そのとき、地獄の中心的居住者が向きなおり、正面からキャッシャーを見すえた。

もしこれがジョン・ジョイ・トリーなら、気が狂っているようには見えない。顔の造作が整っている。体格はずんぐりとして、肌の色は赤い。目の色は明るく、揺らぐブルーを帯びており、口は妖婦のそれのようにきらきらとして表情豊かだ。

「ごきげんよう、といっておくか」ジョン・ジョイ・トリーがいった。

「はじめまして」キャッシャーは間抜けなあいさつを返した。

「おまえの名は知らんが」

赤ら顔をして精気あふれる男はいった。その口調には、ほんのすこしも狂気を感じさせるものがない。

「わたしはキャッシャー・オニール。惑星ミッザーの首都カヒールからきた者です」

「ミッザー?」ジョン・ジョイ・トリーは笑った。「あそこで一夜を過ごしたことがある。ずっとずっとむかしのことだ。あそこが提供する快楽は格別だった。しかし、おまえと話しあうことはほかにあるな。おまえはあの下級民の娘、ト・ルースを殺しにここへきた。その命令を与えたのは司政官のランキン・ミクルジョンだ。おおかた、あの男、べろんべろんに酔っぱらっていたのだろうさ! あの娘はあの娘で、おまえをここにとどめおいて、おれを殺させようともくろんだ。しかし、はっきりとそう話してはいまい」

ジョン・ジョイ・トリーはしゃべりながら、宇宙船のコントロール装置をスタンバイへと切り替え、キャプテン用のシートから立ちあがる姿勢をとった。

キャッシャーは言い返した。

「彼女はあなたを殺せというようなことはひとこともいっていませんよ。あなたがわたしを殺すかもしれないとはいいましたが」

「たしかに、殺すかもしれんな」

不死のパイロットは立ちあがった。キャッシャーよりも頭ひとつぶん低いが、見るからに屈強で恐ろしげだ。室内を満たす青い光は、この人物を明瞭に、くっきりと、鮮明に見せている。

この状況がもたらす雰囲気は、キャッシャーのからだの中で恐怖を司る神経を震えさせた。唐突に、トイレに駆けこみたくてしかたがなくなったが、勘は告げていた――というよりも、宣告していた――もしもこの場でこの男に背を見せれば、畜舎で倒れた牛のように、確実に命を絶たれると。いまはジョン・ジョイ・トリーと向きあっていなくてはならない。

「では、やれ」とパイロットはいった。「おれと闘え」

「あなたと闘いたいといった憶えはありません」とキャッシャーは応じた。「わたしが求められたのは、あなたを怯えさせることです。どうすればいいのかはわかりませんが」

「こんな話をしていても、なんにもならん。いっそ、外の部屋に出て、あわれで小さなト・ルースに飲みものを用意させてはどうだ？　おまえとしては、ただ失敗した、というだけですむ」

「おそらく、わたしは」とキャッシャーは答えた。「あなたよりも彼女のほうを恐ろしいと感じています」

腰を落とした。ジョン・ジョイ・トリーは、すわり心地がよさそうな同乗者用のシートの一脚にどすんと

「そうか。では、なにか始めろ。殴り合いでもするか？　グローブはいるか？　素手でやりあうか？　それとも剣がいいか？　ワイヤポイントか？　あそこのクローゼットには多少の武器があるぞ。あるいは、それぞれが船を操船して、宇宙で船同士の決闘という手もある」

「それでは勝負にもなにもなりませんよ。史上もっとも偉大なゴー・キャプテンと船で渡りあうなど……」

ジョン・ジョイ・トリーは同意のしるしに、不気味な忍び笑いを漏らした。かすかにしか聞こえない笑い声は、この状況全体がいかにばかげているかを実感させた。

「しかし、こちらにもひとつ利点があります」キャッシャーはいった。「わたしはあなたがだれかを知っているが、あなたはわたしを知らない」

「わかろうはずもない。人はいたるところで、つぎつぎに生まれてくるのだからな」

ジョン・ジョイ・トリーはそういって、蔑みのにじむ、満足げな笑みを浮かべてみせた。この男の悠然とした態度には魅力がある。ゴー・キャプテンはじっとキャッシャーを眺めたまま、水差しを手さぐりし、みずからグラスに飲みものをついだ。

そのグラスを皮肉なしぐさでかかげてみせ、キャッシャーに差しだした。キャッシャーは立ったままグラスを受けとった。恐怖に身がすくむ。孤立無援であることがひしひしと感じられた。生まれてこのかた、こんなにも強くそれを感じたことはない。

いきなり、ジョン・ジョイ・トリーが勢いよく立ちあがり、それまでとは打って変わった表情でキャッシャーの背後を見つめた。キャッシャーはうしろをふりかえろうとはしない。これは古くからの格闘トリックにちがいない。

そう思ったとき、トリーがこのようなことばを吐いた。

「とうとう一線を越えおったな。今回はあらゆる法を犯してでもおれを殺そうというのか。この当世風のうすのろは、たんなる新たなトリックではなかったわけだ」

キャッシャーの背後から答えたのは、ごくおだやかな声だった。

「それはなんともいえんよ」

男の声だった。疲れた感じの老いた声で、ゆっくりとしゃべっている。人が入ってきた音はまったく聞こえなかったのに。

長年の訓練がおおいに役だった。ジョン・ジョイ・トリーから目を離さぬまま、横に飛ぶ。四、五歩横に動いたところで、もうひとりの男が視界に入った。

そこに立っている男は背が高く、痩せていて、黄色い肌と黄色い髪の持ち主だった。目の色は老いてくすんだブルーだ。キャッシャーに目を向けて、男はいった。

「わしがマディガンだ」

（これが……彼女の主人？）とキャッシャーは思った。（あの愛らしい娘が敬愛するように刷りこまれた対象が、この人物なのか？）

だが、考えているひまはない。

マディガンがささやいた。まるで、だれにともなく話しかけるかのように。

「おまえは見た。目覚めているわしを。正気でいるこの男を。だが、刮目《かつもく》して見よ」

いうなり、マディガンはパイロットのコントロール装置へ向かった。急いでいるようだが、長身で痩せた老体はあまり速く動けない。

ジョン・ジョイ・トリーもシートを飛びだし、やはりコントロール装置へ急ぐ。

キャッシャーはその足を払った。

トリーが転倒した。が、そのまま一回転して片ひざをつき、片足で床を踏んで立ちあがる体勢をとった。片手にはナイフがきらめいている。キャッシャーがブーツに差しているのとそっくりのナイフだ。

つぎの瞬間、キャッシャーのからだが燃えるように熱くなったかと思うと、不可解な力に撥《は》ね飛ばされ、うしろの壁に押しやられた。恐怖にとらわれ、呆然と前を見つめる。

マディガンはパイロット・シートにすわり、コントロール装置をいじっていた。いまにも船をヘンリアダから宇宙空間へ飛びたたせそうな勢いだ。ジョン・ジョイ・トリーは老いた家主にちらと目をやってから、目の前の男に注意を向けた。

そこに、別の男がいた。

その男のことは知っている。

見覚えがあるどころではない。

それも道理、男はキャッシャー自身だったのである。蛇が獲物に飛びかかるように、男は床を蹴ってジャンプし、左手のナイフでジョン・ジョイ・トリーの首に斬りかかった。

ナイフはかわされた。が、幻影のキャッシャーは右のこぶしでトリーを殴打した。ゴンッという音が室内に響きわたる。

トリーの明るいブルーの目に狂的な光が宿った。手にしたナイフを幻影のキャッシャーの腹部に深々と突きたて、ざっくりと斬り裂いたのち、あえぐ若者を床に放りだした。幻影のキャッシャーが身悶えしつつ、血まみれのはらわたを腹に押しこもうとしはじめる。腹から流れだす鮮血で、敷物はたちまち真っ赤に染まった。

鮮血！

キャッシャーは突如として、いましなければならないこと、どうすればそれができるかを悟った。だれにいわれるまでもなく、自分で気づいた。

コントロールルームの向こう端に第三のキャッシャーを創りだし、鉄の籠手《こて》をはめさせる。キャッシャー本体がいるのは部屋のこちら側で、壁に背をつけたまま、だれにも顧みられてはいない。床の上では第二のキャッシャーが虫の息だ。かたや第三のキャッシャーは、ジョン・ジョイ・トリーに気づかれぬまま、その背後に向かってそうっと忍びよりつつある。と、第三のキャッシャーが、トリーの背中に叫んだ。

「こっちを見ろ！　おれは死神だ！」

その声は、キャッシャー自身の声の、恐ろしくも狂気に満ちたコピーだった。

トリーがさっとふりかえる。

「きさま――本物ではないな」

第三のキャッシャーがコンソールをすばやくまわりこみ、鉄の籠手でトリーを殴りつけた。血が流れだした顔を片手で押さえ、トリーが飛びすさる。と同時に、マディガンに向かって怒声を発した。マディガンはピンライター用のヘルメットもかぶることなく、コントロールパネルのダイヤルをいじっている。

「きさま、あの娘をここに連れこんだのか！」トリーは叫んだ。「あの娘をここに連れこみおったな、この若いのといっしょに！　娘を追いだせ！」

「だれをだ？」マディガンは静かな声でたずねた。操作に気をとられているようでもある。

「ト・ルースだ。おまえのあの魔女だ。古代のあらゆる法にのっとって、客としての権利を主張する。娘を追いだせ」

壁ぎわに立っている本物のキャッシャーは、自分でもどうやっているのかわからないまま、鉄の籠手をつけた幻影のキャッシャーを操作し、トリーの声に負けず劣らず逆上した声で、こういわせた。

「ジョン・ジョイ・トリー、おれは死神だが、おまえを殺しはしない。血を流させるだけだ。鉄の手で目玉をつぶしてやる。血まみれの眼窩をさらすがいい。鉄の手で歯をたたき割り、千回もあごを砕いてやる。いかなるドクターも、いかなる治療機械も治せないほど徹底的に。鉄の手でその両腕を握りつぶし、両手をぼろ布のようにぐしゃぐしゃにしてやる。鉄の手で両脚をへし折ってやる。自分の顔から流れる血を見ろ、ジョン・ジョイ・トリー。これから流れるのはそれよりも大量の血だ。おまえは一度おれを殺した。床に倒れた若者を見ろ」

ふたりはともに、最初に現われた幻影に目をやった。第二のキャッシャーは大きな敷物の上でのたうち、断末魔の痙攣を経て、たったいま息絶えたところだ。若者の死体の手前には血だまりが広がっている。

ジョン・ジョイ・トリーが、いましがた自分に語りかけたほうの幻影に目をもどした。

「きさまは〈ゴンファローネのエチゼラ〉だな。きさまなどに脅かされるこのおれと思うな。きさまは亀娘だ。おれをほんとうに傷つけることなどできはせん」

「こっちを見ろ」こんどは本物のキャッシャーがいった。

ジョン・ジョイ・トリーが本物に目を向けた。幻影と本物に、交互に視線を動かす。

恐怖がその顔に芽生えはじめた。

どちらのキャッシャーも、いまは大声で叫んでいる。キャッシャー自身の精神の奥底から発せられる、狂的な声で叫んでいる。

「おまえには血を流させる！　血と破滅をくれてやる。それでも、殺しはしない。おまえは破滅の中、目玉をつぶされ、睾丸をつぶされ、腕を折られ、脚を折られた状態で生きていく。栄養はすべてチューブを通して与えられる。死にたくても死ねない。死なせてくれと泣いてたのんでも、その声はだれの耳にもとどかない」

「なぜだ！」トリーはわめいた。「なぜだ？　おれがきさまになにをした？」

「おまえは思いださせるんだ！」キャッシャーはわめいた。「わが母星のことを。おまえは思いださせるんだ――ウェッダー大佐が首都で引き起こした流血のことを――伯父の欲望のあわれで役にたたない犠牲者たちが、伯父に対する大佐の復讐の餌食となって、血の代償を払わされたときのことを。おまえは思いださせるんだ――おれ自身のことを。だからおれは、ジョン・ジョイ・トリー、おまえを罰してやる――おれが罰されるであろう形でな」

狂気の霧にまといつかれてはいても、ジョン・ジョイ・トリーは勇敢な男だった。思いがけなく、本物のキャッシャーをめがけ、ナイフを投げつけてきたのだ。その瞬間、幻影のキャッシャーが大きく跳び、部屋の向こうから一気に距離を詰め、宙を飛ぶナイフを鉄の籠手ではたき落とした。ナイフは鉄の籠手にあたって金属音を響かせ、音もなく敷物の上に落下した。

　ここにおいてキャッシャーは、自分が見なくてはならないものを見た。場所はカヒール。死に覆いつくされた首都。突如として訪れた死、自分がやがてもたらすであろう大量死の、ねばつくような馴じみ深い静寂のもと、男たちはどうにか運びだした小さな荷物をかかえたまま死に絶えている。娘たちはのどを掻き切られ、自分の流した血の海に横たわっているが、口紅と引いた眉のラインは死んだ顔の上でなおも精彩を放ったままだ。死んだ子供がいた。鼠蹊《そけい》部から胸にかけてざっくり斬り裂かれ、胸には壊れた人形を抱きしめているが、死んで転がる子供自体も、壊れた人形のように見える。キャッシャーは以上のすべてを目に収めたうえで、その光景を強制的にジョン・ジョイ・トリーに見せた。

「きさまは……悪魔だ」ジョン・ジョイ・トリーがいった。

「大がつくほどのな」キャッシャーは答えた。

「二度とこの部屋に入らないと誓えば、おれを見逃すか？」

幻影のキャッシャーたちが威嚇の声を発した。床に倒れている死体も、鉄の籠手をはめた闘士もだ。それはキャッシャーの理解を超えていた。ト・ルースはどのようにして、闘士の複製という、大むかしに失われた能力を自分に付与できたのだろう。しかし、理屈はわからなくとも、能力を使うことはできる。

キャッシャー本体はいった。

「ト・ルースは見逃していいといっていた」

「だが……その場合、おまえはだれを使うつもりだ？」ジョン・ジョイ・トリーはたずねた。いまは冷静で、悲しげで、理屈がわかるようになっている。「おれを使わないのなら、どうやっておまえの流血の夢を実現させるというんだ？」

「わからない。おれは自分の運命にしたがうだけだ。さあ、もういけ。わが手の鉄の籠手で粉砕されたくなかったら」

ジョン・ジョイ・トリーは打ちのめされたようすで、小走りに部屋を出ていった。

ここでやっと、疲労困憊《こんぱい》したキャッシャーは、からだを支えるためにカーテンをつかみ、警戒することなく室内を見まわした。

禍々《まがまが》しい雰囲気は消えていた。

マディガンも、老いたりとはいえ、コントロール装置をひととおりスタンバイにロックしおえている。

老人はキャッシャーに歩みよってきた。

「礼をいう。きみはあれの創りだした幻影ではないな。あの子はきみを見いだして、わしの仕事を手伝わせたわけか」

キャッシャーは咳きこみながら答えた。

「そうです、この館の少女が」

「わしのだよ」とマディガンは訂正した。

「あなたの少女がです」

キャッシャーはいいなおし、あの華奢な、少女ならではの肢体、蕾が花開きかけた乳房、官能的な唇、やさしいまなざしを思いだした。

「あれがきみを思念で創りだせたはずはないな。たしかに、いまのあれは、わが死んだ妻になっている。しかし、女性市民アガサ本人ならばそこまでもできようが、ト・ルースにはむりだ」

ことばを交わしながら、キャッシャーは老人を観察した。館の主はひどく安っぽい黄色のパジャマズボンをはき、洗濯できるバスローブをはおっていた。バスローブは、かつては紫、ラベンダー、白の縞柄だったようだが、いまではすっかり色褪せ、くたびれきっている——着ている当人と同じように。老人の両の腕には、衛生的な白色プラスティックでできた外科インプラントが埋めこまれていた。これに医療機械やチューブを取りつけることで、老人はどうにか生き長らえているのだろう。

「しじゅう眠ってばかりいるがね」とマーリー・マディガンはいった。「それでもわしは、いまなおボールガールのあるじだ。あるじとして、きみに感謝しよう」

差しだされた手はかよわく、しなびており、乾いていて力がなかった。

マディガンは老いた声でささやいた。

「あれにいってくれ、きみに褒美を与えるようにと。わが地所にあるものはなんでも持っていっていい。いや、このヘンリアダにあるものはなんでも進呈する。あれにいえば、わしのためにすべて手配してくれるだろう」そこでマーリー・マディガンは、老いた青い目を鋭くかっと見開き、ほんの一時的ながら、何百年も前にそうであった人物、ノーストリリア人の貿易商──頭が切れ、抜けめがなく、聡明で、けっして薄情ではない男にもどった。ことば鋭く、マディガンはつづけた。「あれといっしょにいるのを楽しむがいい。あれはいい子だ。ただし、連れていってもらってはこまる。あれを連れていこうとはせんでくれ」

「なぜです？」

キャッシャーは思わずたずね、自分の問いのぶしつけさに驚いた。

「連れていこうものなら、あれは死んでしまうからだよ。あれはわしのものだ。このわしに刷りこみされている。あれを造らせたのはわしであり、ゆえにわしのものだ。わしがそばにおらねば、あれは二、三日で死んでしまう。だから、な、連れていかんでくれ」

老人はそう言い残し、キャッシャーの見ている前で秘密のドアを通りぬけ、コントロールルームを出ていった。入ってきたときと同じく、音もなく。それから二日間、マディガンの姿を見ることはなかった。そして、二日めが過ぎたころには、老人はふたたび、極低代謝の睡眠にもどっていた。

11

二日後、ト・ルースはキャッシャーをともなって、眠っているマディガンのもとを訪ねた。

「お通しするわけにはいきません」メイドのユーニスが心外そうな声でいった。「どなたであれ、お部屋にはお通しできません。ここはご主人さまのお部屋です」

ト・ルースは冷静な声で応じた。

「だいじょうぶよ、わたしがいっしょに入るもの」

ト・ルースは金織《きんおり》のカーテンを横に引き、頑丈な鋼鉄のドアに取りつけられている複数のダイヤル錠をまわした。ドア自体はダイモン材の構造体にはめこまれている。

メイドはなおも抗議した。

「いくらあなたでも、お若いマム、その男をお部屋に通すことはゆるされません！」

「だれがそんなことをいったの？」

ト・ルースは冷静に、そして挑戦的に問いかけた。

ト・ルースに引く気のないことが、ユーニスにもようやく呑みこめたようだった。

小声でつぶやくように、ユーニスは答えた。

「あなたがその男を連れて入るとおっしゃれば、そうなさるのでしょう。ですが、いままでこんなことはいちどもありませんでした」

「もちろん、いちどもなかったわ、ユーニス、あなたがきてからはね。でも、キャッシャー・オニールはもう、ミスター＆オーナーにお会いしているの。ミスター＆オーナーのために闘ってもくれたわ。たまたま訪れただけのどうでもいい客を、わたしが気まぐれでご主人に引き合わせると思う？」

「いいえ、そんなことは」

「だったら、もう引きさがりなさい」淑女＝少女はぴしりといった。「あなただって、このドアが開くところは見たくないでしょう？」

「はい、もちろん！」

ユーニスは悲鳴のような声で答え、両手で耳を押さえて走り去った。そうして耳を塞げば、ドアを見なくてすむかのように。

メイドが立ち去ると、ト・ルースは全体重をかけて、重たい鋼鉄のドアのハンドルを下に押しつけた。てっきり、墓場のカビくささや病院の薬くささがただよいだすだろうと思っていたので、キャッシャーは驚いた。頑丈で謎めいたドアの向こうからあふれ出てきたのは、新鮮な空気と、あたたかい陽光だったのである。じっさいにあけられた開口部はごく細く、ごく低いものだったので、ト・ルースのあとから室内に入るとき、キャッシャーは横向きにならねばならなかった。

あるじの部屋は大きかった。窓はすべて永遠の陽光であふれている。窓から見える光景は最盛時のヘンリアダのもの――モティルがまだ、何百万もの客がのんびりバカンスを楽しむリゾート地であり、アムビロクシが銀河系を半分がた超えた先の諸惑星まで食料を送りだす輸出港であったころの光景にちがいない。近年、ヘンリアダを悩まし、苦しめている、あの長虫のように醜悪な竜巻の姿は、影も形も見られない。窓外に広がる光景は、古代古典派の巨匠、プッサンが描いた風景画のごとく、秩序だち、整然と管理されて、人類の勝利を感じさせるものだった。

部屋そのものは、ボールガールにある他の大きなリビングルームと同様に、華麗なネオ・バロック様式だったが、なかば狂っていた建築家は、好き勝手に造ってよいとの許可を得て、鋼鉄、プラスティック、漆喰《しっくい》、木材、石材を用い、徹底的に空想の羽をはばたかせていた。天井は平坦ではなく、湾曲している。部屋の四隅には奥に小部屋があった。各々の小部屋は四隅に深くうがたれていて、幅もそれなりにあるため、部屋は実質的に八角形といっていい。部屋自体が持つ気品と瀟洒《しょうしゃ》な趣《おもむき》は、壁の一面に寄せられた家具で少々そこなわれていた。なにしろ、ソファ数脚に、詰め物をした肘掛け椅子数脚、大理石のテーブル数脚、装飾的なスタンド数本が、ひとつひとつを識別しづらいほど密集した塊となって、左の壁ぎわに集められていたのである。部屋の右側は――幻影の風景を映す主要窓に面する側は――手術室のような造りになっていて、手術台が一脚あり、そのまわりに油圧昇降装置が数台、色つきの透明な液体を入れた瓶がぶらさがる銀色のスタンドが数本、大きな装置二台が集めてあった。この大きな装置は、（あとでキャッシャーが推測したところでは）、人工心肺と人工腎臓にちがいない。いっぽう、四つの小部屋のほうは、これはもっと奇抜な内容だった。ひとつは古めかしい遺体安置室に似ていて、巨大な棺が置いてあり、その棺の上には黒いビロードの布がかぶせてある。棺を載せてあるのは、がっしりしたチーク材の台座だ。つぎの小部屋は大むかしの宇宙船の操船室を模したもので、素朴な外見のレバー、スイッチ、コントロール機器がならんでおり——各メーターは、銀河系のこの場所の座標を正確に表示するもので、そのために、勢いよく回転していた——パイロット・シートも設置されているうえ、そこに一般的なヘルメット、ストラップ、衝撃緩衝装置もセットされていた。三つめの小部屋は、かなり古めかしい様式の素朴な寝室で、壁の色はウェッジウッド製陶器の淡い灰色がかったブルーだ。カーテンのほか、上掛けや枕カバーの濃いワインカラーは、壁の色に対し、鮮烈だがけっして悪くはない対比をなしていた。四つめの小部屋は砦の内部を模倣したものだ。いや、これは砦の内部そのものかもしれない。ドアは頑丈で部厚く、壁はダイモン材で——つまり、想像しうるいかなる手段でも破壊不可能な建材で造られているように見える。壁の前には、非常用の食料と水のケースが積みあげてあった。各種の武器はきちんと整備され、いつでも使える状態で銃架に立てかけてある。ワイヤポイントもだ。口径は三種類あって、それぞれに真新しいバッテリーがセットされていた。

どの小部屋にも人はいなかった。

中央の大部屋もがらんとしている。

室内にいるのは、キャッシャーとト・ルースを除けば、この館の家主だけだ。ミスター&オーナー・マーリー・マディガンは、手術台の上にはだかで横たわっていた。からだには、あちこちに医療機器が取りつけてあり、その一部に二、三本のケーブルがつながっている。

老人の胸がかすかに起伏しているようすが見える気がした。老人は極低代謝状態にあるため、呼吸回数は通常の十分の一以下だ。

少女＝淑女ト・ルースは、老人を前にしても、すこしも動じてはいなかった。

「わたしは一日に四、五回、ご主人のようすを見にきているの。ほかの人をこの部屋に通すことはないわ。でも、キャッシャー、あなたは特別。ご主人があなたと話をして、あなたとともに闘い、あなたに命を救われたことはわかっているから。あなたはこの部屋に通された最初の人間なのよ」

「……賭けてもいいが」とキャッシャーはいった。「ヘンリアダ司政官、名誉あるランキン・ミクルジョン閣下は、この部屋に入って室内を見まわせるなら、喜んで〝名誉〟の一部を捨てるだろうな。あのご仁、マディガンがここでなにをしているのか、気が気じゃないんだ。じっさいには、こんなふうに、なにもしてはいないというのに……」

「なにもしていないわけではないわ」ト・ルースが鋭く口をはさんだ。「眠っているのよ。でも、四万年、五万年、六万年も眠りつづけながら、一ヵ月にほんの数回、目を覚まして、世の中のようすを探るなんて、だれにもできることじゃないわね」

　キャッシャーはヒューッと口笛を吹きかけ、思いとどまった。手術台の上で意識を失い、裸身で寝ている老人を起こしてしまわないかと、心配になったのだ。

「だからマディガンはきみを選んだのか」

　アルコールを張った洗面器で手をよく洗いながら、ト・ルースは訂正した。

「だからご主人はわたしを造らせたのよ、寿命三百歳の亀をベースに。その寿命を集中的なストルーン処置で三百倍に引き伸ばして、九万歳にしたの。ご主人はそのあとで、わたしの心に、自分への愛情と崇拝の念を植えつけたわ。正確には、このひとはわたしのご主人ではなくってね。神なのよ」

「きみの……なんだって？」

「聞こえたでしょう。どうか動揺しないで。違法な記憶はいっさい与えないから。わたしは彼を崇拝しているの。そう刷りこまれているからよ。小さな目があいたばかりのときに——処置槽にもどされて、脳を拡大されて、わたしをベースにした人間の女に仕立てられたそのときに。女性市民アガサ・マディガンのあらゆる記憶が脳に転写されたのも彼のためだった。わたしは彼が望んだ存在。望んだとおりの存在。どこの惑星にも、わたしほど強く望まれた存在はいないはず。いかなる妻も、いかなる恋人も、いかなる母親も、このわたしほどには——目を覚ました彼が、わたしがまだここにいると知ったときほどには——熱烈に望まれたことがないはずよ。あなたは頭のいい人でしょう。そんなあなたなら、九万年ものあいだ、なんらかの機械を――それがどんなにすごい機械であっても――信用する気になれる？」

「ケア機器のバッテリーひとつをとっても」とキャッシャーは答えた。「それほどの長期にわたって、おたがいに修復しあえる製品を見つけるのはむずかしいだろうな。しかし、彼をケアするということは、九万年間、生きていなくてはならないということだ。しかも、日に四、五回、ようすを見にこないといけない。九万年ともなれば、合わせてどれだけの回数になるか、掛け算をする気力も起きないよ。それほどの回数、うんざりしないか？」

「愛しているもの。彼はわたしの歓びだもの。愛しい幼子だもの」ト・ルースは歌うようにいって、マディガンのまぶたを順に開き、一滴ずつ無色の目薬を点《さ》した。ついで、なにかに気をとられているようすで、目薬の意味を説明した。「こんなにも代謝がゆっくりだとね、まぶたが眼球に貼りついてしまう危険があるの。これもケアの一環なのよ」

眠っている男の頭を横にかたむけ、それぞれの眼球を真剣に覗きこむ。それから数歩横に動き、低いうなりを発している機械のダイヤルに顔を近づけた。銃を撃つような音がした。キャッシャーはとっさに、腰の銃に手を伸ばしかけたが、もちろん、自分が銃を持っているはずはない。

少女が向きなおり、にっこりと、いたずらっぽい微笑を浮かべた。

「ごめんね、事前に警告しておくべきだったわね。いまのは音響装置の音。脳の聴覚機能が小さな音も認識できているかどうかをたしかめるために、脳造影装置の表示を見ていたの。音がしたのと同時に反応があったわ。彼は深い深い眠りについているけれど、死へ向かって沈んでいっているわけではないのよ」

　ト・ルースは手術台にもどり、マディガンのあごを上向けさせ、首を大きくのけぞらせた。その姿勢のまま手早く額を押さえて、舌圧子《ぜつあつし》を取りだし、指で口をあけさせ、舌圧子で舌を押しつけて、のどの奥を覗きこむ。

「なにもたまってはいないわ」

　自分に言い聞かせるようにして、ト・ルースはつぶやいた。

　それから、マディガンの頭部をもとの安楽な状態にもどした。しかし、別の一連の検査をはじめようとしかけたとき、なにかを思いついたらしく、こういった。

「手を洗ってちょうだい。徹底的に、そこにある洗面器で。洗いおえたらタイマーをセットして、アラームが鳴るまで両手を滅菌器の下にかざすこと。それさえすんだら、彼の向きを変える手伝いをしていいわ。いままでだれかに手伝いをたのんだことはないのよ。そもそも、ここに入った訪問者はあなたがはじめて」

　キャッシャーはいわれたとおりにした。手を洗いつつ見ていると、少女は両手を広口瓶につっこみ、花の香りがする軟膏をすくいとって、それを意識のないからだに塗りつけては、慣れた手つきでマッサージをしはじめた。ときには乱暴に思えるくらい強くマッサージすることもあった。滅菌乾燥器の下に両手をかざして立っているあいだ、キャッシャーは華奢な少女の腕と手がどれほど力強いかに驚かされた。ト・ルースの手は、疲れることを知らないかのように、老人の肉体をなで、さすり、軽くたたき、引っぱり、伸ばし、つついている。

眠っている男本人は、マッサージされていることにまったく気づいていないようだったが、キャッシャーの見るところ、だんだん肌の色つやがよくなり、筋肉に張りが出てきたようだ。

キャッシャーは手術台のそばに歩みより、ト・ルースの向かいに立った。

そのとき、窓に映った幻影の芝生の上を、一羽の大きな孔雀が歩いて通りすぎていった。飾り羽を大きく広げて、構造色をきらめかせている。

ト・ルースがキャッシャーの視線をたどり、説明した。

「ああ、あれもわたしがプログラムしたの。彼、目が覚めているときには、孔雀を見るのが好きだから。ほんとうに賢明な人だと思わない？　極低代謝に入るまえにわたしを造らせて、わたしに彼を愛するようにさせて、世話をするようにさせていくなんて。わたしがまだ子供同然である点もさいわいしたわね。わたしは彼以外には愛せないし、これがわたしの愛する人であると憶えておくのは簡単なことだし。彼にとってもそのほうが安全でしょう。どんな人間も、これほどの責任は背負いきれないわ。いずれはうんざりしてしまう。でも、わたしだけは、そんなことはないの」

「しかし——」キャッシャーはいいかけた。

「しっ」ト・ルースは制した。「もうちょっと待って。これがおわるまで」

少女は前のめりになり、力強い小さな指を老人のはだかの腹部深くに食いこませた。目を閉じているのは、すべての感覚を指先の触覚に集中させるためだろう。ややあって、両手を引っこめ、まっすぐに立った。

「これで前側はおしまい。つぎは体内のようすを確認しておかないと。でも、X線にかけるつもりはないわ。百年ほどの期間に蓄積する放射線の影響を考えるとね。眠っているときの排便は、月に二回くらいなの。その準備もしておかなくちゃ。一週間おきに、膀胱の小水も抜いておかなくてはならないし。そうしないと、自分のからだの老廃物で、毒素がからだにまわってしまうのよ。さ、手伝ってもらえるのはここから。いま、からだをひっくりかえすから。ああ、ケーブルには気をつけてね。それはケア機器の制御装置につながっているの。装置は生理学的過程を監視していて、なにか異常があれば無線メッセージをわたしに送ってくる仕組み。その間、もしも自律神経系の反応が部分的に消えかけたり、消失したりしたら、失われた神経インパルスを施す設定になっているのよ」

「前にもそんなことが？」

「ううん。いまのところは。でも、準備はしておかないとね。そのケーブルに気をつけて。向きの変えかたが速すぎるわ。ああ、そうそう、それでいいの。もうさがってもいいわよ、しばらく後ろ側をマッサージするから」

ト・ルースはマッサージ師の仕事にもどった。まず頭部と頸部をつなぐ筋肉からはじめて、ときどき両手に軟膏を補充しながら、だんだん下へと移動していく。脚部に達したところで、ひときわ強くマッサージしだしたように見えた。脚を持ちあげ、ひざを曲げ、ふくらはぎをぱんぱんとたたく。

ここで片手にゴム手袋をはめ、その手をほかの広口瓶に入れて――手を近づけると、瓶のふたは自動的に開いた——ゼリー状の油脂のようなものにまみれさせた状態で抜きだした。ついで、濡れ光る二本の指を老人の直腸につっこみ、眉をひそめて動かしつつ、押しこみ、中を探った。

ようやくほっとした顔になったのは、ゴム手袋を剥ぎとって、ゴミ箱に放りこんでからのことだった。そののち、やわらかなリネンのタオルで老人の全身をぬぐい、これもゴミ箱に放りこんだ。

「これでだいじょうぶ。二時間は問題ないでしょう。そのあとで、すこし糖分を与えないと。いま与えているのはふつうの生理的食塩水だけだから」

ここでやっと、ト・ルースはキャッシャーに向きあった。いままで行なっていた力のいるケアでうっすらと顔が上気していたが、いまなお少女であると同時に、淑女でもあるように見える。おとなたちの混沌とした世界で身につけた英知に埋没し、およそ子供らしい部分が見えにくくなった少女であり、自分の母星、自分の地所、自分の館の中にあって、際限ない愛情と熱情を主人に注ぎ、永遠といってもいいほどの長きにわたって仕えつづける、淑女にして女主人に見える。

「さっき、きみにたずねようとしたんだが——」

キャッシャーはいいかけ、その先を呑みこんだ。

「わたしにたずねようとした？　なにを？」

気が進まないながら、キャッシャーはつづけた。

「たずねようとしたのは、彼が死んだらきみはどうなるのか、ということだったんだ。彼は寿命をまっとうするかもしれないし、寿命がこないうちに亡くなってしまうかもしれない。いずれにしても、そのとき、きみはどうなる？」

「どうなってもいいのよ」ト・ルースはきっぱりといった。その顔に浮かぶあけっぴろげで正直なほほえみから、本気でそういっていることがわかった。「わたしはね、彼のものなの。わたしは彼にのみ属するの。そのためにこそ、わたしは存在するんだもの。わたしを造った者たちは、彼が死んだ場合にそなえてなにかをプログラムしていたかもしれない。あるいは、そうするのを忘れていたかもしれない。でも、わたしにとって大事なのは、彼の命であって、わたしのではないの。できるかぎりのことをして、ほんのすこしでも長生きしてもらうのがわたしの仕事。ねえ、わたし、いい仕事をしていると思わない？

「ああ、いい仕事をしている」とキャッシャーは答えた。奇妙な仕事でもあるが」

「さあ、もう部屋を出ましょう」

「四隅にある小部屋はなんのためのものなんだ？」

「ああ、あれ――あれはね、それらしく感じるための小道具。眠りに入るとき、彼はあれのひとつを選ぶの――棺、砦、船、寝室のどれかを。べつに、どれだっていいのよ。わたしはいつも、眠りこんだ彼を巻揚げ機で持ちあげて、この手術台に運んでくるの。この上でなら、機械もわたしも適切なケアができるから。目覚めるのが手術台の上であっても、彼は気にもとめないわ。どの小部屋で寝入ったのかも憶えていないのがふつうだしね。さ、もう部屋を出ましょう」

ふたりはドアに歩きだした。

そこで急に、ト・ルースが立ちどまった。

「たいせつなことを忘れていたわ。わたしはものを忘れないんだけど、だれかを連れてこの部屋に入るのははじめてだったから、つい。あなたは彼のとてもいい友人になってくれたわ。これから何千年も、あなたのことを話題にのぼせるでしょう。あなたが死んだずっとずっとあとまでも」

最後にぶしつけなことをいわれたので、キャッシャーはじろりと少女を見た。この少女は自分をからかっているのだろうか、それとも傷つけようとしているのだろうか？　しかし、そんなようすはまったく見られなかった。その場にいるのは、パターンが確立された日常の仕事に対し、女性らしく献身的に努める、ひとりの生まじめな少女だった。

「向こうを向いていて」有無をいわさぬ口調で、少女はいった。

「なぜだ？　なんのために？　ほかの秘密については、ぼくを信用して、なんだって見せてくれたじゃないか」

「彼もあなたには見られたくないはずなのよ、これは」

「これとは？」

「これからわたしがすること。わたしが女性市民アガサであったころ——転写された記憶の中でだけれど——殿方にはいくつか、とても気にすることがあったわ。これもそのひとつ」

キャッシャーはうながされたとおり、立ったまま手術台に背を向けた。

それまで室内になかったにおいがふわりとただよった。ゼラニウムの香油のような強烈な香りだった。眠っている男のそばでト・ルースがなにかをしているらしく、荒い息づかいが聞こえる。

しばらくして、声がかかった。

「もうこっちを向いてもいいわよ」

見ると、ト・ルースが爪先立ちになり、そこが定位置なのだろう、タイル張りの高い棚に軟膏のチューブをもどそうとしていた。

キャッシャーはマディガンのからだに目をやった。やはり眠っており、依然として、ごく浅く、ごくゆっくりと呼吸をしている。

「いったいなにをしたんだ？」

ト・ルースは歩みの途中で立ちどまった。

「なんだか急に詮索好きになったみたいね」

キャッシャーにはもごもごと答えることしかできなかった。

「まあ、しかたないわ。人はいろいろなことが気になるものだから」

「たしかに、そうだ」

遠まわしの批判に、キャッシャーは顔を赤らめた。

「すこしお娯《たの》しみを提供したのよ。目が覚めたときには憶えていないでしょう。ときどき、これをやると、心電計にはっきり心拍数の増加が見られることがあってね。今回は成果なしだったけれど。これはわたしの発案。いろいろな本を読んで、からだのリズムを整えるのにいいと判断したの。ときどき、地球年で丸一年つづけて眠ることもあるから、でも、ふつう、月に何回かは目を覚ますのよ」

ト・ルースはキャッシャーの横をすりぬけ、鋼鉄ドアの内側にある大きなドアハンドルを押しさげた。ハンドルが重いので、もうすこしで足が床から浮くところだった。

先に室外へ出るようにと、手ぶりでうながされた。キャッシャーは腰をかがめ、横向きになって外に出た。

「また向こうを向いていて」ト・ルースがいった。「ダイヤル錠をまわすだけのことなんだけれど、施錠するところを見ている者は、ひどい頭痛を誘発させられて、組み合わせを忘れさせられる仕組みになっているのよ。ロボットでさえそんな状態になるの。このドアを開け閉めできる権限が与えられているのは、このわたしだけ」

ダイヤル錠をまわす音がしたが、キャッシャーはふりかえらなかった。

ごく低い声で、ト・ルースはつぶやいた。

「わたしだけなの。唯一、このわたしだけなのよ」

「なにが唯一、きみだけなんだ？」

「ご主人を愛して、ケアをして、彼の惑星を支えて、彼の地所のおだやかな天気を護る――それをゆるされているのが、わたしだけだということ。でも、彼、美しくなかった？　賢明じゃなかった？　彼の微笑はあなたの心を射とめなかった？」

キャッシャーは黄色いパジャマズボンをはいた、くたびれきった老人の姿を思い返した。如才なく、なにもいわなかった。

ト・ルースはなおも上機嫌のようすでまくしたてた。

「彼は父であり、夫であり、嬰児《みどりご》の息子であり、ご主人であり、わたしの所有者でもあるの。考えてもみて、キャッシャー、彼はこのわたしを所有しているのよ！　なんてしあわせな人――わたしを持てるなんて。なんてしあわせなわたし――彼に持ってもらえるなんて」

「しかし、なんのために？」

キャッシャーはたずねた。自分がこの驚くべき娘と恋に落ち、あえなく失恋したと思うと、すこし不機嫌な声が出た。

「生きるためによ！」と、ト・ルースは叫んだ。「どんな形であろうと、どんな生きかたであろうとね。わたしは九万年を生きるように造られたわ。その大半の期間を、彼は眠って、起きて、夢を見て、また眠って過ごすの」

「そこになんの意味がある？」

「なんの――意味があるかですって？　それじゃあ、小さな亀の卵を選んで、分子レベルにいたるまで記憶鎖を改造することに、なんの意味があるの？　亀の子供を下級民の娘に――あなたでさえ、ときどき恋心をいだくほどの娘に仕立てることに、なんの意味があるの？小さなわたしが、わたしのご主人を愛するようにと造られたわたしが、はじめて彼に会ったあの瞬間に、なんの意味があるの？　教えてあげましょうか。それはね、愛よ」

「いま、なんといった？」

「愛のためにこそ意味がある、といったの。愛はさまざまなものの、唯一の目的。此岸《しがん》には愛があり、彼岸には死がある。あなたが本物の兵器を使えるほど強い心を持っているなら、全ミッザーを思いのままにできる兵器を与えてあげましょう。あなたがほしがっていた強襲巡航艦やレーザーなんて、愛の兵器の前にはおもちゃも同然。人はね、愛とは闘えないの。わたしとは闘えないの」

ふたりは廊下を進んでいった。壁にかかる一連の絵も、展示された高価な芸術品の数々も、何世紀も放置されたまま顧みられたこともないものばかりだ。

見ると、右手の開かれた戸口から、ヘンリアダの明るい黄色の陽光が射していた。その部屋からは、歌声が漏れ聞こえた。ひとりの男が、なんらかの弦楽器をつま弾きつつ、歌を歌っているようだ。あとになってキャッシャーは、それが『ヘンリアダの歌』の歌詞であったことを知る。その歌詞はこんなふうにつづいた。

船を入れるなよ　轟《とどろ》の潟《わた》に、
北に逆巻くのは　狂濤の海《レイヴィング・ウェイヴ》。
ヘンリアダの海　颶風《ぐふう》に荒れても
アムビロクシは　安息の墓《セイヴィング・グレイヴ》。

ふたりはその部屋に入った。

ひとりの紳士が立ちあがり、ふたりを出迎えた。

それはあの偉大なるゴー・キャプテン、ジョン・ジョイ・トリーだった。赤ら顔に笑みを浮かべ、明るいブルーの目に光をたたえて、少々うやうやしいほどの態度をとり、この館の小柄な女主人にあいさつをしたが……そこでキャッシャー・オニールを視線にとらえた。

たちまち、トリーの容貌が邪悪といえるほどに変化した。

ジョン・ジョイ・トリーがついとふたりから目をそらす。口にしようとしていたことばをのどもとで押さえた。

かわりにゴー・キャプテンは、いまと打って変わった、ひどく〝遠く〟、深く憂えている声で、こういった。

「この場所は血にまみれている。この場には血塗られた男がいる。失礼させてもらおうか。いまにも吐きそうだ」

小走りにふたりの前を通り過ぎ、トリーはふたりが入ってきたドアから出ていった。

「試験は合格ね」ト・ルースがいった。「あなたの奮闘で、ご主人は光栄あるキャプテン・ジョン・ジョイ・トリーの問題を解消できたわ。キャプテンはもう、コントロールルームに近づかないでしょう――あなたがあそこにいると思っているかぎり」

「まだぼくを試す必要などあったのか？　この期におよんで？　ぼくのことはもう、充分にわかっているはずじゃなかったのか。試験をする必要などなかっただろうに」

「わたしは人間ではなくて——ある人間の、たんなる造りもののコピーなのよ。念には念をいれないとね。さあ、もうあなたに兵器を託す準備はととのったわ。ここは通信室であると同時に、音楽室でもあるの。なにか食べるか、飲むかする？」

「水だけでいい」

「それなら、そこにあるわ」

そばのテーブルには水晶の水差《カラフ》しが置いてあった。いわれるまで気づかなかったのだが、あるいはト・ルースが、エチゼラの——恐るべきアガサそのひとの——トリックを用いて、ここに出現させたのかもしれない。まあ、それはどうでもいい。キャッシャーは水を飲んだ。やっかいなのはこれからだ。

12

ト・ルースが、磨きあげたキャビネットのパネルを手前に引き、開いた。中にあったのは通信装置だった。それも、平面航法船でパイロットのそばに設置するタイプだ。これ一台をレンタルするだけで、いかなる惑星政府も年間予算を見直さなければならなくなる。

「これは……きみのものか？」キャッシャーは驚いた声を出した。

「そうよ、なにか変？」少女＝淑女は答えた。「これが四、五台はあるけれど？」

「なんという金持ちだ！」

「わたしが、じゃないわ。ご主人がよ。わたしもご主人のものだし」

「しかし、これが何台もあるなんて……。彼にはこれが運用できないだろうに。どうやってこれほどのものを？」

「それは金銭的な意味での質問も含むの？」ト・ルースの少女らしい部分が表に出てきた。いかにもうれしくてしかたなさそうな、ちゃめっけたっぷりの口調になっていた。「運用はわたしがやっているわ、彼のために。わたしがここにきた当初、彼はヘンリアダ一の富豪で、何クレジット分ものストルーンを保有していたけれど、いまでは資産総額が当時の四十倍に膨れあがっているのよ」

「ロッド・マクバンなみじゃないか！」

「あのひとには遠くおよばないわね。ミスター・マクバンはわたしたちよりはるかに大きな資産を持っているもの。でも、ご主人も充分に資産家よ。かつてヘンリアダにいた何億もの人間がどこにいったかは知っている？」

「知らない」

「四つの新しい惑星にいったの。どの惑星もご主人の所有で、新規移住者は格安の借地料で移住できたのよ」

「買ったのはきみか？」

「ご主人のためにね」ト・ルースはほほえんだ。「惑星ブローカーのうわさは聞いたことがない？」

「しかしあれは、博打打ちも同然の――」

「博打を打ったのよ」とト・ルースは答えた。「そして、勝ったの。さ、もう静かにして、わたしがすることを見ていて」

ト・ルースはひとつのボタンを押した。

「即時通信」

「即時通信」機械が復唱した。「優先度は？」

「戦況報、等級ダブルA1、亜空間補償あり」

「了解」

「惑星ミッザーの現状について、戦争と平和の情報を。戦闘がもうじきおわるかどうかも」

機械はカチカチと音を立て、情報を調べにかかった。

この種の通信にどれほど莫大な金額がかかるかをキャッシャーはよく知っている。機械が銀河系を横断し、ミッザーを見つけだし、答えを得るまでのあいだ、ヘンリアダの予算からとてつもない額が奔流となってほとばしるさまが、まざまざと目に見えるようだった。

「小競り合い、発生中。第七ナイル河にて。現地時間で三日のうちに終息と推定」

「通信終了」ト・ルースが命じた。

機械は通信を切り、沈黙した。

ト・ルースがキャッシャーに向きなおった。

「これであなたは、すぐにでも母星に帰れるわ、キャッシャー、あといくつか、ささやかな試験に合格しさえすればね」

キャッシャーはじっと少女を見つめた。

ややあって、衝動的にいった。

「兵器が必要だ。巡航艦とレーザー砲が」

「兵器ならあげます。もっと強力なものを。それよりもいまは、表玄関にいってほしいの。玄関ドアをあけても、だれも中に通さず、ドアを閉じること。そのあと、ここへ、わたしのもとへ帰ってきてちょうだい、愛しいキャッシャー。あなたがそのときもまだ生きていたら、ほかにもしてもらうことがあるわ」

キャッシャーは当惑しつつも、部屋のドアに向きなおった。ト・ルースに逆らおうなどという気持ちは起こらなかった。逆らったところで忘れ者にされるのが落ちだ。あのメイドのユーニスや、司政官に仕える茶色い肌の男、ゴシーゴと同じように。

廊下を歩いていく。だれにも出会わない。遭遇したのは数台のシャイな清掃ロボットだけだった。そばを通りすぎるとき、どのロボットも丁重に頭をさげていった。

表玄関のドアが見えた。ドアを見るなり、足がとまった。それは一見、木製ドアのように見えるが、じっさいはダイモン材――ほぼ破壊不可能な素材でできたドアにほかならない。ドアには、鍵穴もダイヤル錠もコントロール装置も見当たらなかった。夢の中をゆく人間のように、じつは自分がドアの鍵であることに賭け、右の手のひらをしっかりと、ドアに——ドアの左側、蝶番《ちょうつがい》がないほうの端に——押しあてる。

ドアが内側に開いた。

目の前にミクルジョンが立っていた。ゴシーゴがかたわらで司政官を支えている。よほどきつい旅だったのだろう、司政官の顔には打ち身ができ、口のはたから血がしたたっていた。その目の焦点がキャッシャーに合った。

「生きていたのか。おまえもあの娘につかまったのだな？」

ごく形式的に、キャッシャーはたずねた。

「この館になんの用です？」

「わしがきたのは」と司政官。「あの娘に会うためだ」

「どなたに？」キャッシャーは具体的な名前を求めた。

司政官は足に力が入らず、ゴシーゴにかろうじて抱きとめられた格好だった。じっさい、この司政官とても、本人なりの基準に照らせば、それなりに勇敢な人物ではあるのだろう。いまにもくずおれそうなありさまながら、その目は澄んでいる。

ランキン・ミクルジョンはいった。

「ト・ルースにだ。向こうが会ってくれるのなら」

「会えません」キャッシャーは拒絶し、忘れ者にいった。「お別れだな、ゴシーゴ！」

忘れ者はキャッシャーに顔を向け、会釈した。

キャッシャーは語をついで、

「きみはわたしを忘れる。わたしに会ったことはない」

「あなたに会ったことはありません、わが君。あなたの淑女によろしくお伝えを。ほかにはなにか？」

「ある。きみの主人を公館まで連れて帰ってくれ。できるだけ安全かつ、迅速に」

「承知しました、わが君！」

キャッシャーに使うには不適切な呼びかけだったが、ゴシーゴは大きな声でそう答えた。

キャッシャーは背を向けた。

「わが君、淑女にお伝えください――気象制御装置のラインをもうほんの数キロほど広げていただけないかと。そうすればこの方を安全に、十分で公館へお連れできます。最高速度が出せますので」

「伝えておく。ただし、彼女がそうするとは約束できないぞ」

「もちろんです」

ゴシーゴは司政官に肩を貸し、地上車まで連れていって、車の中へ押しこみにかかった。

ランキン・ミクルジョンはいちど、痛みに苦しむ人間のような叫び声をあげた。その叫びは不明瞭ながら、この館の主の名前、〝マーリー・マディガン〟であったようにも聞こえた。

声が届く範囲にいたのはゴシーゴとキャッシャーだけだったが、ゴシーゴは地上車のドアを閉じるのに――キャッシャーは館の大きな玄関ドアを押して閉めるのに忙しく、ふたりとも、そのまま聞き流した。

カチリという音とともに、玄関ドアが閉まる。

静寂が降りた。

ドアが開いていたことをうかがわせるものは、海藻が放つ、あたたかくて甘い潮のにおいしかない。そのにおいは、古く黴くさい館の中によどむ変化とは無縁のにおいのパターンを、一時的に掻き乱してくれていた。

キャッシャーは気象制御装置に関する伝言を少女に伝えるべく、急いで廊下を引き返した。

ト・ルースは厳粛な面持ちで伝言を聞いていた。そして、目を向けもせずにコンソールへ右手を伸ばし、コントロールパネルを操作した。その間、いっときたりとも、キャッシャーからは目を離さない。コンソールは指示を受けいれ、カチカチと音を立てた。ト・ルースは吐息をついた。

「ありがとう、キャッシャー。おかげで補完機構と忘れ者は去ったわ」

いいながら、ト・ルースはキャッシャーをじっと見つめた。ほとんど悲しげで、なにかをききたそうな顔だった。キャッシャーは思わず少女を抱きあげ、胸にぎゅっと抱きしめて、顔にキスの雨を降らせたい衝動に駆られた。それをこらえて、じっとその場に立ちつくす。動かない。これはたんに、永遠に愛らしいだけの亀の子ではないのだから。これは実質的に、ヘンリアダを統べる女主人なのだから。そして、以前のキャッシャーが、奔放かつ音楽的なグランドオペラの文脈でしかとらえることのできなかった〈ゴンファローネのエチゼラ〉にほかならないのだから。

「あなたはわたしを理解していると思うのよ、キャッシャー。人を理解するのはむずかしいものだわ、たとえ毎日見ていてもね。わたしにもあなたが理解できていると思う。そろそろおたがい、なさねばならないことをするべきときじゃない？」

「おたがい、なさねばならないこと？　たくさんあるうちのどれをだ？」

もっとヒントを与えてくれることを期待して、キャッシャーはささやくようにたずねた。

「わたしについては、自分がなすべきことを期待して、このヘンリアダにあるわ。あなたについては、あなたのなすべきことは、母星ミッザーで自分の運命と向きあうこと。生きるというのは、そういうものでしょう？　おたがい、なすべき最優先の務めを行なうのよ。なすべきことが見つかったわたしたちはしあわせ者だわ。あなたは、キャッシャー、もう心の準備ができている。わたしはあなたに、爆弾も強襲巡航艦もレーザー砲も爆弾も、すべておもちゃにしか見えなくなる兵器を与えるつもり」

「〈鐘《ベル》〉にかけて、ト・ルース、それがどういう兵器か教えてくれないか？」

意図せずして肌が透けて見えるシフトドレスに身を包んだト・ルースは、古びた音楽室の黄色い光を毫光《ごうこう》のようにまとったまま、

「いいわ」と答えた。「いますぐ教えてあげる。それはね、わ、わ、わたし」

「きみ？」

意図せずして官能的な少女に対し、キャッシャーは狂おしいほどにエロティックな欲望が

こみあげてくるのをおぼえた。さっきいだいた狂気の衝動を思いだす。キス攻めにしたい、抱きあげてぎゅっと抱きしめたい、自分の男性がもたらしうる興奮をありったけかきたてて、この娘《こ》をめちゃくちゃにしてやりたい――。

じっと少女を見つめる。

少女は落ちつきはらい、その場に立っている。

いま浮かんだ発想自体が危ういものだった。

ここで少女に手を出せば、手に入るのは歓びから遠く隔たったなにか、愚かななにか――考えただけで虫唾《むしず》の走るなにかでしかない。

ようやくのことで口を開いたとき、出てきたのは、自身の思考の深い当惑から発せられたことばだった。

「どういう意味だ？　きみ自身をぼくに差しだすという意味か？　そういう発想は、あまりロマンティックには思えないぞ。きみがそれを口にしたときの口調もだ」

少女はそばに歩みよってきて、上に手を伸ばし、キャッシャーの額をそっとなでた。

「一夜のロマンスと引き替えにわたし自身を手に入れるとか、そういうことではないのよ。もしもそんなことをしたら、あなたは後悔するでしょう。わたしはご主人の所有物であって、ほかのだれの所有物でもないんだし。でも、あなたになら、いまだかつて、ほかのだれにもしなかったことをしてあげられる。それはすなわち、わたし自身をあなたに転写すること。もうじき技術者たちが到着するわ。あなたは亀の子になるの。女性市民アガサ・マディガン、

〈ゴンファローネのエチゼラ〉そのひとになるの。その他のおおぜいの人々にもね。そして、あなた自身にもよ。そうなったとき、あなたは勝利するでしょう。事故に遭えば、あなたが死ぬことはあるかもしれない。でも、いかなる者も、この先、意図してあなたを殺すことはできなくなるわ。あなたがわたしであるあいだはね。とはいえ、ああ、かわいそうな人！　あなたがこれから手放そうとしているものがなにかわかる？」

「わからない」

圧倒的な恐怖の片鱗《へんりん》を感じとって、声がかすれた。これまでにも危険な目に遭ったことはある。だが、自分自身の身内で危険が膨れあがるのを感じたのははじめてだ。

「死を恐れることがなくなるのよ、キャッシャー。二度とふたたびね。あなたはこれから、一分単位、一秒単位で生を送ることになるわ。いずれは死ぬという可能性を考えることも、まったくなくなってしまう。そして、それが特別なことではないと知ることになる」

キャッシャーはうなずいた。少女のことばの意味を理解しようと努め、その意味を求めて心の中をかきむしった。

「わたしは女なのよ、キャッシャー……」

キャッシャーは目を見開き、少女を見つめた。この子は女――美しい娘、すばらしい娘だ。同時に、それ以上のなにかでもある。この子はヘンリアダの女主人だ。そして、ほんとうの意味で――真の意味で――人を超越した最初の下級民でもある。自分はさっき、この華奢で小さなからだを抱きしめたいと思った。この肉体は――ああ、なんと愛らしいことか！――

しかし、身内に強大な力を秘めてもいる。帝国や宗教の核となるに足る力をだ。

「……だからね、あなたがわたしの転写を受けいれれば、キャッシャー、あなたがこれから女の人と寝るときは、そのひと以上に、そのひとのことを理解するようになるのよ。盲者の国でただひとり目が見えるようになるの。聾者の国でただひとり耳が聞こえるようになるの。これから先のあなたは、はたしてどれだけロマンティックで心ときめく愛を経験できることかしら」

陰鬱な声で、キャッシャーは答えた。

「母星ミッザーを解放するためなら、それを背負うだけの価値はある。それがどんなことであってもだ」

「女になるということじゃないのよ！」そういってト・ルースは笑った。「そんなに簡単なことじゃないの。けれど、英知は得られるわ。それに、ここを発《た》つ前に、〈魚のしるし《イクテュス》〉にかかわる物語をひととおり話してあげられる」

「それだけはやめてくれ、たのむ。それは宗教だ。補完機構が二度と宇宙の旅をさせてくれなくなる」

「だいじょうぶ、精神をスクランブルしてあげるから、キャッシャー。一年か二年はだれもあなたの心を読めないように。それに、あなたを母星へ送り返すのは補完機構じゃないわ、このわたしよ。宇宙3を通じて送りとどけてあげる」

「それには莫大な費用がかかるぞ。大型宇宙船も必要になる」

「わたしからたのめば、その程度、ご主人が出してくれるわ、キャッシャー。さ、あなたがずっとしたがっていたキスをしてちょうだい。スクランブルから覚めたら、あなたはきっと、部分的にそのキスを思いだすでしょう」

ト・ルースはそこに立っている。キャッシャーもじっと立ったままだ。

「キスなさい！」ト・ルースが命じた。

やむをえず、キャッシャーは片手を少女の背にまわした。十代はじめの少女だというのに、幼女のような感じだった。ト・ルースが顔をあげる。こちらに唇をつきだした。爪先立ちになっている。

キスをした。写真や宗教的偶像にするようなキスだった。希望が潰《つい》えるとともに、情熱も猛々しさも消えていた。キャッシャーがキスをした相手は、少女ではない。力だ。ひとりの細身の少女の姿をとった、圧倒的なまでの力と英知だ。

「きみの主人がきみにするようなキスができたかい？」

ト・ルースはくすっと笑った。

「なんて如才のない人！　そうね、ときどき、こんなキスをしてくれるわ。さ、いっしょにきて。技術者たちの準備が整うのに先立って、何人か、子供たちを撃ってもらわなくては。あなたがわたしになったとき、なにができるかをたしかめるための、それは最後の試練なの。いっしょにきて。銃は階下に用意してあるわ」

13

ふたりは明るい色調のオーク材を使った堂々たる階段をくだり、下の階に降りた。そこはキャッシャーがいまだ見たことのない階だった。ずっとむかし、まだミスター&オーナー・マーリー・マディガンが若かったころ、ここはボールガールの娯楽・歓待センターだったにちがいない。

ロボットたちが勤勉に仕事をしていたらしく、塵も黴もまったく見られない。そここに目だたぬように配置された小型除湿機のおかげだろう、壁にかかる精緻な加工の革細工群は傷んでいないし、ビロード張りのバー用スツールも黴だらけになってはいない。何台もあるビリヤード台も歪んでいないし、何本ものゴルフクラブも、年月と湿気で変形せずにすんでいる。

〈鐘《ベル》〉にかけて）とキャッシャーは思った。（あのマディガンという人物、いちどに一千人の客でも饗応できたにちがいないな。それだけの広さはある）

小火器のキャビネットもちゃんと機能していた。扉のガラスはピカピカだ。個々の小銃を構成する鋼もウォールナットの銃床も、オイルの艶をたたえている。ここにあるのはすべて、古い地球のモデル——きわめて稀少で、きわめて特殊な銃ばかりだった。じっさいの銃撃戦では、人は現代製の安物の銃を使うし、近接戦ではワイヤポイントを使う。こんなにも古い地球の銃を持っているのは、そして使えるのは、このうえなく富裕なひとにぎりの蒐《しゅう》集家《しゅう》だけでしかない。

ト・ルースが見張りのロボットに手をふれ、目覚めさせた。ロボットはしゃきっと敬礼し、ト・ルースの顔を見るなり、なにもきかずにキャビネットのガラス扉をあけた。

「銃のことは知っている？」ト・ルースがキャッシャーにたずねた。

「ワイヤポイントのことならわかるがね」キャッシャーは答えた。「いまだかつて、銃には触れたことがない」

「だったら、学習ヘルメットをかぶってみる？　エチゼラの特別なルールに則って、幻術で教えてもいいんだけど、それだと頭痛が起きるかもしれないし、情緒的に不安定になるかもしれないから。ヘルメットなら、神経＝電気接合ができて、過負荷予防フィルターもついているわ」

キャッシャーはうなずいた。銃キャビネットのガラス扉に映りこんだ自分がうなずくのが見えた。自分自身がこうも所在なげで心細そうに見えるのが驚きだった。

しかし、これがいまの自分なのだ。これまでの人生で、事態が自分の頭ごしに動いていき、大波となって自分を押し流し、選択も責任も認めない——そんな状況を迎えるのは、これがはじめてだった。ものごとを選択しているのはト・ルースのほうであって、自分ではない。しかし、ト・ルースの力には、みずからが控えめに絞っているような——キャッシャーには想像するしかない要因で抑制されているような——そんな印象があった。キャッシャーは、ひとつの兵器を求めてこの惑星にきた。ランキン・ミクルジョン司政官からもらえることをあてにしていた強襲巡航艦だ。しかしト・ルースは、それとは別種の兵器を提供するという。キャッシャーがいまだかつて経験したこともあてにしたこともない、精神にかかわる兵器をくれるという。

ト・ルースはしばし、注意深い目でキャッシャーを見つめてから、銃の見張りロボットに向きなおった。

「あなたは小さなハリー・ヘイドリアンね？　銃の見張り役の」

「はい、マム」銀色のロボットは明るい声で答えた。「梟《フクロウ》の脳も備えています。おかげでとても賢いです」

「これを見て」ト・ルースは銃のキャビネットと同じほどの幅に両手を広げてみせ、奇妙なやりかたでひらひらと動かしてから、その手を降ろした。「いまの動作が意味するところがわかる？」

「はい、マム」小さなロボットは口早に答えた。声こそ平板で抑揚がないが、なにやら興奮しているのは早口なことでよくわかる。「銃の見張りはあなたが引き継いで、わたしは任を解かれるということですね！　これから庭園にすわって、生物たちを見まもっていてもいいですか？」

「まだしないほうがいいわね、小さなハリー・ヘイドリアン。館の外には風人《かざびと》たちがいて、あなたに危害を加えるかもしれないもの。ただ、解任する前に、ひとつ頼まれてもらえないかしら。学習ヘルメットがどこにあるか、憶えてる？」

「あの銀色の帽子なら、三階のオープン・クローゼットにあります、それぞれにケーブルがつながった状態で。はい」

「それを一台、できるだけ早く取ってきて。ケーブルをコネクトから抜くときは、十二分に注意してね」

小さなロボットは瞬時にその場から走り去り、小さな音をたてて階段を駆け昇っていった。

ト・ルースはキャッシャーに向きなおった。

「あなたをどうするかはもう決めたわ。あなたの手伝いをしてあげる。だから、そう途方にくれた顔をしなくてもいいのよ」

「途方にくれてるわけじゃない。ただ、司政官はぼくをここに送りこんだ——見も知らない下級民を殺すという異常な役目をになわせて。その殺すべき下級民は、じつは少女であるとわかった。さらに、その少女が純然たる下級民ではなくて、とうに死んでいながら、いまも現世を闊歩している、恐るべき魔女であることもわかった。ゆえに、ぼくの人生はすっかりひっくり返ってしまった。あたためていたいろいろな計画もすべてご破算になった。終生の目的を実現させる希望とともに、きみはぼくをミッザーへ送るという。その実現のために、ぼくは長年、苦闘してきたんだぞ！　なのにきみは、それを簡単に実現させてみせるという。ぼくを宇宙3を通じて現地に送りこみ、さらにはたっぷりの違法な宗教的要素を背負わせて、自分が使えるかどうかもわからない幻術のトリックを植えつけることで。そのうえこんどは、いっしょにこいという。子供たちを銃で撃たせるために。そして、この人生でそんな非道なまねなどしたことのないぼくが、気がつくときみにしたがっている。もううんざりだ、ト・ルース、もううんざりだ。ぼくがきみの力の支配下にあるのだとしても、ぼくはそのことに気づいてさえいない。そもそも、そんなことは知りたくもない」

「いまあなたがいるのは、キャッシャー、ここよ、荒廃した濡れ鼠の惑星、ヘンリアダよ。でも、いまから一週間たらずのうちに、あなたはウェッダー大佐が率いる軍の負傷兵たちのあいだで意識を取りもどすでしょう。あなたはミッザーの晴れやかな空の下にいる。そして第七ナイル河はあなたのそばにあり、あなたはついに、なさねばならないことを実行できる状況にあるの。わたしの記憶は断片的に残っているわ。ここにもどってくる方法を見つけて、人々にボールガールの秘密をすべて話せるだけの記憶は残っていないだろうけれど、自分が愛されたことを認識する程度の記憶は残っているはず。それどころか――」といって、ト・ルースはわずかに皮肉っぽいユーモアを感じさせる、ひどくやさしい笑みを浮かべてみせた。

「――ミッザーのとある女性と結婚するの。なぜなら、その女性の身体か、顔か、態度が、わたしを思いださせるものだから」

「一週間で――？」キャッシャーは息を呑んだ。

「一週間たらずでよ」

「きみは何者なんだ！」キャッシャーは怒鳴った。「下級民なのに真人をあやつって、その命までも思いどおりにするなんて」

「この力は、みずから求めたものではないのよ、キャッシャー。力とは、自分から求めても得られるものではないでしょう。わたしはこれからまだ八万九千年の時を生きるわ。そして、ご主人が生きているかぎり、彼を愛して、彼のケアをつづけるの。彼は見目麗《みめうるわ》しくない？　賢明じゃない？　あなたがこれまで出会ったなかで、もっとも完璧なご主人じゃない？」

このときキャッシャーの脳裏によみがえったのは、からだのあちこちにプラスティックのインプラントを埋めこまれ、かろうじて命脈をたもっている、老いた肉体だった。そして、あの色褪せた黄色いパジャマズボン――。ト・ルースの問いかけには無言で応えた。

「むりに肯定しなくてもいいのよ」ト・ルースはいった。「彼に対するわたしの見かたは、特殊だから。技術者たちの手で亀の脳を処理されて、通常の人間よりも高いレベルのＩＱを付与されて、ご主人のもとに連れてこられて、愛でられて、頭をなでられたのは、わたしがまだ無垢で小さな女の子のころのことだったわ。そのあと、死の床に横たわっている真人の女性のもとへ連れていかれて、機械の中に押しこまれて、その女性と一体にさせられてね。融合がおわって、その機械から引きだされたときに着させられたのは、ピンクのドレスに、パステルブルーのソックスと、ピンクの靴。廊下に連れだされて、敷物の上に立たされて、その服を着せられたの。技術者たちはわたしが死なないことを知っていたわ。健康体だったもの。あなたにわかる、キャッシャー？　自分の置かれた状況を知って泣き寝入りしたのは、あれはもう、九百年前のことになるのね」

キャッシャーは返答に窮し、かわりに〝わかるよ〟というふうにうなずいた。

「わたしはかつて、小さな女の子だったの、キャッシャー。たぶん、亀の子でもあったんでしょう。そのときのことは憶えていないんだけれどね――あなたがおかあさんの子宮の中に、または人工子宮の中にいたときのことを憶えていないように。でも、融合に要した一時間で、わたしはもう二度と女の子ではいられなくなってしまった。学校へいく必要もなかったし。なぜなら、彼女の受けた教育があったからよ。しかもそれは、そうとうに高度な教育でね。彼女は二十以上の言語を話せたの。心理学者であったし、幻術師でもあったし、戦略家でもあったし――それに、この館の暴君的な女主人でもあったわ。わたしが泣き寝入りしたのは、自分の子供時代がおわったことを知ったから。自分がなさねばならないことを知ったから。わたしが泣き寝入りしたのは、自分になにが行なえるのかを知ったから。わたしはご主人を深く愛していたけれど、もはやご主人のテーブルに錠剤や砂糖菓子やビールを運ぶだけの、小さくて愛らしい召使いではなくなっていたのよ。やがてわたしは真実を知ったわ。彼女が死んで、わたし自身がヘンリアダそのものになったときにね。この惑星はもうわたしのもの――わたしが世話をして、わたしが管理すべきものになったんだ、そしてそれは、ひとえにご主人を護るためなんだって。それなのに、わたしがあなたに同行して、あなたを護って、あなたに力を貸したりしたら、あなたの孫たちがみんな年老いて死ぬときになっても、依然、成長をつづけているこの女は、いっさいの存在意義をなくしてしまうでしょう?」

「いいや、そんなことはない」キャッシャー・オニールは口ごもった。「だが、きみ自身の暮らしはどうなる? 家族は持たないのか?」

可憐な顔に怒りがよぎった。その顔立ちこそ、愛くるしい少女＝子供であるトゥ・ルースのものだったが、そこに浮かんだ表情は、おそらくは女性市民アガサ・マディガンのもの――みずからの英知がもたらす際限なき世俗の世界に生まれ変わった、世俗にまみれた女のものだった。

「つまり、亀のストックから夫を見つくろえというの？　ご主人の地所の一部を貸しだしたうえで、わたしはだれかに売られていけというの？　わたしが下級民だから？　それとも、工場船のどこかで働けと？　わたしはわたしよ。わたしは動物かもしれないけれど、高度な文明を内包する存在なの、この惑星の風人をぜんぶ合わせたよりもね。風人――あわれな者たち！　なんてみじめな存在なの。大きな変異鴨をとらえて、ばらばらに引き裂いて、生で食べるときだけにしかしあわせを感じないなんて！　わたしは負けないわ、キャッシャー。わたしは勝つ。ご主人はかつて生きたどんな人間よりも長く生きるでしょう。強くて賢くて人生の絶頂期にあるうちに、ご主人はわたしに対して、そうする役目を与えたの。わたしは自分が造られた目的にしたがって行動するわ、キャッシャー、そしてあなたは、ミッザーにもどって、あの惑星を解放するのよ。望むと望まざるとにかかわらず！」

おりしも、ふたりの耳に、階段をうれしそうにパタパタと駆け降りてくる足音が聞こえてきた。

あの銀色の小型ロボット、小さなハリー・ヘイドリアンだった。ふたりのもとへ勢いよく駆けよってきたロボットの手には、学習ヘルメットがかかえられていた。

ト・ルースがロボットにいった。

「さ、持ち場にもどりなさい。とてもいい子ね、小さなハリー。あとで庭園にすわる時間を与えてあげる。庭園が安全になったらね」

「木の枝の上にすわってもいいですか？」

「いいわよ、もしも安全なら」

小さなハリー・ヘイドリアンは銃キャビネットのそばの定位置にもどった。手にはいまもキャビネットの鍵を持っている。それはとても奇妙な、千枚通しのような形の鍵で、一端が鋭くとがり、長さは二十センチ近くもあった。キャッシャーの見るところ、これは直線形のマグネットキーにちがいない。この直線の部分に、特定のパターンを描くよう、微小磁石が埋めこんであるのだ。

「すこしのあいだ、床にすわっていて」ト・ルースがキャッシャーにいった。「わたしからすると、あなたは背が高すぎるから」

すわったキャッシャーの頭に、少女はヘルメットをかぶらせ、左右の側面にあるレバーを調整し、頭蓋上の正しい位置にぴったりとフィットするよう調整した。

それから、よほど親密な相手でないかぎり抵抗を感じることではあるが――それに対してト・ルースは、ごめんね、といわんばかりに、小さく笑みを浮かべてみせた――まず指先を嘗めて唾液をつけ、そこにふたつの小さな電極をつけて濡らし、キャッシャーのこめかみに貼りつけた。

それがすむと、ヘルメットについている複数の精密ダイヤルを調整し、後部から出ているケーブルを持ちあげて、自分の額に貼りつけた。

カチリとスイッチが入る音を、キャッシャーの耳はとらえた。

「転写はおわったわ」

そういったト・ルースの声は、うんと遠いところから聞こえてくるようだった。

転写がすむと、キャッシャーは銃キャビネットの中をしげしげと見入った。どの銃もよく知っている。なかには気にいりの銃もある。肩にあたる銃床の感触も、目の前に長く伸びる銃身の形状も、多様な照準器から投射されて標的の上で踊る照射点も、銃身を支えるほうの腕にかかるたのもしい重みも、発射するときに肩を打つ銃床の達成感をともなった衝撃も、みんな知っている。しかし、なぜ知っているのかはわからない。どれも使ったことはないのだから。

「エチゼラはね——アガサそのひとは——大きな業績をあげたスポーツウーマンだったの」ト・ルースの遠い声が説明した。「銃に馴じみがあるのは、たったいま、わたしの中にある彼女の知識が二次複写された結果だと思う」

ここでト・ルースは小さなハリー・ヘイドリアンに合図した。ロボットはキャビネットのロックをはずし、二挺の大きくて長い銃を取りだした。二挺とも、宇宙時代すら始まってはいないころ、人類が地球で製造した、長いマスケット銃のように見えた。

「子供を撃つにしても」キャッシャーは新たに獲得した知識と経験に照らし、苦言を呈した。

「これではだめだ。これで撃たれたら、からだが完全にばらばらになってしまう」

ト・ルースはベルトにぶらさげている小さなバッグの中に手をつっこんだ。そこから取りだしたのは、三発のショットガン用銃弾だった。

「もう三発あるわ。撃たなくてはならない子供は六人だから」

キャッシャーは銃弾のプラスティック・ケースからわずかに先端を突きださせた単発弾《スラッグ》を見つめた。いままでに見たどのような銃弾ともちがう外見をしている。信じられないほどに細工が精密だ。

「これはなんだ？　こんなものは見たこともないが」

「近接衝撃弾よ。どんな生物でも、頭部の十センチ上を狙ってこれを炸裂させれば、衝撃で気絶させられるはず」

「子供たちを生きたままにしておきたいのか？」

「もちろんよ、生きたまま。しかも、意識をなくした状態でね。それはあなたの最終試験の一部でもあるの」

二時間後、館の大ホールの床には六人の子供が横たわっていた。気象制御装置の制御前線までいって射撃をするという、エキサイティングな旅をおえて帰ってきてからのことである。

四人は男子、ふたりは女子だった。六人とも骨が細く、体毛が薄く、ひどく痩せているが、地球の通常の人間とそう懸け離れているようには見えない。

ト・ルースは使用人たちの中から下級民の男性ドクターを呼びだした。周囲に立っている下級民とロボットは、五十ないし六十はいるにちがいない。階段の上のほうでは、ジョン・ジョイ・トリーがなかば影に身を隠したまま、下を見おろしている。ほかの者たちと同じく、なにがはじまるのかを知りたくてしかたがないようだが、なにもいってこようとしないのは、キャッシャーが――〝流血の男〟が――恐ろしいからだろう。

ト・ルースが、静かだがしっかりとした声で、ドクターにたずねた。

「この子たちが目覚める前に、強力な多幸薬を投与しておいてもらえる？　目覚めたときに興奮してしまって、館のあちこちのカーテンに潜りこまれたら、引っぱりだすのがたいへんだから」

「お安いご用です」下級民の男性ドクターが答えた。

キャッシャーの見るところ、この男は犬系のようだが、断言はできない。

ドクターはガラス管を取りだし、その先端を子供たちの細いうなじに触れさせていった。どの子供の首にも土ぼこりの条《すじ》がこびりついている。この子たちは、生まれてからこちら、雨降りのとき以外にからだを洗ったことがないにちがいない。

「目覚めさせて」ト・ルースがいった。

ドクターはあとずさり、キャスターつきテーブルの横に立った。テーブルの上では各種の機器が光沢を放っている。装置はプリセットしてあったのだろう。というのは、ドクターがボタンをひとつ押しただけで、子供たちがもぞもぞと身動きし、意識を取りもどしたからである。

最初の反応は荒々しいものだった。全員、いきなり、だっと駆けだそうとしたのだ。だが、男の子のうち、いちばん大きな子が――地球の基準では十歳くらいだろう――三歩めで立ちどまり、急にけらけらと笑いだした。

ト・ルースは大共通語で子供たちに話しかけた。うんとゆっくり、単語と単語のあいだに、長い間をあけて。

「風の・子ら――おまえ――たち――どこに――いるか――知って――いるか？」

大きいほうの女の子が、おそろしいほど早口でさえずりかえした。あまりにも早口なので、キャッシャーにはなんといったのかわからなかった。

ト・ルースはキャッシャーに顔を向け、説明した。

「この娘《こ》はこういったの、ここは〈死の場所〉だ、空気が動いていない、〈古い死んだものたち〉が好き勝手に動きまわるところだって。〈古い死んだものたち〉というのは、わたしたちのことよ」

風の子らに向かって、ト・ルースはふたたび語りかけた。

「いちばん――好きな――もの――なに？」

大きいほうの女の子が、ほかの子をひとりひとり見まわした。全員が熱心に、こくこくとうなずいた。それから、円陣を作り、ささやかな詠誦をはじめた。二度めのくりかえしで、ようやくキャッシャーにも、なんといっているのかがわかるようになった。

病――苦――枷、
自由自由自由！
みんな、ほしい
鴨の肉たくさん
病――苦――枷、
自由自由自由！

四度めか五度めのくりかえしで、六人は詠誦をやめ、ト・ルースを見た。彼女がこの館の女主人であることは明らかだからだろう。

ト・ルースは、こんどはキャッシャーに語りかけた。

「部族みんなで、鴨の生肉の饗宴にありつきたいといっているわ。ほかに、この惑星最悪の病気に対する抵抗力と、鴨肉を何食分か、それから、ふたたび自由を手に入れたいのだそう。ただし、それにもましてほしいものがあるそうよ。それがなにか、あなたにはわかるはずね、キャッシャー、その本質に気づきさえすれば」

この場にいる全員がキャッシャーを見やった。人間と下級民は目で、ロボットは乳白色のレンズで。

キャッシャーは驚いて立ちつくした。

「これも試験なのか？」険しい声でたずねる。

「そう呼んでもいいわ」そう答えて、ト・ルースは視線をそらした。キャッシャーは憤然と、しかしすばやく考えをめぐらした。この子たちを忘れ者にしてもしかたない。この館にはもう忘れ者は間にあっている。ト・ルースは前に、風ト・ルースは前に、風人を解放する計画を話していた。、ミスター＆オーナー・マーリー・マディガンが、いずれかの人を解放する機会に、風人について〝なにかをする〟ようにト・ルースに指示していたにちがいない。少女はその指示に応えようとしているのだ。この場の全員の目がキャッシャーにそそがれていた。ト・ルースが自分に期待していることとはなにか？

答えは即座に閃いた。

ト・ルースはわざわざキャッシャーに水を向けた。であるからには、少女が期待していることは、キャッシャーに関係のあるなにか、キャッシャーが——ここに集《つど》う人間や下級民、ロボットのなかで、ただひとりキャッシャーだけが——嵐に包囲されたボールガールの館に持ちこんできたなにかだ。

唐突に、それがわかった。

「ぼくを使ってくれ、わが淑女、慈愛の人《ルース》」意図的に誤った称号を使って、キャッシャーは少女にいった。「ぼくの精神をこの子たちに転写してくれ。理知的な知識は抜いて、情緒的要素だけをすべて。この子たちがミッザーのことを——〈間《はざま》の砂漠〉を十二本のナイル河が流れるあの惑星のことを——知る意味はない。宝石の惑星ポントッピダンのことも、盲人のブローカーたちが番号つきの雲の下をゆっくりと歩くオリンピアのこともだ。そんな知識がいくらあったところで、この子たちを救うことにはならない。しかし、なにかを求める強い意志は――」

なにかを求める強い意志は、また別だ。

キャッシャーはその意志が格別に強い。故郷ミッザーに帰りたかった。流血と復讐の夢はさておいても、帰りたくてしかたなかった。さまざまなものを追いもとめる想いははなはだ強烈で、たとえ求めるものが手に入らずじまいになろうとも、いままでひたすら、それらを求めて銀河系を巡り歩いてきた。

ト・ルースがふたたび話しかけてきた。答えをうながす静かな声だったが、室内に集った者たちに聞こえないほど低い声ではなかった。

「では、キャッシャー・オニール、この子たちに与えるものを具体的にいってくれる？」

「ぼくの情緒構造を。決意を。欲望を。ほかにはなにもない。以上をこの子たちに転写して、風に放してやってくれ。なにかを強く求めれば、この子たちはきっと、長じてそのなにかを見つけられる」

大広間のあちこちから、静かな肯定のつぶやきがあがった。

ト・ルースは、つかのま、ためらったのち、うなずいた。

「あなたは正解を答えたわ、キャッシャー。迅速に、的確に。ヘルメットを七つ持ってきて、ユーニス。ここにいて、ドクター」

忘れ者であるユーニスは、二台のロボットを連れて、いったんこの場を離れた。

「椅子を」だれにともなく、ト・ルースがいった。「キャッシャーのために」

大柄で屈強な下級民の男が人垣を押し分け、部屋の端まで椅子を引きずってきた。ト・ルースはその椅子にすわるよう、キャッシャーに身ぶりで示した。

そして、目の前に立った。

（不思議なものだ）とキャッシャーは思った。（偉大な淑女でありながら、同時に少女でもあるというのは）

よくもこれほどの少女に巡り会えたものだと思う。もはや神秘的な〈魚のしるし《イクテュス》〉も怖くない。交差する二本の木片に磔にされた男の偶像もだ。さらに、入っていった宇宙の旅人はおおぜいいるのに、出てきた者はごくわずかしかいない宇宙3、そこを通っていくことにも恐れはなかった。少女の英知と権威に包まれて、むしろ安全で、居心地よさすらも感じる。ここで出会った人物たちには、もう二度とお目にかかれないだろう。ひとつの惑星を運営し、うまく切り盛りしている子供。下級民の少女の際限なき献身により、長い時を生きつづけている、なかば死んだ男。人間本来の不安も怒りもすっかり失ってなおまだ生きる、恐るべき女幻術師。ただしその魔女は、みずからを転写した少女の肉体の中で、亀の遺伝子の技能としぶとさにより、自身を支えている。

「あなたがいま考えていることはわかるわ」ト・ルースがいった。「けれど、わたしたちはもう、おたがいにいわなくてはならないことをいってしまった。あなたの精神は十回以上も覗き見たの。あなたが心の底からミッザーへ帰りたがっていることは知っています。だから、宇宙3はあなたをぶじに吐きだすでしょう――第七ナイル河が分岐するおおいなる湾曲部の、破壊された要塞の跡にね。わたしなりの形で、あなたのことは愛しているわ、キャッシャー、でも、あなたをここに置いておくわけにはいかないの。置いておくとしたら、忘れ者にして、ご主人の召使いにせざるをえないんだもの。わたしがつねになにを優先してきたのか、これからも何を優先するのかは、もうわかっているでしょう？」

「マディガンだな」

「マディガンよ」

と、ト・ルースは答えた。少女の口から出るとき、その名はそのものが祈りに等しい。

ユーニスがヘルメットを持ってもどってきた。

「この子たちへ意志の転写がすんだら、キャッシャー、あなたを調整室に連れていかせるわ。さようなら、わたしの愛しい人になっていたかもしれない人！」

全員の目の前で、ト・ルースはキャッシャーにキスをした。唇に唇を重ねてのキスだった。キャッシャーは椅子にすわったまま、忍耐と充足に満ちた時を過ごした。眼前が真っ暗になったのちも、少女らしい肢体を包んだドレスがほんのりと光っているのが見えたし、その微笑にひそむやさしい笑い声を思いだすこともできた。

意識が遠のくまぎわ、もうひとつの人影が見送りの輪に加わるのが見えた。背が高くて、擦りきれたバスローブを身につけ、色の薄れた青い目と、薄くなった黄色い頭髪を持つ老人だった。マーリー・マディガンそのひとが、死ととなりあわせで寝るひそやかな生から起きあがり、キャッシャー・オニールの旅立ちを見送りにやってきたのだ。弱々しくは見えない。愚かにも見えない。その逆に、偉大な人物、さまざまな面でキャッシャーの理解を超える、賢明にして奇妙な人物に見える。

ト・ルースの小さな手が腕に触れるのを感じた。キャッシャー自身の精神の中で、なにもかもが、なめらかで混沌とした暗黒の静寂と化した。

14

目覚めたときには、灼熱のミッザーの空のもと、全裸で陽に灼《や》け、地に横たわっていた。衛生兵の袖章をつけたふたりの兵士の手で横に転がされ、帆布の担架の上に乗せられたのは、その直後のことだった。

「ミッザーか！」思わず叫ぼうとした。しかし、声が出てこない。のどがからからに渇いていたからである。「帰ってきたんだ」

だしぬけに、さまざまな記憶がよみがえってきた。あわててその記憶をかき集め、つかみとろうとする。が、書きとめるための紙を手に入れるひまもなく、記憶は心の中でみるみる分解していった。

記憶——。大広間があった。自分がそこの椅子にすわって、眠りに入る準備をしていると、まわりの人垣のはずれから偉大な老マーリー・マディガンが見まもるなかで、ト・ルースの——愛しい少女、愛しい少女、もはや数えきれない何光年もの彼方、はるか遠くに、彼女はいる——手がやさしく、そっとキャッシャーの腕に触れた。

記憶——。別の部屋があった。さまざまな情景を描かれたステンドグラスが彩りを放ち、香の芳気がただようなか、周囲の壁を飾るフレスコ画には、偉大な人物の一生の、涙を誘うさまざまな場面が描かれている。交差した二本の木片に磔にされた男の情景もあった。だが、キャッシャーにはわかっていた——自分の中に分散され、符号化されて、〈魚のしるし《イクテュス》〉の、究極にして打ち破りがたい英知が埋めこまれていることが。もう二度と恐怖を恐怖しないであろうことも。

記憶——。明るい部屋には賭博台があった。その台上を、自分のほうへ、一千もの惑星の富がかき集められてくる。自分は女——強く、豊かな胸を持つ女、宝石で飾りたてた、誇り高い女だ。自分はアガサ・マディガン——つぎつぎに博打に勝ちつづける女だ（この記憶は、ト・ルースの記憶が焼きつけられたさい、ともに入ってきたものにちがいない）。その女、エチゼラの精神の中には——いまは自分自身の精神でもある精神の中には——いかにすれば、男を、女を、士官を、兵士を、さらには下級民やロボットまでも、一滴の血を流させることなく、ひとことの怒りのことばを発させることもなく、自分の大義にしたがわせられるかの、明白にして確実な知識があった。

自分を乗せた担架を兵士が持ちあげた。その動きで、熱波と苦痛の赤い波に何度も全身をさらされた。

兵士の片方がいうのが聞こえた。

「重度の火傷だな。服はどこでなくしたんだろう」

いわずもがなのことだ。特別なことはなにもいっていない。しかし、抑揚——この独特の抑揚には、まぎれもなくミッザー人の特徴がある。

担架で運ばれていくあいだに、キャッシャーはランキン・ミクルジョンの顔を思いだした。大きなグラスの縁ごしに自分を見つめる、内に絶望をたたえた大きな目。これが司政官だ。ヘンリアダの。これが自分を、朝の二時七十五分に、アムビロクシ経由でボールガールへと出発させようとした男だ。担架が小さく、がくんと揺れた。

ヘンリアダの湿原を思いだす。わかっている——じきに、二度とあれを思いだせなくなることは。ボールガールの地所の外縁に這い寄ってくる、長虫のような竜巻の大群。ジョン・ジョイ・トリーの狂える理知的な顔。

宇宙3？　宇宙3？　いまでさえも、自分がどのようにして宇宙3に送りこまれたのかが思いだせなくなっている。

そして、宇宙3そのもののことも——。

人類がかつて見たありとあらゆる悪夢は、キャッシャーの精神内に押しこまれた。苦悶に身をよじったとたん、担架が野戦救急車に到着した。目の前に浮かんだ少女の顔を見つめて——この子の名前はなんだっただろう？——キャッシャーは眠りに落ちた。

15

ミッザー時間で十四日後、最初の試練が訪れた。

ベッドのそばに、それぞれ大佐の徽章をつけた軍医と情報将校が立ったのである。ふたりとも、ウェッダー大佐の特殊部隊の制服を着ていた。

「おまえの名はキャッシャー・オニールだな。おまえがなぜ小戦闘の現場に倒れていたのか、われわれにはわからない」

軍医がいった。強圧的ではあるが、早く答えを知りたくてしかたがないという口調だった。キャッシャー・オニールは枕の上で軍医に顔を向け、その顔を見つめてささやいた。

「もうすこし、状況をたのむ」

「おまえは政治的侵入者だ。どうやってわれわれの兵員にまぎれこんだのか、定かではない。それ以前に、どうやってこの惑星の人民のあいだにもどってこられたのかも定かではない。おまえを見つけたのは、第七ナイル河のほとりでのことだった」

そのとなりに立つ情報将校の大佐が、そのとおりだというふうにうなずいた。

キャッシャー・オニールは情報将校にささやいた。

「きみも同じ意見か、大佐？」

情報将校はぶっきらぼうに答えた。

「訊問するのはこちらだ。おまえの質問には答えん」

自分の精神の指先——自分が持っているとは知らなかった指先が、ふたりの精神に伸びていくのを感じた。そのとき、通常のことばで形容するのはむずかしいが、だれかが自分に、キャッシャーに、こういったように感じられた。

〝ひとりは意識の左側最前部が弱いが、もうひとりは意識の防御が厳重だ。こちらは中脳の中まで探らねばならない〟

自分の表情からなにかを悟られる気づかいはなかった。重度の火傷を負っていて、苦痛で顔が歪むため、表情に微妙なニュアンスが表われる心配がないからである。

（そういえば、どこかであの〈ゴンファローネのエチゼラ〉の、とんでもない物語を聞いたことがあったな。茶色い雲がたれこめ、黄色い条《すじ》が走る空のもと、荒れた湿原の上を無数の竜巻が際限もなく蹂躙《じゅうりん》しつづける世界でだ。しかしあれは、いつ、どこで、なんについての物語だったのだろう……？　しかし、いまは記憶を探るのに時間を割いているひまはない。生きぬくために闘わなくては）

「汝に平和あれ」キャッシャーはふたりにささやいた。

「汝に平和あれ」ふたりは声をそろえて答えた。驚きがすこし顔に出ていた。

「ふたりとも顔を近づけてくれないか」キャッシャーはうながした。「大きな声を出さずにすむように」

だが、ふたりは背をかがめようとしない。

自分の記憶と知性にあるリソースのどこかに、なにかを依頼するときに使うべき、適切な口調が見つかった。搬送波のように、声に乗せてその口調を使うことで、相手を意のままにしたがわせることができるのだ。

「ここはミッザーだな」キャッシャーはささやいた。

「むろん、ミッザーだ」情報将校が語気を荒らげた。「そういうおまえは、キャッシャー・オニールだな。このミッザーでなにをしている？」

「顔を近づけてくれ、おふたかた」

キャッシャーは静かに語りかけた。聞きとれるか聞きとれないか、ぎりぎりのところまで声を低める。

こんどはふたりとも、背をかがめて顔を近づけてきた。

ふたりの手に向け、火傷した手を伸ばす。どちらの大佐もその手の動きには気づいたが、キャッシャーが重傷者であり、武器も持っていないことで、手が触れるにまかせた。

突如として、キャッシャーの精神内で、ふたりの精神が燦然《さんぜん》と輝きを発した。光を放って思考するふたりの脳を自分の精神がひと呑みにし、取りこんだかのような明るさだった。

そこから先は、口をきく必要がなかった。

ふたりに向けて、押しとどめようのない、圧倒的な思考の奔流を投げかける。

（わたしはキャッシャー・オニールではない。彼の死体は、廊下に出て四つめの部屋にある。

わたしは市民ビンダウード）

ふたりの大佐は荒い息をしながら、食いいるようにキャッシャーを見つめていた。ふたりとも、なにもいわない。

キャッシャーは声に出してつづけた。

「わたしと彼とは、指紋と記録が入り混じってしまっている。わたしに死んだキャッシャー・オニールの指紋と一件書類をわたしなさい。そのあとで、彼を埋葬するように。目だたず、ただし、名誉をもってだ。かつて彼は、きみたちの指導者を愛した。彼が宇宙から帰還したなどというあらぬうわさを立ててもしかたがない。わたしはビンダウード。わたしの記録はきみたちの本部にある。わたしは兵士ではない。民間の技術者で、戦地における兵士の血中塩分濃度特性を調査中の者だ。わたしのことばは聞こえたな。いまも聞こえているはずだし、これからもつねに聞こえるだろう。だが、目覚めたときには、このことを憶えてはいない。さて、おふたかた。わたしは重傷者だ。水と鎮静剤を持ってきてくれないか」

両人はその場に立ちつくしている。火傷した手に触れられたまま、魅了されたかのように。

キャッシャー・オニールはいった。

「目覚めろ」

そして、ふたりの手を放した。

軍医のほうの大佐が目をしばたたき、愛想のいい声でいった。

「よくなることは請けあおう、ミスター&ドクター・ビンダウード。いま、看護兵に、水と鎮静剤を持ってこさせる」

情報将校のほうの大佐が軍医にいった。

「ところで、四つ離れた部屋に興味深い死体を見つけたんだ。貴官にも見てもらったほうがいいと思うんだが」

キャッシャー・オニールは、直近の過去のことを思いだそうとした。が、周囲にあるのは、ミッザーの青い陽光と、砂漠のにおい、馬が駆けまわる足音だけだった。つかのま、十代はじめの女の子の、青いドレスがまぶたに浮かんだ。なぜかしら、涙があふれそうになった。

砂の惑星
On the Sand Planet

酒井昭伸◎訳

これは砂の惑星ミッザーそのものの物語である。独裁者ウェッダーが恐怖と廉潔を通じて圧政を敷いてのち、この惑星からはすべての希望が失われた。そして、ミッザーの解放者、キャッシャー・オニールについては——生まれ育った首都カヒールが流血の巷《ちまた》と化すなかで逃亡したあの日から、長年の流浪を経てとうとう帰還し、一滴の血を流すこともなく圧政に終止符を打ったそのときにいたるまで、奇妙なことがらがたくさん語られている。

どこへいくにも、キャッシャーの心にはたったひとつの想いしかなかった。母星を圧政者たちから解放することである。支配者であった彼の伯父、唾棄すべきクールァフから権力を簒奪しようと反逆者がもくろんだとき、キャッシャーはこともあろうに、その陰謀に与《くみ》した。寝ても覚めても、頭からはその事実が離れない。そして、第一ナイル河のほとりにある首都カヒールのことも——河岸の砂地のそばにある競馬場を走っていた競走馬たちのこともだ。

母星の青空も、十二本あるナイル河同士を隔てる広い砂漠の、あの砂丘の連なりのこともだ。自由のために開拓され、自由の維持に邁進《まいしん》する惑星の自由もしっかり憶えている。流血には流血の代償をもって購《あがな》うほかなく、自由の代償は戦いであり、戦いには死がつきものであることもつねに承知していた。だが、キャッシャーは愚者ではない。万《ばん》やむをえない場合には、みずから死を賭す覚悟もあるが、戦うからには勝算のある戦いをしたかった。考えもなしにのこのこ母星に乗りこんでいき、トラバサミの鋼鉄のあぎとにつかまる兎のごとく、独裁者ウェッダーの警察につかまるのは願いさげだった。

母星を解放させうる決め手に出会ったばかりのときは、それとはわからなかった。それによってキャッシャーは、あらゆることがら、あらゆる問題、あらゆる悩みに終止符を打たれ、同時に、あらゆる一般的な希望をも絶たれることになるのだが——その出会いとはすなわち、ト・ルースとの邂逅《かいこう》である。いまや彼女の繊細な能力は、すべてキャッシャー・オニールに宿っている。そして、その力を意のままにふるうことができる。

ミッザーに帰還したときには、ただそれだけでうれしかった。カヒールの市街に入って、ウェッダーに対面することを思うと、心が浮き立った。

帰還していけない理由がどこにあろう。ここは自分の母星であり、キャッシャーは復讐に飢えていたのである。そして、復讐以上に飢えていたのは、正義だった。このときのために、まさにこのときのために、キャッシャーは長年、宇宙をさまよってきたのだから。

カヒールの街へは北門から入った。

1

キャッシャーはウェッダーが率いる軍隊の制服、それも医官のものを身につけて、徒歩でカヒール入りした。外見と名前は、ビンダウードという、すでに死んだ男のものを借用している。武器として使えるのはせいぜい手のみ。その手を大きくふって歩く。キャッシャーの目的をうかがわせる要素は、迷いなき足どりと、一歩ごとにこめられた、覚悟を感じさせる優美さのみしかない。往来をゆく者たちは、キャッシャーの姿を見ても意識にとめることはなかった。人としての姿を目にしてはいても、自分たちの歴史ともいえる存在が、一歩一歩、市内の道を歩いていることを認識してはいないのだ。ともあれ、キャッシャー・オニールはカヒールに入った。そして、尾行されていることに気がついた。気配でわかる。

周囲を見まわした。

長年にわたってたくさんの異星をめぐり、苦闘と闘争をつづけるなかで、キャッシャーはいちいち憶えていられないほどのおびただしい危険に遭遇し、さまざまな知識を得てきた。気を張ってみてすぐに、尾行者の正体がわかった。監視装置《ズーハザッハ》だ。ズーハザッハはいま、頭の弱そうな少年の中に宿っている。少年は八歳前後、鼻の下に洟《はな》のたれた跡をこびりつかせ、口をいつも半開きにし、いつたわごとをわめきだすかもわからず、目の焦点も合っていない。

だが、これが少年であって少年ではないことが、キャッシャー・オニールにはわかっていた。これはよく、王や圧政者になろうともくろむ警察の大物が、獲物の狩りや捜索に使う装置にほかならない。この装置は、子供や蝶、鳥など、さまざまなものに取り憑き、対象の監視にあたる。その役割は監視のみ。なにもいわず、ひたすら獲物のあとをつけて見張るだけだ。キャッシャーはズーハザッハがきらいなので、よほど自分の不思議な精神能力をたたきつけ、子供が死ぬこともいとわず、体内に隠れているズーハザッハを破壊してしまおうかと思った。だが、そんなことをすれば、銃火と血の奔流の連鎖に発展しかねない。カヒールでの流血は、ずっとむかし、いやというほど見せつけられた。もう二度と、この都市が朱《あけ》に染まる光景は見たくない。

そこでキャッシャーは、カヒールに入って以来ずっと通してきた、リズミカルな歩き方をやめた。ついで、冷静な、慈愛に満ちたまなざしを少年に向け、少年に、そして少年の中に潜む恐るべき機械に語りかけた。

「いっしょにおいで。このまままっすぐ、宮殿へいく。きみも見てみたいだろう」

機械はキャッシャーを見つめたが、結局、いうとおりにするほかなかった。

洟をたらした頭の弱い少年は、キャッシャーの手を握った。キャッシャー・オニールは、長年のあいだに身についた、周辺に注意を払うリズミカルな歩き方を再開した。少年は手を握ったまま、となりをスキップしている。この少年の目を通じて、監視装置がなおも自分を見張っているのが感じられた。べつにかまいはしない。銃など怖くはない。銃弾なら簡単に止められる。毒も怖くはない。毒物も効かないからだ。幻術も怖くはない。幻術などは呑みこんで吐きだしてしまえる。恐怖も怖くはなかった。なにしろキャッシャーはヘンリアダにいたのだから。母星へは宇宙3を介して帰ってきた。であればもはや、恐れるものはなにもない。

キャッシャーはまっすぐに宮殿へと向かった。カヒールの真昼の空には黄色い太陽が輝き、地上を明るく照らしている。水漆喰《しっくい》を塗った白い外壁にあしらわれているのは、何千年間も変わらないアラベスク模様だ。さすがに玄関扉の前では誰何《すいか》されたが、キャッシャーが口を開くと、門衛はためらった。

「わたしはビンダウード、ウェッダー大佐に忠誠を尽くす兵士だ。この子は路上で出会った者で、治療しようと思って連れてきた。われらが偉大なウェッダー大佐に、わが力をご披露しようと思ってな」

門衛が、外壁に埋めこまれた小さな箱になにごとかを告げた。

キャッシャーは通行をゆるされた。ズーハザッハはとなりを早足でちょこちょこと歩いている。豪奢《ごうしゃ》な敷物が敷かれた、軍人や民間人が行きかう通路を進むうちに、キャッシャーはうれしくなってきた。ウェッダーが住んでいるとはいえ、ここはウェッダーの宮殿ではない。キャッシャーの宮殿だ。彼が、キャッシャーが、生まれて育った宮殿だ。ここのことはよく知っている。通路のひとつひとつにいたるまで知りつくしている。

年月による変化はごくわずかだった。ほどなくキャッシャーは左に曲がり、開けた中庭に出た。付近から塩水と砂と馬のにおいがただよってくる。懐かしいにおいに、ほっと小さく吐息をついた。かぐわしいにおいは、やさしく歓迎してくれているかのようだ。右に曲がり、長い長い階段を昇りだす。階段の一段一段には、異なる意匠のカーペットが張ってあった。

　伯父のクールァフは、以前はこの階段を昇りつめた先の高みに立って謁見を行なっていた。伯父の邪悪な歓びを満たす玩具とするため、男も女も、少年も少女も、かたはしから連れてこられた。クールァフは太りすぎていて、生贄《いけにえ》たちを迎えにこの階段を降りることさえできなかった。ゆえに、虜《とりこ》にした者たちはいつも階段の上まで連れてこさせ、快楽の部屋に詰めさせていた。キャッシャーはその階段を昇りきり、左に曲がった。

　いまはもう、そこにあるのは、快楽の部屋ではない。ウェッダー大佐の執務室だ。自分は、キャッシャーは、とうとうここにたどりついたのである。

　この執務室にまで——あらゆる願望の最終目標であり、気が狂うのではないかと思うほど激しく復讐への餓《かつ》えをもたらした、全宇宙でとびきり熱い焦点にまで——たどりつけたかと思うと、奇妙な感慨があった。この執務室をどう料理するかについては、さまざまな方法を検討してきた。宇宙から爆撃してやろうかと思ったこともある。極細のレーザー・ビームで斬り裂いてやろうかと思ったこともある。あるいは化学物質で汚染してやろうか、それとも精鋭部隊を率いて急襲してやろうかとも考えた。宮殿に火の雨を降らせてやろうか、水塊を落としてやろうかとも夢想した。ミッザー自体を解放するためなら、美しい都市カヒールを犠牲にすることもいとわず、どこかで小型の小惑星を見つけてきて、この都市に直撃させ、惑星間級の悲劇をもたらすことすら考えた。そうすればこの都市は、すさまじい衝撃のもと、轟音とともに熱核反応の白熱光に包まれて瞬時に蒸発し、そこに残った毒の湖に、十二本のナイル河すべてが注ぎこむことになっただろう。ほかにも千通りの、この街に潜入する方法、この街を滅ぼす方法を検討した。それもこれも、ウェッダーひとりを殺すだけのためにだ。

　そしていま、自分はここまできた。ウェッダーはすぐそこにいる。

　ウェッダーのほうは、キャッシャー・オニールが帰ってきたことには気づいていない。

　そしてもちろん、キャッシャー・オニールが何者に変貌したのかも知らずにいる。いまやキャッシャーは、宇宙空間の主であり、宇宙船を使わずとも宇宙を移動できる旅人であり、ミッザーのいかなる精神が考えたものよりも不思議な能力を宿す容《い》れ物だが、ウェッダーはそれを知らない。

　きわめて冷静に、きわめてリラックスし、きわめて静かで、きわめて自信に満ちた態度で、キャッシャー・オニールという名の災厄はウェッダーの秘書官室に足を踏みいれた。そして、きわめて控えめに、ウェッダーに会いたいと申し入れた。

　独裁者はたまたま、なんの予定も入れていなかった。

　最後にキャッシャーが見たときとくらべて、ウェッダーはほとんど変わっていなかった。すこし老けて、すこし太り、すこし賢くなっていたかもしれないが——変化はたぶん、それだけだ。はっきりとはわからない。いずれにしても、キャッシャーの身内の細胞という細胞、組織という組織が、ひとつ残らず殺意に逸《はや》っていた。何光年もの旅をし、いくつもの惑星を渡り歩いてきたのは、すべてこの瞬間のためであり、目的をはたす準備はととのっている。もういまにもその瞬間が訪れることはまちがいない。キャッシャーはウェッダーを見すえた。そして、控えめだが、自信に満ちた笑みを浮かべた。

キャッシャー・オニールはいった。

「忠実なしもべにして医官ビンダウード、出頭しました、大佐どの」

ウェッダーは奇妙なものを見る目でキャッシャーを見つめた。やおら手を伸ばし、握手を交わす。そして、握手をしながら、あいさつのことばをいった。ウェッダーが自分の意志で口にした、それが最後のことばになった。キャッシャーの手を握ったままで、ウェッダーはさらにことばを発したが、その声はどこか奇妙だった。

「おまえはだれだ……？」

キャッシャーはこの瞬間を待ち焦がれ、ああもいおう、こうもいおうと夢見てきた。

〝おれはキャッシャー・オニール。想像を絶する距離を超え、おまえを罰するために帰ってきた〟

あるいは、

〝おれはキャッシャー・オニール。星間航路を乗り継いで、何年も何年も惑星を経《へ》めぐり、ついに帰ってきたぞ――おまえを滅ぼすために〟

はたまた、こんなせりふさえ考えた。

〝降伏せよ。しからずんば、死あるのみだ、ウェッダー。ついに覚悟を決めるときがきた〟

ときどき、こういおうと夢見たこともある。

〝最期だ、ウェッダー〟

そして、ナイフをすらりと引き抜いてみせ、ウェッダーの血を吸わせるのである。

だが、いよいよこのクライマックスに到達してみると、そういったせりふはいっさい出てこなかった。

監視装置を身内に収めた少年は、警戒するようすもなく立っている。

キャッシャー・オニールはウェッダーと握手しながら、ひとこと、こう告げただけだった。

「友人です」

そう告げると同時に、周辺をサーチした。自分の頭の中にはいくつもの内なる目がある。それらは自分の頭の眼窩の中で動く目ではなく、自分自身の目でもない。にもかかわらず、各々の目を通してものが見えた。それらはキャッシャーの知覚力の目だ。迅速に、念動力を使って、ウェッダーの体内構造の調整に取りかかる。ここでは動脈を圧迫し、そこでは腺をつまみ、あそこでは組織を硬化させ、内分泌物が分泌されるようにした。かくして、通常の医師が手術過程を説明するよりも短い時間のうちに、ウェッダーの改造はおわった。いまのウェッダーは、ダイヤルの位置を再配置されたラジオのような、固定プレートの位置を変更された宇宙船のような、そんな状態にある。

キャッシャーが行なった処置は、一般的な着陸コースにおいて一般にパイロットが行なう操作にくらべれば、ずいぶん簡単なものといえる。しかし、キャッシャーが行なったのは、ウェッダー本人の生化学システムを操作することにほかならない。そして、キャッシャーが加えた変化は不可逆的なものだった。

新しいウェッダーは古いウェッダーのままだ。精神も変わらない。意志も変わらなければ、人格も変わらない。ただ、内部の構造がちがう。態度にもすでに微妙な変化が現われている。より温和になった。より寛容になった。より冷静になり、より思いやりを感じさせるようになった。すこし人間くさくすらなった感もある。その状態のまま、ウェッダーはにっこりとほほえみ、いった。

「おお、思いだしたぞ、ビンダウード。その子を助けてやってくれるか」

ビンダウードを名乗るキャッシャーは、少年の頭の上に両手をかざした。少年はつかのま、苦痛とショックで泣き声をあげた。が、すぐに袖を使い、洟で汚れた鼻と上唇をぬぐった。目の焦点も合っている。半開きだった口も閉じた。それまでの磨耗した回路が修復されて、機能するものに一新されるのにともない、精神が明るく輝きだす。ズーハザッハは居心地の悪さをおぼえ、別の潜り先を求めて逃げていった。少年は、脳こそ与えられたものの、まだことばを知らず、教育も受けていないため、その場に立ったまま、うれしそうな声を発した。

それを見て、ウェッダーが上機嫌な声でいった。

「驚くべきことだ。きみがわしに見せたいというのは、これだけか？」

「これだけです」とキャッシャー・オニールは答えた。「あなたはもう、彼ではないのですから」

そういって、ウェッダーに背を向けた。もはやこの男に背を向けても、すこしも危険ではない。

ウェッダーが二度と人を殺さないことはわかっているのだから。

キャッシャーは戸口で立ちどまり、ふりかえった。ウェッダーの態度から明らかなように、たったいま、ここにおいて、なさねばならぬことはなされた。この男の内部に生じた変化は、大柄なこの人物の体格よりも大きい。この惑星は解放されて、キャッシャーの目的は完全にはたされた。ズーハザッハをなくし、急に怯えだした少年は、盲目的な本能にしたがって、キャッシャーについてきた。

自分たちの支配者が戸口に立ち、思いがけなく愛想よい態度でキャッシャー・オニールに手をふるのを見て、大佐連や幹部将校たちは、敬礼すべきか会釈すべきか、とまどっていた。キャッシャーはそんな連中には目もくれず、足どりのおぼつかない少年をうしろに連れて、カーペットを敷いた幅の広い階段を降りていった。階段を降りきったところで、おもむろに上をふりかえり、最後にもういちど、おおむね自分の一部と化した仇敵を見あげる。階段を昇りきったところに、ウェッダーが――流血事件の張本人が立っていた。そしていま、彼、キャッシャー・オニールは、その流血の記憶をぬぐい去り、過去を書きなおし、未来を作りなおした。すでに全ミッザーは、旧十二ナイル共和国時代にこの惑星が謳歌した、開放性と自由とを取りもどしつつある。キャッシャーは歩きつづけた。ひとつの通路から別の通路へ移動し、近道をして中庭に出ては通路を通ることをくりかえして、ようやく宮殿の表玄関にたどりつくと、例の門衛が、さっと捧げ銃《つつ》をした。

「楽にしろ」とキャッシャーはいった。

門衛は銃を降ろした。

キャッシャーは宮殿の外に――かつては伯父のものであり、自分のものでもあり、まさに自分自身といえる宮殿の外に立った。ミッザーの新鮮な空気を肌で味わう。やおら、つねに愛してやまなかった、澄みきった青空を見あげた。そして、正義、復讐、雷、力をともない、かならず帰ってくると誓った惑星を見まわした。戦わないですんだのは、惑星ヘンリアダの嵐が吹き荒れる大気の中、自分のおだやかな世界に籠《こも》っていた亀娘ト・ルースから、数々の奇妙で繊細な能力を受け継いだおかげだった。

キャッシャーは少年に向きなおり、語りかけた。

「ぼくはずっと鞘にしまわれていた剣だ。弾倉の抜け落ちてしまった拳銃だ。バッテリーの切れたワイヤポイントだ。ぼくは人間だ。ただし、すっかりからっぽの人間だ」

少年は首でも絞められているような、混乱ぎみの音を発した。まるで考えようとしているような、自分自身になろうとしているような、愚者のまま過ごしてきて失われた時間を取りもどそうとしているような、そんな音だった。

ここでキャッシャーは、衝動的な行動をとった。この少年にカヒール固有の地元の言語を与えたのである。肩、首、指先の筋肉が緊張するのをおぼえながら、あそこで――ミスター

&オーナー・マーリー・マディガンの名のもとに、亀娘ト・ルースがほぼ永久といえるほど長きにわたって統《す》べるボールガールの館で——学んだ能力に精神を集中する。求める能力と記憶の用意がととのった。少年の両肩を、乱暴に、しかし、しっかりとつかみ、怯えて涙をにじませる目を覗きこむ。つぎの瞬間、一瞬の爆発的思念により、話す能力、単語、記憶、野望、技能を、一気に少年の精神内に送りこんだ。少年はしばし、呆然としてその場に立ちつくしていた。

ややあって、とうとう問いを発した。

「……ぼくは、だれ？」

その問いは、キャッシャーには答えられないものだったので、かわりに少年の肩をそっとたたき、こういった。

「それは街にもどって、自分で見つけてごらん。ぼくはほかにすることがある。自分自身が何者になれるかを見つけださなくてはならないんだ。さようなら。きみが平安とともにありますように」

2

ここで、自分の母はまだこの街に住んでいるはずだと思いだした。母のことはよく忘れてしまう。忘れているほうが簡単だからである。母の名はトライヘイプ——クールァフの妹にあたる。クールァフが悪徳の権化だったのに対して、母は美徳の象徴だった。クールァフがときに気前がよかったのに対して、母は倹約家でつつましかった。クールァフがさまざまな不善をなしながらも、人や物や着想に鷹揚だったのに対して、母はずっとむかしに両親から教えこまれた、旧弊な思考パターンに縛られていた。

キャッシャー・オニールは、自分が絶対に取りはしないと思っていた行動を実行に移した。そもそもキャッシャーは、これをまともに考えたことすらなかったのだが……その行動とは単純きわまりない。自宅に帰ることである。

自宅の門に出てきた召使い、母親にむかしから仕えていた侍女は、顔が変わっているにもかかわらず、すぐにキャッシャーと気づき、畏怖に打たれた声でこういった。

「わたくしの前におられますのは、キャッシャー・オニールさまとお見受けいたしますが」

「いまはビンダウードという名を使っている」キャッシャーは答えた。「しかし、まぎれもなくキャッシャー・オニールだ。中に入れてくれ。母に帰ってきたと伝えてほしい」

キャッシャーは、母親がむかしから使っている私室に入った。古い家具はいまでもそこにあった。百もの時代から蒐《しゅうしゅう》集され、磨きあげられた骨董品の数々や、たくさんの古い絵画、古い鏡、とっくに死んだ見知らぬ人々の肖像画や記念物が、ところせましとならんでいる。伯父の宮殿に引きとられる前の幼少のころは、この部屋に入るたびに、落ちつかない気分になったものだったが、いまもそれは変わらない。

母が入ってきた。まったく変わっていなかった。

顔を見るなり、母は両手を伸ばし、意図的に当世風の情熱をこめ、「わたしの赤ちゃん！　わたしの愛し子！　帰ってきてくれたのね！」と叫ぶのではないか。キャッシャーはなかばそう予想していた。

そんなことには、まったくならなかった。

母は見も知らぬ人間を見るかのように、冷たい目でじろりと見ただけだったのだ。

そして母は、こういった。

「わたしの息子のようには見えないけれど、きっとそうなんでしょうね。ここにいたときでさえ、トラブルばかり起こしていたのに、またもやトラブルを持ちこむつもり？」

「悪意を持ってトラブルを起こしはしませんよ、おかあさん、いまだかつて、そんなまねをしたことはありません」キャッシャーは答えた。「あなたがぼくのことをどう思っていようともね。ぼくはなさねばならないことをしただけです。正しいことをしただけです」

「自分の伯父を裏切るのが正しいこと？　わたしたちの家族を没落させるのが正しいこと？　家名を汚すのが正しいこと？　そんなたわごと、愚か者の言いぐさよ。あなたは漂泊の徒となって、あちこちで大冒険をして、たくさんの惑星を見てきたそうだけれど。その言いぐさ――ちっともむかしと変わっていない。あなたは老人だわ。わたしと同じくらいの齢にしか思えない老人。以前はここにも赤ん坊がいたけれど、あの赤ん坊がどうしてあなたのような者になるはずがあって？　あなたはクールッファ・オニールの家の敵。流血のうちにオニール家を没落させた者たちの仲間。いいえ、あの者たちのほうがまだましだわ、自分たちなりの主義主張、思想、権力への夢があったんだもの。でもあなたは、内からオニール家を盗んだ獅子身中の虫。あなたは内側からドアを開いて、破滅を招き入れた。わたしが赦《ゆる》さなくてはならないあなたは、いったい何者なのかしらね？」

「あなたの赦しを求めにきたのではありませんよ、おかあさん。あなたに理解してもらおうとも思っていません。わたしには、ほかにいくべきところがあるし、ほかにするべきことがある。あなたに平安のあらんことを」

母親はキャッシャーを見つめるだけで、なにもいわなかった。

キャッシャーはつづけた。

「これからミッザーは、ずっと住みやすいところになるでしょう。けさ、ウェッダーと話をしてきました」

「ウェッダーと話をした？」母親の声が大きくなった。「なのに、殺されなかったの？」

「ぼくのことを知りませんでしたからね」

「ウェッダーが——あなたのことを知らなかった？」

「保証しますよ、おかあさん。ぼくのことを知りませんでした」

「……どうやら、よほど強力な人間になったみたいね、わが息子は。それなら、クールァフ・オニールの家を立てなおせるかもしれないわ——あんなにも害悪をもたらして、わたしの兄をあんなにも失意のどん底に突き落としたあなたでも。ときに、あなたの妻が死んだことくらいは知っているのでしょう？」

「耳にはしています。事故で苦痛なく、一瞬で逝けたのならいいのですが」

「事故に決まっているじゃないの。当節の人間が、どうやって事故以外で死ぬというのよ。彼女とつぎの夫が試乗していた新しいボートが、いきなりひっくり返ったの」

「その場にいてやれなかったのが残念です」

「そうでしょうとも。あなたの気持ちなど完璧にわかっているわ、わが息子どの。あなたは外の世界にいた。おかげで星空を見あげるたびに恐怖させられたものよ。空を見あげれば、自分の息子であった男の姿が見える。宇宙のどこかに潜伏して、流血と破壊をもたらそうと手ぐすね引いている男の姿がね。復讐につぐ復讐でわたしたちは蹂躙《じゅうりん》されてしまう。それもこれも、その男がなにが正しいのかを知っているつもりでいるから。わたしは長いあいだ、あなたのことが怖かった。もういちどあなたにまみえることがあったら、心底からあなたを恐れるだろうと思っていたわ。でも……わたしが予期していたのとはまったくちがう人間になったようでもあるわね、キャッシャー。もしかすると、あなたに好意すら持てるかもしれない。もしかすると、母親らしくあなたを愛することだってできるかもしれない。けれど、いまとなってはどうでもいいことだわ。あなたもわたしも、齢をとりすぎたもの」

「いまはもう、そんな血なまぐさい計画など立ててはいませんよ、おかあさん。さて、この古い部屋にも長居をしすぎたようだ。あなたの幸福を願っています。しかしぼくは、ほかのおおぜいの人々についてもしあわせを願う者です。なさねばならないことはすませました。

たぶんここで、お別れをいったほうがいいでしょう。もしかすると、ずいぶん時間がたってから、またここへ会いにくるかもしれません。おたがいが、なさねばならないことをもっとよく知ったそのときに」

「娘にさえ会いたくないの？」

「娘？　ぼくに娘が？」

「ああ、なんと愚かな人。自分が去ったあとのことを調べてもいないなんて。あなたの妻は、あなたの子供を産んだのよ。それも、自然分娩というむかしながらの出産方式でね。子供の顔もむかしのあなたに似たところがあるわね。当然ながら、あなたに似て、すこし傲慢で。その気があったら訪ねてごらんなさい。家は革職人街の黄金の音街区《ゴールデン・ラウト》にある広場のすぐ外。夫の名前はアリ・アリ。その気があるなら会ってみることね」

母が手を差しだした。キャッシャーは母が女王ででもあるかのように、うやうやしくその手をとり、冷たい指にキスをした。そして、母の顔をじっと見つめ、ここでもヘンリアダで獲得した能力を用いた。母の人格を検分し、感じとったのだ。魂の外科医がいればそうするように。しかし、この場合、することはなにもなかった。これは人生と希望と失望の荒浪《あらなみ》に対して、抵抗し、抗戦し、活動してきた、精力的な人格などではない。なにか別のもの――自分の生きかたにどっしりと腰をすえ、頑《かたくな》にそれを貫いている人間であって、たとえ思念だけで艦隊を壊滅させうる存在、ちょっとした操作で脳の欠陥を正常にもどすことができる存在であろうとも、どうこうできる相手ではないのだ。母が自分の力を超えるケースであることはひと目でわかる。

年老いた手を、愛情をこめて、そっとなでた。母はあたたかい笑みを浮かべてみせた――それがなにを意味するのかも知らないままに。

「だれかにきかれた場合は」とキャッシャーはいった。「ぼくがドクター・ビンダウードを名乗ったと答えてください。医官のビンダウードです。憶えられますか、おかあさん？」

「医官のビンダウードね」

母はくりかえし、玄関口を通って、外の通りまで見送りに出てきた。

キャッシャーが娘の家のドアをノックしたのは、それから二十分後のことだった。

3

戸口に出てきたのは娘本人だった。娘はドアを内側に開いて、知らない男と見てとるや、じろじろとキャッシャーを見まわした。それから、制服についた医官の徽章に目をとめた。階級章にもだ。抜けめのない目ですばやく値踏みをし、これは革職人街に用のある人間ではないと判断したらしい。

「どなた？」娘は口早に、はっきりと、大きな声でいった。

「いまこのときこの時間は、ウェッダー大佐の特殊部隊の医官、ドクター・ビンダウードで通っています。きょうは休暇でこのあたりに立ちよったのですが、あとになって、マダム、わたしがこの街区を訪ねたことや、わたしが何者であるかということにあなたが気づくかもしれませんので、どうせなら自分の口から話しておいたほうがいいと思い、打ち明けます。わたしはあなたの父親です」

娘は動かなかった。重要なのは娘がほんのすこしも動かなかったことだ。キャッシャーはじっと娘を観察し、その顔だちに自分の血筋を見てとった。指の長さも受け継いでいるのがわかる。自分の中で悲しみから悲しみへと吹き荒れていた義務の嵐、復讐の夢を支えていた良心の風は、娘の中ではまったく別物に育っていることを感じとった。それもまたひとつの力ではあったが、キャッシャーが理解しているたぐいの力ではなかった。

「わたしにはもう子供たちがいるの。あなたに会わせたくないわ。正直なところ、あなたはわたしになにひとついいことをしてくれてはいない――わたしを儲けたこと以外には。なにひとつ悪いことをしてもいない――星々の向こうからわたしの命を脅かしたこと以外には。あなたにはうんざり。あなたであったもののすべてに、あなたがなったかもしれないもののすべてにうんざり。もう忘れさせてちょうだい。あなたはあなたの道をいって、わたしにはわたしの道をいかせることはできないの？　わたしはあなたの娘かもしれないけれど、そう思わずにはいられないわ」

「お望みのままに、マダム。わたしはたくさんの冒険をしてきましたが、あなたにその話をしようとは思いません。あなたが充実した人生を送っているであろうことは、ひと目見ればわかります。そして、けさ宮殿でしてきた行ないが、その人生をよりよいものにしてくれることを願っていますよ。もうじきわかるでしょう。では、お元気で」

目の前でドアが閉じた。キャッシャーはきた道を徒歩で引き返し、陽光さざめく革職人の市場を通りぬけていった。あちこちにかかっているのは、黄金の革だ。動物の革にみごとな技術で極細の溝を彫り、そこに金箔を打ちこんだもので、それらが陽光を浴びてきらきらと輝いている。キャッシャーは頭上を見あげてから、周囲を見まわした。

（さて……こんどはどこへいこう？　しなければならないことをすべてしてしまったいま、どこへいけばいい？　愛したい者はすべて愛し、そうならなければならないもののすべてになってしまったいま、どこへいく？　はたすべき役目を担っていた者がその役目をはたしたいま、これからどこへ？　勝者以上にむなしい存在がいるだろうか。もしも敗れていたら、おれはさらなる復讐を求めることもできただろう。だが、敗者にはならなかった。勝利した。それでいて、なにひとつ勝ちとれはしなかった。この愛しい都市に対し、自分自身のために求めるものはなにもない。この愛しい惑星に対し、求めるものはなにもない。求めるものを与えたり奪ったりすることは自分の力を超えている。いくべき場所がない者はどこへいけばいい？　死を迎える準備がまだできてはおらず、といって、生きていくことになんの理由も見いだせない者がなるべきなのは、どういう存在だ？）

ふと心に浮かんだのは、無数の小さな竜巻が長虫となってくねる嵐の惑星、ヘンリアダの記憶だった。細面《ほそおもて》で色白で自制的な亀娘、ト・ルースの顔が目に浮かんだ。そして、ついに思いだした。ト・ルースが手に持っていたあれのことを。それは魔法だった。〈古代の有力宗教〉の、秘密のしるしだった。十字形に交差する木片の上では、磔《はりつけ》にされた男が永遠に死につづけていた。それはこの星間文明の背後に潜む謎だ。それは〈第一の禁じられた者〉、〈第二の禁じられた者〉、〈第三の禁じられた者〉にまつわる興奮だ。そして、宇宙3から帰ってきたロボット、鼠、コプト教徒が口をそろえて存在すると証言する謎だ。

かくしてキャッシャーは、自分がなにをなすべきかを知った。

自分を見つけられない理由は、見つけるべき自分が存在しないからにちがいない。自分は用済みの道具、廃棄された容器だ。時の残骸の上に捨てられた欠片《かけら》だ。それでいて目を持ち、考える脳を備え、たくさんの特別な力を持った人間でもある。

空に精神の手を伸ばし、通りかかった軍用飛行機械に呼びかけた。

「降りてこい、おれを乗せろ」

巨大な羽ばたき翼を持つ鳥のような機械は、革職人街に連なる屋根の上を舞いおりてきて、広場にふわりと着地した。

「呼ばれたように思ったのですが」パイロットの軍曹がいった。

キャッシャーはポケットに手をつっこみ、幻影の通行証を取りだした。ウェッダーの署名入りのこれは、ウェッダー大佐の支配体制下で秘密任務を遂行するため、共和国のあらゆる乗り物を自由に使う権限を保証するものだ。パイロットの軍曹は通行証をあらため、目玉が飛びでそうなほど驚いた顔になり、ひどくかしこまった。

キャッシャーはいった。

「第九ナイル河へ。この機械でいけるか？」

「楽勝です」と軍曹は答えた。「ですが、そのまえに新しい靴を調達されたほうがよろしいかと。鉄板入りの靴です。現地の地面は火山性ガラスの砂利だらけですので」

「では、ここで待っていてくれ」とキャッシャーはいった。「靴はどこで手に入る？」

「ここからふたつめの通りです。水筒も二本、用意されたほうがいいですよ」

4

ものの数分でキャッシャーは帰ってきた。軍曹の見ている前で、水筒に噴水の水を入れる。軍曹は医官の徽章を疑念も持たずに受けいれ、巨大な機械の鳥のコックピットにあるせまいエマージェンシー・シートにすわるよう、うながした。キャッシャーとともにストラップを締めながら、軍曹がきいた。

「準備はいいですか？」

キャッシャーがうなずく。羽ばたき飛行機《オーニソプター》は大きく翼を広げ、空中に舞いあがった。

海に乗りだす船のオールのように、巨大な翼が空気を掻いていく。機体は急速に上昇し、カヒールはみるみる下方へ遠ざかっていった。華奢な光塔《ミナレット》の数々や、ナイル河河畔の白砂と競馬場、緑なす草原、古代地球のなにかから模作した何基ものピラミッドまでもが、一望のもとに見わたせた。

ここでパイロットがなにかをした。機械はいっそう速度をあげて前進しだした。鼓翼《こよく》機はどのようなジェット機よりもずっと遅いが、安定した飛行ぶりを見せるし、けっしてのろいということはない。機械は乾燥した広大な砂漠の上を、それなりの速度で飛翔しつづけた。キャッシャーはいまなおヘンリアダの十進化腕時計をつけている。軍曹がふりかえり、いつしかまどろんでいたキャッシャーをそっとつついて、なにかを叫びつつ下方を指さしたのは、カヒールを発《た》ってのち、十進化時間で丸二時間が経過したころのことだった。見おろせば、漆黒の荒野、きらきらと陽光に映える直黒《ひたぐろ》の広がりをぬって、左右から緑の帯にはさまれた、ひとすじの銀色の帯が蛇行しているのが見える。そこから先は、はるか彼方まではてしなく、ベージュの砂漠が広がっていた。

「第九ナイル河か？」羽ばたきの音に負けないよう、キャッシャーは大声で叫んだ。

軍曹は、それですよ、といわんばかりの顔でにっと笑った。と、オーニソプターが唐突に、蛇行する大河に向かって、逆落《さかお》としに急降下しだした。何棟かの建物が見える。どの建物も控えめで小さい。あのベランダは訪問客のためのものだろうか。それ以上に目を引く特徴はなかった。

ウェッダー大佐の秘密命令を受けて動く人間の行動は、一軍曹の詮索することではない。ストラップで固定されていたキャッシャー・オニールがオーニソプターの降りかたを教わり、機外に降り立つと、軍曹は操縦席で立ちあがって、さっと敬礼をし、たずねた。

「ほかになにかありますか？」

「いや。あとは自分でやる。だれかにわたしのことをきかれたら、乗せてきたのはドクター・ビンダウードで、その人物の命令により、ここで降ろしたといってくれ」

「了解しました」と軍曹は答えた。

巨大な飛行機械は、光沢ある翼をばっと広げて羽ばたかせ、旋回しつつ舞いあがったかと思うと、またたく間に小さな点となり、見えなくなった。

キャッシャーはひとり、その場に立ちつくした。まったくのひとりだった。長年にわたり、目的意識に支えられ、なにかを行なうという動因につき動かされてきたキャッシャーだが、その動因も目的意識もなくなって、生きる意味までなくなり、未来の展望もなくなったいま、自分にはなにもない。あるのは究極の想像力と、健康と、偉大な能力の数々のみ。これらはけっして自分で望んだものではない。望んだのは全ミッザーを解放することだ。それは手に入った。では、そのあとは？　よろめくようにして、近くの建物の一棟に歩きだす。

そのとき、その棟から声がかかった。女性の声だった。齢をとった女性の親しげな声だ。

まったく思いがけないことに、その声はこういった。

「ずっと待ってたんだよ、キャッシャー。さあさあ、お入り、お入り」

5

キャッシャーは老女を見つめた。

「きみは見たことがある。どこかで見たことがある。きみのことはよく知っている。きみはぼくの運命に多大な影響をもたらした。ぼくになにかをした。それなのに、きみがだれかは知らない。どうして先まわりできたんだ？　ぼく自身、ついさっきまで、ここにこようとは思ってもいなかったのに」

「なにごとにも時宜っていうやつがあるもんでね」と老女は答えた。「あらゆるものには、それをするのにふさわしい時があるんだよ。いまのあんたにふさわしいのは休息することだ。わたしはド・アルマ、ポントッピダンからきた犬女さ。ほら、皿洗いの、あの」

「ああ——あの！」キャッシャーは叫んだ。

「そう、あの」

「しかし、きみは——しかし、きみは——どうしてここにきた？」

「どうしてきたのかなんて、明白だろ？」

「だれかに送りこまれてきたのか？」

「当たらずといえども、遠からず。まあ、お聞きな。わたしはね、あるお方から派遣されてきたんだよ。絶対にお名前を出せない、あるお方からね。そのお方は、下級民を統括なさるおひとかたで、地球で指示を出していらっしゃる。わたしがもといたところへは、代わりの犬女が送りこまれてきたよ。それで、わたしはこの惑星に、荷物あつかいで送られてきてね。あんたがかつぎこまれた病院で働いていたんだ。そうして、回復したあんたの心を読んだ。そのとき、ウェッダーをどうするつもりかわかったし、かならずこの第九ナイル河を訪ねることもわかったわけさ。なにしろここは、すべての探求者がたどる道だからね」

「つまり……きみは道を知っているというのか？　あそこへの——」キャッシャーはそこでためらったものの、思いきって問いを口にした。「——〈神聖ならざる者の至聖の河〉——第十三ナイル河への道を？」

「それがなにかを意味するとは思わないけどね、キャッシャー。ただ、その鉄板入りの靴は脱いだほうがいいよ。そんなもの、必要ないから。さあさあ、こっちへ。中にお入り」

キャッシャーはビーズカーテンを横に押しのけ、バンガローの中に入った。それは開拓地特有の簡易宿舎だった。手前の部屋には、そこここに簡易寝台が置いてある。奥にあるのは老女の部屋らしい。右手には食堂があり、テーブルの上には書類の束のほか、ビュアー装置、カード、ゲームが置いてあった。部屋自体は驚くほどひんやりしている。

ド・アルマがいった。

「さあて、キャッシャー、なにはともあれ、リラックスしなきゃ。あらゆることのなかで、とくにむずかしいのがそれなんだがね、何年も何年も大きな荷物をかかえてきたあとだから、なにはともあれ、リラックス、リラックス」

「わかってはいるんだ」とキャッシャーは答えた。「わかってはいる。だが、頭ではそうとわかっていても、実行できるわけじゃない」

「いまのあんたならできるはずだよ」

「なにを？」思わず、声が険しくなった。

「リラックスすることをだよ。いまいったようにさ。あんたがここでしなきゃならないのは、美味しい食事をとることだね。そして、何度か眠る。なんなら、河で泳ぐのもいい。わたし以外の者はよそへやってしまったから、この家にいるのは、あんたとわたしのふたりだけ。わたしは年寄りだし、人間でさえない。それに対して、あんたは人間だ。そして、真人だ、一千の世界を征服した真人のひとりだ。そのうえ、最後にはウェッダーに勝利した人物である。わたしたち、きっとうまくやっていけるよ。じきにあんたが旅立つ準備ができたら、わたしがそこに連れてってたげる」


ド・アルマのいうとおりにして、数日が過ぎた。老女はあきらめることなく、しかし確固たる善意でもって、ダイスとカードを使ったシンプルな子供向けのゲームにつきあわせた。一、二度、キャッシャーはド・アルマにテレパシーで幻術にかけようとしてみたこともある。ダイスをキャッシャーの有利になるように振らせようと試みたのだ。また、老女が手にしたカードのすりかえも試した。その結果、ド・アルマは攻撃的テレパシーの能力はとぼしいが、防御的テレパシー能力は抜群なことがわかった。キャッシャーがトリックを仕掛けるたびに、老女はにんまりと笑ってみせる。そして、トリックをことごとく失敗におわらせる。

そんな雰囲気のなかで、キャッシャーはほんとうにリラックスしはじめた。ド・アルマはポントッピダンで、キャッシャーがしあわせのなんたるかを知らなかったころに——愛しいジュヌヴィーヴを捨てて、復讐の手段を求め、旅に出る前に——しあわせがどういうものか語ってくれた女性である。

あるとき、キャッシャーはいった。

「あの老馬、まだ生きてるかな？」

「もちろん、生きてるよ。きっと、あんたやわたしより長生きするんじゃないかね。軌道の巡回カプセルの中で駆けながら、自分がミッザーにいると思いこんでさ。それより、ゲーム、ゲーム。あんたの番だよ」

キャッシャーはカードを置いた。老女と行なうゲームがもたらす平安、素朴さ、気持ちのなごむおだやかな雰囲気、それらのすべてが、ゆっくりと心に浸透してくる。それにつれて、ド・アルマが施すセラピーの性質もわかってきた。これは生き急ぐ者の歩みをゆるめさせる療法にちがいない。キャッシャーはふたたび、自分自身と向きあおうとしていた。

ここにきて十日めだろうか、それとも、十四日めだろうか、キャッシャーは老女に質問をした。

「いつ出発する？」

「そうきかれるのを待ってたんだよ。それをいえれば、もう出発できるね。出かけようか」

「いつ？」

「いますぐに。さ、靴を履いて。靴の出番はほとんどないだろうけど。着陸した先で必要になるかもしれないからね。そこに着いてしばらく、いっしょにいくよ」

それから数分のうちに、ふたりは庭に出ていた。ここにいるあいだに泳いだ大河が、すぐそこを流れている。庭を隔てて向こうには、いままで気がつかなかった小屋があった。その扉の前で老女がなにかを行ない、錠前をはずした。扉が大きく前に開かれた。小屋の中から老女が引きだしたのは、外装があらかた取りはらわれたオーニソプターだった。モーターは備わっているし、両翼も尾翼もある。が、胴体は金属フレームしかない。動力源は蓄電池で、通常の超小型原子炉で作った電気を蓄える方式らしい。座席のかわりには、小さなサドルがふたつ、前後にならんでいた。これと同じものは博物館で見たことがある。はるか遠い太古、地球の自転車で使われていたサドル——あれにそっくりなのだ。

「こんなものを飛ばせるのか？」キャッシャーはたずねた。

「もちろん、飛ばせるよ。ガラス片の荒れ地を三百キロもいくよりはましだわね。これから文明地域の外に出る。どんな地図にも載っていないところへさ。まっすぐ飛んでいく先は、第十三ナイル河だ。もうわかってたろうけどね」

「ああ、わかっていた。こんなに早くいくことになろうとは思ってもいなかったが。これはきみがいっていた、あの〈魚のしるし《イクテュス》〉となにか関係があるのか？」

「なにかじゃない、ぜんぶがだよ、キャッシャー。ぜんぶがね。そこにあるすべてのものが関係あるんだ。さあ、わたしのうしろに乗って」

キャッシャーはオーニソプターのサドルにまたがった。金属の鳥はすぐさま、長く優美な機械の脚で庭を走りだし、じきに翼を羽ばたかせ、宙に舞いあがった。ド・アルマはここへくるときに乗ってきた機の軍曹よりも優秀なパイロットだった。舞いあがる高度も上なら、翼を羽ばたかせる回数もすくない。機はほどなく、ミッザーで生まれ育ったキャッシャーでさえ夢想だにしたことのない景観の上を飛びはじめた。

やがて到着したのは、派手な色彩の街だった。大河ぞいに点々と、大きな篝火《かがりび》が焚かれており、そのまわりで、体の表面にけばけばしい色を塗りたくった者たちが両手を高くかかげ、祈りを捧げている。いくつかの神殿と、その内部に祀《まつ》られた、奇妙な形状の神々も見えた。まさかおおっぴらに売られることがあるとは思ってもみなかった品々を商う市場もあった。

「ここはどこだ?」キャッシャーはたずねた。

「〈希望なき希望の街〉だよ」とド・アルマは答え、オーニソプターを着地させた。

ふたりがサドルから地に降りると、機はひとりでに舞いあがり、きた方向へ去っていった。

「きみもぼくといっしょに残るのか?」キャッシャーはたずねた。

「もちろん。わたしはあんたといっしょにいるために派遣されてきたんだから」

「なんのために?」

「あんたはすべての惑星にとって、たいせつな人物なんだよ、キャッシャー、このミッザーだけじゃなしにさ。わたしはね、友人たちの権限でここに送りこまれてきたんだ。あんたの手助けをするために」

「そうすることで、なんの見返りがある？」

「なんにも。もしかするとわたしは、これで身を滅ぼすことになるかもしれないね。でも、それは受けいれるよ。自分の希望を失うことになっても、それであんたをさらなる旅に送りだす役にたてるんなら本望だ。さあ、おいで、〈希望なき希望の街〉に入ろう」

6

ふたりはいくつもの奇妙な通りを歩いていった。どこの通りでも、ほぼすべての人間が、なんらかの宗教儀式にふけっていた。あたり一帯にただよっているのは死体を焼くにおいだ。いたるところに、護符、幸運のお護り、葬送用の品があふれている。

キャッシャーは静かな声でド・アルマに語りかけた。

「文明惑星たるものにこんなところがあるとは、まったく知らなかった」

「あるに決まってるだろ」とド・アルマは答えた。「死ぬことが不安でしかたがない者は、おおぜいいるんだから。ここのことを知ってる者はたくさんいるんだよ。さもなかったら、こんなにおおぜいが群がってるはずがないじゃないか。ここにいるのは、あやまった希望を持った連中、行き場のまったくない連中——この大地の地下、星々の下に、最終的な希望の成就があると思ってる連中なんだ。この連中は、自分たちが絶対に正しい、いまほど正しくあれることはないと信じきってる。だから、こんな連中のところなんて、さっさと通りすぎなくちゃいけない。さもないと、わたしたちまで染まっちまう」

通りの者は、だれもふたりの通行を妨げようとしなかった。とはいえみんな、制服を着た軍人が——いくら医官でも——この街へやってくる大胆さに驚いたと見えて、動作の途中で動きをとめ、キャッシャーをじろじろと見つめる者もすくなくなかった。

そのうえ、通りの者たちがいっそう驚いたことに、その軍人のとなりを歩いている病院の付添婦は、惑星外からきた犬女らしいのだ。

「これからあの橋を渡るんだけど、キャッシャー。あの橋は、いままで見たもののなかでも、とびっきりおぞましいもののひとつでね。あそこでもうじき、ジウィンツ団の者と遭遇することになる。ジウィンツ団というのは、あんたやわたし、あんたが体現するすべてのものと、真っ向から対立する連中なんだ」

「そのジウィンツ団というのは？」

「ジウィンツ団は〈完全者〉を——〝この地上における完全なる存在〟を標榜してる連中さ。会えばすぐにわかるよ」

7

橋を渡りだすと、背が高く、愛想がよく、こぎれいな黒い制服姿の警官が歩みよってきた。

「引き返しなさい。首都からきた者は、ここから先では歓迎されません」

「首都からきたわけじゃない」ド・アルマが答えた。「わたしたちは旅人なんだ」

「行き先は？」警官がたずねた。

「第十三ナイル河の源流」

「だれもあそこへはいきませんが」

「わたしたちはいくんだよ」

「どこから許可を得ました？」

キャッシャーはポケットに手を入れて、本物の通行カードを取りだした。心の中の記憶をもとに、完全に同じものを創りだしたのである。カードは全惑星の通行許可証で、発行者は補完機構になっていた。

カードを見るなり、警官は目を見開いた。

「これは失礼を。てっきり、ウェッダーの手下かと思ったものですから。そうとうに重要な地位にある方とお見受けしました。いますぐ街の中央にある〈学識の殿堂〉の学者の方々に連絡します。会いたいといわれることでしょう。ここでお待ちください。車の迎えがきますので」

長く待たされはしなかった。迎えがくるまでのあいだ、ド・アルマは終始、無言でいた。

持ち前の愛想のよさも元気さもすっかり影をひそめている。橋の上があんまりきちんとして完全なうえ、橋の向こうはひっそりと静かで、道をゆく人々も謹厳な雰囲気をただよわせているので、なにかと居心地が悪いのだろう。

到着した車は人間が運転しており、橋を見張る警官と同様、丁重で人当たりがよく、腰が低かった。運転手はドアをあけて、キャッシャーたちをうやうやしく招き入れた。ふたりが乗ると、迎えの車はすみやかに発進し、手入れのいきとどいた街路を音もなく進んでいった。道路の両脇にならぶ家々は、いかにも潔癖な感じがするものばかりだ。樹という樹はすべて、樹が植えてあるべき位置に植えてある。

車は街の中央広場で停止した。運転手が先に降り、車の前をまわりこんできて、ふたりのためにドアをあけてくれた。

それから、大きな建物のアーチ門を指さし、こういった。

「みなさん、あの中でお待ちかねです」

ふたりは気が進まぬ思いで、アーチ門にいたる上がり段へ歩きだした。ド・アルマの気が進まないのは、ここがどういう場所であるのかを――ひそやかな破滅と傲慢な最終性を宿す特殊な牙城であることを――ある程度まで知っているからだ。キャッシャーの気が進まないのは、ド・アルマの身体の隅々にまで染みついた、この建物に対する怒りが感じとれるからだった。キャッシャー自身、やはり怒りを感じている。

ふたりはアーチ門を通りぬけ、中庭を横切り、大きくて優雅な会議室に案内された。

会議室には丸テーブルがあり、すでに食事がならべられていた。テーブルから立ちあがり、ふたりを出迎えたのは、十人の端正な顔をした男たちだった。

そのうちのひとりがいった。

「あなたはキャッシャー・オニールですね、放浪の士の。あなたはこの惑星に対する功労者であり、わたしたちはあなたがわたしたちのためにしてくださったことに感謝しています。たとえここには、もともとウェッダー大佐の力がおよばなかったにしても」

「ごていねいに痛みいる」とキャッシャーは答えた。「驚いたな。ぼくのことを知っているのか」

「なに、たいしたことではありません。わたしたちはあらゆる者を知っています。あなたのこともですよ、そこの女性の方」男はド・アルマに顔を向けた。「わたしたちが女性を歓待しないことは、あなたもよくご承知のはずですね。あなたはこの街でただひとりの下級民。原形は犬です。しかし、われらが賓客に敬意を表して、特別に通してあげました。おふたりとも、よかったらおすわりなさい。あなたがたと話をしたいのです」

食事が供された。小さなダイス状に切った、なんだか得体が知れないが美味な肉、新鮮なフルーツ、カットしたメロンなどだった。最後に、酩酊物質や中毒性物質にたよることなく精神を浄化して刺激する、バランスのよい飲みものが出た。

招待者側が会話に用いることばは、どれも明晰かつ高尚なものだった。すべての質問には、すみやかに、よどみなく、積極的で明瞭な答えが返ってきた。

やがてキャッシャーは、この問いを投げかけることにした。

「きみたちのことは——ジウィンツ団の話は——聞いたことがないと思うんだが。いったい何者なんだ？」

「わたしたちは〈完全者〉です」最年長のジウィンツが答えた。「わたしたちは、すべての答えを持っています。もはや見つけねばならない答えは残っていません」

「どうやってここへきた？」

「わたしたちはさまざまな惑星から選良されてきました」

「家族はどこに？」

「だれも連れてきてはいません」

「どうやって侵入者を排除している？」

「善良な者はここに残りたいと願います。善良でない者は滅ぼすだけです」

キャッシャーは——じつは、ウェッダーとの直接対峙によって、終生の目的がはたされたことによるショックから、まだ完全に覚めてはいない——自分の生命がかかっていることを承知で、さりげなくたずねた。

「では、もう決断はついたのか？　ぼくはきみたちに加われるほど完全なのか、それとも、完全ではなくて、滅ぼされなくてはならないのか？」

ジウィンツのなかで、もっともがっしりした体格の男——背が高くて、恰幅がよく、長く黒い乱髪の男が、重々しく答えた。

「あなたはわれわれに決断を強要なさる。しかしですね、私見では、あなたは例外的存在に思えます。あなたを受けいれることはできません。あなたの中にはあまりにも圧倒的な力があるからです。あなたは完全であるばかりか、完全以上の存在といってよろしい。いっぽう、われわれは人間です。そしてあなたは、わたしの思うところ、もはやたんなる人間ではない。ほとんど機械といえるでしょう。あなたは死者と変わるところがない。われわれのあいだに放たれた、古代の戦いにおける魔法です。われわれはみんな、あなたのことを少々恐ろしく思っており、あなたにどう対処すればいいのか測りかねているのです。もうしばらくここにおられるなら、そして、いまよりも落ちつかれたなら、受けいれられる可能性もありますが。われわれは、あなたの犬女がわれわれの街をなんと呼んでいるのかを完全に知っています。〈完全者の街〉です。いっぽう、われわれは、この街のことをたんにジウィンツ・ジョーと呼んでいます。往年の〈ジウィンツの時代〉——旧地球《オールド・アース》を支配していた時代にちなんでのことですよ。しかし、以上のような理由から、われわれはあなたを殺すことも、受けいれることもすまいと考えています。では、どうしようと考えているかというと——みんなも同感ではないかね、諸君？——あなたを目的地へ急がせることです。ほかの旅人にはこのような決定を下したことはありません。しかし、あなたについては、送りだすことにしましょう。その場所に到達した者は皆無にちかい。ですが、あなたには力があります。もしもあなたが第十三ナイル河の源流までいかれるのでしたら、その力が必要になるでしょう」

「力が必要になる？」

十人のうち、最初に話しかけてきたジゥィンツがいった。

「じっさい、あなたには力が必要になります。もしも〈死の谷《モルトヴァル》〉にまでいかれるのでしたら。わたしたちの存在は、未熟な者には危険かもしれません。しかし、〈モルトヴァル〉という場所は、危険どころではすみません。あれは死などよりもはるかにたちの悪い罠なのです。とはいえ、いかなくてはならないのなら、おいきなさい」

8

キャッシャー・オニールとド・アルマは、一輪カートに乗って〈モルトヴァル〉に着いた。通ってきたのは、高みに掛けわたした一本の長いワイヤーの上だった。眼下に荘厳な峡谷をいくつも見おろし、あるいはふたつの峨々《がが》たる尾根の連なりをまたぎこえて、カートはそのワイヤーの上を走ってきたのである。やがてワイヤーは地上へと下りだした。向かっていく先は例の大河——非合法にして忘れられた存在、第十三ナイル河の、また別の屈曲部だ。

カートが停止すると、ふたりは地上に降りた。同行者はいなかった。ジャイロスコープとコンパスにより、ワイヤー上でバランスをとっているカートは、ふたりの重みから解放され、いそいそと出発点へ引き返していった。

ここに街はなかった。巨大アーチがひとつあるきりだった。ド・アルマはキャッシャーのそばにへばりつき、まるで保護すべき対象であるかのように、キャッシャーの片手をとって自分の肩の上にかけさせている。不安そうにつぶやくド・アルマとともに、キャッシャーは低い丘を登っていき、ついにアーチの下にたどりついた。そして、ふたりでアーチをくぐりかけた。そのとき——音声をともなわない声がふたりの心に大きく響いた。

（わたしは若く、おまえたちがかつてそうであったもの、これからそうなるであろうもののすべてだ。これ以上のものを見せる前に、そのことを知っておけ）

キャッシャーは勇敢だった。希望の見いだせないこの状況で、快活に応じた。

「自分が何者かは知っている。おまえは何者だ？」

（わたしはこの〈バンガ山《グヌング・バンガ》〉の力。わたしはこの惑星の力にして、この惑星のすべての者を存続せしめ、この惑星が星々のあいだで存続するために必要な秩序を維持し、死者が人々のあいだを歩かぬように保障するものだ。わたしは運命と未来への希望に奉仕する。通る資格ありと思わん者はこの門をくぐれ）

キャッシャーは自分の精神を探り、求めるものを見いだした。すなわち亀娘ト・ルースの記憶である。惑星ヘンリアダにあって一千年近くの時を閲《けみ》し、見た目はたおやかでやさしい女の子でありながら、信じがたいほど聡明で手ごわく、恐ろしくもある少女は、自分に転写された強大な力を自在にふるうことができた。

アーチをくぐりながら、キャッシャーはあちこちに、真実《トルース》のイメージを大量に投射した。ゆえに、キャッシャーは単身ではなく、複数の存在となった。このアーチとアーチの背後にいる生物とが一体となった〈グヌング・バンガ〉には、歩いてアーチを通るキャッシャーとド・アルマの姿が見えているはずだが、大声で叫ぶおびただしい投影を認識する準備まではできていなかった。

（いまここに何千という数で入ろうとしているのは何者か？　ふたりでありながらおおぜいいるおまえは何者か？　わたしにはすべてのおまえが感じとれる。闘士もいれば船もいれば血の通った人間もおり、探求者もいれば忘却者もおり、なかにひとり、オールド・ノース・オーストラリア人の棄星者もいる。さらには、偉大なるゴー・キャプテン・トリーもいれば、旧地球《オールド・アース》からきた人間までもがふたりいる。その全員が、こぞってわたしの下を通りぬけてゆく。そんなおまえたちに、どうやって対処できるというのか）

「われわれをして、われわれにすることだ」キャッシャーはきっぱりと答えた。（おまえたちをして、おまえたちをして、おまえたちにする……）アーチは困惑ぎみに答えた。（おまえたちをして、おまえたちにする。しかし、どうやっておまえたちをおまえたちにできるというのか。わたしにはおまえたちが何者なのかわからない。おまえたちは亡霊のように定まらず、わがコンピュータ群を混乱せしめている。あまりにも数が多すぎるといわざるをえない。おまえたちは多すぎる。おまえたちがこの門を通過するのは定まっていたことなのに）

「定まってたんだったら、さっさとお通しよ」とド・アルマがいった。

老女はそれまでとは打って変わって、誇らしげに、背筋を伸ばして立っている。

ふたりはアーチの下を歩きつづけた。

ほどなく、ド・アルマがキャッシャーにいった。

「おかげで通れたよ」

ふたりはアーチを完全に通りぬけて、その向こう側に出た。アーチの向こうにはのどかな河岸があり、その砂浜に、何隻かの小型ボートが引きあげてあった。

「つぎはあれに乗れということのようだな」キャッシャー・オニールはいった。

ド・アルマはうなずいた。

「わたしはあんたの犬だからね、ご主人。どこにだってついてくよ」

ふたりは小型ボートに乗りこんだ。アーチからは、すっかり混乱したようすの声がついてきた。

（さらばだ、トラブルの源よ）声はいった。（おまえたちが人間ならば止めることもできただろうが。女のほうは犬であり、男のしもべであり、〈魚のしるし《イクテュス》〉のもとにおいて、長年、しあわせな時間を送ってきた者だ。男のほうは、いつでも闘える覚悟を固めた人間であり、身内に多くの敵対者や友人の記憶を取りこんで、内に秘めたる嵐の大きさはいかなる走査器にも測りがたく、また複雑すぎて、いかなるコンピュータにも評価できない）

声は河の対岸にも反響していた。

対岸には栈橋もあった。キャッシャーは小型ボートを栈橋の杭《くい》にもやうと、犬女が栈橋にあがるのに手を貸し、彼女を連れて、樹々の向こうにちらちらと見え隠れする数棟の建物へ歩きだした。

9

ド・アルマがいった。

「写真で見たことがあるよ。ここは〈慶祝《ケルメス》の街ドルギュエイル〉だ。気をつけていないと、いくべき道を踏みはずしてしまうかもしれないよ。なぜかというとね、ここにはこの世界のしあわせなものがこぞって集まってくるんだけど、〈交差した二本の木片と礫にされた男〉だけはけっして中に入れないからなのさ。ここでは不幸な者を見かけることがない。病気の者だっていないし、心身のバランスを崩した者もいない。だれもかれもが、生のよい部分を謳歌している。わたしもそうなるんだろうね。〈魚のしるし《イクテュス》〉のご加護がありますように、自分があまりにも早く〝完全〟になりませんように」

「ならないさ」とキャッシャーは請けあった。

街への門には、見張りがひとりもいなかった。ふたりは街の外へ散策に出るらしい数人とすれちがいに門を通りぬけた。街の中に入って最初に近づいたのは、ホテルか宿屋か病院のように見える建物だった。いずれであるにせよ、そこではおおぜいが食事をとっていた。

建物から出てきたひとりの男が、ふたりを見るなり、いった。

「これはまた不思議な光景にお目にかかるものだ。あのウェッダー大佐が、首都からこうも遠いところまで、部下がくるのをゆるすとは。こちらの女性にいたっては、人間ですらない。なんとまあ、奇妙なカップルもいたものだ。しかも、愛しあっているわけでもなさそうだ。きみたちになにかしてあげられることはあるかね？」

キャッシャーはポケットに手をつっこみ、五種類の金種のクレジット貨を男に放り投げ、たずねた。

「ここではそれが意味を持つだろうか？」

貨幣を空中で受けとって、男はいった。

「うん、ここでも金の使い道はある！　ときどき、重要なもののために使うんだ。しかし、きみたちが金を使う必要はない。われわれはここで豊かに暮らしている。ここでの暮らしはすばらしいものだ。河向こうのふたつの街とはちがう。向こうの連中は、人生に背を向けているからね。完全な者などというのは、お話の中だけにしか存在しない。ジウィンツは自分たちを〈完全者〉と呼んでいるが――この街の者はそこまで完全とはいわないよ。ここではみんな家族で暮らしているし、旨い食べものも、上等の衣服もある。ほかのすべての惑星に関する最新ニュースも自由に手に入る」

「ニュースか」とキャッシャーはいった。「ニュースを見聞きすることは、つい先日まで、この惑星では違法とされていたと思うが」

「ここではどんなものでも手に入るのさ。この街にあるものがどれだけ豊富かを知ったら、きっときみは驚くぞ。ここは非常に文明化された街でね。さあさあ、建物の中に入りなさい。

ここは〈歌う白鳥のホテル〉という。いつまででも、好きなだけ逗留していてかまわない。これは文字どおり、そのままの意味だ。われわれには特別な財源があるんだよ。それに見たところ、きみたちふたりは特別の存在らしい。そんな制服を着てはいても、きみは医官ではないだろう。きみにつきしたがっている者も、ただの犬系下級民ではないな。さもなければ、こんなに遠いところまでついてくるはずがない」

男の案内で、ふたりは二階に設けられたプロムナードにあがった。通路の両脇には小さな店がならび、各惑星産の貴重品が陳列されていた。値札はついているが、どの店にも店員はいない。

旨そうなにおいがただよってくるのは、ホテルのすずしいダイニングルームからだった。

「わたしのオフィスにきて、なにか飲んでいきなさい。わたしの名はハワード」

「旧地球《オールド・アース》の名前だな？」とキャッシャーはいった。

「なにかおかしなことでも？」ハワードは問い返した。「わたしは旧地球からここへやってきたんだ。腰をすえようとして、ありとあらゆる場所を探したよ。見つけるには長い時間がかかった。やっと見つけだしたのが、ここ——〈ケルメス・ドルギュエイル〉だ。ここには素朴で純粋な歓びしかない。悪徳があるとすれば、それはこの暮らしを支え、維持するものだけだ。可能なことは行なって、不可能なことは退ける。われわれは人生を謳歌するのさ、死ではなく。われわれが語るのは物《もの》についてであって、観念についてではない。われわれはきみたちが通ってきたあの街、〈完全者の街〉に対しては、蔑みの気持ちしか持っていない。

さらにその向こう、〝希望なき希望〟があると称して邪悪な宗教活動を営む、独善的な聖者かぶれどもの街にいたっては、もはや憐れみしかいだいていないよ。わたしもあのふたつの街を通ってやってきたんだ。正確には、〈完全者の街〉は迂回してこざるをえなかったがね。しょせんはお里の知れた連中でしかなかったな、あれは。わたしは遠く地球からやってきた。そして、古き旧地球からはるばるここまでやってきたからには、ここがどういうところかを知っているということだ。それは信用してくれていい」

「ぼくも地球へはいったことがあるが」とキャッシャーはいった。すこしそっけない口調になっていた。「そんなに特別なところではなかったぞ」

ハワードが驚きの目を向けた。

「ぼくの名は」とキャッシャーはいった。「キャッシャー・オニールだ」

ハワードは一瞬、身をこわばらせたのち、深々と一礼した。

「あなたがキャッシャー・オニールなら、この惑星を変えた人物ということになりますな。あなたはついにこの惑星へもどってこられた——わがあるじにして支配者さま。ようこそ。われわれはもう、あなたを迎える側の立場にはありません。ここはあなたの街なのですから。われわれになにを望まれます？」

「しばらくこの街を見てまわって、しばらく休憩してから、この旅で進むべき方向についてたずねたい」

「方向？　なぜこの街からよそへ向かう必要などあるのです？　ここへくる者たちは、一千もの場所から、〈ケルメス・ドルギュエイル〉への方向をたずねてたどりつく者ばかりなのですよ」

「その点は、いまは議論しなくてもいい」とキャッシャーはいった。「とりあえず、泊まる部屋に案内してくれないか。シャワーを使わせてほしい。それぞれ別の部屋に泊まるから」

「お望みのままに」とハワードは答えた。「ご用の節は、いつでもわたしの名をつぶやいてください。あなたの声は、この建物のどこにいても聞こえます」

キャッシャーは一度だけハワードを呼んだ。寝具、歯ブラシ、ひげ剃りなどを持ってきてもらうためだった。ついでに、外見で地球出身とわかる女をよこして、ド・アルマの洗髪をしてほしいとたのんだところ、ド・アルマがみずから部屋に訪ねてきて、ドアをノックし、こんなにいきとどいた気づかいは遠慮したいと申し出た。

それに対して、キャッシャーはこういった。

「きみにはこれまで、深い親切心でいろいろと世話になってきたんだ。せめてこのくらいはさせてくれないか」

ふたりは自分たちの部屋のすぐ下にある庭園でいっしょに軽食をとった。食事がすむと、それぞれの部屋に引きとって、眠りについた。

二日めの朝になってようやく、ふたりはハワードをともない、なにが見つかるだろうかと、街のようすを見に出かけた。

街のいたるところには、しあわせがあふれかえっていた。人口はさほど多くなさそうだ。せいぜい二万から三万というところだろう。

ある場所で、キャッシャーは立ちどまった。空気中に刺激的なオゾン臭がただよっていたからである。大気そのものが燃えてオゾンが生成されたことはまちがいない。それに対する説明はただひとつ――この近辺に宇宙船が発着しているということだ。

キャッシャーはハワードにたずねた。

「地球へいく宇宙港はどこにある？」

ハワードはちらりと鋭い目を向けてから、こう答えた。

「あなたがキャッシャー・オニールさまでなければ、お教えしないところですが。あちらに小さな宇宙港がありましてね。あれがあるおかげで、ミッザーのたいていの場所にいかずにすんでいるのです。宇宙港になにかご用でも？」

「いまはない」とキャッシャーは答えた。「ただ、どこにあるのかと思っただけさ」

やがて一行は、歌を歌いながらダンスをしている女に遭遇した。そばには男がふたりいて、武骨で原始的なギターで伴奏していた。女の脚は通常のダンスのように活発な動きをしてはいないが、断固とした意志を感じさせ、なんらかの意味を心に伝えようとするものだった。

ハワードはほれぼれと女を眺めた。よほど気にいったのか、舌で上唇を舐めたほどだった。

「まだ話を持ちかけてはいないのですが――彼女《レイディ》もやはり、はなはだ別格の存在でしてね。補完機構を引退した元長官なのです」

「たしかにそれは別格だな。名前は？」

「セラルタといいます」とハワードは答えた。「セラルタは、あなたと対をなす存在、もうひとりの特別な存在なんです。彼女もまた多数の惑星を訪ねています。おそらく、あなたと同じほどたくさんの惑星を。そして、あなたが直面したのと同じく、数々の危険に直面してきました。そして、おお、わがあるじにして支配者さま、こういうことばを口にする失礼をお赦しください——彼女がダンスするところを見つめて、あなたが彼女を見つめるところを見たとき、わたしにはすこしばかり、未来が見えました。あなたがたは両方とも死んでいて、風が徐々におふたりの遺骨から肉体を剝ぎとっていく——。あなたがたの遺骨はだれのものともわからぬ白骨となって、この場所からふたつ離れた谷に横たわっています」

「ずいぶん奇妙な予言だな。とりわけ、あまり詩心のなさそうな者が口にするものにしては。それが示唆するものはなんだ？」

「あなたが横たわっているのは〈忌むべきアイリーンの深き乾湖〉のようですね。ここには〈乾湖〉へいたる道の出発点があって、これまでにも勇者たちが——多くはありません——そこへ向かっていきました。しかし、そこへたどりついた者は、なぜか死んでしまうのです。理由はわかりません。ですから、聞かないでください」

　ド・アルマがささやいた。

「それこそは〈聖廟の中の聖廟〉へいたる道、〈源《クエル》〉そのものへといたる道だよ。その道の出発点を見つけなきゃ」

「その道の出発点はどこにある？」キャッシャーはハワードにたずねた。

「ああ、それなら、すぐに見つかりますよ。ただ、見つけてよかったと思うようなものではありませんので、その点は申しわけなく思います、わがあるじにして支配者さま。その道がはじまるのは、あそこの明るいオレンジ色の屋根のすぐ向こうからです」

ハワードはくだんの屋根を指さしてから、キャッシャーに視線をもどした。

ついで、それ以上はなにもいわず、ダンサーに向かってパンパンと手を鳴らしてみせた。

セラルタはハワードに蔑みの視線を向けただけだった。ハワードがもういちど手をたたく。

こんどはセラルタもダンスを中断し、ハワードに歩みよった。

「なんの用なの、ハワード」

ハワードは深々と頭をさげた。

「かつてのわがあるじにして高貴なる貴婦人、こちらはこの惑星のあるじにして支配者たるキャッシャー・オニールさまです」

「ぼくはこの惑星のあるじで支配者なんかじゃないぞ」とキャッシャー・オニールはいった。

「ウェッダーが伯父から支配権を奪わなかったなら、そうなっていただろうが」

「それがわたしになんの関係があるの？」とセラルタはたずねた。

キャッシャーはほほえんで、

「さあ、どう関係するのかわからない」

「わたしに対して、なにかいいたいことはある？」

「ある」

　キャッシャーは片手を伸ばし、セラルタの手首を握った。自分のものと同じくらい力強い手首だった。

「ダンスはこれでおわりだ、マダム、すくなくとも、当面はね。きみはぼくといっしょに、そこのハワードなるご仁が知っている場所へ赴く。ハワードがいうには、われわれはそこで死ぬことになるそうだ。われわれの遺骨は風に吹きさらされることになるそうだよ」

「わたしに命令するつもり？」セラルタが険のある声を出した。

「命令するつもりだとも」

「だれの権限で？」セラルタは蔑むようにたずねた。

「ぼくの権限で」

　セラルタはじっとキャッシャーを見つめた。キャッシャーはなおもその手首を握ったまま、セラルタを見返した。

　ややあって、セラルタはいった。

「わたしにはいろいろな力があるのよ。それを使わせないでもらいたいものね」

「ぼくにもいろいろな力がある。だれもその力を強制的に使わせることはできない」

「あなたなんか怖くはないわ。立ち去りなさい」

　いきなり、炎が投げかけられてきた。それと同時に、セラルタの精神が自分の精神に飛びかかってくるのを感じた。攻撃するかたわら、セラルタは手首をふりほどこうとしている。

それでもキャッシャーは相手の手首をつかみつづけた。セラルタは口をきかない。

その間に、キャッシャーの精神は相手の精神に応え、あまたの惑星のようすを――旧地球そのものをはじめ、宝石の惑星、盲人たちの住むオリンピア、嵐の惑星ヘンリアダ、その他一千もの、大多数の者は物語や夢でしか知らない惑星を提示した。つづいて、ほんのすこしながら、自分がどういう存在かを示してみせた。ミッザーで生まれ育ち、のちに宇宙市民になったこと。闘士から矯正者に変貌させられたこと。自分の精神の中には亀娘ト・ルースのさまざまな力が宿っていること、そのト・ルースのうしろには、さらに〈ゴンファローネのエチゼラ〉の人格が控えていることも告げた。加えて、宇宙をゆく何隻もの船が戦闘機動をとる光景を見せたうえで、これはなにかと戦っているわけではなく、キャッシャーの精神が、またはキャッシャーの精神となったなにかが、そう命じたからである旨を説明した。

最後に、唐突だが、交差する二本の木片と、その上で苦しむ男の衝撃的なイメージを投影してみせ、やさしく、しかし深い信頼をこめた、素朴で説得力のある口調で、こう宣言した。

「この小像は〈第一の禁じられた者〉、〈第二の禁じられた者〉、〈第三の禁じられた者〉の象徴で、〈魚のしるし〉《イクテュス》と呼ばれるものだ。きみがこの街をあとにして、ぼくといっしょにいかなくてはならない理由――それがこれだよ。そして、これのために、きみとぼくは恋人同士になるかもしれない」

背後から声がいった。

「――そしてわたしは」ド・アルマの声だった。「ここに残るよ」

キャッシャーはふりかえり、犬女にいった。

「ド・アルマ、ここまでついてきてくれたんだ、この先もいっしょにきてくれ」

「いけないいんだよ、ご主人。はっきりそういう指示を受けてるんでね。わたしを送りだした有力筋が、ぜひわたしをそばに置いておきたいと思えば、呼びもどされてポントッピダンの皿洗いの仕事につかされるだろうし、そうでなかったら、この街に残ることになるだろうね。わたしは一時的に美しくなって、裕福になって、しあわせになって、なにをすればいいのかわからなくなるだろうけどさ、自分に可能なかぎり、あんたのことを見まもってきたという自負はあるよ。〈魚のしるし《イクテュス》〉がご主人とともにありますように」

ハワードはそばに立っている。ふたりの邪魔をするでもなく、助言をするでもない。

セラルタは生まれてはじめて捕獲された野獣のように、不安そうな態度でキャッシャーのとなりを歩きだした。

キャッシャー・オニールは依然として、セラルタの手首を放さない。

「この旅に食料は必要だろうか」歩きながら、キャッシャーはハワードにたずねた。

「あなたになにが必要なのかは、だれにもわかりません」

「食料を持っていくべきかな？」

「持っていく理由は見当たりませんね。水は持っていかれるのですし。現地で失望されたら、いつでも歩いてもどってこられるのですから。そんなに遠いところではありませんよ」

「いざとなったら、助けにきてもらえるか？」

「どうしてもと望まれるのでしたら――」とハワードは答えた。「――折を見て、何人かがお迎えに出向いて、この街までお連れするでしょう。しかし、望まれるとは思えません――なぜなら、これから赴かれる先にあるのは〈忌むべきアイリーンの深き乾湖〉で、あそこへいった者はみな、あそこの外に出ることも、なにかを食べることも、その先へ進むことも、いっさいしようとしなくなるからです。ただ、いまだかつて〈乾湖〉の向こうに消えた者は確認されていないとはいえ……あなたにならそれができるかもしれません」

「ぼくが探し求めているのは」とキャッシャーはいった。「惑星間の力を超えたなにかだ。ぼくが探し求めているのは、旧地球のスフィンクスよりも大きなスフィンクスだ。レーザーよりも切れ味の鋭い武器であり、銃弾よりも速く動く力だ。そして、ぼくから力を奪いとり、ただの人間性を取りもどさせてくれるなにかだ。なんでもないなにか、ただし、ぼくが仕え、信じられる、なんでもないなにかだ」

「そのおことばからも、あなたはまさしく――」とハワードはいった。「――この種の旅にぴったりの人間に思えます。では、心安らかにお出かけください、おふたかた」

セラルタがキャッシャーにいった。

「あなたが何者であるかを、わたしはちゃんとわかっていないのだけれどね、わがあるじにして支配者。でも、わたしは最後のダンスを踊りおえた身だし。あなたの意図するところはわかるわ。これはしあわせから遠ざかる道なのでしょう。これは上等の服とあたたかい店をあとに残していく道なのでしょう。これから向かうところにレストランはないし、ホテルもない、河もない。なにかを信じる者も信じない者も存在しない。ただ、土から出《いで》て、人々を死なせてしまうなにかがある。とはいえ、しっかり考えて臨めば、キャッシャー・オニール、あなたはそのなにかに打ち克《か》てるはず。わたしもいっしょにいくわ。あなたがしっかり考えないのなら、わたしもあなたといっしょに死ぬことになるだろうけれど」

「では、いこう、セラルタ。このふたりだけでいくことになるとは思いもよらなかったが、それでもいいこう。いますぐ、ともに旅だとう」

10

遠くないというハワードのことばどおり、ほんの二キロ足らずのうちに、ふたりは樹林をあとにして、河沿いの湿り気を帯びた空気を離れ、尾根を登り越えて、ひっそりと蕭《しめ》やかで乾燥した峡谷に出た。神域のような清浄さを秘めた峡谷の静けさは、キャッシャーがかつて経験したことのないものだった。

セラルタはほとんど愉快そうだった。

「ここがそうなの？　ここが〈忌むべきアイリーンの深き乾湖〉？」

「と思う」キャッシャーは答えた。「しかし、このまま歩きつづけることを提案したいね。ここはそんなに大きい谷じゃないから」

歩きつづけるうちに、ふたりともからだが重く感じられてきた。現実の体重だけではなく、これまでに生きてきたすべての年月の重みが加わっているためだろう。どうやら、いままでほかの旅人たちがしてきたように、いったん峡谷の底に横たわり、白骨のあいだでからだを休めたほうがよさそうだ。セラルタは方向感覚を失い、ふらつきぎみになっているし、目の焦点が合っていないことでもある。

キャッシャー・オニールが一千もの世界で闘いの技術を身につけてきたことは、けっしてむだではなかった。宇宙3を通りぬけてきたことは、けっしてむだではなかった。おそらく、この峡谷の誘惑には勝てなかっただろう——もしも自分の目だけで宇宙を乗り越える経験を積んでいなかったなら。

しかし、それは経験ずみだ。この峡谷から脱する道はわかっている。ただ行く手の斜面を昇りきり、峡谷の向こうに出るだけでいい。尾根の頂に近づくにつれて、セラルタはかなり生気がよみがえってきたように見えた。そこから十歩といかないうちに、ふたりは頂の上に立っていた。そのとたん——唐突に、全世界が変貌した。ずっとうしろ、おそらく数キロのあたりには、いまも〈ケルメス・ドルギュエイル〉のはずれに建つ家々の屋根がかろうじて見えている。すぐ背後に広がるのは、白骨の散らばる峡谷だ。しかし、ふたりの目の前には——。

ふたりの目の前には、謎めいた究極の到達点——第十三ナイル河の〈源《クエル》〉があった。

11

　家は一軒も見当たらなかったが、果樹やメロン、穀物などは育っており、いくつか見える洞窟の付近にはこんもりと樹々が茂って、そこここに、ずっとむかしは人里があったことを示す名残《なごり》が残っていた。いまは人が住んでいる気配がない。

「わがあるじ――」元補完機構のレイディ、セラルタがいった。それから、もういちどくりかえした。「わがあるじ。これがそうだと思う」

「しかし、ここにはなにもないぞ」

「そのとおりよ。なにもないこと。それが勝利なの。なにもないということは新生と同じ、どこでもないということは、そこができたばかりなのと同じ。いまなら彼女がわたしたちをふたりだけで送りだした理由がわかるんじゃない？」

「彼女？」

「ええ、あなたの忠実な旅の友、犬女のド・アルマ」

「いいや、わからない。なぜわれわれをふたりだけで？」

　セラルタは笑った。

「わたしたちがある種のアダムとイブだからよ。わたしたちに求められているのは、既存の神を与えられることでも、信仰を与えられることでもないわ。わたしたちに求められているのは、力を見いだすこと。存在しうるなかで、この地はもっとも静謐で、もっとも探索されにくい場所なの。ここ以外の場所は、たんなる幻影――わたしたちの道をはばむ妨げでしかなかったのよ。自由を見いだす最良の方法は、それを探さないことでしょう。ウェッダーに対する究極の復讐をはたす方法が、あの人物に対してほんのすこし善意の処置を施すことであったのと同じように。わからない？　キャッシャー？　あなたはついに、あらゆる戦いをむなしいものに思わせてしまう圧倒的な勝利を収めたのよ。周囲を見まわせば、食べものがそこらじゅうにあるわ。その気になれば、ケルメス・ドルギュエイルまで歩いてもどることさえできる――衣類や話し相手がほしかったり、ニュースを聞きたくなったりしたときには。けれど、なにより重要なのは、この場所に、わたしがあの存在を感じるということなの――〈第一の禁じられた者〉、〈第二の禁じられた者〉、〈第三の禁じられた者〉を。そのための教会はいらないわ。いまもまだ、いくつかの惑星に教会は残っていると思うけれど。わたしたちに必要なのは、自分たちを見いだして、自分たちであるための場所。いろいろな面で、それを試みるのにふさわしい場所が、この地のほかにあるかしら」

「つまりきみは」とキャッシャーはいった。「すべての場所が、どこでもない場所だと？」

「厳密にはそうじゃないけれどね。ともあれ、わたしたちにはいろいろとやることがあるわ。この地をまず住めるようにして、自活しなくてはいけないし。料理の仕方は知っている？　まあ、わたしのほうが、きっと料理は上手よ。獲物をとらえて食べてもいいわ。あの洞窟に住みつくのもいいわね。そして、そう――」そして、そう――セラルタはほほえんだ。信じがたいほど美しい顔だった。人間の顔がこんなにも美しくなれるとは、とても信じられない。

「──わたしたちには、おたがいがいるもの」

キャッシャーが立っているのは、これまで出会ったなかでもっとも美しいダンサーの前だ。胸のうちにはいつでもなにかと闘える心構えができている。セラルタはかつて、補完機構の一員であり、いくつもの惑星を治めた人物であり、人類の行く末についての誠実な助言者であった。それは知っている。しかし、いかなる不可解な動機から権力の座を捨て、地図にも載っていない、見つけるのがあれほどむずかしい河のそばにまできていたのかは知らない。それに、あの男、ハワードが、なぜあれほど早く自分たちをカップリングさせたのかもだ。察するに、ほかになんらかの力が働いたのだろう。それはたぶん、あの犬女の背後にいて、自分をこの最終目的地に送りこんだ力ではないだろうか。

自分より背の低いセラルタを見おろした。それから空を見あげて、キャッシャーはいった。

「そろそろ日が暮れる。谷を歩きまわっているあの鳥を何羽かつかまえてこよう──きみがあれの料理法を知っているのなら。ぼくらはある種のアダムとイブだ、ときみはいったね。ここが楽園なのか地獄なのかはわからない。しかし、ぼくといっしょに、きみがここにいることはわかっている。こうしてきみのことをいろいろ考えられるのは、きみがぼくになにもきかないからだ」

「それはそのとおりよ、わがあるじ、あなたにはなにもきかない。わたしのほうも、自分のことだけではなくて、ふたりでいることの意味を探っているの。あなたに生贄を捧げるのはたやすいけれど、わたしはむしろ、この谷の中にいて、ふたりいっしょにできることをこそ探し求めたいわ」

キャッシャーはうなずいた。まったく同感だった。

「見て」とセラルタはいった。「あれこそは〈源《クエル》〉そのもの。あの岩のあいだから、第十三ナイル河は流れ出ているの。下の谷には樹々も豊富でしょう。ここの話は聞いたことがある気がする。なんにせよ、わたしたちには時間がたっぷりとあるわ。わたしは火を起こすから、あなたはあの家鶏《かけい》を二羽とってきて。あれはもともと野生の鳥ではなかったように思うの。人に飼われていた鶏がここに取り残されて、野生化したものじゃないかしら。取り残されたのは、元の飼い主たちがここを去ったからで……」

「あるいは、死んだかだな」とキャッシャーはいった。

「あるいは、死んだかね」セラルタはくりかえした。「でも、死ぬかもしれないというのは、だれもが冒さなくてはならないリスクでしょう？　わたしたちは生きましょう、わがあるじ、あなたとわたしとでよ。そして、奇妙な運命があなたとわたしの前に投げかけた魔法を——解放を見つけるの。あなたはミッザーを解放したわ。それだけで充分ではなくて？　ほかの人間であれば、戦争と甚大な被害という代償を払わなければならなかったことを、あなたはただ、ウェッダーに触れるだけでなしとげたのよ」

「そういってくれると、うれしい」と、キャッシャーはいった。

「わたしはかつて、補完機構にいたわ、わがあるじ、だから知っているの、補完機構というものが、ものごとを唐突に行なって、勝ち誇るのを好むことを。わたしが所属していたとき、補完機構は絶対に敗北を認めなかったし、余分の代価はいっさい支払おうとしなかったわ。二点間の最短距離は、遠まわりをしないですむ理想の道に見えるかもしれない。でも、そうじゃないの。それはたんに、二点間を移動するうえで、人間にとって、もっとも安あがりな方法というだけのことなのよ。いままでに思ったことはない？　あなたがこの惑星に対して行なった偉業に鑑《かんが》みて、補完機構が報いてくれるかもしれないと？」

「それは考えたこともないな」

「考えたこともない？　ほんとうに？」そういって、セラルタはほほえんだ。

「いや、その……」キャッシャーはきまり悪くなった。ことばが出てこない。

「わたしはきわめて特別な女でね」セラルタはつづけた。「これからの何週間かで、あなたにもそれがわかるわ。そうでなければ、どうしてわたしがあなたに与えられたと思う？」

キャッシャーは鶏をつかまえにはいかなかった――このときは。そのかわり、セラルタに手を伸ばし、長年のあいだ他者に抱《いだ》いたいかなる信頼よりもいっそう大きな信頼をこめて、長年のあいだ何度も抱いた深い恐怖を少しも感じることなく、セラルタをぎゅっと抱きしめ――その唇にキスをした。ト・ルースのときとちがって、今回は心になんの秘めごともない。このキスがすんだらミッザーへ旅立つという約束もない。キャッシャー・オニールは勝った。その勝利は背後にあり、目の前にはなにもない。ただし、例外がふたつある。この美しく、力に満ちた地と……セラルタだ。

三人、約束の星へ

Three to a Given Star

伊藤典夫◎訳

1

「左腕をまっすぐ前に突きだして、サム」とフォリーがいった。

　サムは腕を突きだした。

「わかる、感じる！」フォリーが叫んだ。「じゃ、指をこちょこちょさせて！」

　サムは指をうごめかせた。

　フィンスターニスはなにもいわない。だがフォリーもサムも、かたわらをくっきりと沈着に飛ぶ彼の心から、ある種の〝現状認識〟は受けとっていた。彼の〝現状認識〟は、要約すればひとことでかたづくもので、あらためて聞くまでもない——

「ばかばかしい！」それだけだ。

「ばかばかしくはないわ、フィンスターニス」とフォリーが叫んだ。「わたしたちは三人、どことも知れないところから空《から》っぽの宇宙空間を何百万キロも飛んできた。三人とも以前は人間で、それも地球あまたあるなかで生粋の旧地球《オールド・アース》生まれ。わたしたちがむかしなんだったか思いだすのが、そんなにばかばかしいかしら。わたしはむかし女だった。美しい女だったのよ。いまのわたしはこのとおり――殺戮《さつりく》と破壊の任務に向かう物体になってしまった。むかしはわたしにだって手があった、本物の手がね。ときどきサムの手をながめて楽しんで、なにか具合が悪いことがあるかしら。わたしたち三人が捨ててきた過去を懐かしんではいけないかしら」

フィンスターニスは答えない。彼の心は二人には空白のままだ。周囲には空間が広がるばかりで、ただよう塵《ちり》すらほとんどなく、リンスホーテン第15番星は真正面に青っぽくかがやいている。この星の第三惑星から、ときおり人食い生物のガッガツ、コッコッが聞こえてくるのだ。

ふたたびフォリーがフィンスターニスに向かって叫んだ。「そんなにいけないことかな、わたしが手をながめて楽しむのが？　サムはきれいなかたちの手をしているわ。むかしのわたしは泣いたり笑ったりしていたし、あなたもそうだった。わたしがむかし美しい女だったことは話したっけ？」

かつては美しい女だったが、いま彼女は小さな宇宙船のコントロール装置となり、二人のグロテスクな仲間とともになにもない空間を飛んでいるのである。

船となった彼女はいま、長さわずか十一メートルで、その姿は古代の飛行船をほうふつとさせた。フィンスターニスは各辺五十メートルの正立方体で、内部には恒星をまるごと消し去り、惑星群を永遠の凍結死に追いやる機械装置が詰めこまれていた。サムは人間である。

だが柔軟な鋼鉄製の人間であり、身の丈は二百メートルもあった。どんな惑星上も歩けるように設計されており、どんな居住生物にも、大気組成にも、重力にも対処することができた。相手がどうあれ、敵対するものに、人類の偉大さのメッセージをもたらすように設計されていた。人類の偉大さ……つぎには恐怖、さらに必要とあれば、死だ。もしサムが挫折しても、つぎにはフィンスターニスが力をふるい、敵の太陽リンスホーテン15を打ち消すことができた。もしどちらか、または両方が失敗しても、フォリーには二人を修理して、勝利にみちびくだけの用意があった。もし勝ち目がまったくなければ、彼女はつぎにフィンスターニスとサムを、そのあとには自身を破壊する役目を負っていた。

与えられた指令ははっきりしていた。

「きみたちは決して、決して、どのような状況であれ、帰ってきてはならない。状況がどうあれ、地球へもどってはならない。きみたちはあまりにも危険なので、二度と地球に近づいてはならない。望むなら、生きていてよい。生きていることができるなら。だが決して——くりかえすが、決して——帰ってきてはならない。きみたちには職務がある。きみたちが望んで、手に入れたものだ。帰ってはならない。きみたちの形態は職務に合ったものだ。職務を果たすがいい」

フォリーは小さな宇宙船となり、小型化された部品を内部にいっぱい抱えこんだ。

フィンスターニスは、闇それ自体よりも黒々とした立方体となった。

サムは人間のままとはいえ、地球上でいままで見たこともない別種の人間になった。体は金属から成り、人間の姿がそっくりそのまま引き写された。こうすれば、どんな相手であろうと敵は、人間の姿、人間の声にいやおうなく出会うことになる。身の丈二百メートルのその体は、どっしりと頑丈で、噴射装置をいくつかベルトに取り付けただけでたやすく宇宙空間を飛ぶことができた。

補完機構が彼ら三人を設計した。申し分なく設計した。

星の海のかなたにひそむ常軌を逸した脅威に対処できるように設計した。その脅威は技術レベルや起源については不明だが、〝人間〟という信号に対し、激烈な応答信号を返してくるのだ――「ガツガツ、コッコッ！　食エ、食エ！　人間、人間！　食ウトウマイ！　ガツガツ、コッコッ！　食エ、食エ！」

それだけで充分だった。

補完機構はこれに対処した。こうして三人――宇宙船と立方体と金属の巨人――が、星の海を駆け、リンスホーテン15の第三惑星に現われた脅威を征服、威圧、または破壊し、あるいはやむを得ないとあれば、敵側の太陽の消去なりをおこなうことになった。

三人のうちでいちばんの気まぐれは、宇宙船となったフォリー。

無理もない。かつては美しい女だったのだ。

2

「きみはむかし美しい女だった」とサムがいったのは数年まえのことである。「いったいどういういきさつで宇宙船になったんだ?」

「わたしは自殺したの」とフォリーはいった。「それでいまの名前がついたわけ――フォリー(愚かさ)という。長い人生が残っていたのに、自殺して、最後の最後に呼びもどされたの。生きているとわかったとき、なにか冒険をしたい、危険なことをしたいと自分から申し出たわ。そして補完機構がくれたのがこれ。みずから招いた災いというわけね。そうでしょう?」

「自業自得というわけか」とサムは重々しくいった。虚無のどまんなか、広大な無辺に囲まれていても、礼儀はいまだに人間関係を律する潤滑剤である。二人はおたがいに対して、礼儀正しく親切であろうとした。ときにはユーモアも多少さしはさんだ。

フィンスターニスはそうした会話にも、仲間づきあいにも加わらなかった。返事をことばにすることもなかった。ただ現状認識の印象を送ってよこすだけで、今回も例のとおり、応答は――「否定。行動の要なし。通信機能せず。現時点の役割なし。静粛を請う。わたしは恒星を消す。わたしはそれだけが仕事。それが専門。干渉は無用」この意思表示は一度にすんと伝わり、フォリーとサムもさすがにフィンスターニスを会話に引きこむのを断念した。この会話は二人が主観時間にして一世紀かそこらごとにはじめ、数年間はつづけるものだ。

フィンスターニスはただ彼らといっしょに数キロメートルかなたを飛んでいる。といっても、意識がとどかないほど離れることはない。しかし仲間という意味では、フィンスターニスは存在しないも同然だった。

サムは会話をつづけた。それはリンスホーテン15の〝近傍〟で平面航法船から放出され、残りの旅をスタートして以来、何百回となくつづけてきたものだ。（もしこの脅威がまぎれもなく脅威であり、相手かたに知性があるなら、補完機構は異質な生命体の手中にむざむざと平面航法船をおとしいれるようなことはしない。なぜなら相手の戦闘力には幻術まで含まれるかもしれないからだ）

サムがいつものとおりにたずねた。「フォリー、きみは美しい女だったのに、死にたいと思った。なぜなんだ？」

「人はふつうなぜ死にたいと思う、サム？　わたしたちのなかにあるパワーのせいなのよ。うちから湧きあがる生命力が、なんでもかんでも欲しがらせる。命というのは、いつも失望のふちに立たされているのよ。もしわたしたちが活発で意地汚くて好色で憧《あこが》れの強い生き物でなければ、もしどはずれた思いつきをしたり、大風呂敷を広げたりしなければ、わたしたちは動物のままでいたと思うわ。あの遠い地球にいたいろんなちっぽけな生き物たちとおなじようにね。たくましい命がわたしたちを死のすれすれまで引き寄せる。その美しさのまえに出たら、わたしたちには命はない。わたしたちが求めるのは物にそなわる死への近さであって、手に入れられるのは隔たりだけなのよ。あなたとわたしとフィンスターニス、いまのわたしたちはモンスターとなって星の海を飛んでいる。でも、むかし人びとといっしょに暮らしていたときよりしあわせでいる。わたしは美しい女だったけれど、わたしは特別なものがいろいろと欲しかったの。わたし自身のために手に入れたかったの。わたしひとりが。わたしのために。わたしだけのためにね。手に入らないとなったとき、死にたくなったの。わたしがもっと馬鹿かしあわせであれば、生きていたでしょうね。だけど、生きていけなかった。わたしはわたし——とことんわたしだったの。というわけで、ここにいる。船のなかに自分の体がまだあるかどうかさえ知らないわ。わたしをセンサーや観測装置やコンピュータにどこもかしこもつなげてしまった。ときどきわたし、自分がまだ魅力ある女のような気がしてくる。本物の体は船のなかのどこかにあって、そとに出て人間になるときを待っているの。そういえば、サム、あなたはご自分の身の上話をしてくれないの？　サム、SAMM。そんなのは、とても人間の名前とはいえないわ——高秩序エイリアン評価並びに統轄《スーパーオードネイテッド・エイリアン・メジャリング・アンド・マスタリー》デバイスなんて。その巨体をもらうまえ、あなたはどういう人だったの？　少なくとも、あなたはいまでも人間らしいわ。宇宙船じゃないものね、わたしみたいな」

「名前なんかどうでもいいことさ、フォリー。それに教えても、きみが知るはずはない。そもそも知らないんだから」

「知るはずがないですって？」フォリーは叫んだ。「わたしだって名前を教えていないんだから、もしかしたら人間だったころ、旧地球《オールド・アース》で顔見知りだったかもしれないじゃない」

「想像はつくよ」とサム。「ものの言いかた、連想の癖とかから——べつになにかの目的があってここにいるんじゃないにしてもね。きみはレイディだった。もしかしたら高貴な生まれだろう。きみはほんとうに美しかった。ほんとうに有名だった。それに引き換え、ぼくは――ぼくは技術者だった。腕はよかった。仕事をこなし、家族を愛し、妻もぼくも、補完機構の仲立ちで縁組みした子どももひとりひとりとしあわせにやってきた。ところが妻に先立たれた。すると、しばらくして子どもたち、すばらしい息子と二人の美しく聡明な娘――かけがえのないわが子たちが、ぼくを避けるようになった。ぼくを嫌うのだ。ぼくがしゃべりすぎたのかもしれない。小言をいいすぎたのか。死んでしまったのに、母さんはどうのこうのと口にしすぎたのか。わからない。知ることもないだろう。ぼくに会いたがらなくなった。誕生日にはエチケットとしてカードを送ってきた。まったくのお義理で、ときどきは訪ねてきた。たまになにか欲しいものができる。そうすると顔を出すんだが、それは欲しいものを手に入れるだけが狙いなんだ。長い時間かかって事情が呑みこめてきたが、べつになにもしなかった。ぼくがなにかをしたとかしなかったというような問題じゃない。たんに父親が嫌いなんだ。きみは唄やオペラや物語を知っているね、フォリー、全部知っている」

「全部ではないわ」フォリーがやさしく思いを返した。「全部はむり。ほんの二、三千ね」

「きみは見たことがあるかな」サムが叫び、その思いは彼女の心にびりびりとひびいた。「受け入れられない嫌われた父親が出てくるやつを一度でも見たことがあるかい？　どれもこれも男と女、愛とセックスばかりだが、受け入れられないのがいちばん苦痛だというのは断言していいよ。愛する家族のしあわせをねがい、そばにいたいと思い、純真なほほえみを求めるだけにしてもだ。子どもたちから用無しとされたとき、ぼくは自分にも用無しになった。そこへ補完機構から警告がとどいたので、志願したわけさ」

「でも、もうだいじょうぶだわね、サム」とフォリーがやさしく。「わたしは船、あなたは金属の巨人になってしまったけれど、いまは全人類のために大切な仕事をしに行く途中なんだから。いっしょに冒険をしましょう。そこの黒いぶつぶつ屋も」とフィンスターニスのことを指し、「付きあいの楽しさや胸のおどる冒険のじゃまはできなくてよ。いまわたしたちはすばらしいこと、大切なこと、わくわくすることをやろうとしているのよ。もし人生をとりもどせたら――肌や足の爪や髪の毛やそういうものがあるふつうの人生がもどってきたら、わたしがなにをしたいかわかる？」

「なにをするんだ？」とサムはきいたが、いままで何百回となくふれてきた話題なので、答えはよくわかっていた。

「わたし、お風呂にはいるわ。何百回も何千回もはいって、またはいりなおすの。シャワーをあびて、冷水浴をして、熱い湯につかって、すすいで、またシャワーをあびるの。それから髪をととのえるわ。何回も何回も、何千という違った結いかたで。それから口紅、それもいちばん突拍子もない色を塗るの、誰も見てくれなくても、鏡に映る自分だけのために。いまでは濡れたり乾いたりするのがどういう感じだったかも思いだせないわ。わたしはこの船のなかにいて、見えるのは船だけで、自分が人間なのかどうかももうわからない」

サムが返事をしなかったのは、彼女のつぎのことばもわかっていたからだ。

「サム、あなたはなにをしたい？」

「では泳ぎなさいよ、サム、泳いで！　わたしのために泳いで、この星の海のまっただなかで。あなたは体があって、わたしはないけれど、あなたがこの無の涯《みぎわ》で泳ぐのを見たり感じたりはできるわ」

「泳ぎたいね」

サムは顔をなかば水面に浸け——まるで水があるかのように——雄大なオーストラリア式クロールで泳ぎはじめた。こうした仕草は、じっさいの運動にはなんの影響もない。なぜなら三人はコンピュータがはじきだした高速軌道に乗り、補完機構船と別れた一点から、航星図にリンスホーテン15とある星をめざして、正常空間をひた走っているからだ。

ところがここで突発事態が、それも異常なかたちで起こった。

立方体フィンスターニスの暗い重苦しい沈黙のなかから、力強い叫びがとどいた。はっきりした人間の声だ——

（やめろ！　ただちに動きをとめろ。攻撃に移る）

サムもフォリーも計器を内蔵しているので、まわりの空間を読むことができた。すぐさまスキャンにはいったが、計器はなにも反応しなかった。だがフォリーは奇妙な感覚を味わった。どっしりと頼もしく、変化も受けつけぬ金属と見えたのに、船としての自己認識が大きくぐらつくのを感じたのだ。

サムに向かって問いかけを投げたが、代わりにフィンスターニスからまたもや命令が来た。

（考えるな）

3

サムは巨体を死人のように空間に浮かべた。

フォリーは彼の手のそばに果物のようにただよった。

ようやくフィンスターニスから声がとどいた——

「考えたければ、もう考えてよい。雑談をはじめてかまわない。終わった」

サムはフィンスターニスに思いを送ったが、思考パターンはとまどい乱れていた。「どうしたんだ？　整然とした宇宙空間グリッドがぎゅっと一個所に締め付けられたように思えたぞ。きみがなにかをした感じがあって、それからまた静けさがもどった」

「会話に有効性なし」とフィンスターニス。「わたしに必要とされていない。だが、ここはわれわれ三人だけだから、真相を教えてもいいだろう。聞こえるか、フォリー？」

「ええ」気のない声。

「われわれはまだリンスホーテン15の第三惑星に向かう軌道に乗っているか？」

フォリーは間《ま》を取って、計器を残らずチェックした。計器はほかの二人のものより複雑で性能もいいが、それは彼女がメンテナンスの役目も帯びているからである。「はい」とようやく返事を送った。「針路に狂いはないわ。なにが起こったのか知らないし、起こったのかどうかもわからないけど」

「起こって、もうかたづけた」とフィンスターニスは久しぶりに暴力にひたりきった口ぶり。その機敏にして残忍な本性は、実際に敵とまみえ、倒すことでしか満たされない。

「あれは宇宙の竜だったの、遠いむかしの船舶が行きあったみたいな?」

「いや、まったく違う」とフィンスターニス。口数が多いのは、これが有効性の高い話題だからだろう。「この空間に存在するようなやつには思えない。いきなりこっちのまえに盛りあがってきた感じだ、宇宙の地面から火山が噴出したみたいに。なにか激烈で、狂って、生きているものだ。あなたたち二人にはまだ目があるか?」

「ふつうの光の波長を見る装置かい?」とサム。

「もちろんあります!」とフォリー。「あなたも視覚入力できるように取り付けてあげましょうか」

フィンスターニスがぴたりと送信をやめた。

ふたたびはじまった声は、ひどく張りつめていた。

「なにもするな。わたしを助けるな。見ていろ。相手が勝つようなら、すぐにわたしを破壊しろ。われわれを捕らえて、地球へ向かうかもしれない」

その必要はない。フォリーはそうフィンスターニスに伝えたかった。なぜなら三人の体内のどこか手のとどかない、探知できない、意識にふれないところに自動破壊装置が取り付けられており、帰還の動きを見せたが最後、それが作動するようになっているからだ。補完機構が「帰るな」といったら、二言はないのである。

彼女はなにもいわなかった。

そのかわりにフィンスターニスを見まもった。

なにかが起こりはじめていた。

異常といったらない。

宇宙空間が破れ、漏れだしたように思われた。

可視波長では、侵入者は噴水が前後にふりまかれているかのように見えた。

だが侵入者は水ではなかった。

可視光線のなかでは、それはゆらめくブルーの氷の柱から鬼火が立ちのぼっているようだった。この宇宙空間では、燃えるものはない、光をはなつものはない。フォリーにはわかっていた。これは実体化されない現象をフィンスターニスが光に翻訳しているのだ。

彼女はサムの動きを感じた。片方の巨大なこぶしを反射的にふっているのは、空《むな》しい子どもっぽい抵抗の仕草だ。

彼女自身は見まもるほかなにもせず、できるかぎり油断ない受け身な観察者の立場に徹した。

にもかかわらず、ねじられる感覚がおそった。これは物質的な現象ではない。狂った無定形の生命が宇宙のまた別の次元から忍び入り、その生気、狂乱、個性を焼きこむのに手ごろな獲物をさがしているのだ。フォリーの見まもるまえで、そこらの闇よりもさらに黒い頑丈な立方体フィンスターニスが、燃える光の柱の方向にただよっていくのが見えた。彼女はフィンスターニスの観察をつづけた。

旅のはじめ、平面航法船をあとにリンスホーテン15にむけて高速軌道に乗ったころには、フィンスターニスの側面はかすかに艶《つや》のあるまっ黒の金属みたいだったので、フォリーはレーダーでそっとなぶって彼の正確なイメージをつかまなければならなかった。

ところが、いまその側面のようすは変わっていた。

ビロードのように柔らかく厚ぼったくなっているのだ。

異様な火山／噴水は、たいした感知装置をそなえていないらしい。そいつはサムやフォリーにはなんの注意も払わなかった。そいつは暗黒の立方体に引き寄せられた——赤んぼうがさしこむ日ざしに引き寄せられるように、子猫が紙くずのかさこそと鳴る音に引き寄せられるように。

その生気と針路をわずかにひねると、燃える生きた光はフィンスターニスに向かって全身を躍らせた。飛びつき、燃えたち、内部にすべりこむと、それっきり姿を消した。

フィンスターニスの声が、ほがらかにはっきりと二人のところにひびいた。

「行ってしまった」

「なにが起こったんだ？」とサム。

「わたしが食べた」とフィンスターニス。

「あなたがなんですって？」フォリーが叫ぶ。

「食べてしまった」とフィンスターニス。いままでになく饒舌《じょうぜつ》になっている。「少なくとも、そういうふうにしか説明できない。補完機構がわたしに与えたというか、わたしを組みこんだ、というかどうかしたマシンは、実のところなかなか性能がいいのだ。すごく馬力がある。ものを吸収して溜めこんで、分解してかたづけるのが感覚的にわかるのだ。わたしが人間であったとき、ものを食べていた感覚と似ている。さっきの狂ったやつは、わたしを襲ってかぶりつき、呑みこんだ。わたしはやつを取りこんだだけだが、もうやつはいない。いまは一種の満腹した気分だ。どうやらマシンはいまそいつを分析中で、標本を小型ロケットでランデブー点へ送るつもりのようだ。わたしの内部には十六機の小型ロケットがあり、そのうちの二機が飛ぶ準備をはじめているのがわかる。きみたちにはわたしのような戦力はない。わたしは必要とあれば、恒星をいくつも吸いこむようにできている。砕いて、凍らせ、分子構造を変え、その生気をスペクトルに映る無用なガスの突風にしてどこかに吹きとばしてしまうことができる。そういう力はないだろう、サム、いくらきみに腕や足や頭や声があってもだ——まあ、声のほうは大気圏にはいらなければ使いようもないだろうが。わたしがやったようなことは、きみにはできまい、フォリー」

「あなたは優秀」と力をこめてフォリー。だが、こうつけ加えた。「わたしはあなたを修理できるわ」

明らかに気分を害したようすで、フィンスターニスはふたたび黙りこくった。

サムがフォリーにきいた。「目的地まであとどれくらい？」

間《ま》をおかずにフォリーが答えた。「地球時間にして七十九年と百二十四日六時間二分。だけど、ここではほんのちょっとのあいだよ。日暮れまでのほんのいっときのようにも思えるし、千回も人生を生きたようにも感じられるわ。わたしたちには時間はぐあいよく流れないの」

「それはそうとして、地球はどうやってこんなものをつきとめたんだろう？」とサム。

「わたしが知っているのは、二人の強力なテレパスが、惑星ミッザーで力を合わせたということだけよ。キャッシャー・オニールという元独裁者と、セラルタという補完機構の元長官《レイディ》。ちょうど二人が精神力学《サイオニックス》で星空を探っているとき、その信号がくっきりと強くはいってきたらしいわ。テレパスは方向をとても正確にキャッチできるのよ。距離なんかほとんど関係ないくらいに。それから情緒も受けとるわ。だけど、じっさいのイメージや物体をとらえることはあまり得意じゃないの。そのあたりは誰かが代わって調べたのね」

「うーむ」とサム。すでに一度ならず聞いた話だ。間《ま》を持たせるのがむずかしく、サムはふたたび勢いよく泳ぎだした。体は彼のものではないかもしれないが、運動をすると気分がさっぱりするのだった。

それにサムは知っていた。フォリーが楽しそうに——それこそうっとりと、いくらか羨望《せんぼう》もまじえてこちらをながめていることを。

キャッシャー・オニールとレイディ・セラルタは愛の交歓を終えた。

二人はくたくたに疲れ、心晴れやかに、ゆったりと横たわっていた。毛布に寝そべる二人の目のすぐ下には、勢いよく湧きでる大きな泉があり、これが第九ナイル河の水源である。二人ともテレパスなので、鳥のつがいが一本の樹木の奥でいいあう声を聞くことができた。雄は雌に起きて仕事に出ろとはっぱをかけ、雌は答えながらも、落ち着かないいらだった眠りのなかにますます深く沈みこんでいる。

レイディ・セラルタは、恋人であり夫であるキャッシャー・オニールの心にひとつの思いつきを吹きこんだところだった。

「星の海はいかが？」

「星の海？」と気だるくキャッシャー。二人とも有能なテレパスである。彼のうちには、史上最大のテレパス／幻術師アガサ・マディガンの人格が、謎めいた仕掛けで焼きこまれているのだ。レイディ・セラルタと出会ったキャッシャーは、身につけた才覚に似合う伴侶を得た。彼女は天性のテレパスであり、その超感覚をミッザー全土はもちろんのこと、近くの星ぼしにまで伸ばすことができる。いまセラルタがいいだしたように、二人がチームを組めば、星間塵ただよう無限の空域もなんのその、宇宙船を駆るゴー・キャプテンたちさえ及びもつかない情緒や心象を持ち帰ることができるのである。

キャッシャーは小声でうなずき、起きあがった。

セラルタはそんな彼を独り占めして好ましそうに見つめ、その黒いひとみいっぱいに緊張と喜びと冒険心をあらわした。

「わたしが持ちあげていいかしら?」とためらうように。

二人のテレパスが力を合わせるときには、ひとりが両精神のとどくぎりぎりの距離まで視程を晴らし、ついでもうひとりが全力をふりしぼってジャンプし、見えてくる目標に向かってできるだけ遠くまで、しかも速く飛ぶのである。この方法を使って、二人はいろいろな不思議を見つけ、美しいものやドラマチックなものにも出会ってきた。

キャッシャーは大量の空気をぱくぱく吸い、肺をふくらませ、息をとめ、吐きだし、それからまたゆっくりと深呼吸をしている。こうして宇宙の深淵へのテレパシー跳躍という大仕事にむけ、脳に酸素をくまなく行きわたらせるのだ。もう声もかけてこないし、テレパシーのことばひとつよこさない。よいジャンプのためには、力をたっぷり溜めなければならないのだ。

彼はうなずいただけだった。

レイディ・セラルタも深呼吸をはじめているが、キャッシャーほど酸素は必要ないらしい。

二人は並んで起きあがり、深呼吸をつづけた。

周囲には惑星ミッザーのひんやりした夜の砂漠、かたわらには第九ナイル河の無害な水音、頭上には、星がさんざめくミッザーの明るい夜空がある。

セラルタの手がのび、キャッシャーの手をとった。ぎゅっと握りしめる。キャッシャーは彼女を見つめ、もう一度うなずいた。

彼の心のなかで、ミッザーを含めた全太陽系が、新種の光を受けて燃えあがったかに見えた。セラルタの精神の光輝は、数方向にばらばらとそれていったが、ミッザーの黄道面の北極からわずか二度ほどはずれたところに、なにか活発で異様なものがあるのに気づいた。いままで感じたことのないような存在だ。セラルタの精神をベースに、キャッシャーはそれに向かって意識を解き放った。

ミッザーの静かな夜の砂漠にすわる二人には、飛びつづける距離の大きさはめまいを催すほどだった。人間精神がこれほど遠いところに達したことはないように思われた。

テレパシー感覚のとらえたものが現実であることは疑いもなかった。

周囲にひしめく生物は、よくあるような種類のものだった。走るもの、狩るもの、跳ねるもの、登るもの、泳ぐもの、隠れるもの、手を使うもの。その手を使う種類のなかに、強力なテレパシー能力を持つものがいた。

人間のイメージがとどくと、即刻すさまじい殺意の反応が沸きおこった。

「ガツガツコッコッ、ガツガツコッコッ、人間、人間、人間、ヤツラヲ食エ、食エ、ヤツラヲ食エ!」

キャッシャーもセラルタもびっくりしてコンタクトを切ったが、そのまえに自分たちの発見を確認することは忘れなかった。二人が見つけたのは生物の充満した世界であり、そこにはテレパシー能力をそなえた生物がおり、どうやら文明も持っているらしいのだ。

しかし、なぜ向こうは〝人間〟を知っていたのか?　なぜ反応が即刻返ってきたのか?　なぜ食人嗜好《しこう》で、おまけに殺意むきだしなのか?

トランス状態からすっかり抜けだすまえに、二人は時間をかけて信号を見きわめ、狂暴な脳たちが発する警告の方向をきちんと確認した。

それからほどなく、二人はこのすべてを補完機構に通報した。

フォリーとサムとフィンスターニスには知るよしもなかったが、こうしてリンスホーテン15の第三惑星生物の動向は、人類の関心を引くことになった。

4

じっさい三人の漂泊者は、あとになって、テレパシーが遠くほのかに彼らの心を探るのを感じている。だがコンタクトはやさしい人間的なものだったので、武器や精神を使って追跡はしなかった。もちろん相手はキャッシャー・オニールとセラルタであり、補完機構がリンスホーテン15にどう対処したかを、ミッザー時間で何十年ものちに確認に来ていたのだ。

フォリーとサムとフィンスターニスは気づきもしなかったが、人類が住みついたこの銀河系の領域でもっとも能力ある二人のテレパスが、彼らの心をなで、さぐり、濾《こ》しとり、三人には知りようもない事実をながめわたしていったのである。

キャッシャー・オニールはレイディ・セラルタにたずねた。「見えたかい？」

「小さな船の容器にはいった美しい女性でしょう？」

キャッシャーはうなずいた。「赤毛で、肌は柔らかく透きとおって、まるで生きている象牙みたいなのが見えたかい？　むかし美しかった女性で、いつかまた美しくなるのが？」

「見えたわ」とレイディ・セラルタ。「それから疲れきった老人。子どもたちに飽き、子どもたちにも飽きられて、生きる意欲もなくしている」

「そんなに年寄りでもないよ。それにしても、すばらしい機械に彼を詰めこんだものだと思わないか？　金属の巨人だ。身の丈が四分の一キロもありそうな気がしたよ。耐酸性。耐寒性。補完機構があの怪物のなかに若返った体を保存していると知ったら、きっとびっくりするぜ」

「驚くでしょうね」とレイディ・セラルタ。直接には知りあうことも出会うこともない男だが、彼の将来に待ち受けている快い驚きのことを考えると、声が浮き浮きしてくる。

二人は押し黙った。

やがてレイディ・セラルタから。「でも、三人めは……」聞いてはいけないことを聞くように声がふるえた。「三人め、立方体のなかの人」問いかけも、ことばをつづけることもできず、口をつぐんだ。

「ロボットでも人格キューブでもない」とキャッシャー・オニール。「人間ではあったね。しかし狂ってるぜ。きみは見分けられたかい、セラルタ、あれが男なのか女なのか？」

「いいえ、わからなかった。仲間の二人は男だと思いこんでいたようだけど」

「しかし、たしかな手ごたえはあったかい？」

「あれについては、なにもたしかなことはいえないわ。人間なのはまちがいないにしても、いままで忘れられた星をいろいろ探って、そこで見つけたどんな迷子の亜人種族《ホミニッド》よりも風変わりだった。あなたにはわかった、キャッシャー、若いのか年寄りなのか？」

「いや。なにも無しだ──なにか捨てばちな心があって、それが防御機構を全部立ちあげてなかにこもっている。なんとか生き永らえているのは、あの黒い立方体──星殺しマシンのすさまじいパワーにすがっているからだ。特徴というものがまったくない人間をテレパシーでのぞいたのははじめてだよ。ぞっとするね」

「補完機構はときによっては残酷よ」

「そうしなければならないこともあるさ」キャッシャーも認めた。

「でも、やるとは思わなかった」

「なにをやるって？」

黒いひとみが夫を見つめた。これはまた別の夜、別のナイルのほとりだが、その目はほんのすこし年を重ねただけで、愛するまなざしは以前とすこしも変わりなかった。レイディ・セラルタは身ぶるいした。まるでこの砂漠のそこかしこに、全能の補完機構がしかけた集音器が隠れているといまさらながらに気づいたように見えた。彼女は声をひそめた。「ご自分でいったでしょう、キャッシャー、ついいましがた」

「なにをいったって？」口調はやさしいが恐れ気はなく、声は涼しい夜の砂漠にひびいた。

レイディ・セラルタは声をひそめたままだが、これはふだんの彼女にはないことである。

「三番めの人を〝狂ってる〟といったわね。あなたがいったことは、文字どおりの真実をついていると思わない？」ささやき声は蛇のようにキャッシャーに食らいついた。

彼はやっと声をひそめた。「きみはなにを感じたんだ？　なにを想像した？」

「補完機構は狂った男を星の海に送りだしたのよ。または狂った女をね。本物の狂人」

「パイロットのなかには、わざと人工の狂気をつかって孤独から身を守る例も多い。現実なり錯覚なり、宇宙旅行にともなういろいろな恐怖を彼らはそうやって切り抜けるんだ」

「そのことではないの」セラルタは思いつめたようなひそひそ声をやめない。「わたしがいっているのは本物の精神病者ということ」

「しかし、そんな人間はいやしない。つまり、自由の身ではね」キャッシャーはようやく驚き顔で口ごもった。「治療で回復してしまうか、どこか思考遮蔽のある衛星に行ったきりになってしまうかだ」

セラルタがすこし、ほんのわずかに声を大きくしたので、ひそひそ声ではなくなったが、思いつめた口調は変わらなかった。

「でも補完機構はまちがいなくそれをやったのよ。星殺しマシンをこしらえたのはいいけれど、あまりにも高性能につくりすぎて、正常な精神ではとても誘導できなくなってしまったの。そこで長官たちはどこかから狂人を——本物の精神病者を確保して、星の海に送りだしたの。でなければ、性別や年齢ぐらいわたしたちにも感じとれるはずだわ」

キャッシャーは無言でうなずいた。冷えこんできたわけではないが、見慣れた砂漠のただなかで愛するセラルタのとなりにすわったまま、彼は身が総毛立つのをおぼえた。

「きみのいうとおりだ。おそらくそのとおりだろう。そう思うと、リンスホーテン15にいる敵がかわいそうに思えてくるよ。いま彼らからはなにか送られてくるかい？　ぼくにはなにも感じとれない」

「すこしだけど、わたしは感じた」とレイディ・セラルタ。「向こうのテレパスたちは、なにか不思議な精神構造のものが猛スピードで近づいてくるのに気づいているわ。テレパシーを使える連中は色めきたっているけれど、そういう能力のないものたちはおたがいにガツガツコッコッ、ガツガツコッコッとやっているだけ。怒りと食欲と人間のイメージで頭をいっぱいにしてね」

「そんなにたくさん感じとれたのか？」キャッシャーは驚きあきれている。

「わがロード、わが愛しいかた、こんどジャンプしたのはわたしでしょう？　あなたよりたくさん収穫があっておかしいかしら？　あなたに持ちあげられて飛んだのよ」

「兵器たちがおたがいにどういう名で呼びあっているか聞いたかい？」

「ばかな名前だったわ」セラルタが眉根を寄せるのが夜目にもはっきりと見てとれた。砂漠を照らしだす星影の明るさは、〈ふるさと《マンホーム》〉の夜空にかがやく〈大いなる源の月〉と比べてもひけを取らない。「ひとりがフォリー、それから高秩序《S》エイリアン《A》評価《M》並びに統轄《M》デバイスというのがいて、もうひとりが古ドイッチェス語で〝暗黒〟とかいう名前」

「それはぼくも受けとった。名前を聞いただけでも奇怪なチームだな」

「でも強力なチームだわ。恐ろしいくらい強力」とレイディ・セラルタはいった。「わたしたち星の海でいろいろ不思議なものや危険に出会ってきたわね、わが君《きみ》、わがマスター。でも、こんなものははじめてだと思わない？」

「そうだね」

「そういうことなら、この件はひと眠りして、なるべく早く忘れてしまいましょう。補完機構がリンスホーテン15問題の処理にあたっているのはたしかだし、わたしたちにはなにもできないんですもの」

そんなわけでサムとフォリーとフィンスターニスが気づいたのは、軽いふれあいだけ。説明はつかないけれど好意的なその感触は、はるかな故郷に近い星域から到来すると、ひとわたり彼らをながめて消えた。そして彼らは思った。というか、なにがしか感想を抱いたとすればだが――「われわれをこしらえ、送りだした補完機構が、再度の点検にきたのだ」と。

5

数年後、サムとフォリーはまたしゃべりはじめ、フィンスターニスは――殻にこもり、無反応に徹し、かろうじて感じとれるのは巨大な立方体内部からテレパシー的に放射される人間性の光ばかり——そのかたわらを黙々と飛んでいた。

とつぜんフォリーがサムに力いっぱい呼びかけた。「臭ってきたわ」

「なにが臭うって？」とサムが穏やかに。「空っぽの宇宙空間には臭いなんかないぜ」

「ばかね」とフォリーが思いを返した。「本物の臭いがするわけじゃないのよ。相手の体臭の印象をテレパシー的にキャッチしただけ」

「相手？」サムは察しが悪い。

「敵よ、あたりまえじゃない」フォリーは叫んだ。「人間のことを記憶している非人類種属。ガッガッコッコッの発信源。人間のことをおぼえていて、人間を憎んでいる生物。みんなおたがいに温かくて生きがよくてきつい体臭を感じてる。世界じゅうが臭いだらけ。向こうではテレパスたちが騒ぎだしている。こちらが三人だということもつかんで、わたしたちの臭いを嗅ぎとろうとしている」

「ところが、こっちは臭いがない。この装甲の下に人間の体があるのかないのか知らないが、ともかく臭いはないんだ。ぼくの金属の体が臭っているところを想像してごらん。かりにも臭うとしたらだ——おそらくそれは、活動する鋼鉄のほんのりした臭いだろうし、それから少々の潤滑油、あとは大気圏に飛びこんだとき、噴射装置から出るなにかの悪臭だけだろう。もし補完機構がぼくの理解しているとおりだとすれば、噴射装置は、どんな生物も悶絶するような臭いを放出するはずだ。たいていの生物はまず鼻を使ってものを考え、ほかの体験はあとで組みこんでいくからね。なんにしても、ぼくは脅し、恐がらせ、やっつけるために作られているんだ。補完機構は誰かと仲よくするために、こんな巨人を作ったわけじゃない。きみとぼくとは友人になれるよ、フォリー。きみは小さな船で、葉巻みたいに指にはさめるくらいだし、その船のなかにはとても愛らしい女性の記憶が詰めこまれているんだから。きみがむかしどんな姿だったか感じとれるよ。いまでもそうだろう、もし船内に本物の体がまだ内蔵されているならね」

「ああ、サム！」とフォリーは叫んだ。「わたしがまだ生きていると思う？　本物のわたしのなかにまだ本物の自分がいて、この星の海のどこかで生き返るチャンスを待っているなんて――そんなことがあると思う？」

「はっきりとは感じとれない。センサーでできるかぎり船内をのぞいてみたけど、女性の体がまるごとあるのかどうか確認できないんだ。たんにきみの記憶が分解されて、プラスチック・シートに積層化されているだけかもしれない。断言はできないんだが、ときどき妙な虫の知らせを感じるんだ。きみがむかしどおりの姿で生きていて、ぼく自身も生きているような」

「それってすばらしいことじゃない！」フォリーが感きわまった叫びをあげた。「サム、もとのわたしたちになったときのことを想像してみて――任務をなし遂げて、あの惑星を征服し、生きのびて、そこに住みついたときのことを！　もしかしたら、あなたと会うことさえ――」

ふつうの姿にもどったときのことを想像し、二人は押し黙った。おたがいに憎からず思っていることは知っていた。この無辺の闇のなかでは、高速軌道に乗ってひた走り、ぽつりぽつりとテレパシー会話をかわす以外、することはなにもないのである。

「サム」とフォリー。思考の調子から、会話をなにかむずかしい問題に向けようとしているのは察しがついた。「わたしたちがいるのは、人間がまだ来たこともないところだと思わない？　あなたは技術者だったでしょう。そういうことも知ってるかもしれない。どうなの？」

「もちろん知っているよ」サムはすぐさま思考を返した。「思い過ごしさ。ぼくらはまだ自分の銀河系の奥深くにいる」

「知らなかった」フォリーはがっかりしたようすだ。

「それだけの計器を持ちあわせているんだから、自分の居場所ぐらいわかるだろう」

「もちろん居場所はわかるわ。リンスホーテン15の第三惑星に対しての位置ですけどね。旧地球《オールド・アース》がだいたいどっちの方向にあるかも漠然とわかっているわ。故郷に帰るなら、正常空間伝いに飛んで、何千という時代を重ねなければならないことも――といっても、もし引き返すなら、ということよ」つづく思いは自分だけにいい、サムには送らなかった。「不可能だけど」そして気をとりなおし、思いを送った。「でも天文学や航宙学を勉強しなかったので、ここが銀河系の縁なのかそうでないのかがわからなかったの」

「縁などはまだずっと遠いよ。ぼくらはジョン・ジョイ・トリーじゃないし、ここは二つ頭の象たちが永遠に泣きつづける銀河間宇宙には遠いんだ」

「ジョン・ジョイ・トリーですって？」とフォリーが歌うようにいった。彼女は楽しそうに懐かしむようにその名を心にひびかせた。「少女時代、彼はわたしのアイドルだったの。わたしの父は補完機構の下部主任で、いつも口癖みたいにジョン・ジョイ・トリーを家に招待するといっていたわ。わたしたちカントリー・ハウスに住んでいたんだけど、いまの時代には珍しいでしょう。だけどゴー・キャプテン、ジョン・ジョイ・トリーさんは一度も来てくれず、気がついたらわたしの部屋は彼の影像キューブだらけになっていた。わたしとはずっと年が離れた人だったから、好きだったのね。それに不屈の人というイメージがあったし、やさしそうだった。ロマンチックな白昼夢ばかり見ていたけど、彼は現われてはくれず、何回か結婚に失敗して、子どもたちは人に取られて、いまのわたしはこのありさま。だけど、二つ頭の象というのはなんの話？」

「本気かい？」とサム。「ジョン・ジョイ・トリーの名前を聞いていて、彼がなにをやったか知らないなんて信じられないぜ」

「彼が遠くへ遠くへ飛んでいったのは知っているわ。だけどなにをしたかははっきりとは知らないの。だって、彼の影像と恋におちたのは、ほんの子どものころですもの。なにをやったわけ？　もう死んでしまったでしょうから、聞いてもしょうがないかもしれないけど」

フィンスターニスがだしぬけに陰気に話に割りこんだ。「ジョン・ジョイ・トリーは死んではいない。どこかの見捨てられた惑星のおぞましい場所を這いずりまわっている。いまは不死の体で、気が狂って」

「なぜそんなことを知ってる？」サムは叫び、巨大な金属の頭《こうべ》をめぐらした。何十年も沈黙を守ってきた立方体は、黒光りしながら飛びつづけている。

フィンスターニスからはそれ以上の応答はない。こだまさえ、余韻さえ、聞こえてこなかった。

フォリーが彼を呼んだ。

「話したくない相手に話をさせようとしても無理よ。さんざん試したでしょう、何千回も。二つ頭の象の話を聞きたいわ。象というのは、大きなぱたぱたする耳と、ものをつかむのに便利な鼻をした大きな動物のことでしょう？　象はとてもかしこい信頼できる下級民になるというわね」

「下級民のことは知らないが、たしかにきみのいうような動物だよ。すごく大きい。ジョン・ジョイ・トリーが宇宙３経由で、銀河系のはるかな外側に飛びだしてしまったとき、なにもないはずの空間に、海に浮かぶような船の大行列がしずしずと進んでいるのに出くわしたんだ。船は人間が見たこともないような物質で作られていた。どこから来たのか、何者が作ったのか、そういうことはいまだにわかっていない。椀のかたちをした船の一隻一隻には、なにやら動物が乗っていた。姿は象に似ているが、前後に頭があって四本の前足を持っている。このとてつもない船の行列のそばを通りすぎようとすると、動物たちが彼に向かって吼《ほ》えたんだ。悲しみ悼むように吼えている。いちばん筋のとおる解釈は、この船がなにか偉大な種属の墓地ではないかということだ。吼える象たちは、死者を哀悼するためにおかれた不死の半生物で、墓所の警護もしているんだ」

「でも、ジョン・ジョイ・トリーはどうやって帰還したの？」

「そこがよくできたところさ。宇宙3に飛びこむ場合は、自分の肉体以外のものは持っていけない。人類が腕によりをかけた最高の技術的な成果というのがそこのところさ。ジョン・ジョイ・トリーの皮膚と指の爪と髪の毛から、平面航法船を一隻まるごと設計し、建造してしまったんだからね。コイルや電気回路が必要だから、金属がもっとたくわえられるように、体内の化学成分のバランスをすこし変えなければならなかったが、これもうまくいった。彼はもどってきた。子どもがなじみの岩から岩へぴょんぴょん跳ぶように、宇宙をスキップする能力がある。われわれの銀河系のそとから自力でかえってきた唯一のパイロットさ。銀河間の旅行に宇宙3を利用するのが、それだけの時間と経費に見合うのかどうかは知らない。とにかく、すばらしい才能を持った人たちがもう何人か事故で命を落としているんじゃないかな、フォリー。きみやフィンスターニスやぼくは、機械に組みこまれてしまった人間だ。いままではぼくらは機械だ。だがトリーの場合は方向がまったく逆になる。彼から機械ができたんだ。これが成功した。たった一度の大飛行で、われわれが行ける数十億倍ものかなたまで飛んでいってしまったんだからね」

「勝手にそう思うがいい」フィンスターニスがとつぜんいった。「いつもそうだ。勝手に思っていろ」

　フォリーとサムはもっとフィンスターニスを会話に引きこもうとしたが、反応はそれきりだった。いくたびかの休息と雑談ののち、三人はリンスホーテン15の第三惑星への降下に移った。

彼らは着陸した。

彼らは戦った。

大地は血に染まった。火が谷間を焼き、湖を煮えたぎらせた。テレパシー世界には恐怖のガッガッコッコッが満ちわたり、憎しみは自殺へ向かい、怒りは降伏に転じ、深い絶望とあきらめののちに、とうとう一種異様な静けさと愛が訪れた。

その物語はここでは語るまい。

それはいつか別のときに書けばよいし、また別の声が語るはずだ。

生き物たちは数千、数万の単位で滅ぼされたが、その間《かん》フィンスターニスはとある山の頂きにすわったまま、なにもしなかった。フォリーは死と破壊を織りなし、言語を解読し、地図をつくり、サムに敵の拠点や兵器の位置を教えた。テクノロジーはある面では高度に進んでいたが、部族レベルにすぎないところもあった。支配的種属は、やはり手を使うもの、考えるものへと進化した生物たちであり、彼らこそがほかならぬテレパスだった。

憎むものが滅びると、憎しみは消えた。従順なものたちだけが生きのびた。

サムは都市また都市を金属の手でなぎはらった。飛びくる砲火もものかは重砲を引き裂き、砲手たちをシラミのように砲架からはじき落とすと、必要とあれば大洋も泳いでわたり、またフォリーがいつも行くてを飛び、あたりを舞った。

　全面降伏を表明したのは、いちばん力のあるテレパスだった。賢い年老いた雄で、山の奥深くに隠れていたのだ。

「いらっしゃったか、みなさん。降参だ。真相を知っているものは以前からいた。われわれも地球生まれなのだ。気の遠くなるような昔、貨物船に積まれたニワトリたちがここに住みついた。タイム・ワープに巻きこまれて船団からはぐれ、飛ばされてきたのだ。だから、はるかな空間を隔ててあんたがたの存在を感じたとき、まず受けとめたのは食うものと食われるものの関係だった。ところが、血気盛んな連中はこれを取り違えた。あんたがたがわれわれを食う。われわれがあんたがたを食うのではない。そちらがご主人様だ。われわれは永遠にあんたがたに奉仕する。われわれは死んだほうがいいかな？」

「とんでもない」とフォリー。「わたしたちは危険の除去に来て、その仕事はもうすんだわ。生きていっていいのよ、これからもずっと。ただし戦争をくわだててはいけないし、兵器もつくってはだめ。これは補完機構にまかせなさい」

「ありがたいことだ。これは補完機構、補完機構、万歳――どういうかたがたかは知らんが。あんたがたの条件を受け入れる。われわれはみなさんのものだ」

　こうして戦争は終わった。

　不思議なできごとがつづけざまに起こった。

フォリーとサムの内部から、ただならぬ歌声がわきおこった。彼らの声ではない。《任務は終わった。仕事はすんだ。山へ行こう、立方体も連れて。お祝いのときが来た！》

サムとフォリーはためらった。フィンスターニスは着陸したとき以来、惑星の裏側に置き去りにしてある。

歌声はさしせまったひびきをおびた。《行こう。行こうよ。行きなさい。立方体を連れて。芝生を作り、木々を植えるように、ニワトリ人たちにいいなさい。行こう。行こうよ。きっといいことがある》

三人はテレパスたちに歌声の意味を説明すると、大儀そうにふたたび大気圏外に飛びだし、最初の着陸地点へもどった。細長い丘陵地帯で、すでにそこには広大な緑の芝生が敷かれ、若い木々が植えられている。惑星を飛びたち、もどってくる何時間かのうちに、これだけのことがなし遂げられたのだ。テレパス鳥たちの命令はよほど強力ですばやいものだったにちがいない。

着陸するころには、歌声は純粋な音楽になっていた。褒賞と歓喜を歌いあげる合唱曲。そのなかに軍楽隊のマーチと勝利のフーガがかすかに織りこまれている。

《アラン、立ちなさい》と歌声がサムに告げた。

サムは小高い山の背に立った。まさに巨像のような姿を朝焼けの空にさらした。おとなしい気のいいニワトリ人の群衆がいっせいにうしろに下がった。

《アラン、右のひたいに手をあてなさい》と声は歌った。

サムは言いつけに従った。なぜ歌声が〝アラン〟と呼びかけるのか、その理由もわからなかった。

《エレン、降りてきなさい》晴れやかな歌声がフォリーを呼んだ。小さな宇宙船フォリーは、サムの足もとに降下した。お祭り騒ぎとこみあげる大きな苦痛にとまどってはいるものの、痛みはあまり気にならなかった。

《アラン、出てきなさい》と歌声が呼びかけた。鋭い痛みとともに、サムのひたいが――地上二百メートルの高みで、巨大な金属のひたいが――ぱかんと開き、ふたたび閉じた。すると金属の手のなかに、なにやらピンクの弱々しいものがのっていた。

歌声が命じた。《アラン、手をそっと地面に下ろしなさい》

サムはいわれたとおり手を地面に下ろした。小さなピンクのおもちゃは真新しい芝生に落ちた。人間の男の小さなミニチュアだ。

《エレン、立ちなさい》とふたたび歌声。フォリーという名の船のとびらが開き、はだかの若い女が落ちてきた。

《アルマ、目を覚ましなさい》フィンスターニスと名のる立方体が、石炭よりも黒々と色を変えた。その暗い面から、黒髪の少女がころがり出た。少女は丘の斜面をかけおり、エレンという女のところへやってきた。アランという男の体は立ちあがろうと苦労している。

三人は立ちあがった。

歌声が語りかけた。《これが最後のメッセージだ。きみたちの仕事は終わった。おめでとう。フォリーという名の船には、道具と薬品と、コロニー建設用の機材が積んである。サムという名の巨人は、人類の勝利の記念碑として永遠に立ちつづける。フィンスターニスという名の立方体は溶け去る。アラン！　エレン！　アルマをやさしくいたわってやりなさい。いまのアルマは忘れ者だ》

夜明けのもと、三人のはだかの人間は途方に暮れて立ちつくした。

《さようなら。補完機構はきみたちに心からの感謝を捧げる。これはあらかじめコード化されたメッセージで、勝利した場合にのみ流される。きみたちは勝った。これからは生きていくのだ。しあわせにな》

エレンはアルマを――旧名フィンスターニスを――引き寄せ、しっかり抱きとめた。大きな立方体は溶けて、どろどろのぼた山と化していた。アラン、旧名サムは、空を圧してそびえるもとの体を見上げた。

どうしたことなのか、旅人たちが理由を知るのは何十年ものちのことだが、取り巻くニワトリ人のあちこちからホーホーという声がもれ、平和と歓迎と喜びの歌がわきおこった。

「わたしの家」とエレンはいい、つい何分かまえ、彼女の体を吐きだした小さな船を指さした。「これからはわたしたちみんなの住まいよ」

三人はかつてフォリーと呼ばれた勝利の船にはいった。着るものと食べるものはそのなかにある。また知恵も見つかるだろう。なぜかわからないが、そういう確信があった。

6

　十年後、彼らはしあわせのあかしを前庭で遊ばせていた。庭に面した自宅は石とれんが造りの堂々とした建物で、地元民がアランの指揮を受けて建てたものである（ニワトリ人は彼から学ぶとともに、そのテクノロジーを一変させた。テレパシーに基づく聖職カーストは効率がいいうえに強力であり、おかげで惑星上のどんな場所で学んだ知識も、惑星全土にたちどころに広まるのだった）。しあわせのあかしは、庭で遊ぶ三十五人の人間の子どもから成っていた。エレンの子は九人で、そのうち双子は四組。アルマの子は十二人で、四つ子と双子がそれぞれ二組である。残りの十四人は、船内で見つかった卵子と精子による試験管ベビーで、人類の外世界移住にひと役買った未知の人びとが提供したものである。子宮育ちと試験管育ちの双方とも、遺伝子のコード分類が注意深くおこなわれていたので、人間のタイプは色とりどりで、将来いく世代も自然な生殖をつづけて不都合はなかった。

　アランがドアのまえに現われた。彼は巨大な影が落ちる位置をたよりに時刻を見た。みんなの頭上高くそびえる不滅の立像が、かつて彼自身の姿であったとは思いだすこともむずかしい。サムの足もとには小さな氷河ができかけていて、夜はますます寒さが増している。

「子どもたちはもう家にいれますよ」とチティキックがいった。地元民のナースで、この人間の子ども集団の養育を手伝いに来ている。そのかわりに彼女は、電気ストーブのそばの暖かい棚の上で自分の卵をかえす特権を与えられているのだ。ここしばらくは一時間ごとに卵を裏返しにし、鋭いくちばしが殻を破り、人間っぽい小さな手が割れ目をこじあけるのを、いまかいまかと待ちうけている。殻を破って現われるのは、人間によく似た赤んぼうで、小鬼みたいにかわいく醜いが、大きな違いは生まれたとたんにもう立っていることだ。

小さな男の子がひとり、チティキックと言い争っている。着ているのは植物繊維の毛管を編んだ暖かいローブで、羽根マントの下の胴着にするには具合がいい。男の子の言い分によると、このローブがあれば吹雪のなかでも生き残れるし、また——至極《しごく》もっともな意見だが——べつに家にはいらなくても、体をぽかぽかにすることができるという。（あれがルーパートか？）とアランは思った。

子どもを呼ぼうとしたとき、二人の妻が手をつないで戸口に現われた。顔をほてらせているのはキッチンの熱気のせいで、いままで二種類の夕食をいっしょに作っていたのだ。そのうち一種類は人間用で、いまでは三十八人分、もうひとつはニワトリ人用で、彼らがまた火の通った食事に目がないばかりか、調理法に妙な注文をつけるのである。たとえば「オートミール1ガロンごとに、細かく砕いた花崗岩の砂粒1クォート。これに好みの量のシュガーを加え、豆乳を添える」とか。

アランは妻たちのうしろに立つと、二人の肩に手をまわした。

「感無量だね。つい十年かそこら前には、ぼくらは人間であるかどうかもたしかではなかった。それが見てごらん、これだけの大家族だ」

アルマはふりかえってキスを求めた。エレンはさほど感傷的ではなかったが、アルマが子ども扱いされたと知ってきまり悪い思いをしないように、自分も顔を上げてキスを求めた。二人はたいへん気が合った。アルマは、立方体フィンスターニスから出てきたときには〝忘れ者〟――つまり、破天荒な星の海への任務に送りだされる以前、長い悲しい発狂状態にあったことをなにひとつ思いださないように条件づけられていた。アランやエレンと合流したとき、彼女は大共通語は知っているものの、ほかのことはほとんどなにもおぼえていなかった。

エレンは赤んぼうをつくるのを遅らせ、時間をかけてアルマを教育し、愛し、母親のように世話した。こうして二人のあいだには、太い温かいきずなが結ばれた。

三人の親はわきにどくと、ニワトリ女たちが着心地よいきれいな羽根マント姿で、子どもたちを家に追いこむのをながめた。いちばん年下の幼児たちはとっくに日光浴をすませ、ニワトリ娘たちからミルクの瓶をもらっている。彼女たちには、かわいらしくて無力な人間の幼児の群れは、いつまで見ていても飽きないものらしい。

「あの時期のことなんてほとんど考えられないわね」とエレン、旧名フォリーはいった。

「わたしは美しさと名声と完全な結婚を求めていた。だけど、それが絶対に並び立たないことを誰ひとり教えてくれなかった。星の海の果てにきて、やっとなりたいものに――なっていたかもしれないものになれたのよ」

「わたしなんか」とアルマ、旧名フィンスターニスがいった。「もっと大きい問題を抱えていたわ。気が狂っていたのよ。生きるのがこわかった。どうやって女になったらいいか、恋人に、妻に、母親になったらいいかも知らなかった。でも、どうやって気づけというの——ちょうどあなたみたいに、姉さんで妻でもある人がそばにいれば、人生を見失わずにすんだなんて？　エレン、あなたがお手本を見せてくれなければ、わたし絶対アランとは結婚できなかった。わたし星の海に殺意を持ちこんだと思っていたけれど、いっしょに答えも持ってきていたのね。わたしが自分になれる場所って、宇宙以外にあったんだろうか？」

「そしてぼくは」とアラン、旧名サム。「星の海を飛ぶ金属の巨人になった。なぜなら最初の妻に先立たれ、子どもたちに見放されてしまったからだ。おまえは父親ではないとは、もう誰にもいわせないぞ。三十五人もいて、そのうち半分以上は血を分けた実の子なんだ。いまだかつて生きた人類の誰よりも、ぼくは父親らしい父親になってやる」

影に変化が起こり、巨人の長大な右腕が重々しく空にむかって振りあげられた。これは夜が、精密な天文学的計算どおり、彼の立っている場所に到来したことを告げる鋭いロボット的叫びのプレリュードとなるものだ。

腕は最大の高みに達し、まっすぐ天を指し示した。

「ぼくも昔はああやったものさ」とアラン。

叫びが聞こえた。消音したピストルの音に似て、誰にも聞こえたが、こだまも反響もともなっていない。

アランは見まわした。「子どもたちは、全員はいった。ルーパートもね。さあ奥さんたち、はいって夕食にしようじゃないか」アルマとエレンが先にたち、アランは重いドアにかんぬきを下ろした。

　これこそが平和と幸福。ついに善は訪れたのだ。生き、しあわせになる以外、彼らにはなんの義務もない。脅威、そして勝利への期待は、いまやはるか過去のものだった。

太陽なき海に沈む

Down to a Sunless Sea

酒井昭伸◎訳

高く、おお、はるか高く、おお、彼らは天に煌《きら》めき、さざめく、おお！　明るきかな、いと明るきかな、双子の月の光よ。一対の月が巡るは失われし桃源郷《ザナドゥ》、美しきザナドゥ、伎芸《ぎげい》の聖地ザナドゥ。ザナドゥ、それは感覚、肉体、精神、魂に歓びをもたらすもの。魂？　けれど、魂の歓びは――。

1

彼らの立つところ、風はおだやかにささやく。ときおり、うら若き女性マドゥは、いつの世も変わらぬ女性特有のしぐさで小さな銀色のスカートを下に引っぱり、あるいは同じほど布地がすくなくて露出部の多い袖なしの上着をととのえた。こんな格好でいても寒くはない。

肢体をほとんど隠さない彼女の装いは、むしろザナドゥの温暖な気候にぴったりだ。

マドゥは思った。

（いったいどんな方なのかしら？　訪ねてこられる補完機構の長官《ロード》というのは？　お年寄りなのかしら、お若いのかしら。肌の色は白いのかしら、黒いのかしら。賢いのかしら、愚かなのかしら）

〝美形かしら、醜いのかしら〟とは思わなかった。ザナドゥに住む者は、みな身体の美しさ、完璧さで知られる。まだまだ若い彼女には、美しくない人間がいることなど想像の外《ほか》だったのである。

そばで待つラリが考えているのは、まもなく到着する宇宙《スペース》のロードのことではなかった。彼《ラリ》の心の中ではいまも、例のごとくに舞踏の映像が──往古の〈ふるさと《マンホーム》〉で記録された、集団で演じる複雑なステップと美しくも狂騒的な動きの映像が──再生されている。集団に付された分類ラベルには〈ボリ・ショイ〉とあった。

（いつの日か）とラリは思った。（ああ、いつの日か、おれもあんなふうに踊れたら……）

そのかたわらで、クアト総督はこう思っていた。

（まったく補完機構め、いったいだれをたばかろうとしているつもりか。わしがザナドゥの総督職についてからの長い年月、補完機構のロードが訪ねてくるのは今回がはじめてのことだぞ。しかもそいつは、惑星スタイロン4で戦功を立てた英雄さまだという！　あの戦いがあったのは何カ月も前のことだから……負傷したという話が事実ではあるにせよ、回復する時間は充分あったにちがいない。そんな英雄を送りこんでくるからには、なにか別の理由があるのではないか。機構はなにか知っているか……でなければ、疑っているかのどちらかだ。とにもかくにも、その英雄さまには、忙しくしていてもらおう。なあに、さほどむずかしいことではあるまい。このザナドゥには提供できる娯楽がたんとあるのだからな……それに、マドゥもいる。そう、ロードさまにおかれては、文句などはいえないはずだ。いえば目的が偽りだったとみずから明かすことになる……）

　そのあいだにも、羽ばたき飛行機《オーニソプター》は近づいてきていた。それにともなって、三人の運命も近づいてきつつあった。ロード自身は、自分がザナドゥ総督らの運命を握ることになるとは気づいてもいない。そもそも、握るつもりもなかった。それに、一行の運命は、あらかじめ決まっているわけでもない。

　降下中のオーニソプターに乗ったロードは行く手に精神を延伸させ、出迎えの者らの心を探り、感じとろうとした。むずかしかった。はなはだむずかしかった。自分の精神と相手の精神のあいだには、雲のような——いや、霧というべきか——とばりがかかっているように感じられたのだ。これは自分に原因があるのか？　戦争で自分の精神が傷ついたせいか？　それとも、なにかほかに理由があるのか？　たとえば、この惑星の大気中に、テレパシーを妨害する要素や無効化する要素でもあるのか？

　ロード・ビン・ペルマイスワーリーはかぶりをふった。すっかり自信を喪失した彼の心は混乱に満ちている。あの戦い以来……あの恐怖の機械たちにより、精神を苛《さいな》む探針《プローブ》で傷つけられて以来、彼の心にはどれほど多くの恒久的ダメージが刻まれたことだろう。とはいえ、このザナドゥでなら、傷ついた心を癒し、忘れることができそうな気がした。

しかし、オーニソプターから降り立ったロード・ビン・ペルマイスワーリーは、いっそう大きな当惑をおぼえることになった。ザナドゥに太陽がないことは知っていたが、影のない光、かくもやわらかな光に出迎えられようとは、予想だにしていなかったのである。双子の月は、まるでとなりあっているかのように天に浮かび、しかも両者が放つ光は、何百万枚という鏡によって反射されていた。近景に連なるのは何里《リー》にもおよぶ白砂の砂浜だ。遠景には白亜の絶壁がそそりたち、その基部には漆黒の海が水泡《みなわ》を立てている。黒、白、銀。それがザナドゥの色彩だった。

クアト総督は降りてきたロードのもとへただちに歩みよった。はじめて目《ま》のあたりにするスペース・ロードの姿に、クアトの懸念は大きく解消された。この訪問者はひどく不調で、ひどく混乱しているように見える。そのようすを見ただけで、クアトは安堵し、ひとりでに愛想がよくなった。

「ザナドゥは心より閣下を歓迎いたします、おお、ロード・ビン・ペルマイスワーリーよ。ザナドゥもザナドゥにあるすべてのものも、みな閣下のものです」

伝統的なあいさつながら、クアトの武骨な口調にかかると、どこかしら不自然に聞こえた。スペース・ロードは目の前に立つ人物をしげしげと眺めた。大柄な男だ。上背があり、その高い背丈に見劣りしないがっしりした体格をそなえ、たくましい筋肉には艶《つや》がある。長めの赤い髪とあごひげは、双子の月と多数の鏡からの光を浴びて、深紅色《マゼンタ》を帯びて見えた。

「ザナドゥの地に立てるだけでも、わが歓びとするところだ、クアト総督。この惑星とこの地にあるすべてを貴官にお返ししよう」

ここでクアトがうしろを向き、ふたりの連れをロードに引き合わせた。

「こちらはマドゥ、遠縁の者で、わが被後見人でもあります。こちらはラリ、父の四番めの妻の――〈太陽なき海〉に身を投げて死んだ妻の――息子です」

クアトはそういって笑った。ここで笑うことに、スペース・ロードは違和感をおぼえたが、若い男女は気にならないようだった。

心やさしきマドゥはといえば、失望を押し隠し、慎ましい態度をとってロードを迎えた。ほんとうはもっと堂々たる人物、赫奕《かくやく》たる装甲に身を包んだ人物、なにはなくとも〝われは英雄なり〟というオーラに包まれた人物を予想（というよりも期待？）していたのである。なのに、じっさいに姿を見せたのは、知的な風貌ながらやけに疲れた感じの、実年齢である三十歳より老けて見える人物だった。ゆえにマドゥはいぶかった――このひとはどのような業績をあげた人物なのだろう、このような人物が、いったいどうやって、スタイロン４での戦いで人類文化の救い主となり、補完機構内で注目を集めえたのだろう――。

いっぽうラリは、男であるがゆえに、マドゥよりもあの戦いに関する実情を知っており、深い敬意をこめてロード・ビン・ペルマイスワーリーを迎えた。ラリが住む夢の世界の中で、ダンサーやランナーについで重きを置くもの――それは知性にほかならない。そして、目の前にいる人物は、みずからを戦いに駆りたて、みずからの生物体としての精神、みずからの知性をもって、あの恐るべき恐怖の機械たちに戦いを挑み……勝利してのけた男なのだ！　その代償はくっきりと顔に刻まれていたが、それでも勝利したことに変わりはない。ラリは恭順のしるしに両手を組みあわせ、自分の額にあてがってみせた。

ロードは手を伸ばし、ラリの手にふれて——気さくなふるまいに感激したラリは、以後はずっと、この人物に心酔することになる——こういった。

「友人たちからは、ケマルと呼ばれている」

ロードはほかのふたりに向きなおり、マドゥにもその意思を伝え、ついでに思いついたかのように、クアトにも同じことをいった。

クアトのほうは、しかし、このぞんざいなあつかいに気づいてもいなかった。この時点で早くも向きを変え、黄色と黒の縞模様におおわれた、なにか巨大な塊に向かって歩きだしていたからである。そばまでいくと、クアトは鋭くシッと独特の音を発した。巨塊はたちまち分裂して、四頭の巨大な猫になった。一頭一頭の背には鞍がつけられており、各々の鞍には把持《はじ》リングが取りつけられているが、どうすればこの猫たちを御せるのかは、見ただけではわからない。

ケマルがそれをたずねると、クアトはこう答えた。

「いうまでもなく、猫たちを御すすべなどはありません。ご承知のように、あれは純粋な猫——体格を除けば、原種のままの猫なのです。ここには下級民がいないのですよ！　ここはおそらく、補完機構の管理下にあって下級民のいない、たったひとつの惑星でしょうな――もちろん、ノーストリリアを除けばの話ですが。ただし、下級民がいない理由は、ノーストリリアとザナドゥでは、両極端といっていいほどもちがう。われわれの場合は、みずからの感覚を堪能するため……それが理由です。ノーストリリア人の信じる、〝質素で心身ともに健全にたもつため〟などというたわごととはわけがちがいます。われわれは耐乏などは信じませんし、それを肯定するのに都合のいいたわごとの数々も信じません。われわれはただ、当地の非改造動物からいっそう官能的な歓びを得るのみ。下働きなど、ロボットにまかせておけばいいのですよ」

ケマルはうなずいた。結局のところ、自分がここへきたのは、そのためではなかったか？　自分の感覚を通じて、ダメージを負った精神を修復するためではなかったか？

とはいえ、すこしも臆することなく恐怖の機械たちと渉《わた》りあった英雄といえども、なんの予備知識もなくしては、自分にあてがわれた猫にどう接していいのかわからなかった。

ロードのためらいに気づいたのはマドゥだった。

「グリゼルダはとても気のいい猫なんです。ちょっとお待ちください、いま、この子の耳のうしろを掻いてやりますから。そうすれば地に寝そべって、背中に乗れるようになります」

ケマルは顔をあげ、クアトの顔を見た。その目には嫌悪の表情が浮かんでいた。自己精神修復の方法を探るうえで、これはあまり役にたちそうにない目つきだ。

しかしマドゥは、クアトの不興には気づきもせず、巨大な猫をなだめて寝そべらせてから、にっこりとケマルにほほえみかけた。

そのまなざしに、ケマルは微妙な恐怖をおぼえた。この娘《こ》はとても美しく、とても無垢《むく》で純粋な人物だ。それゆえにか弱く、そのか弱さが恐怖をいだかせる。ケマルはそのまなざしから、長官《レイディ》ルーがかつて引用してみせた、こんな古代の格言を思いだした。

〝内なる無垢さは外なる鎧《よろい》〟

恐怖の網は、いまもなお、依然としてケマルの心に染みついている。ケマルは懸命にその恐怖をふりはらい、猫の鞍にまたがった。

三世紀ちかくのち、死の床に横たわるケマルの脳裏には、このときの騎猫《きびょう》がよみがえる。それははじめてのスペース・ジャンプにも匹敵するスリリングな経験だった。虚空への跳躍――そして突然の、乗りものに乗って高速で移動している感覚――速く、速く、みずからの意志を働かせることなく、自分の肉体が進む方向を自分で御することもなく、猛スピードで疾走していく感覚。恐怖心が顔を出し、自己主張するひまもあらばこそ。恐怖は本能的な、ほとんどオルガスムにちかい興奮へと変換され、とうてい耐えがたいほど強烈な快楽の泉が噴きあがってくる。

漆黒の細い髪を顔の周囲になびかせたロード・ビン・ペルマイスワーリーの姿は、危機にさいして旧地球《オールド・アース》の〈鐘《ベル》〉に集《つど》う諸ロードや諸レイディさえも見分けがつかなかっただろう。彼らが見慣れた顔、いつも辛気くさく、考えこんでいるような表情が刻みこまれていた顔にいま浮かんでいるのは、少年を思わせる晴れやかな歓びの表情だったからだ。向かい風の中、ケマルは高らかに笑いながら、グリゼルダの胴を両ひざでぐっと締めつけ、片手で鞍の把持リングにつかまって、うしろをふりかえり、やや遅れてついてくるほかの猫や騎乗者たちに手をふった。

飛距離の大きな跳躍を苦もなくくりかえしながら、グリゼルダもまたケマルの歓びを感じとっているようだった。ここで猫騎行は新たな熱を帯びた。スペース・ロードをザナドゥに乗せてきたオーニソプターが、軌道の宇宙港へ帰るべく頭上を通りかかるのを見たとたん、グリゼルダがほかの猫たちから離れ、上昇していくオーニソプターにジャンプしだしたのだ。巨大猫がむなしくオーニソプターを狩ろうと跳ねるあいだ、ケマルは鞍から振り落とされる不名誉をかこつまいとして、必死に両手で把持リングにしがみついていた。グリゼルダは、それからもしばし、大きくジャンプしては狩ろうとする行為をくりかえしていたが、やがてオーニソプターが見えなくなると、こんどは地面にすわりこんで、からだのあちこちを嘗めはじめ、背中に乗せている客までもうっかり嘗めてしまった。

ロード・ケマルとしても、猫の紙やすりのような舌の感触は、けっして不快ではなかったものの、牙が脚をこすったときにはさすがにたじろいだ。やや離れたところでは、クアトが別の猫の鞍にまたがって笑っている。クアトより離れたところにいるマドゥの顔には、この距離でも心配そうな表情が見てとれたが、ロードが片手をふってみせると、不安の面持ちはすぐに晴れた。スタイロン4の英雄に万全の信頼を置いているラリはといえば、いまだ遠い都の方角に向けて、夢見るような視線をすえている。

グリゼルダがゆっくりと仲間たちのもとへ帰りはじめた。その態度には、せっかく信頼を受けて著名な賓客の安全をまかされながら、仔猫じみたふるまいにふけってしまったことに対する、ばつの悪さがにじんでいた。

遠くを眺めやれば、都にそびえる多数のドームとタワーが、影を結ぶことなく、ぼうっと真珠光沢を帯びている。双子の月と何百万枚もの鏡が放つやわらかな反射光を、全方位から浴びているためだ。ロード・ケマルがいだいていた非現実感は、これでいっそう強まった。都はあまりにも美しく、あまりにも非現実的な雰囲気をただよわせており、近づけば消えてしまうのではないかと思えるほど儚《はかな》げに見える。だが、じきにロード・ケマルは知ることになる──都と都が体現するものは、すべてリアルすぎるほどにリアルであることを。

都の囲壁《いへき》に近づくにつれて、遠くからはやわらかな純白の真珠光沢と見えていたものが、じつは錯覚でしかなかったことがわかった。各々の建築物の外壁には、貴石を用いて複雑な模様が描きだされていたのである。花、葉、幾何学模様等をちりばめた意匠は、ただでさえ信じがたいほど美しい建築物にさらなる美麗さをもたらしていた。数々の惑星を訪ねてきたロード・ケマルだが、この都のものに匹敵するほど美しい建造物は見たことがない。宝石の惑星にあったフィリップの宮殿でさえ、この都の建物にくらべればあばら家も同然だ。

建物同士は様式的な庭園や人工池で隔てられていた。そこここには巧みな造園計画のもと、ごく自然な印象をもたらす形で、灌木が植えてある。ここでもひとつ、スペース・ロードはこの惑星の奇妙な側面に気がついた。高木がまったく見当たらないのである。

　都に入っていく一行に向かって、安全な距離をたもちながら、あちこちから犬が吠えた。今回はグリゼルダも獲物を狩りたい気持ちを抑えた。都に入ってのち、この巨大猫は一定の威厳をたもっている。オーニソプターにジャンプして威厳をそこねたことは、もうすっかり忘れてしまったかのようだ。そのままグリゼルダは、まっすぐ宮殿の上がり段へ向かった。

　ここでロード・ケマルは、グリゼルダの筋肉がぐっと引き締まるのを感じた。どうやら、上がり段を一気に駆けあがり、開かれた大扉の中へ飛びこもうとしているらしい。しかし、彼女《グリゼルダ》だけならともかく、人ひとりを乗せているため、それには危険がともなう。さいわい、クアトが先に上がり段の下に到達して、鋭く叱声を発し、無謀な行為を諫めた。グリゼルダからは、気の進まない思いがひしひしと伝わってきた。大猫は上がり段を駆けあがりたくてしかたがないのだ。それでも結局、指示にはしたがった。後肢を曲げて、前肢をぐっと前に伸ばし、腹這いになる。おかげで、ロード・ケマルはたやすく鞍から降りることができたが……猫と離れるのは気が進まなかった。猫にまたがっての疾走がこれでおわるのかと思うと、階段の駆けあがりを断念したグリゼルダに負けず劣らず、残念でならないのだ。ともあれ、ケマルは片手を伸ばし、大猫の耳のうしろを掻いてやった。

　マドゥが〝さすがです〟といわんばかりにほほえんだ。

「それでいいのです。仲よくなれば、猫はずっとよくいうことをきいてくれますから」

　それに対して、クアトがうめくような声でいった。

「猫どもの勝手が目にあまるときには、わしは自分なりのやりかたで命令をきかせるようにしておりましてな」

そういってクアトは、自分のベルトに差した、小さなトゲつき鞭を指さした。スペース・ロードがそれに気づいたのは、このときがはじめてだった。

「クアト――そのようなものを使ってはいけません」マドゥが懸念を口にした。「そもそも、それを使うところなど、一度も……」

「見たことがなかろうさ」クアトが答えた。そこで、マドゥの顔が曇るのを見て、ことばを添えた。「たしかに、いまにいたるまで、これを使う必要にせまられたことはない。だが、以後も使わんとは思わないことだ」

クアトのことばを受けて、マドゥがいっそう不安をつのらせたことにケマルは気がついた。疑念または不信の薄膜が、本来は晴れやかなマドゥの顔を翳《かげ》らせている。ロード・ケマルはふたたび、彼女に対してかすかな恐怖をおぼえ、ふたたびそれをふりはらった。

ケマルが恐れるのはマドゥの無垢さだ。マドゥの目には、鹿娘《Deer》、ド《D》・アイリーナの目を思いださせるものがある。そのむかし、ケマルがほんとうに若かったはるかなむかし、彼が人としての賢明さを得るよりも前――下級民と真人とがけっして対等に交流しえないことを思い知るよりも前に見た、あの娘の目を思いださせるものがある。ド・アイリーナは仔鹿の優美さと、おだやかでやさしそうな口もと、ベースとなった牝鹿の無垢な目を持っていた。自分が去ったあと、あの鹿娘はどうなったのだろう。彼女の目はいまなお、マドゥの目にも共通する誠実な純真さをたたえているだろうか。それとも、どこかの粗野な牡鹿系下級民とつがいになって、その男の粗野さにいくぶんなりとも染まってしまっただろうか。

鹿娘のことをほほえましく思いだしながら、ケマルは願った。ド・アイリーナのつがいの相手が立派な牡鹿で、記憶の中にあるあの娘にそっくりの、やさしく優美な姿形の娘たちを育ませてくれることを。だが、そう願ってすぐに、かぶりをふった。あの恐怖の機械たちによって、ケマルはありとあらゆる奇妙な記憶と感情をかき乱され、その混乱は収まりきっていない。うつろな思いで猫をなでた。

そのとき、召使いの一団が進み出てきて、猫たちの鞍をはずしにかかった。召使いたちが真人であることに気づき、スペース・ロードは驚きを新たにした。ここでは下級民ではなく、真人が労働をするのか！　驚きとともに思いだしたのは、〝動物から官能的な歓びを得る〟というクアトのことばだった。そのほかにも、ここにはなにか奇妙な要素がある。いまにも見えそうで見えないなにかがある。それなのに、それと特定することはできない……動きのすばやい動物の尻尾をもうすこしでつかまえられそうになるたびに、その尻尾は角をまわりこみ、するりと逃げてしまう――そんな感じだった。

クアトおよび、その背後につづくマドゥとラリに導かれて、ロード・ケマルはいくつもの部屋と通路が織りなす迷路を通っていった。ひとつ先へ進むたびに、通路はますます立派になっていった。これとよく似た構造を、ロード・ケマルは一度だけ、古い映像で見たことがある。それは〈第三次放射線嵐〉が起きる前の地球を――古き〈ふるさと《マンホーム》〉を――再現したビデオテープの映像だった。ここの宮殿の壁という壁には、綴織《つづれおり》や絵画がかけられているが、これらはみな、地球から持ってきたオリジナルを元に複製されたものだ。数々のソファーや彫像、色とりどりで暖かみのある敷物も、ザナドゥの建国者、初代汗《ハーン》によって持ちこまれたものだという。そう、このザナドゥとは、感覚がもたらす快楽への回帰、贅と美への回帰、不必要なものへの回帰、それらをめざして創立された世界なのである。

しかし、ケマルがここの魅惑の空気になごみはじめたころ、せっかくの魔法は破られた。中央サロンに着くなり、クアトが無作法にも手近のソファーにどすんとすわり、寝そべったからだ。そうやって寝そべったまま、クアトは一同に片手をあいまいにふり、うながした。

「さ、すわって、すわって」

中央サロンの各所では、蠟燭がちらつき、光を放っている。低いテーブルやソファーは、ケマルたちを差し招いているかのようだった。

スペース・ロードの到着時に紹介されて以来、ここではじめて、ラリが自分から口を開き、ケマルにあらためてあいさつをした。

「われらが宮殿へようこそ。ご滞在を楽しんでいただくために、できるかぎり歓待をさせていただく所存です。楽しみになさっていてください」

ここにおいてやっと、ケマルは自覚した。どうやら自分は、この若者をあまり気にかけていなかったらしい。ひとつには、この惑星が目新しいものだらけで、そちらに気をとられていたということもあるし、ひとつには、(これはみずからも認めざるをえないことだが)、あの娘マドゥにすっかり魅了されていたということもあるだろう。しかし、ラリはラリで、この男なりに、マドゥにも劣らぬ肉体的な完璧さをそなえていた。背が高く、すらりとして、筋肉のつきぐあいも美しく、じつに見目よい若者だ。そして、これもマドゥと同じように、ラリもまた、率直さと繊細さのないまぜになった、独特の雰囲気をまとっていた。クアトは粗野で無作法な男に思えるが、そんな人間の後見を受けたふたりがこれほど無垢に成長したことに、ロード・ケマルは不思議な思いをいだいた。

そんな思いを打ち破るかのように、クアトがいった。

「あれを持て！　ジュ・ディだ！」

マドゥがすぐさま、とあるテーブルに歩みよっていった。テーブルの上には銀色の象嵌《ぞうがん》を施した銅色の盆が載っており、その上には、一対の注ぎ口がついた、盆と同じ金属でできているとおぼしき水差しがひとつと、同じデザインの小さなゴブレットが八客、置いてあった。水差しにはふたがついている。マドゥがその水差しを手にとったとき、クアトが例の独特の唸り声を発した。このくせに対して、スペース・ロードはかなりの不快感をおぼえるようになってきている。

「正しいほうの穴を親指で塞ぐのだぞ、いいな」

クアトの指示に対するマドゥの答えは、おだやかなものではあった。が、ケマルの耳には、この娘が口にするものとしては、最大限の侮辱がこめられているように感じられた。

「子供のころからやってきたことです。そのわたしが、いまさら忘れるとお思いですか？」

何年ものちに、ケマル・ビン・ペルマイスワーリーは、この晩こそが、時間を貫く複雑な通路の分岐点——自分の人生における重要な転回点のひとつであったらしいと思うにいたる。これまでにケマルは、自分がさまざまなできごとから除外されていると感じていた。自分が傍観者であり、さまざまな行動を——他者のだけではなく、自分の行動をも——ただ眺めているだけのように感じていた。そう、あたかも自分が自分の行動を制御できないかのように、まるで夢の中にいるかのように……。

マドゥが優美にひざをつき、水差しのふたに設けられた一対の穴のうち、ひとつを親指で塞いだ。ちらつく蠟燭の光がその肢体に踊り、マドゥの肌のむきだしになった部分をおおう銀粉をきらめかせている。小ゴブレットのうちの四客に赤い液体を注ぐ小さな手——それを眺めていたケマルは、その手の爪までもが銀色に塗られていることに気づいた。

手わたされたゴブレットを、クアトが高くかかげてみせた。最初の乾杯の音頭は、儀礼上、主賓がとることになっている。すくなくとも補完機構の習わしではそうだ。しかしクアトは、ここでは自分の流儀を押し通すつもりのようだった。

「快楽のために」

クアトはそういって、ゴブレットの中身を一気に飲み干した。

それから、ほかの三人がゆっくりと飲みものをすするのをよそに、上機嫌で立ちあがり、みずから二杯めをついだ。二杯めも一気に飲み干す。ほかの三人はまだ一杯めを飲みおえていない。

ロード・ケマルは舌の上でジュ・ディをころがした。これまでに味わったどんな飲みものともちがう味わいだった。甘くもなく、すっぱくもない。いちばん味わいが近いのは柘榴《ザクロ》の果汁だろうか。そのほかに、独特の風味もある。

すこしずつ飲むうちに、全身にチリチリする感覚が広がりだした。一杯を飲みおえるころには、これまでに飲んできた飲みもののなかでも、ジュ・ディがもっとも美味であるという結論に達していた。ジュ・ディはアルコールのように理性を鈍らせたり、電極のように快楽中枢を刺激するものではない。五感のすべてを高めて、意識を先鋭化してくれる。あらゆる色彩が鮮やかになり、それまではぼんやりとしか意識していなかったBGMが鮮明で妙なる響きを帯び、ソファーに張られた金襴《きんらん》の手ざわりまでもが快感をもたらし、これまで嗅いだこともない花々の香気が嗅覚を圧倒しだした。傷だらけの精神から、スタイロン4とそれが示唆するすべてが締めだされていく。博愛の感覚が輝かしいほどに強まり、一時的ながら、クアトにさえも仲間意識を持ったほどだった。だが——そこでいきなり、ケマルの精神は、ダイモン材の壁のように堅牢な思考遮蔽網にぶちあたった。

ここにおいて、ケマルは知った。この惑星で自分以外の精神を感じとり、心を読むことができないのは、自分に原因があるのでも、恐怖の機械たちとの対決で負った欠損によるものでもないことを。原因はクアトに、クアトが構築した非公式の遮蔽網にある。その遮蔽能は不完全で、クアト個人の思考のみを読まれない設定にはできない。ゆえに、だれもが他者の精神を読めないよう、網羅的遮蔽網を設けざるをえなかったのだろう。じっさい、クアトのほうも、スペース・ロードの精神を感じとれている徴候はなかった。その事実からしても、遮蔽網の網羅性は明らかだ。

(では、おまえが――)とケマルは思った。(――隠さなければならないこととはなんだ、総督よ? 補完機構の法に背いて網羅的思考遮蔽網を設けねばならなかったのはなぜだ?)

クアトはくつろぎ、愉快そうな笑みを浮かべている。

どうやら自分は、ほんとうに完全な回復へ向かっているのかもしれない。ロード・ケマル・ビン・ペルマイスワーリーがそう感じたのは、スタイロン4以来、はじめてのことだった。なにしろ、戦傷を負ってのちは、なにごとにもろくに興味を持てなかったのだから。

ここでケマルは、はっと物思いから覚めた。マドゥに声をかけられたためである。

「ジュ・ディはお気に召されました?」

それは問いかけではなかった。

ケマルはうなずいた。心は至福に満ちていたが、たったいまいだいた遮蔽網への当惑に、なおも気をとられている。

「もう一杯、お飲みになられてもよろしいのですが……」とマドゥはいった。「よい効果が望めるのはそこまでです。そこから先は、分別が失われていきますので。それでは快楽とはいえないでしょう?」

そういいながら、マドゥはまずケマルに、そしてラリと自分にも、二杯めのジュ・ディをついだ。

クアトがまたもや水差しに手を伸ばした。マドゥはちゃめっけのあるしぐさで、その手を軽くはたいた。

「そんな状態でもう一杯ついだら、うっかりピサンのほうをついでしまうかもしれませんよ」

クアトは笑った。

「わしはたいていの人間よりからだが大きいからな。人よりたくさん飲んでも問題はない」

「では、せめてわたしにつがせてください」

マドゥは総督をやんわりと制し、そのとおりにした。

ついで、もういちどスペース・ロードに向きなおった。一見、快活そうな表情に見えるが、そこには懸念の色もうかがえた。

「総督のことは、ついつい、こうやって甘やかしてしまうのですが。あまり飲みすぎると、ほんとうに危険ではあるのです。ごらんください、この水差しの中を」

マドゥは水差しのふたをはずし、左右に分割された内部構造を見せた。

「半分に入っているのはジュ・ディ、もう半分に入っているのはピサンです。ピサンというのは、味はジュ・ディにそっくりですが、じつは猛毒で、一杯飲んだら、どんな人間でも、一弾指《だんし》のうちに死んでしまいます」

ケマルは不覚にも身ぶるいした。マドゥの口にした時間単位はあまりにも短くて、事実上、即死と同じだったからである。

「解毒剤は？」

それまで無言ですわっていたラリが、ここで口を開いた。

「ありません」

「じつをいうと、両者は同じものでしてね。ジュ・ディはピサンを蒸留したものなんですよ。原料はここザナドゥでのみ採れる果実です。ジュ・ディの秘密が解き明かされる前に、その果実を食して死んだ者、醱酵させただけで蒸留してはいないピサンを飲んで死んだ者の数は、銀河系のみぞ知る――」

「ひとりひとりの犠牲に、それだけの価値はあった」そういって、クアトは笑った。

ジュ・ディがもたらす至福感により、ザナドゥ総督に対してスペース・ロードが多少ともいだいていた好意の残滓《ざんし》は、このひとことですっかり消し飛んでしまった。だが、水差しの注ぎ口が対になっていることについては、いっそうの好奇心をかきたてられた。

「しかし、ピサンが毒だとわかっているのに、なぜジュ・ディと同じ容器に入れておく？それをいうなら、そもそも、なぜ蒸留しないままにしておくんだ？」

もっともですといわんばかりに、マドゥがうなずいた。

「わたしもしばしば、同じ疑問を口にしたものです。けれど、返ってくる答えはみな理解に苦しむものばかりで……」

「危険ととなりあわせだからこそ、人間は興奮するんですよ」ラリがいった。「あやまってピサンを飲んでしまう可能性がある――そうとわかっていることで、いっそうジュ・ディを楽しめるというものではありませんか」

「あれです、答えのひとつは」マドゥがいった。「まったく理解に苦しむ答えだわ」

　この時点で、クアトが割って入った。しゃべりかたがすこし間延びしだしているが、話す内容は充分に筋の通ったものだった。

「そもそもの話、まず伝統というものがある。いにしえの日々、初代汗《ハーン》の時代、この惑星がまだ補完機構のロードたちの管理下に入る前のこと、ザナドゥは大無法時代にありましてな。支配権をめぐる権力闘争も熾烈だったとか。よその惑星からは、この惑星の富を簒奪せんとするやからが襲ってくる。そういったやからを、当人が気づきもせぬうちに排除するため、単純な手段が求められて、その結果、できたのがこれです。注ぎ口がふたつある水差しは、初代汗《ハーン》が持ちこんだ、古代地球のチャイネシア製の酒器を模作したものといわれています。真相は知らんが、ここではそれが伝統となったのですな。対となるピサンをともに入れないジュ・ディの水差しなど、ザナドゥには存在せんのですよ」

　クアトはそういって、賢《さか》しげにうなずいた。それですべての説明がつくといわんばかりの表情だったが、スペース・ロードとしては、とうてい納得がいくものではなかった。

「なるほど」とケマルはいった。「伝統にのっとってこの水差しを造るのはわかる。しかし、金星の雲にかけて、なぜいまもピサンをいっしょに入れておかねばならないのだね？」

　しばしの間のち、答えを返したクアトの声は、ついいましがた答えたときよりもさらに間延びしたものになっていた。ジュ・ディの過剰摂取で、酩酊したようになっているのだ。

スペース・ロードは、〝二杯を超えてジュ・ディを飲まないように〟というマドゥの助言を、心にしっかりと書きつけた。ここでクアトが、悪意すら感じさせる笑みを浮かべ、ロード・ケマルに向かって、まるで諭すように人差し指を左右に振ってみせた。

「よそ者はあまりたくさん質問するものではありませんな。そこいらじゅうに敵がいるかもしれんのだから。ザナドゥの者はためらわずにピサンを使う。すくなくとも、死刑囚を処刑するときはそうです」クアトはそういって、節操のない笑い声をあげた。「死刑囚どもめ、自分たちが飲まされるもののことがまるでわかっておらん。あれはくじ引きのようなもので、ピサンにさえあたらねば助かると思っている。ときどき、死刑囚をじらしてやるのですよ。まず、ジュ・ディを飲ませてやるでしょう。すると死刑囚は自分が解放されると思いだす。そこで、二杯めを与える。やつらは疑いもせず、ありがたく飲み干す。一杯めのときには、同じ味のものを飲んでもなんともなかったのですからな。その瞬間、全身を麻痺が襲う――はっはあ！　あのときの、やつらの顔ときたら！」

スペース・ロードがクアトに対して抱いていた潜在的嫌悪が、一瞬、大きく膨れあがった。総督は事実上、酩酊しているも同然の状態にあるとはいえ――これが真人のいうことか？

ラリがすかさず、総督に釘を刺した。

「いけませんね、クアト、そんな心にもないことをいっては！」

理性が多少ともクアトにもどってきたようだった。弟、ラリのひざをなだめるように軽くたたいて、クアトは答えた。

「むろんだとも、そんなことは思ってもおらん。さあて、そろそろ寝室に引きとったほうがよさそうだ。賓客のお相手は、おまえたちにまかせてもいいな？」

立つときすこしふらついたものの、それからはふつうの足運びで、クアトは中央サロンを出ていった。

ふいに、思考遮蔽がわずかにゆるんだらしい。クアトの思考までは読めなかったスペース・ロードだが、遮蔽のゆるみにより、この惑星のどこかに、なにか邪悪なもの、奇怪なもの、非合法なものがあることが感じとれたのだ。血液中に宿っていたジュ・ディのぬくもりが、なにか冷たいものに取って代わられたような感じだった。

白い砂丘の上では、強風が吹きつのりだしていた。都からはるか遠く、〈太陽なき海〉のそばには古い火口壁があり、その火口壁に囲われたカルデラには、火口湖とそれを取りまく森がある。森のただなかには、秘密の研究所があった。そして、外からはなんの変哲もない施設にしか見えない研究所の内部では、いまだ知覚力のない状態のままに、培養液の中で、非合法の〈生ける屍〉がうごめいていた。施設の外の樹々に実る恐るべき果実がわなわなと震えているように見えるのは、恐ろしい予感に打ち震えているからだろうか。

マドゥがためいきをついた。

「三杯めを飲ませてはいけないと、わかってはいたんです。でも、どうしようもなくて」

そこでマドゥは、スペース・ロードの面前だというのに、沈鬱な面持ちで黙りこんでいるラリに顔を向け、力づけるように声をかけた。

「もちろん、囚人をいたぶるなど、あのひとも本気でいっていたわけではないわ。この長い年月、わたしたちにはずっとよくしてくれたのだし……あんなにもわたしたちに親切にしてくれる人なんて、ほかにはいないもの。そうでしょう？　もっとも、わたしたち以外の者に対して、あれほど残酷になれる人もいないけれど」

スペース・ロードはラリに目をやった。若者の整った顔だちは、精気に満ちてはいるが、まだ青い。まだまだ青い。そして不安の表情をたたえている。

「だが、ほんとうに親切といっていいものかな。それに、悪いうわさもいろいろ耳にする」

そこから先は、尻すぼみに消えた。スペース・ロードの面前であることを思いだしたのだ。すこし間を置き、最後につけくわえたのは、こんなことばだった。「もちろん、そんなのはみんな、たわごとだがね」

しかしロード・ケマルは、ラリが自分自身をなだめようとしているような――と同時に、兄が与えた悪印象をぬぐうため、むりやり話題を切りあげたような印象を受けた。

「さあ、そろそろ食事にしましょう」

マドゥが努めて明るい声でそういって立ちあがり、先に立ってダイニング・サロンに歩きだした。スペース・ロードはまたしても、むりやり話題を切りあげられたように感じた。

2

何年ものち、スペース・ロードは思いだす。心の中を駆けめぐるのはさまざまな思考だ。おお、ザナドゥよ、全銀河系において、おまえに比肩しうるものはひとつとてない。影なき昼と夜、樹々なき平原、突然の雨なき雷鳴と稲妻、それらが惑星の魅力をさらに高めている。そして、グリゼルダ——これまでで唯一深く知り合った、純然たる動物。大きくごろごろと鳴らすのど、いっぽうに黒い斑点のあるやわらかなピンクの鼻、見る者の顔の表面的造作《ぞうさく》を透かして、存在そのものを見すえているかのような双眸《そうぼう》。おお、グリゼルダ、いずこかで、いまもおまえが跳ねまわり、ジャンプしていてくれたなら……。

しかし、話はいまに遡る。ロード・ケマル・ビン・ペルマイスワーリーがザナドゥに到着して、またたく間に何日かが過ぎた。その間に提供されたザナドゥの娯楽は、おびただしい種類にのぼった。

ケマル到着の翌日には徒競走が予定され、ラリが出場することになっていた。ザナドゥで復活した駆け競《くら》べなる概念は、人類が機械化によって忘れていた、より簡素な歓びに対する意図的な回帰の一環だという。

陸上競技場に詰めかけた観衆は、みな華美で派手な装いをしていた。若い娘はほとんどが髪を束ねず、自然のままになびかせている。女性陣が身につけているのは、老いも若きも、典型的なザナドゥの民族衣装——小さくて短いスカートに、胸ぐりの大きな袖なしの上着だ。ほとんどの惑星では、年配の女性がこのような服装をすれば、醜悪に——すくなくとも滑稽には見えるだろうし、若い娘は若い娘で、はすっぱに見えただろう。しかしザナドゥでは、肌の露出には抵抗がなく、みなに広く受けいれられている。そしてザナドゥの女性は、ほぼ例外なしに、年齢のいかんを問わず、美しくてしなやかな肉体を維持しており、肌の露出を戒める偽善的な慎みも持ち合わせてはいなかった。

若い観客のほとんどは、男も女も、露出した肌の上にきらめく色粉をつけている。これはスペース・ロードがはじめてマドゥを見たときに気がついた色粉と同じものだ。粉の色は、服の色に合わせている者もいれば、髪の毛や目の色に合わせている者もいる。なかには少数ながら、無色の発光粉をまぶしている者も見受けられた。スペース・ロードの目には、そうやって色粉で彩った者のなかで、マドゥがいちばん美しく映った。

マドゥはすっかり興奮していた。そのなにがしかはロード・ケマルにも伝わって、興奮をかきたてた。しかしクアトは、ごく冷静のようだった。

マドゥがたずねた。

「どうしてそんなにすました顔ですわっていられるんです？」

「ラリが勝つとわかりきっているからさ。競い馬のほうがずっと刺激的でいい」

「あなたにはそうかもしれないけれど。わたしにはちがいます」

ロード・ケマルは好奇心をそそられてたずねた。

「競い馬というのは見たことがないが。それはどういうものだね？　どの馬がいちばん速く走れるかを競うのか？」

マドゥはこくりとうなずき、説明した。

「合図を受けて、各馬が決められたコースをいっせいに走りだすんです。真っ先にゴールに駆けこんだ馬の勝ち。このひとは――」マドゥはクアトにいたずらっぽくあごをしゃくって、「――賭けをするのが大好きで。というよりも、賭けで勝つこと、自分の持ち馬が勝つのが大好きなんです。人間の競走より馬の競走を好むのはそのためなんですよ」

「すると、人間同士の競走の場合、賭けは行なわれないのか？」

「ええ、もちろん。人間の能力や成績で賭けをするなんて、そんな下劣なこと！」

本日行なわれるのは三レースで、レースのたびに走者が絞りこまれていった。もっとも、レースがはじまってみると、ラリには敵がいないことがわかった。ラリはほかの走者たちが毒になるほど傑出した走者だったのだ。ここまで飛びぬけて速くなければ、他の走者たちがザナドゥ総督の弟という立場に配慮して勝ちを譲った、とケマルは思ったにちがいない。

レースの終了後、クアトが競技場の中央へ降りていった。古き〈ふるさと《マンホーム》〉で行なわれていた古代の儀式をまねて、黄金の葉で作った冠をラリの頭にかぶせるためである。

クアトが席をはずしているあいだ、ロード・ケマルは背後に聞こえる客たちのささやきに耳をかたむけた。〝ラリはアロイと舞っている〟、〝総督のご老父がお怒りだぞ〟、〝あれで母親がなあ……〟。

しかし、そんなささやきなど、マドゥの耳には入っていないようだった。

式典後、総督やその一行と宮殿にもどってきたあとで、ロード・ケマルは背後で聞こえたあの興味深いささやきを反芻《はんすう》してみた。とくに当惑をおぼえたのは、現在形または未来形で語られる、〝総督のご老父がお怒りだぞ（お怒りになるだろう）〟というささやきだった。それはケマルの心にひっかかり、指先の傷口に刺さったトゲのようにいつまでもいすわった。恐怖の機械たちによる傷から精神が回復しはじめたばかりという事情も手伝って、それ以上わずらわされないためにも、ケマルはなるべく気にかけないことにした。

おりしもクアトが二杯めのジュ・ディのゴブレットを手にした。そのクアトに向かって、ロード・ケマルはごくさりげない口調でたずねた。

「きみがザナドゥの総督について、どれくらいになる、クアト？」

クアトがぴくりと顔をあげた。ケマルのさりげなさの裏に、なにかを感じとったらしい。

すぐさま、ラリがかわりに答えた。

「わたしが赤ん坊のころから、でしたね？」

クアトは手ぶりで弟を黙らせて、

「長い年月になります」と答えた。「具体的な年月について、なにか気になることでも？」

「いやなに、ふと気になったものでね」スペース・ロードは、深い関心などないふりを装うことにした。「ザナドゥの総督職は世襲制だとばかり思っていたのだが。きょう、前総督であるお父上が、いまだご健在であるという話を耳にしたんだ」

クアトに制されるよりも早く、ここでまたラリが、打てば響くように答えた。

「健在です。いまはアロイで暮らしていますよ。それで母が……」

クアトに渋面を向けられて、その先は途切れた。クアトがいった。

「補完機構には関係のないことです。この件はザナドゥの土着の文化に関することであって、ザナドゥが補完機構の保護下に入ったときの合意文書、第37698４条a項34c段落によって保護されています。この件に関係するのが、純粋にザナドゥの土着の文化にかかわる問題であることは、このわしがロードどのに保証しましょう」

ロード・ケマルは、表面上は納得した顔でうなずいた。が、心の中では、またもや新たな謎の一部が明るみに出たと感じていた。これほどなにかが気になり、興味をそそられるのは、スタイロン４以来のことだった。

3

ザナドゥに滞在して四〝日〟め、ロード・ケマルはマドゥとラリをともない、この惑星にきてはじめて、囲壁の外に出た。このころにはもう、スペース・ロードは猫のグリゼルダがとても気にいっていた。この猫が大きな音をたててうれしそうにのどを鳴らし、命令されもしないのにロードを乗せようと地に横たわると、なんともいえず気分が浮き立つ。

ケマルは新たな観点から動物たちを見るようになった。苦い経験とともに、ケマルはよく知っている——下級民、つまり人の形をした改造動物が、考慮に値しない存在であることを。

たしかに、おおいなる知力と体力を持った下級民たちは存在するが、しかし……。そこから先の思考は、まともに考えることもなく途絶えた。

ザナドゥの動物たちは純粋な歓びを持って平原を駆けまわる。風が吹きさらし、樹の姿をあまり見かけないこの小さな惑星には、独特の荒涼たる美しさがあった。黒い海が洗うのは白い絶壁の麓《ふもと》だ。何里《リー》にもおよぶ白砂の砂浜を眺めやりながら、ケマルはあらためて思った。ここはなんと奇妙な世界なのだろう。

そのとき、はるか遠くで、一羽の巨大な鳥が舞いあがり……途中で失速して、地に墜《お》ちていくのが見えた。

のちに――ずっとずっとのちになり――ケマルがフィードした時空に関する事実を基に、コンピュータが書いた以下の詩は、銀河系にあまねく知られることになる。

昏《くら》き山の上にて
ただ一羽雲の中
鷲は宙に停まる
疾風《はやて》の吹き荒《すさ》び
霹靂《はたたがみ》鳴り響動《どよ》み
水滴雲を結びて
編むは鷲の屍衣《しらぎぬ》

両翼は傷み裂け
鷲は地に墜ちぬ

寄せる波は
砕けて散り
絶壁の麓に
白波を産《むす》ぶ
晦冥《かいめい》の夜に
目を引きて
墜ちゆける
白きものは
孤鷲《こしゅう》の双翼《つばさ》

われ聞けり
鷲の悲鳴を。

おそらくこの悲詩は、ロード・ケマルの感情の深い部分を表わしたものだろう。ケマルが目にした事実をコンピュータに与えた結果、心のうちの苦悩がこのような悲詩となったのだ。

マドゥとラリも、やはり鳥が墜ちてゆく場面を目撃しており、乗猫がもたらすそれまでの純然たる歓びは、当人たちにもよく理解できないなにかによって、ここに曇らされた。

「けれど、なぜ?」マドゥがささやいた。「わたしたちが猫に乗っていたのと同じように、あの鳥は風に乗って自由に舞っていたのに。わたしたちが猫の背に乗って、自由に、昂然と大地を跳ね進んでいるのと同じように、あの鳥もおおらかに宙を舞っていたのに。それが、いまはもう……」

「いまはもう、あの鳥のことを忘れてやらねばなるまい」

連綿と堪え忍んだ経験で得た英知、加えて、できることなら身につけずにいたかった用心深さもあいまって、スペース・ロードはそういった。しかし、かくいうケマル自身は、あの鳥の悲しい姿を忘れることができなかった。だからこそ、コンピュータに状況を入力したのである。

「昏き山の上にて……」

美しきものの死、生あるものの死に慄然とした一行は、それぞれが物思いにふけり、それまでよりもゆっくりと進んでいった。

(ああ、なんともったいない!)

進みながら、ケマルは思った。ああも美しい生きものがあんなふうに消えてしまうなんて、なんともったいない。あの鳥は天に向かって、夢のごとく自由に舞いあがった。それなのに、なぜ? 不意の乱気流にでも見舞われたか? それとも、なにかもっと恐ろしいことに巻きこまれたのか？

ラリはといえば、こう思っていた。

（母はどう感じていたのだろう。もう引き返せないと知りつつ、あたたかくて深い海の底へ、昏い海の底へと歩いていったとき、母はどう感じていたのだろう。どんなことを思っていたのだろう）

マドゥは混乱し、心細さにさいなまれていた。なんらかの形の死に遭遇したのは生まれてはじめてだったからである。マドゥにとって、会ったこともない両親は存在しないに等しい。しかし、あの鳥は――あの鳥はまだ生きていて、自由に空を飛んでいた。墜ちるまぎわまで、優美に滑空して空を舞うこと以上に重要な関心事などなかったにちがいない。それが突然、死んでしまった……。生と死、このふたつの概念を心の中で調和させることは、そう簡単にできるものではない。

最初に鳥の死を克服したのは、やはり年の功だろうか、ロード・ケマルだった。マドゥに向かって、ケマルはたずねた。

「ところで、まだ話してもらっていないな――これからどこへ向かおうとしているのかを」

マドゥの見せた微笑は、ふだんの晴れやかな笑みにくらべてずいぶんと弱々しかったが、それでも懸命にほほえもうとしていた。

「この火口壁外側の山道づたいに、火口壁の縁へあがります。縁からはとても美しい景観が見わたせるんですよ。縁の上に立って下を見わたせば、惑星全体を一望しているかのような気持ちになれること請けあいです」

ラリもうなずいた。そして、心を沈ませる陰鬱な考えにまどわされているよりも、会話に加わったほうが有意義だと判断したのだろう、こういった。

「そのとおりです。火口壁の縁の上からはブアの樹々も一望できますしね。ピサンとジュ・ディの原料になるのが、そのブアの樹の果実なんです」

「樹木がない点はずっと気になっていたんだ」とスペース・ロードは答えた。「この惑星に着いて以来、高木は一本も見ていないのでね」

「たしかに」

マドゥとラリは異口同音にそう答え、それがきっかけとなって、三人ともに、塞いでいた気がすこしは晴れた。以後、若いふたりは自然に笑うようになり、あの鳥の死を見て以来、ぎごちなかったふるまいも自然になってきた。無意識のうちにだろうが、ふたりはいっそう快活な態度で猫と接しだし、猫たちも以前のようにスピードをあげ、跳ねながら進みだした。

若い旅の友ふたりに気分の高揚が見られたことで、それにつられて、スペース・ロードも気分がよくなってきたが、ひとつ残念だったのは、猫たちが危険なほどの猛スピードで走りだしたため、せっかく興味深い方向へ向かいかけていた会話が途切れてしまったことである。

もっとも、山腹を登るのにともなって、猫たちのスピードも徐々に落ちてきた。はじめのうちはスピードが落ちてきたことに気づかなかったのだが、長い山登りがつづくにつれて、グリゼルダが疲れだしたことがロード・ケマルにもわかるようになった。いつしかケマルは、どのような状況下にあっても、グリゼルダが疲れをおぼえることはないのではないかと思いはじめていた。しかし、火口壁の上縁にいたる山道は、下でふもとから見あげたときよりもはるかに長かったのだろう。

ほかの猫たちも疲労をおぼえているらしい。やはり速度が落ちていることからも、それは明らかだ。

これを機に会話を再開すべきだと判断して、スペース・ロードは話のつづきをうながした。

「さっき、樹々について、なにかをいいかけていたようだが……」

答えたのはラリだった。

「この惑星に着いて以来、高木をごらんになったことがないとおっしゃいましたが、まさにそのとおりです。ザナドゥで育つ樹木は、ブアの樹を除けば、カラパの樹しかありません。カラパは小さめの火口壁内に自生することが多い樹で、火口壁の上にあがれば多少は見られます。いっぽう、ブアの樹には群生する性質があって、火口壁の内側に森を形作っています。果実が実るには雄木と雌木がそろっていなければいけませんし、果実は特定の時期でないと近づくことができません。その時期以外は、香りを嗅いだだけでも、死を招きます」

マドゥが深刻な声であとを受けた。

「わたしたちはふだん、ブアの森には近づきません。ですが、クアトがアロイに時期を確認して、いまはだいじょうぶと世に告げると、ザナドゥじゅうの人間がこぞって収穫に加わります。アロイの舞は、一年を通じて、そのときがもっとも美しく……」

ラリが険しい顔でかぶりをふった。

「マドゥ。部外者に話してはならないこともある」

マドゥは顔を曇らせ、目に涙をあふれさせて、とぎれとぎれに答えた。

「でも、補完機構のロードともなれば……」

ケマルもラリも、マドゥの動揺を察し、それぞれのやりかたでなだめにかかった。

スペース・ロードはこういった。

「わたしは憶えておくべきではないことを忘れるのが得意でね」

ラリはマドゥにほほえみ、肩に右手をかけて、こういった。

「だいじょうぶだ。この方はちゃんとわかってくださる。きみだって、だれかを困らせようとして口にしたことではないんだし。おれもロードも、クアトにはなにもいわないよ」

夕食後、自室で横になったスペース・ロードは、きょうの午後のできごとをふりかえった。あのあと一行は、火口壁の上の縁に到達した。そこから一望する景観は、たしかにマドゥのいったとおりのものだった。火口壁の外側を見わたせば、まるで大地が無限に広がっているかのような、圧倒的ともいえる無窮無限の感覚が味わえた。空間や時間を超える旅を何度となくこなしてきたスペース・ロードでさえも、これほどの広大さを感じたことはない。そのいっぽうで、ごく些細ながら、なにかがおかしいという感覚はずっと心にひっかかっていた。火口壁の外についてではない。中についてだ。

その感覚の一部はブアの森に関するものだった。ケマルはたしかに見た——突風が吹いたかと思えば軟風が吹く不安定な風勢のなかで、揺れるブアの枝々のあいだに建つ建築物を。それに気づいたことは、若いふたりには黙っていた。たぶんそれは地元民にしか知らされていない存在であり、おおっぴらに話すことは禁じられているにちがいない。そうでなければ、ふたりのうちのどちらかが、問われるまでもなく、その説明をしていただろう。

記憶を探り（そう、ケマルの心は明らかに回復しつつあった）、宮殿の召使いたちのうち、補完機構のロードに進んで情報を提供しそうな人物はいないかと探ってみた。そこではっと、あることを思いだした。とくに意識せぬまま、自分の識閾下《しきいきか》にメモしていたにちがいない。それは猫舎《びょうしゃ》に詰める、ある猫務員《びょうむいん》のふるまいだった。あの男が具体的にしたことはなんだ？　猫砂に〈魚のしるし《イクテュス》〉を描き、ちらりとスペース・ロードの顔を見てから、さりげなくその絵を消したことだった。のちに、その男の首には金属光沢が見えた。あれは〈磔《はりつけ》にされ、高みにさらされた神〉の十字架ではなかったか？　このザナドゥには〈古代の有力宗教〉の信徒がいるのか？　だとすれば、そこにつけこめそうな気が……。

いや、つけこむというのは変か。あの男はむしろ、こちらにつなぎをつけようとしていた。思い返せば、たしかにあの男には、そういった行動が多い。だとすれば、積極的に協力してもらえるかもしれない。いますべきことは、男の名を思いだすことだ。

自由連想を働かせた。男の顔が浮かんできた。そして、首にかけた鎖をまさぐる男の手も……そう、あれはまさに十字架だ、いまなら見える……なぜずっと見落としていたのだろう……だが、こうして見つけたいま、ケマルはしっかりと心に記録した……そうだ、そして、あの男の名前。あれはミスター・ストークリー＝フロム＝ボストンだった。好ましからざる疑念が心をよぎった。もしやザナドゥにも下級民がいるのか？　見た目はとうてい動物由来には見えなかったが、〝ストークリー〟にも〝ボストン〟にも、はるか遠いむかしにあったという運動を――公民権運動というのだったか――連想させるものがある。

ロード・ケマル・ビン・ペルマイスワーリーとしては、ミスター・ストークリー＝フロム＝ボストンの知遇を得るために、とうてい〝朝〟までは待てそうになかった。だが、こんな時間に猫舎へ出向く、どんな口実があるというのか？　ザナドゥの各門は、以後の八時間は閉じられたままだ。そこではっと、自分が常人と同じように考えていることに気がついた。自分は補完機構のロードだ。こうしようと決めたことに対し、口実など口にせねばならない理由がどこにあろう？　クアトはザナドゥ総督かもしれないが、補完機構という体制のもとでは、ごくちっぽけな存在でしかない。

とはいえ、できるだけ用心深く行動するに越したことはなかった。クアトはこれまでに、平気で無慈悲なふるまいを行なえることを誇示してきた。一部の〝土着の文化〟がきわめて特異に思われることも見せつけてきた。精神の調和を失って治療中のスペース・ロードが、〝うっかり〟ピサンを飲んで命を落とす――そんな事態には気をつけねばならない。それに、ミスター・ストークリー＝フロム＝ボストンの身の安全も考えてやる必要がある。

グリゼルダ。答えがあるのはそこだ。きょうの午後、グリゼルダは何度もくしゃみをしていた。ケマルはそれに気づき、マドゥとラリに懸念を伝えた。ふたりは〝土ぼこりか花粉のせいだろう〟といって一笑に付したものの……口実としては使える。ケマルがグリゼルダを愛《め》でるあまり、猫かわいがりするのは、宮殿ではもうよく知られていることだ。こんな時間ながら、グリゼルダが心配でようすを見にきたといえば、だれも変には思わないだろう。

　宮殿の通路は奇妙にがらんとしていた。そんな寒々しい通路を、猫舎めざして歩いていく。ザナドゥに着いた日からこちら、一日の最後の食事をおえたあとは、ケマルはあえて自分のリビングエリアから出ないように努めてきた。ここでは最後の食事がすむと、だれもが――召使いも主人も――みんな自室に引きとってしまうらしい。ゆえに、猫舎にもだれもいない可能性が高いが……。

　信じがたい強運というべきか、猫舎には、ミスター・ストークリー＝フロム＝ボストンがたったひとりでいた。すくなくともこのときは、この出会いは偶然だ、とケマルは思った。これがやはり鳥男であると知ったのは、すこしたって、当人にたずねてからのことである。ミスター・ストークリー＝フロム＝ボストンは、スペース・ロードが見当をつけたとおり、下級民だったのだ。

　ミスター・ストークリー＝フロム＝ボストンの笑顔は、賢明さと親切さを感じさせるものだった。しかも相手は、念話で語りかけてきた。

（お気づきのように、クアト総督は、わたしが下級民であるとはまったく思っていません。そしてもちろん、網羅的な思考遮蔽網は、わたしには通用しません。少々手間どりましたが、どうやらあなたの精神にアクセスできたようですね。手持ちの精神探針《プローブ》で走査したところ、あなたがスタイロン4で受けた心の傷はそうとうに深いものでしたので、いくぶん危ぶみはしたのですが、それでも、最新の手法を用いてあなたの精神を治療するべく努めてきました。おおいに効果があったようでなによりです）

この動物由来の男が、自分の精神にそこまでずかずかと踏みこんできていたのかと思うと、一瞬、奇妙な怒りをおぼえた。しかし、その怒りはすぐに消えた。グリゼルダとのあいだに築かれた共感も、いまこの鳥男と分かち合っている精神的コミュニケーションと同質であることに気づいたからである。

ミスター・ストークリー＝フロム＝ボストンは、いっそう大きな笑みを浮かべてみせた。

（あなたはまさに、期待どおりの人物でした、ロード・ビン・ペルマイスワーリー。あなたこそ、わたしたちがここザナドゥで必要としている協力者にほかなりません。ああ、驚いた顔をしておいでですね？）

ロード・ビン・ペルマイスワーリーはうなずいた。

（総督は厳重な管理体制を敷いている。ザナドゥに下級民はいないはずだ）

（たしかに、ザナドゥへの潜入工作がむずかしくなかった、といえばうそになるでしょう）

ミスター・ストークリー＝フロム＝ボストンは認めた。（しかしわたしは、ひとりだけではありません。当然ながら、ほかにも人間の協力者がいます。とはいえ、いまにいたるまで、スペース・ロードほど強力な味方はいませんでした）

自分は勝手に味方と認識されている。それなのに、怒る気が起きない。鳥男はあらためてロード・ケマルの思考を読みとり、ほほえみかけてきた。妙に勝ち誇ったような、最初からこうなることはわかっていましたよ、とでもいわんばかりの笑みだったが、同時にそれは、人好きのする笑みでもあった。この男なら信用できそうだ。この鳥男がなにをいおうとしているのであれ、自分はもう、それを受けいれる心の準備ができている。

ふたりの思考が密接にからみあった。

（あらためて、きちんと自己紹介させてください）鳥男が念話した。（わたしのほんとうの名はイ・ドゥアルト。偉大なイ・テレケリの血を引く者です。あなたもイ・テレケリの名は聞いたことがおありでしょう）

控えめすぎる謙虚さに対し、ロード・ケマルはかえっていらだちをおぼえたが、その名に敬意を表して会釈した。伝説の鳥男、イ・テレケリ。下級民の名高い指導者であり、精神的助言者であるイ・テレケリの存在は、補完機構においてだれひとり知らぬ者がない。卵から生まれたあの下級民は、補完機構の務めを果たすうえできわめてたのもしい味方にもなれば、きわめてやっかいな敵対者にもなる。じっさい、補完機構を統べる諸ロードと諸レイディは、イ・テレケリの協力を得ようといつも腐心していた。

下級民のなかには、卓越した治癒能力や超能力を持つことで知られる者が多く存在する。自分の精神を操作・治療していた動物由来の存在がイ・テレケリの血を引く者だと知って、スペース・ロードはむしろ安心感をいだいた。こちらが念話で思念を伝えられるのは、イ・

ドゥアルトが明らかに念話を聞きとれるからだ。この者と協力しあえれば、ザナドゥの謎を解く過程はずっと簡単になる。しかしそのまえに、スペース・ロードとしては、この特別な協力関係が、補完機構のいかなる法にも違反していないことをたしかめておく必要があった。

（違反してはいません）イ・ドゥアルトはきっぱりと否定した。（じっさい、共闘の対象となるのは、補完機構の諸法に正面から抵触することがらであり、早急に矯正措置をとらねばならないことがらなのです）

（それは〝土着の文化〟にかかわることか？）

スペース・ロードは鋭くたずねた。

（土着の文化もかかわってはいるのですが）とイ・ドゥアルトは認めた。（それはむしろ、はるかに邪悪なことを覆い隠す煙幕として使われていると思ってください。いま〝邪悪〟ということばを用いたのは、けっしてこれの観点からではなく）イ・ドゥアルトはそういって、〈磔にされ、高みにさらされた神〉の十字架をかかげてみせた。（生きとし、生けるものの権利に対する、根本的な侵害の観点から見てのことです。この権利とは、生物が生きていく権利——他者の権利を侵害しないかぎりにおいて、みずからの意志どおりに存続する権利、生きたいように生きる権利、みずから意思決定を下す権利を指します）

ロード・ケマル・ビン・ペルマイスワーリーは再度、敬意と賛意を示すために会釈した。

（それらは不可譲の権利だからな）

イ・ドゥアルトはうなずいて、

（そのとおりです）と念話で答えた。（しかし、このザナドゥにおいて、クアト総督はその不可譲性を回避する方法を見つけだしました。〈生ける屍〉のことは、もちろん、ごぞんじですね？）

（もちろんだ。〝そして、みずからの命を持った例《ためし》なく……〟）ケマルは古い歌を引用した。（しかし、それが生者《しょうじゃ》の権利となんの関係がある？　〈生ける屍〉とは、はるかなむかしに死んだ偉人――偉大な業績をあげた人物の凍った組織片から培養再生し、人間に成長させた者のことだろう。たしかに、肉体を甦《よみがえ》らせて〈生ける屍〉に仕立てた者が、二度めの生においても傑出した業績をあげる例もある。それは事実だ。だが、そううまくはいかないこともある。たとえば、念話を聞く能力は、環境と遺伝子の組みあわせで得られるもので、遺伝子だけで発現するものではない……）

ふたたび、イ・ドゥアルトはうなずいた。

（科学的にコントロールされていても、わたしのいう〈生ける屍〉は、合法的存在ではありません。この惑星では、い、ま、生、き、て、い、る、人間の組織片から生ける屍を造りあげているんです。ときどき彼らが気の毒でならなくなりますよ。そもそも、なんのために組織片から〈生ける屍〉を再生すると思われます？）

イ・ドゥアルトはいったんことばを切り、また念話をつづけた。その表情に、スペース・ロードは脅威と恐怖を見てとった。

（〈生ける屍〉は、クアトの手で人形のように操られるんです。オリジナルとすりかわり、取って代わるんです。ゆえに、オリジナルは生を失い、〈生きる屍〉は偽りの生を……）

スペース・ロードはここまで聞いて、ブアの森にかいま見た建物がなにかを悟った。

（あれは研究所なんだ。そうだな？）

イ・ドゥアルトはうなずいた。

（人を近づかせないためには、絶好の位置にあります。クアトは虚偽のうわさを広めました。ブアの樹がふだん、猛毒の瘴気《しょうき》を発散していて、それが無害に変化する時期はアロイに相談することでしかわからず、その一時期にのみ果実を収穫できるとするうわさです。その結果、だれも研究所に近づかなくなりましたが、実態は、そのうわさとはまったくちがいましてね。ブアの実は猛毒の瘴気を放ちますが、それは収穫可能になる時期のまぎわの、ごく短期間にかぎられます。逆をいえば、うわさが定着するに足る、若干の真実を含んでいるということですが……。けさがた、われわれの偵察員が殺されるところは見ましたね？）

ロード・ケマルはけげんな顔になった。イ・ドゥアルトは説明した。

（けさ、あの猫に騎乗していたさい、非改造原種の鷲が空から墜ちるところを見たでしょう。彼はわたしたちのために研究所を偵察していて、ピサンの毒を塗ったダートにやられました。研究所の連中、ああすることで瘴気にやられたように見せかけて、だれもブアの森に近づかないようにしているんですよ）

（きみはあの鳥と……意思の疎通ができたのか？）

（もちろんです）

ここにおいてはじめて、スペース・ロードは鳥男の微笑になにか独善的なものを感じた。が、鳥男はすぐに視線を下げた。その目が急に老けこんで、悲しみにあふれたように見えた。

（あれはわたしの兄弟でした。われわれは同じ巣で生まれたんです。わたしが下級民として遺伝子操作を受けるよう選ばれたのに対して、兄弟は選ばれませんでした。下級民は、真人とはいくぶん異なる感情を持ちますが、それでも、愛情も忠誠心も持っています。そして、悲しみという感情も……）

ロード・ケマルはあらためて、朝の騎猫のさいに見た、空に舞いあがっていく鳥の優美な姿を思いだし、イ・ドゥアルトの悲しみを感じとった。下級民の感情はたしかに信じられる。イ・ドゥアルトはおそるおそる、一本の指でケマルの手に触れた。

（兄弟のために悲しんでくださっているのですね。状況をなにもごぞんじないのに。今夜、あなたに会おうと思った理由のひとつがそれでした）イ・ドゥアルトの雰囲気が一変した。

（なにはともあれ、まずはアロイと交渉せねばなりません）

（アロイということばは何度も耳にしているが。その意味までは知らない）

（むりもありません。アロイは快楽的な生を送っている一団です。歌い、舞い、もてなし、一種の聖職者として仕える存在、それが彼らなのです。アロイには男でも女でもなれますし、アロイになった者は敬われて、尊ばれます。しかし、アロイの一員に加わるためには、身の毛もよだつ条件をひとつ満たさねばなりません）

スペース・ロードはつづきを待った。

(アロイに加わった人間が配偶者とのあいだに儲けた子は、みな生贄に捧げねばならないのです。それがいやなら、代わりに配偶者が死ぬ決まりです。そのうえ、配偶者とのあいだにふたり以上の子がある場合、ふたりめ以降の子と同じ人数だけ、志願者を募って死なせねばならないことになっています)

ここにおいてやっと、ロード・ケマルは理解した。

(それでラリの母親が〈太陽なき海〉に身を沈めたのか。みずからの赤子を死なせぬために。しかしなぜ、老齢の前総督は、アロイの一員に加わったりしたんだ?)

(おわかりになりませんか? 息子のクアトが新たな総督になり、前総督がアロイになれば、ふたりで結託して、この惑星全土に絶対的な力をふるえるからですよ)

(では、はなから陰謀をめぐらしていたと?)

(もちろんです。あのクアトは、前総督が若かったころ、最初の妻が産んだ息子です。齢をとったあとも、前総督は権力をふるいたかった。それには副王的な存在が必要になります。それがクアトだったのです)

(では、研究所の〈生ける屍〉は?)

(この件への対処を急がねばならない理由がそれです。〈生ける屍〉は成長しきっており、知覚力もそなわりつつあります。ゆえに、全個体を早く処分してしまわなくてはなりません。オリジナルたちがあの者たちに取って代わられる前に——オリジナルたちが殺される前に)

(ほかに方法がないのだろうとは思うが、それは殺人に等しいように思えるぞ)

イ・ドゥアルトは異論を唱えた。

（オリジナルとの入れ替わりは、肉体的・精神的な殺人にほかなりません。〈生ける屍〉はロボットのようなものです。あれに魂はありません）イ・ドゥアルトはそこで、スペース・ロードの微妙な笑みに気づいた。（あなたが〈古代の有力宗教〉を信じておられないことは知っていますが、わたしのいう意味はわかっていただけるでしょう）

（わかる。〈生ける屍〉は、きみのいう意味においては、たしかに生者《しょうじゃ》ではない。〈生ける屍〉には自分の意志というものがないのだからな）

（いまこのとき、アロイはふたつ向こうの村に滞在しています。距離にして百里《リー》ほど先です。道々の村で娯楽を提供しながら、アロイは都へやってきます。それはブアの実が収穫できるようになったとの合図であり、それを機に〈生ける屍〉と生けるオリジナルとのすりかえが行なわれる手はずです。すりかえが完了したとき、この惑星でクアトに逆らう者はひとりもいなくなり、残酷なまでの圧政を敷けるようになりますし……他の諸惑星の征服計画も緒《しょ》につきます。オリジナルとすりかえられる予定の者には、クアトの弟のラリも入っています。クアトは民衆に人気のある弟をけむたがっていますからね）

とうてい信じがたい陰謀だった。

（しかし、ラリとあの娘、マドゥ――あのふたりを、クアトはとくに気にいっているように思えるが）

（そうはいっても、研究所の〈生ける屍〉の一体がラリのレプリカであることにまちがいは

ありません)

(前総督は──クアトとラリの父親は──反対しないのか?)

(するかもしれません。しかし、どんな犠牲を払わねばならないのかを知りつつ、アロイに加わったという事実に鑑《かんが》みれば、干渉するとも思えません)

(では、マドゥについては?)

(マドゥについては、当面、あのままにして、自分の意志に忠実な操り人形に仕立てようとするでしょう。思いどおりにならなかった場合は、個人の尊重などしないクアトのことですから、マドゥの組織片の一部を採取して、最終的には〈生ける屍〉と交替させるのではないでしょうか。あの男は、肉体のレプリカさえあれば、それでいいのです。その個人の精神が失われようが、すこしも気にはしません)

スペース・ロードは、いちどにいくつものことがらを消化しようと試みたが、自分の疲弊した精神には、そこまでの処理能力がないことを知った。それに気づき、イ・ドゥアルトが同情を示した。

(すこし長くお引きとめしてしまったようですね。休息していただかなくては。これからも連絡はさせてもらいましょう。心配はいりません。クアトの思考遮蔽網は、クアト本人にも有効ですから。遮蔽が効かないのは下級民と動物だけですし、わたしたちはみんな一心同体です)

自分のリビングエリアへ引き返しながら、ロード・ビン・ペルマイスワーリーはふたたび、宮殿の内部の異様な静けさ、人間の活動の欠如をひしひしと感じとった。猫舎へミスター・ストークリー＝フロム＝ボストンを探しに自室を出て以来、どれだけ時間がたったのだろう。そういえば、あの奇妙な名前はいったいどこでつけられたのかと、イ・ドゥアルトにきいておくべきだった――。そう思ったとたん、心の中にイ・ドゥアルトの念話が響いた。

（わたしの名は、古き〈ふるさと《マンホーム》〉で補完機構のささやかな仕事をしたさいに授かったものです）

スペース・ロードはぎょっとした。うっかりしていたが、相互の距離が少々離れていても、精神を開いているうちは、念話を妨げられることはない。

ケマルは念話で答えた。

（そうか。すまんな）

そして、精神を閉じた。

4

悪夢にうなされつづけて、ようやく眠りから覚めたとき、スペース・ロードはぐったりと疲れきっていた。イ・ドゥアルトならこれを、魂の疲労と呼んだだろう。当面、補完機構に連絡する手段はない。つぎにザナドゥ上空の宇宙港に宇宙船が到着するのはずっと先であり、非合法の〈生ける屍〉に対処するには、それでは手遅れだ。たしかにイ・ドゥアルトのいうとおりだった。オリジナルとのすりかえは、ことがはじまる前に食いとめなくてはならない。しかし、どうやって？　結局、下級民にたよるほかなさそうだ。スペース・ロードとしての立場からすると、情けない話ではあったが、ほかにどうしようもない。せめてもの慰めは、あの下級民がイ・テレケリの子孫であるということか。

その日、最初の食事をとっているとき、マドゥはやけに沈んでいた。ラリが食卓についていないせいだろう。ロード・ケマルはできるだけ愛想のよい声で、あの若者はどうしたんだ、とクアトにたずねた。

「ララクへいったのですよ、アロイと舞うためにね」クアトが答えた。そこで、スペース・ロードは〝アロイ〟ということばに馴じみがないはずだと気づき、こう説明した。「アロイというのは、ザナドゥ固有の舞師であり、芸能師である者たちの一団のことです」

静かな口調の説明ではあったが、ケマルは胸騒ぎをおぼえた。

これはあとまわしにはできない。さいわい、そういう思いは表情に出なかったと見えて、クアトはケマルの危惧に気づかずにいてくれた。それを確認したうえで、イ・ドゥアルトにすぐさま念話を送った。

（ラリが行方不明になった）

（偵察員たちによれば、〈生ける屍〉の全個体はまだ研究所にいます）イ・ドゥアルトから念話が返ってきた。（ラリの居場所を探して、わかりしだい、ご連絡します）

だが、いくら時間が経過しても、所在はいっこうにわからなかった。下級民たちがロード・ケマルに保証できるのは、ラリがララクでアロイといっしょにいるわけではないことと、ラリの〈生ける屍〉のレプリカがまだ研究所にいること、それだけなのだ。まるでこの惑星から消えてしまったかのように、どこにもラリの姿はないという。

マドゥはクアトのことばをそのまま鵜呑みにしたようだった。さっきよりいっそう沈んでいるが、ラリがアロイと舞っていることは信じているように見える。スペース・ロードは、やんわりと探りを入れた。

「これまでに聞いた話から察するに、アロイというのは閉鎖的な集団のようだ。一員になるためには、正式の手続きを経て加入する必要があるのだろうか」

「はい、そうです、完全な一員になるためには」とマドゥは答えた。「でも、収穫の時期が近づくと、ひときわ優秀な舞手たちにかぎって、成員であるかどうかに関係なく、アロイと舞うことをゆるされます。収穫時期が訪れるのは、そう先のことではありません。アロイはすでに、ララクからポイケへ移動しているはずです。そのあとは、この都にやってきます。そのときまたラリに会えるでしょう。待ち遠しいわ。ラリが徒競走をしに出かけてしまうと、わたし、いつもさみしくてしかたがなくなるんです」

スペース・ロードはさらに探りを入れた。

「前にもラリが舞をしに出かけたことは？」

「いいえ、それはありません。徒競走ならありましたが、舞をしに出かけたのは、こんどがはじめてです。でも、ラリはほんとうにすぐれた舞手なんですよ。あの齢であれほど舞える者は、ほかにはいません」

「舞以外に収穫をことほぐ娯楽はあるのかな？」

この問いは、消えたラリがどこにいるかの手がかりを探るためにしたものだ。

マドゥのほほえみが、いつもの晴れやかな笑顔のいくぶんかを取りもどした。

「ええ、もちろん。前にお話しした競い馬が行なわれるのもこの時期です。あれはクアトがお気にいりのスポーツでもあるんですが——」マドゥの顔が急に翳《かげ》った。「今回ばかりは、クアトの持ち馬が勝てる見こみはほとんどありません。持ち馬のゴグルは、あまりにも長いあいだ、あまりにも苛酷なレースをくりかえしてきました。後肢は両方ともに、使いものにならなくなる寸前です。適切な提供馬がいれば筋肉移植をしようと獣医はいっていますが、そう都合よく見つかるとも思えません」

しかし、もうじきまたラリに会えるという思いからか、スペース・ロードと歓びを分かちあうマドゥは、それまでより幸せそうに見えた。ふたりは猫にまたがって騎乗に出た。猫のグリゼルダと一体になって疾走することにより、きょうもまた、ロード・ケマルは圧倒的な胸の高鳴りと快感を味わうことができた。グリゼルダは驚くほど親密に意思の疎通ができるようになっており、両ひざでぐっと胴体を締めつけたり、鋭く声をかけたりするまでもなく、ほんのちょっとした思いにもすばやく応えてくれた。ロード・ビン・ペルマイスワーリーは、ここ数日来はじめて、イ・ドゥアルトと〈生ける屍〉のこと、ラリの安否、あの鳥男と協力することを補完機構が認めるかどうか、そういった問題から離れることができた。

それに、今回の件がきっかけで、マドゥとラリはどの程度の間柄なのだろうということも気になってきた。こうしてマドゥとふたりきりで騎乗に出てみると、マドゥのほうも自分に好意を寄せていることはわかる。とはいえ、こちらからマドゥに寄せる想いは、それよりもはるかに強い。いままで幾多の惑星をめぐり歩いてきたケマルだが、ひとりの女性に対してこんなにも魅力を感じたことはいちどもなかった。しかし、名誉を重んずるロードとしては、自分の想いをマドゥに伝えるのに先立って、まずはラリの安全を確保しておく必要がある。あらためてイ・ドゥアルトに念話したのはそのためだ。

（かんばしくありません）と鳥男は答えた。（ラリの手がかりがまったくつかめないのです。最後にわれわれの一員が目撃したさいは、宮殿の外縁部にいて、猫舎のほうに向かっていたとのことですが。判明したのはそれだけです）

収穫を控えた祝祭の日、スペース・ロードはグリゼルダに会うという口実のもとに、また猫舎を訪ねた。

イ・ドゥアルトことミスター・ストークリー＝フロム＝ボストンはせっせと働いており、スペース・ロードには陰鬱な視線を向けただけで、精神を閉ざしたままだった。念話もしてこようとはしない。ロード・ビン・ペルマイスワーリーはいらだち、みずから精神を開くと、念話で毒づいた。

（この動物が！）

イ・ドゥアルトはわずかに眉根を寄せたものの、依然として念話をしようとはしない。

スペース・ロードは気まずくなり、念話で詫びた。

(すまない。本気でいったわけではないんだ)

イ・ドゥアルトも、これには念話で答えた。

(いいえ、本気でしたね。事実、われわれは動物にちがいありません。しかし、なぜそんなにも見くだすのです？　わたしたちはおたがい、対等の存在ではありませんか)

(きみがわたしに――スペース・ロードに対して精神を閉ざすものだから、つい、いらっとしたんだ。しかしきみには、だれに対しても精神を閉ざす権利がある。詫びをいおう)

イ・ドゥアルトは丁重に謝罪を受けいれた。

(わたしがあなたに精神を閉ざしていた裏には理由があります。ある事態をどのようにしてあなたに伝えるか、決めあぐねていたのです。それに、自由に念話を行なう前に、あなたがあの娘マドゥとあの若者ラリのことをどう思っているのか、しっかりと把握しておく必要もありました)

ロード・ビン・ペルマイスワーリーは恥ずかしさをおぼえた。自分が見せたふるまいは、スペース・ロードのそれではなく、子供のそれだったからである。以後は完全に精神を開き、なにも包み隠さずに念話をしようと努めた。

(ラリのことは心から心配している。マドゥについては、とても強く心魅かれていることを知っておいてもらわねばなるまい。しかし、そのまえにまず、ラリを見つけだし、マドゥが

ラリをどう思っているかを知らなくてはならない）

イ・ドゥアルトはうなずいた。

（期待どおりの答えを念話してくださいましたね。ラリは発見しましたが……一生、自力で歩けないからだになっていました）

ロード・ケマルは鋭く息を呑んだ。鋭すぎて、のどが痛くなったほどだった。

（どういう意味だ？）

（クアトが獣医に命じて、ラリの両脚からふくらはぎの筋肉を奪いとらせ、気にいりの馬、ゴグルに移植させたのです。あの馬はあと一回、競い馬において全力疾走できるでしょう。したがって、クアトの持ち馬以外に賭ける者はみな損をすることになります。いかなる外科手術をもってしても、もはやあの若者をふたたび歩けるようにはしてやれません。ましてや、走ったり舞ったりは確実に不可能です）

愕然とするあまり、しばらくスペース・ロードの思考は麻痺していた。気がつくと、イ・ドゥアルトがまだ念話をつづけていた。

（あすはラリを車椅子に乗せて、競い馬の会場に連れていきます。マドゥの手助けが必要になるでしょう。そのあとどうするかは、あなたが決めてください）

あくる日も、ロード・ケマルは夢の中にいるかのような放心状態から覚めず、ものごとを淡々と眺めつづけていた。そんな自分の状態に気がついたのは、競い馬がはじまるまぎわになってからのことだった。

その間に、イ・ドゥアルトは一度だけ念話をしてきた。

〈〈生ける屍〉は一気に壊滅させねばなりません。あすの競い馬をおえて、だれもが祝っているときこそ千載一遇の好機。クアトの注意を引いてください。そのほかのことはわたしが引き受けます〉

恐怖にさいなまれ、鬱々とし、スタイロン4で戦ったときよりも心が弱くなったと感じているロード・ビン・ペルマイスワーリーは、マドゥおよびクアト総督と連れだって競い馬を見に出かけた。貴賓席にいってみると、ラリがいた。すっかり蒼ざめ、やつれはて、ひどく老けこんで見えるありさまになって、車椅子にすわっているラリがいた。

〈なぜラリをこんな目に――？〉

スペース・ロードは念話で悲鳴に近い声をあげた。

イ・ドゥアルトの、それよりもずっと冷静な声が返ってきた。

〈クアトはむしろ、自分が寛大だと思っています。走者として活躍することで、ザナドゥの人々の英雄であったラリですが、歩けなくなれば、もはや英雄ではありません。であるからには、〈生ける屍〉にすげかえる必要がない――そう思っているのです。生きていくための主要な理由をラリから奪ってしまったことに、クアトは気づいてもいません。ラリはもう、〈生ける屍〉に取って代わられるどころか、この世からいなくなったも同然の状態にあるというのに〉

ラリの悲惨な姿を目のあたりにして、マドゥはすすり泣いていた。クアトが武骨なりに、やさしいところを見せようとして、マドゥの髪をなで、こういった。

「ラリのことはちゃんと面倒を見てやるさ。それに、見るがいい！　きょうは賭けで大儲けできるぞ！　客たちはゴグルがもう走れないと思いこんでいる。みんなまんまとだまされているんだ！　もちろん、ゴグルが全力疾走できるのはこの一回かぎりだが、このレースにはそれだけの価値がある！」

（価値がある……？）

とスペース・ロードは思った。ラリのこれからの人生をだいなしにし、あんなにも愛してやまなかった走ることをあきらめさせ、ずっと車椅子の上で過ごさせる──。たかが賭けに勝つことのどこに、それだけの価値があるというのか。

（価値がある……？）

とマドゥは思った。ラリはもう二度と舞を舞えず、走ることもできず、風に髪をなびかせ、観衆の歓呼に迎えられて走ることもできないというのに、どこに価値があるというのか。

（価値がある……？）

とラリは思った。いまとなってはもう、なにもかも、どうでもよかった。

ゴグルはほかの馬を大きく引き離して勝利した。

クアトはすっかり舞いあがり、ほかの者たちにこういった。

「では、宮殿の中央サロンで会おう。わしはこれから、賭け金を集めてこねばならん」

マドゥは大理石の彫刻のように無表情な顔でラリの車椅子を押し、競技場の出口に横づけされた二頭立ての特殊猫車に連れていった。ロード・ケマルはひとことも口をきかぬまま、愛猫グリゼルダにまたがった。ひとりで考える時間が必要だったからである。すくなくとも、しばらくのあいだは。

ロード・ケマル・ビン・ペルマイスワーリーは跳ねる猫に乗り、無言で囲壁の正門を通りぬけ、都の外へ出た。制止しようとして、うしろから門衛が叫ぶ声が聞こえたが、ロード・ケマルは一顧だにしなかった。その精神はひたとラリにすえられていたからである。再度、背後からの叫び声。ついで、猫のひと跳ね。そこで急に、グリゼルダがふらつき、よろめき、どうと倒れた。乗っていたスペース・ロードは投げだされ、グリゼルダの顔のすぐ横に落下した猫の目からみるみる生気が失われていく。その頸《くび》にダートが刺さっているのが見えた。ピサンの毒を塗布したダートだった。グリゼルダがロード・ケマルの手を嘗めようとした。ケマルは両目に涙をあふれさせ、大猫をなでた。グリゼルダは最後に一度、苦しげな吐息をつき、自分自身の存在を見つめたのち、ぶるっと身をわななかせ、息を引きとった。同時に、ロード・ケマルの一部も愛猫とともに死んだ。

門に引き返したケマルは門衛を問いつめた。聞けば、競い馬の終了からブアの実の収穫時までは、だれも都の外に出してはならぬと厳命されているという。グリゼルダが死ぬはめになった原因は連絡ミスにあった。門外に出てはならない旨、スペース・ロードに伝えるのを、だれもが失念していたのである。

ケマルは無言で都の通りを歩き、宮殿へと引き返した。ついさっきまで、この都はなんと美しく見えていたことだろう。それがいまでは、空疎で悲しい場所にしか見えない。

中央サロンに入ってまもなく、マドゥがラリの車椅子を押して入ってきた。

奇妙なことに、マドゥに対してあれほどみずみずしく萌え立とうとしていた欲求の蕾《つぼみ》が、霜に打たれた花のように、すっかりしなびてしまっていた。

笑いながらクアトが入ってきたのはそのときだった。

以後、ロード・ケマルは、二世紀以上にわたって、ある疑問にさいなまれることになる。目的が手段を正当化するのはどのような場合なのだろう？　法が絶対であるのはどのような場合なのだろう？　心の目に映るのは、あまたの砂丘や平原を飛びはねるグリゼルダの姿だ。そして、夜明けのように清浄なマドゥと——太陽を知らぬ月の下で舞うラリの姿も——。

「ジュ・ディだ！」クアトが命じた。

マドゥが優美な動きで低いテーブルへと歩いていった。一対の注ぎ口が突き出た水差しを手にとる。そのかたわらで、イ・ドゥアルトが送ってくる念話を通じて、ロード・ケマルは見た——〈生ける屍〉たちの再生液に猛毒のピサンが注がれるのを。じきに〈生ける屍〉は、ただの屍となる。

クアトが笑った。

「わしは勝ったぞ。きょうの賭けで、すべて勝った」

そこでマドゥから目を離し、ロード・ケマルに視線をふりむけた。

ほとんどそれとわからぬ動きで、マドゥの親指が、それまで押さえていたのとは別の穴を押さえた。

いつ果てるともなくつづくかと思われたその夜を、ロード・ケマルはなにもせず、無為に過ごした。

第81Q戦争（オリジナル版）

War No. 81-Q (Original Version)

伊藤典夫◎訳

ことは戦争に帰着した。
チベットとアメリカは、ともに放射熱源の独占権を主張して譲らず、西暦二一二七年度の戦争許可を申請した。
国際戦争委員会はこれを認めたうえ、当然のことながら条件を提示した。これは二、三の妥協と修正ののち、敵対する両国の受け入れるところとなり、実行に移された。
条件とは――

a　二万二〇〇〇トンの空中艦、すなわち航空機・飛行船の合体型、五隻を、ただ一種の戦闘艦艇とする。

b　搭載兵器は機関銃で、非爆発性の弾だけを発射する。

c　交戦する二国――アメリカ連合国とモンゴル同盟には、ケルゲレン戦闘テリトリー（ケルゲレン諸島はインド洋南西部の南極寄りにある）が貸与され、交戦時間は二時間と区切り、二一二七年一月五日正午をもって開戦とする。
d　敗戦国は、戦闘テリトリーの借地料を除いて、戦争に要した経費全額を負担する。
e　戦場に人間は立ち入ってはならない。モンゴル側の管制部はラサに置き、アメリカ側はフランクリン市に置くものとする。

交戦国はともになんなくケルゲレン戦闘テリトリーを借り受けた。オーストラル連盟が請求した借地料は、従来どおり、一時間につき四〇〇〇万ドルであった。

見物客が世界じゅうからテリトリーの境界に詰めかけ、ながめのいい場所に陣取った。Q線望遠鏡が飛ぶように売れた。

整備士たちは巨大な戦争マシン群の点検にいそしんだ。

無線制御装置は腕時計そこのけにデリケートなもので、ラサとフランクリン市いずれの管制部でも、各戦艦の内部でも、非の打ちどころなく調整された。

飛行艦隊は定刻にやってきた。

何千キロも離れたところにいるパイロットたちの制御を受け、巨大な空中艦は急降下し、転回した。どちら側も先手を打とうとはしない。

アメリカ艦の五隻は〈プロスペロー〉〈エアリエル〉〈オベロン〉〈キャリバン〉〈タイテーニア〉であり、モンゴルが中国から借り受けた戦艦五隻は〈漢《ハン》〉〈元《ユアン》〉〈清《チン》〉〈晋《ヂン》〉〈宋《ソン》〉だった。

モンゴル艦隊はいきなり煙幕を張りめぐらし、おかげでながめがひどく悪くなって、見物客の不興を買った。〈プロスペロー〉はすべての搭載機銃をふるわせながら煙幕に突入したが、反対側から現われたときには、制御不能となり、機器の不協和のためにがたついていた。境界に寄っていくにつれ、〈プロスペロー〉は数千キロかなたのパイロットによって、危険のないように粉砕された。しかし犠牲は無駄ではなかった。〈漢《ハン》〉と〈宋《ソン》〉の二隻がひどい損傷を負って、煙霧のなかからゆらりと体を現わした。〈漢《ハン》〉は傾《かし》ぎぐあいからして絶望と見えたが、〈キャリバン〉のまぐれ当たりの弾にやられて、数十メートル落下した。左の翼が燃えていた。しかし一秒か二秒、パイロットがコントロールを取りもどした瞬間があり、たった一発で〈キャリバン〉を航行不能にすると、〈漢《ハン》〉は下方の岩だらけの島々に落ちていった。

〈キャリバン〉と〈宋《ソン》〉は、撃ちあいながら流されていった。もはや戦闘の役には立たないことがはっきりしてくると、すぐさま双方合意のもとに、両艦は戦場から引きあげられた。

残る艦はいまでは両陣営とも三隻で、煙幕から出たりはいったりしながら、ときおり上昇してはエンジンを冷やしている。

見物客のあいだに興奮が広がった。フランクリン市からの発表によれば、ほとんど無名の新人パイロット、ジャック・ビアデンがこれからいっぺんに三隻の艦の指揮をとるという！　いまだかつてひとりのパイロットが、二隻を超える数を無線であやつった例はない。そのうえ敵がたには、モンゴル側の名だたるエース二人、バールテクとスンがおり、また〈元《ユアン》〉を操縦しているのは、それ以上に有名な雇われ中国人パイロット、タンである。

見物客にまじるアメリカ人のなかから抗議の声があがった。こんなにも若くて無経験なパイロットに、むざむざ三隻を危険にさらすようなことをさせていいものか。政府答えていわく、われわれはビアデンの能力に全幅の信頼をおいている。

だが、いざテレスクリーンのまえに出て、戦場の風景をながめ、制御装置の迷宮に相対《あいたい》したとき、若いパイロットは、周囲の人びとも彼自身も自分の能力をまったく過大評価していたことに気づいた。

彼は高いスツールによじのぼると、スピード制御レバーに手を伸ばした。場所がまうしろなので、体が傾く。とたんに倒れてしまった！　頭が二つのボタンにぶつかったと思うと、彼の見ているまえで〈オベロン〉と〈タイテーニア〉が自爆した。

敵艦三隻は協力して〈エアリエル〉に攻撃をしかけてきた。ビアデンは急旋回し、煙幕のなかに飛びこんだ。

眼前に〈清《チン》〉の巨大な船影がのしかかってくる。無意識に発砲する――その弾が制御中枢を撃ち砕いた。

落下する〈清《チン》〉をかわしたため、ほんの数センチの差で〈晋《ヂン》〉を撃ち損じてしまった。〈晋《ヂン》〉のパイロットは〈エアリエル〉右翼の補強材を撃ちまくり、ぼろぼろにした。

数瞬のあいだ、彼は取り残された――いや、正確には〈エアリエル〉が取り残された。なぜなら彼はフランクリン市の戦争ビルにいて、操縦台に向かっているからである。

名パイロットのタンにあやつられ、〈元《ユアン》〉が〈エアリエル〉の下からぬっと現われた。それは機銃を撃ち、〈エアリエル〉の左翼の先っぽをはじき飛ばすと、驚愕したビアデンが一発も反撃できずにいるうちに、煙霧のとばりのなかに隠れた。

〈晋《ヂン》〉にかんしては、もうすこしツイていた。敵艦が〈エアリエル〉めがけて急降下してくると、ビアデンはその射撃制御装置を破壊した。つぎにそいつが〈エアリエル〉への体当りを狙って、低空から昇ってくると、ビアデンは搭載機銃の半分を艦からぶちまけた。落下した荷は〈晋《ヂン》〉に激突し、敵艦はたちまち爆発した。

いまや残るは〈エアリエル〉と〈元《ユアン》〉のみ！　名パイロットと名パイロットがにらみあった。

ビアデンの弾は〈元《ユアン》〉の方向舵にまぐれ当たりしたが、使用不能にするにはいたらなかった。

〈元《ユアン》〉はさらに煙幕弾を投げつづけた。

ビアデンは上昇した。いや、彼の五体はアメリカに健在であり、〈エアリエル〉が上昇したのだ。

ヘリコプター群にうち乗る見物客は、口笛を吹き、ピストルを空に撃ち、割れんばかりの喝采を送った。

タンは〈元《ユアン》〉の高度を下げ、海面から数十メートルのところへ降りた。

彼もまた喝采を浴びていた。

ビアデンはオートテレ撮影機で船体を見まわした。ほんのわずかな力が加わるだけで、艦は崩壊するだろう。

彼は艦を右へまわし、降下の体勢にはいった。

〈エアリエル〉の左の翼が風圧に折れた。と同時に、艦はまっしぐらに降下をはじめた。オートテレ撮影機は〈元《ユァン》〉に向けっぱなしにした。ビアデン自身の名声、未来、墜落——すべてを運ぶ自分の艦を見るに忍びなかったのだ。

〈元《ユァン》〉は〈エアリエル〉の左の翼にやられた。翼は〈エアリエル〉からもげて、石のように落下していたのだ。四十六秒後、〈元《ユァン》〉は爆発した。

かくして国際法により、ビアデンは戦争に勝ち、降伏軍に特典を与える権限と放射熱源の莫大な収益をアメリカにもたらした。

世界じゅうが、この二十二世紀のリンドバーグに歓呼の声を送った。

西洋科学はすばらしい

Western Science Is So Wonderful

伊藤典夫◎訳

　火星人は花崗岩の崖のてっぺんにすわっていた。そよ風をもっと楽しもうと、彼は小さな樅《もみ》の木に姿を変えていた。風がいちばん気持ちがいいのは、葉の落ちない針葉樹のなかを吹き抜けるときだ。

　崖のふもとに、ひとりのアメリカ人が立っていた。火星人にとってはじめてのアメリカ人である。

　アメリカ人はポケットのなかから、とてつもなく巧妙にできた装置を取りだした。小さな金属の箱で、ノズルがあり、それが持ちあがってすぐさま火を発する。この奇跡の器具で、アメリカ人はさっそく至福の薬草の筒に火をつけた。火星人の知るところでは、これはアメリカ人が〝シガレット〟と呼んでいるものだ。シガレットに火がついたと見ると、火星人は姿を変えて、身の丈四メートル五十センチ、赤ら顔、黒ひげの中国人民衆扇動家《デマゴーグ》になりすまし、「やあ、友人！」と英語でアメリカ人に叫んだ。

アメリカ人は目を上げ、開けた口から歯をこぼしそうになった。

火星人は崖から優雅に舞い降り、アメリカ人をこわがらせないようにゆっくりと近づいた。にもかかわらず、アメリカ人は不安なようすで、こんなことをいった。「あんたは現実じゃないだろう？　存在するはずがない。それとも、存在するのかい？」

火星人は遠慮がちにアメリカ人の心をのぞき、アメリカ人の日常心理には、身の丈四メートル五十センチの中国人民衆扇動家は、決して安心できる視覚イメージではないと気づいた。そこで控えめに心を盗み見し、安心できそうなイメージをさがした。最初に見つかったのはそのアメリカ人の母親のイメージだったので、火星人はたちどころに母親に変身すると、こう答えた。「現実ってなんのこと、ダーリン？」

これにはアメリカ人もかすかに血の気をなくし、目をおおった。火星人はふたたびアメリカ人の心をのぞき、すこしばかり混乱したひとつのイメージをとらえた。

アメリカ人が目をあけると、火星人の姿は、ストリップティーズの途中にある赤十字のナースに変わっていた。相手を喜ばそうとしてやったのだが、アメリカ人は気をゆるめなかった。はじめはこわがっていたが、だんだん腹を立てはじめた。「いったいおまえは何者だ？」

火星人はご機嫌とりをやめた。そしてオクスフォード大学出の中国国民党軍少将に姿を変えると、はっきりした英国なまりでいった。「実はわたしはこの地方の住人になりすましている者でね。見てのとおり、いくらか超自然寄りではあるが、あまり気にしないでもらいたい。西洋の科学力があまりにもすばらしいので、あなたがお持ちのそのとてつもない機械を調べたくてたまらなくなったのだ。お発《た》ちのまえに、ちょっと立ち話はよろしいかな？」

火星人はアメリカ人の心のなかに混乱したイメージがいくつもよぎるのを見た。判然とはしないが、どうやら禁酒法《プロヒビション》と称するものと、〝給水車に乗る《オン・ザ・ワゴン》〟（酒断ちする、の意）というものと、「おれはどうしてこんなところに？」という再三の疑問から成っているようだ。

そのあいまに火星人はライターを調べた。

ライターを返したが、アメリカ人は棒立ちになっている。

「たいへんみごとな魔術だ」と火星人。「ここいらの山地では、この手のものはまったくやらない。わたしはかなり下級の魔物でね。あなたは誉れ高きアメリカ合衆国陸軍の大尉とお見受けする。自己紹介をさせていただこう。わたしはある羅漢《ローハン》の第一三八万七二二九代東部下位化身である。おしゃべりの時間はあるかね？」

アメリカ人は国民党軍の軍服を見つめた。つぎに自分のうしろをながめた。中国人のポーターたちや通訳は、谷底の草深い平地にぼろきれの束みたいにころがっている。みんな気絶しているのだ。アメリカ人は気をとりなおし、ようやくいった。「ローハンとはなんだ？」

「羅漢《ローハン》とは応供《アルハット》（中国語の音写では、阿羅漢）である」と火星人はいった。

この情報にもアメリカ人が納得しないので、これはきっとアメリカ軍人と近づきになる平均的な作法のどこかに誤りがあるらしいと考えた。火星人は泣く泣くアメリカ人とその一行の心のなかから、自分関係の記憶をきれいに消去した。彼はふたたび断崖のてっぺんに陣取ると、樅の木の姿にもどり、全員をめざめさせた。見れば、中国人通訳が身ぶり手ぶりでアメリカ人にしゃべっており、話の内容はわかった。「ここいらの山には魔物が棲んでいまして……」

アメリカ人はこの迷信深いたわごとを受け流し、そのときの豪快な笑いっぷりを火星人は好ましく思った。

見まもるうち、アメリカ人一行は八口江《バーコウヂアン》の夢のように美しい小さな湖の岸づたいに消えた。

一九四五年のことである。

火星人はそれから長いことかけてライターを具現させようと苦労したが、ひとつとして成功しなかった。どれもこれも数時間たつと、気味の悪い原生的などろどろに分解してしまうのだった。

時は流れて一九五五年。火星人はソビエト軍人がやってくると聞き、欣喜《きんき》雀躍《じゃくやく》、到着を待ちうけた。夢のように進歩した西洋世界の人間とまた知りあえるチャンスが来たのだ。

ペーテル・ファレルは、ヴォルガ・ドイツ人だった。

ヴォルガ・ドイツ人をロシア人だというのは、ペンシルヴェニア・ダッチ（十七、八世紀にアメリカ同州に移住した南部ドイツ人とスイス人の子孫。独特の文化と言語を持つ）をアメリカ人だというようなものだ。

ロシアに住みついて二百年以上になるが、第二次世界大戦のすさまじい辛酸を経て、彼らのコミュニティの多くは解体していく運命にあった。

ファレル自身はそのなかでよくやっていた。赤軍に入隊し、イェフレートルという下士官の地位（ロシア語辞典によれば、上等兵）を何年か務めあげたあと、少尉になった。中等技術学校《テクニクム》で地質学と測量術を学んでいたからだ。

中華人民共和国の雲南省に派遣されたソビエト軍事顧問団の団長は、彼をまえにいったものだ。「ファレル、これは本格的な休暇になりそうだな。なんの危険もない旅であって、ただ八口湖《バーコウフー》の西岸の崖づたいに第二山岳道路を建設する目算がたつかどうか、予備調査をしたいだけなのだ。きみのことは信頼しているぞ、ファレル。きみはそのドイツ名前をみごとに雪《すす》いだし、りっぱなソビエト市民であり軍人でもある。きみが同盟中国人たちとも、途中にいる山岳民族とも面倒を起こさないことはわかっている。心広くつきあってくれ、ファレル。たいへん迷信深い連中だ。彼らの全面的支持を取りつけることは必要だが、これは時間をたっぷりかけてやればいい。インドの解放はまだ遠い先だが、インドがアメリカ帝国主義の打倒に立ちあがり、われわれがいざ手を貸そうというとき、後方に弱いところがあってはこまる。あまり強くは押しまくるな、ファレル。肝心なのは技術的にいい仕事をすることであり、もうひとつはみんなと仲良くすることだ。帝国主義にかぶれた反動分子は別にしてな」

ファレルはひどく真剣にうなずいた。「ということは、同志大佐、なんでもかんでもと仲良くなれということですか？」

「なんでもかんでもとだ」大佐はきっぱりといった。

ファレルは若く、自分なりに改革運動を少々やってみたい気があった。「わたしは戦闘的な無神論者です、大佐。僧侶とも気安くしなければいけないのですか？」

「僧侶ともだ」と大佐はいった。「特に僧侶たちとだ」

大佐はじろりとファレルをにらんだ。「なにもかもと仲良くしなさい。ただし女性は別だ。聞こえたか、同志？　トラブルには近づくな」

ファレルは敬礼すると、デスクにもどり、旅支度をはじめた。

三週間後、ファレルはいくすじもの小さな滝を横目に見て、斜面を登っていた。この滝の水が流れこむ金沙江《ヂンシャヂァン》は、長江あるいは揚子江の当地での呼び名である。

彼のとなりを党書記の公孫《ゴンスン》が軽快に歩いている。公孫は北京貴族の生まれで、少年のころ、共産党に身を投じた。鋭い目鼻立ち、鋭い声、彼は雲南省北西部でもいちばんコチコチの共産党員となることで、貴族出の負い目を埋めあわせてきた。彼らが引き連れているのはわずかに分隊一個、あとは荷物運搬を引き受けるたくさんの地元民だけだが、軍事的安全の確保と、ファレルの技術的手腕に目を光らせるために、ひとりだけ人民解放軍の将校が同行していた。同志李《リ》大尉はずんぐりむっくりの陽気な軍人で、汗水たらしながら用心深く、二人につづいて険しい崖を登ってくる。

李がうしろから声をかけた。「労働英雄になりたいというのなら、このまま登りつづけるんだな。だがもし健全な兵站《へいたん》学に従おうとするなら、ここでみんな休んでお茶でも飲むことだ。どっちみち、日暮れまでにはとても八口湖《バーコウフー》には着けない」

公孫《ゴンスン》はさげすむようにふりかえった。兵士と運搬人足の列は二百メートルにも伸び、砂ぼこりでできた蛇さながらに、岩山の斜面にへばりついている。この位置から見えるのは、登ってくる兵士の帽子と空に向いた銃身だけだ。タオルの鉢巻き頭でつづくのは、隷属から解放された運搬人足たちだが、じかに顔を突き合わせるまでもなく、彼らが汚いことばで彼のことを毒づいているのは察しがついた。それも過ぎ去った日々、資本家側の圧制者どもを毒づいていたときとおなじ口調でだ。はるか眼下では、金沙江《ヂンシャヂァン》のあまたの細ひもがすべて一本の黄金のロープに撚《よ》りあげられ、夕暮れの灰緑色の谷間に呑みこまれていく。

公孫は陸軍大尉に吐きだすようにいった。「あんたのいうとおりにやっていれば、われわれはまだ宿で熱い茶をすすり、部下たちは眠りこけているだろうよ」

大尉は挑発にのらなかった。党の書記連中は、若い時分から見慣れている。新中国では大尉でいるほうが安全なのだ。むかし知っていたいくたりかの党書記はたいへんな出世をした。そのうちのひとりは北京へ行き、専用のビュイックをあてがわれたばかりか、パーカー51の万年筆を三本も手に入れた。共産主義官僚制度下の精神状態にあっては、これは究極の幸いに等しい。李《リ》大尉はそんなものをほしいとは思わなかった。日に二度のたっぷりした食事と愛国的な田舎娘、できればぽちゃぽちゃしたタイプが、引きも切らずに奉仕にやってくるというのが、彼の思いえがく解放中国の姿なのだ。

ファレルの中国語はお粗末だったが、議論の主旨はわかった。たどたどしいが意味は通じる中国語で、なかば笑い声で呼びかけた。「行こうぜ、同志諸君。日暮れまでに湖に着くのは無理かもしれないが、この崖で野営できるものじゃない」彼は《われに友ありき《イヒ・ハット・アイネン・カメラーデン》》を低く口笛で吹きだすと、公孫《ゴンスン》を追い抜いて、登攀《とうはん》の先頭に立った。

こうしてファレルが崖のふちに最初にたどりつき、火星人と鉢合わせすることとなった。

こんどは火星人のほうにも用意ができていた。アメリカ人との一件でこりていたので、客をこわがらせて、この出会いの親睦的な性格を台無しにしたくはなかった。ファレルが崖を登っている最中、火星人はファレルの心を登り、さながらリスが巨大な樫の葉むらのなかで遊ぶように、ファレルの記憶の茂みを嬉々としてかけまわった。ファレルの心のなかからは、楽しい思い出がどっさり採れた。火星人はさっそく崖のてっぺんに取って返すと、この収穫をいかにも実体がありそうに見える幻影のなかに組みこんだ。

ファレルは崖っぷちから半身を上げたところで、目のまえになにがあるかを認識した。ソ連の軍用トラックが二台、林間の空き地に駐《と》まっていた。どちらのトラックのまえにも、テーブルがしつらえられている。テーブルのひとつには、豪勢なロシアのザクースカ（ビュッフェ形式の前菜）が用意されていた。火星人としては、ファレルが食べているあいだぐらい、こうした食物を実体化させておきたいところだったが、残念ながら、呑みこむつど消えてしまうようにするしかなかった。というのは、人類の消化機能にあまりくわしくなく、その場しのぎの怪しい化学成分の物質を食道から胃へ通して、客にひどい腹痛を与えたくなかったからだ。

第一のトラックには大きな赤旗が立ち、白抜きのロシア文字でこうあった——**ブリャンス**

クの英雄たちのもとへようこそ。

第二のトラックはそれ以上だった。ファレルがたいへん女好きだとわかると、火星人はとびきりのソビエト美女を四人具現した。ブロンド、ブルネット、赤毛、それにちょっと彩りを添えてアルビノである。火星人は美女たちに女らしい魅力的な標準ロシア語を話させる自信がなかったので、いったん具現はしたものの、四人ともラウンジ・チェアにすわらせ、眠らせた。自分自身はどういう姿をとるべきか迷ったが、やはり毛沢東になるのがいちばんの歓待だろうと決断した。

ファレルは崖を乗り越えてはこなかった。もとの位置から動かず見ているので、火星人のほうから口をひらいた。歯の浮くような調子で、「上がっておいでなさい。待っているんだ」

「あんたは何者だ?」とファレルは叫んだ。

「わたしはソ連シンパの魔物さ」と見かけ上の毛沢東はいった。「こちらは共産主義的歓迎を具現したものだ。気に入ってくれれば嬉しいが」

このとき公孫《ゴンスン》と李《リ》が上がってきた。李はファレルの左側、公孫はファレルの右側に顔を出した。三人ともあんぐりと口をあけて見つめた。

公孫が最初に気をとりなおした。目のまえにいるのが毛沢東だと気づいた。共産党上層部と知りあうチャンスはいままで一度も逃《のが》したことはない。気弱な、緊張した、いぶかるような声を出した。「毛主席閣下、こんな山中でお目にかかれるとは思いませんでした。というか、ほんとうに閣下でしょうか？　もしそうでなければ何者ですか？」

「わたしはきみの党の主席ではない」と火星人は答えた。「一介の地元の魔物だが、共産主義にはたいへん強い共感を抱いており、諸君のような気さくな人たちと一度会ってみたいと思っていたのだ」

このとき李《リ》が失神した。へたをすれば兵士や人足をなぎ倒しながら、崖をころがり落ちていくところだったが、すかさず火星人は左腕をのばしながら、その腕を大蛇に変え、意識のない李を抱きあげると、ピクニック用トラックの側面にそっともたせかけた。ソ連版眠れる美女たちは昏々《こんこん》と眠りつづけている。大蛇はもとの腕にもどった。

公孫《ゴンスン》の顔はまっ青だった。もともとのっぺりした色白なので、血の気の失《う》せた顔は、きわだった色あいを帯びた。

「この忘八《ワンバー》は、きっと反革命的なペテン師だ」と公孫は気弱にいった。「だがこの件の処置はわたしの手にある。さいわい人民政府はソビエト連邦の代表を招聘《しょうへい》しているので、むずかしい党内手続きなどは指導してもらえるのではないか」

ファレルはいい返した。「もしにせ者なら、こいつは中国のにせ者だ。ロシアのにせ者ではないよ。彼をあんまり罵倒しないほうがいい。彼の使う力はどうも効くようだ。李《リ》がどうなったか見るといい」

火星人は教養のあるところを見せようと、下手に出た。「わたしが忘八《ワンバー》なら、きみは忘本《ワンベン》だね」そして得意げにロシア語でつけ加えた。「これは根本を忘れるという意味だ。恥知らずよりもっとたちが悪い。わたしの姿が気に入ったかね、同志ファレル？　きみはシガレットのライターを持っていないか？　西洋科学はすばらしい。わたしはどうもずっしりと中身の詰まった物がつくれないのだ。きみたちは飛行機とか原爆とか、その方面のあらゆる目新しい娯楽製品をつくっている」

ファレルはポケットに手をつっこみ、自分のライターをさがした。

うしろで悲鳴があがった。下士官がひとり、動きの止まった隊列を離れ、なにごとだろうと崖のふちから顔を出したのだ。トラックと毛沢東の姿を見たとたん、下士官は叫びだした。

「ここに悪魔がいる！　悪魔がいるぞぅ！」

何百年と積んできた経験から、地元民との友好は、相手がおそろしく若いかおそろしく年寄りでないかぎり不可能だということを火星人は知っていた。そこで崖っぷちに歩みでると、自分の姿をみんなに見せることにした。彼は毛沢東の姿を十メートルの大きさに拡大した。それから古代中国の戦いの神に変身すると、頬ひげや天衣《てんね》や剣の飾り房をそよ風になびかせながら突っ立った。思惑どおり、兵士も人足もみんな卒倒した。男たちを岩側にきちんと寄せ集めたので、斜面から転落する者はなかった。つぎに火星人はソビエトの陸軍婦人部隊員――小柄なそれなりにかわいいブロンド娘で、軍曹の記章をつけている――に変身し、ファレルのとなりに姿を現わした。

ファレルはすでにライターを取りだしていた。

かわいいブロンド娘はファレルにいった。「この姿のほうがお好き？」

ファレルはいった。「そんなものは全然信じないぞ。ぼくは戦闘的な無神論者なんだ。生涯迷信と戦いつづけてきた」ファレルは二十四歳である。

火星人はいった。「わたしが女になったのがおいやなようね。気になる？」

「あんたは存在しないのだから、気にはならないよ。しかしよかったら、別の姿に変わってくれないか？」

火星人は小太りの小さな仏陀の姿をとった。少々不敬かもしれないと思ったが、ファレルが安堵のため息をつくのがわかった。公孫《ゴンスン》さえも、火星人が適正な宗教的形態をとったのを見て元気づいた。

「おい、汚らわしい奇怪な化けものさん」と公孫がどなった。「ここは中華人民共和国だ。ここは超自然的な姿を見せたり、非・無神論的行動をとってもいい場所じゃないんだ。どうかあんたとその幻どもを、どこかへ消してしまってくれ。それにしても、あんたの目的はなんだ？」

「わたしは中国共産党の党員になりたいのだ」と火星人はおだやかにいった。

ファレルと公孫は顔を見合わせた。そして同時に口をひらいた。ファレルはロシア語、公孫は中国語で。「しかし入党は無理だ」

公孫がいった。「もしあんたが魔物なら、あんたは存在しない。もし存在するなら、あんたは違法だ」

火星人はほほえんだ。「軽く食事でもとりなさい。考えが変わるかもしれん。女はほしくないかね？」と火星人はいい、ラウンジ・チェアで眠りこけている美女たちを指さした。

しかし公孫とファレルは首をふった。

火星人はため息をついて女を消すと、三頭のシベリア虎と入れ替えた。虎たちは縞もあざやかに近づいてきた。

一頭の虎が火星人のうしろに慣れなれしくとまり、すわりこんだ。火星人はその背中にすわり、ほがらかにいった。「わたしは虎にすわるのが好きだ。すわり心地がいいんだ。まあ、虎をどうぞ」

ファレルと公孫はあんぐりと口をあけ、自分たちにあてがわれた虎を見つめた。虎たちは二人を見ながらあくびをし、伸びをした。

ありったけの意志の力をふりしぼり、二人の若者は虎のまえの地面にすわった。ファレルはため息をついた。「目的はなんだ？　この勝負はこっちの負けだから……」

「まあ、ワインを飲みなさい」と火星人。

ワインのデカンターと二個の磁器のカップを具現すると、自分のまえにもカップを出した。彼は一杯を自分にも注ぎ、隙のない細い目で二人を見つめた。「わたしは西洋科学についてなにもかもを学びたいのだ。じつはわたしは、当地で浪々《ろうろう》の身となった火星人の学徒であって、いまは羅漢《ローハン》の第一三八万七二二九代東部下位化身をしている。すでにここに住んで二千年あまりになるが、知覚できる範囲は半径五十キロそこそこだ。西洋科学はたいへんおもしろい。できることなら、わたしは工学を学びたい。だがこの場所から離れられない以上、ぜひとも共産党に入党して、たくさんの人びとをここに呼び寄せたいと思うんだ」

このころには公孫《ゴンスン》の心は決まっていた。彼は共産主義者である一方、中国人——それも貴族の血をひく中国人であり、自国の伝説にもよく通じていた。公孫は北京宮廷語のなかでも優雅な古語をつかい、もっとおだやかな口調で話しかけた。「畏《かしこ》くももったいなき魔物閣下、あなたさまが共産党に入党しようとなさるのはそれこそ無意味なことです。なるほど、中国の魔物としてこの進歩的集団に参加され、中国人民を邪悪なアメリカ帝国主義者との果てしない闘争へ導く一翼を担うというのは、たしかに愛国的なことであります。しかし畏《おそ》れ多き閣下、わたしを説き伏せましても、党の指導部を説き伏せることはとても無理でしょう。新生中国の新しい共産主義世界において、あなたさまにふさわしい道は、反革命的な亡命者となって資本主義国へ移住すること以外にありません」

火星人は傷つき、ふさぎこんだ。険しい顔を向けながらワインを飲んでいる。うしろでは、眠っている李《リ》がトラックの車輪にもたれたまま、いびきをかきはじめた。

火星人は真実味のこもった声で話しだした。「だんだんわたしの存在を信じはじめてるな、お若いの。公然と認める必要はない。ちょっぴり信じてくれればいいんだ。公孫党書記ともあろうかたが、わたしを尊重する気になってくれて嬉しいよ。わたしは中国の魔物じゃない。元来は火星人で、協和議会の小院議員に選ばれたのだが、不適切な発言がもとで羅漢《ローハン》の第一三八万七二二九代東部下位化身となり、帰還が許されるまで三十万回の春秋をここで過ごす羽目になってしまったのだ。この先もじっさい長くここにいる。その一方で工学を勉強したい気持ちがあり、見知らぬ土地へ行くよりは、共産党に入党するほうが身のためだろうと考えたのだ」

ファレルの頭に天啓がひらめいた。そこで火星人にいった。「名案を思いついたよ。しかし説明にはいるまえに、お願いだから、そのくだらないトラックを取り除いて、ザクースカを消してくれないかな。口によだれが溜まってこまるし、もうしわけないが、ご好意には添えないんだ」

火星人は応じ、手をひとふりした。トラックとテーブルが消えた。李はトラックにもたれていたので、頭から草地にどすんと倒れた。なにやら寝言をつぶやいていたが、またいびきをかきはじめた。火星人は客に向きなおった。

ファレルはほつれた思考の糸を拾いなおした。「あんたが存在するかどうかの問題はわきにおいて、ひとつ保証していいのは、ぼくがソビエト共産党を知っていて、こちらの同志公《ゴン》孫《スン》が中国共産党を知っているということだ。共産党というのは大変すばらしいものさ。彼らは大衆を率いて、邪悪なアメリカ人との戦いに挺身《ていしん》している。わかるかな、この革命闘争をつづけないかぎり、誰もかもが毎日コカ・コーラを飲まねばならない羽目になるんだぜ」

「コカ・コーラとはなんだ？」と魔物はいった。

「知らないね」とファレル。

「では、なぜ飲むのを恐れる？」

「とんちんかんなことをいうなよ。資本家どもは誰もかれもにこれを飲ませるんだそうだ。

共産党は超自然方面の書記局を開設する余裕はないんだ。魔物の書記が出てくれれば、反宗教キャンペーンをぶちこわしにしてしまう。ロシア共産党はそんなことはさせないだろうし、ここにいるわが友人も、中国共産党にその余地はないというだろう。われわれはあんたにしあわせになってもらいたい。あんたはなかなか友好的な魔物だ。他所《よそ》へ行ったらどうだい？資本主義者の連中はきっとあんたを歓迎するぜ。彼らはたいへん反動的だし、たいへん信心深い。あんたの存在を信じてくれる連中だっているかもしれないよ」

火星人は小太りの仏陀の姿をやめ、中国人の若者の顔かたちと身なりに変身した。北京の革命大学工学部の学生である。学生の姿のまま話しつづけた。「べつに信じてもらわなくてもいい。わたしは工学を勉強したいし、西洋科学を勉強したいのだ」

公孫《ゴンスン》がファレルに助け船を出した。「共産党員のエンジニアになろうというのは無理な話だよ。あんたは見るからに気のまわらない魔物で、たとえ人間になりすましても、しょっちゅうそれを忘れて変身してしまいそうだ。それではどんな階級の士気もぶちこわしだ」

火星人はしばらく考え、若者の意見には一理あると感じた。ひとつの姿で三十分以上耐えられたためしがないのである。一定の姿にとどまっているとむずむずしてくるのだ。それに二、三回に一度は性別を変えるのが好きで、これをすると気分がさっぱりする。だが変身癖について痛いところを突かれたのは認めず、ただ愛想よくうなずいてこうたずねた。「しかし、どうすれば外国へ行ける？」

「行けばいい」公孫はうんざり顔でいった。「ただ行けばいい。あんたは魔物だ。なんでもできる」

「それは無理だ」と学生＝火星人は叫んだ。「なにか頼るものがないと」

火星人はファレルに向いた。「きみからなにかをもらっても駄目なんだ。ロシアのものをもらったら、行き着く先はロシアで、きみのいうことから察すると、向こうも中国とおなじように火星人共産党員はお呼びでないらしい。なんにしても、この美しい湖を離れたくはないんだが、もし西洋科学に親しめるなら、それも仕方がないだろう」

ファレルがいった。「ひとつ考えがある」腕時計をはずし、火星人にわたした。

火星人はためつすがめつした。何十年も昔、アメリカ合衆国で製造されたものである。腕時計はあるGIからあるドイツ娘《フロイライン》にわたり、そのドイツ娘《フロイライン》の祖母からジャガイモ三袋と引き換えに赤軍の男にわたり、赤軍の男は、クーイビシェフで出会ったファレルに五百ルーブルで売った。数字や針にはラジウムが塗ってある。秒針が欠けているので、火星人はさっそく新しい針を具現した。外形は何回かひねりまわした末、最後にぴったりと合うかたちに変えた。文字盤には、〈マーヴィン・ウォッチ・カンパニー〉という英語。文字盤の下側には〈WATERBURY, CONN.〉と、製造された町の名前があった。

火星人はこれを読んだ。ファレルにいった。「この〝ウォータベリー、コン〟という場所はどこなんだね？」

「その〝コン〟は、アメリカの州の名前を縮めたものさ（コネチカットの略）。反動的な資本主義者になるのだったら、きっとそこはおあつらえ向きの場所だよ」

まだ血の気のない顔ながら、気味悪いほど愛想のいい口調で、公孫《ゴンスン》も意見をさしはさんだ。

「きっとコカ・コーラも気にいると思う。すごく反動的だからな」

学生＝火星人は眉をひそめた。まだ手に腕時計を持っている。「反動的かどうかはどうでもいいんだ。わたしは科学的な場所に行きたい」

ファレルがいった。「科学的な場所といったら、〝ウォータベリー、コン〟以上のところはないよ。特に〝コン〟だね——ここはアメリカじゅうでいちばん科学的な場所で、火星人にもきっと好意的だから、資本主義的な党派にも参加できるぜ。連中は気にしないと思う。しかし共産主義の党派は、あんたにいろいろ迷惑をかけるだろう」

ファレルはほほえみ、目を輝かせた。「もうひとつ」と最後のとどめに。「時計はあんたにあげるよ。ずっと持っていていい」

火星人は眉間《みけん》にしわを寄せ、独り言のようにいった。「考えてみれば、中国の共産主義が崩壊するのもあと八年か、八百年か、八万年なんだ。もしかしたらその〝ウォータベリー、コン〟へ行ったほうがいいかもしれない」

二人の若い共産党員は勢いよくうなずき、にやりとした。二人はともに火星人にほほえみかけた。

「畏《かしこ》くももったいなき火星人閣下、これは急いだほうがよろしいかと思います。わたしどものほうも、暗くなるまえに部下たちを崖の上に上げなければいけませんので。どうかわれわれの祝福を受けて、旅立ってください」

火星人は変身した。ある応供《アルハット》、つまり仏陀の弟子の姿かたちをとった。身の丈二メートル半となり、二人の頭上にそびえ立った。その顔はこの世のものではない平静さを放射していた。腕時計は、驚いたことに新しいバンドが付いて、左手首にしっかりと巻かれていた。

「ごきげんよう、諸君。ウォータベリーへ行く」と彼はいい、消えた。

ファレルは公孫《ゴンスン》を見つめた。「李《リ》はどうしたんだろう？」

公孫は茫然として首をふった。「知らんね。変な気分だ」

（あのすばらしい不思議な土地〝ウォータベリー、コン〟へ出発するにあたって、火星人は二人から自分にかんする記憶をすべて奪っていったのだ）

公孫は断崖のふちに歩み寄った。頭を突き出し、眠っている男たちを見つけた。

「どうしたことだ」つぶやき、崖っぷちに立つと、どなりはじめた。「起きろ、ばかもの、うすのろども。日が暮れるというのに、おまえたちは崖で寝ているしか能がないのか？」

火星人はおのれの精神力のすべてを〝ウォータベリー、コン〟の所在地に注ぎこんだ。彼は羅漢《ローハン》（というか応供《アルハット》）の第一三八万七二二九代東部下位化身であり、その能力ははた目にはたいしたものだが、実際にかぎられている。

衝撃、戦慄、打ち破る感じ、いろいろなことが成され解かれる感覚とともに、気がつくと彼は平坦な土地にいた。見慣れない闇があたりをつつんでいた。空気にはいままで嗅いだことのない匂いがあり、ひっそりと彼の周囲を流れていた。ファレルと公孫は、金沙江《ヂンシャヂァン》を見下ろす断崖にへばりついたまま、彼が振り捨ててきた遠い世界のものとなっている。彼は自分の姿も置き忘れてきたのに気づいた。

ぼんやりとわが身を見やり、旅のあいだじゅう、どんな形態を取っていたのか調べた。なんと、着いた姿は小さな笑う仏陀像で、身長二十センチ、黄色い象牙で彫刻されていた。「こんなものでは駄目だ！」と火星人はひとりごちた。「地元にある形態を取らなければいけない……」

周囲に知覚をのばし、近くにあるおもしろそうな物体をテレパシーでさぐった。

「あはっ、ミルクのトラックだ」

思った、——まったく西洋科学はすばらしい。ミルクを輸送する、ただそれだけのためにできたトラックなんて！

彼はすばやくミルク・トラックになりすました。

暗闇ではテレパシー感覚は、ミルク・トラックの材料となっている金属も塗料の色も識別できなかった。

目立ちたくないので、彼は純金製のミルク・トラックに姿を変えた。そして運転手もなしにエンジンをかけると、幹線道路の一本に乗り入れ、コネチカット州ウォータベリーの方角へ走りはじめた……というわけで、もしあなたがコネチカット州ウォータベリーを通りかかり、市街を行く無人の純金ミルク・トラックを見かけたら、それはまちがいなく火星人、というか羅漢《ローハン》の第一三八万七二二九代東部下位化身であるし、彼はいまなお西洋科学がすばらしいと思っているのである。

ナンシー
Nancy

伊藤典夫◎訳

二人の男が室内でゴードン・グリーンを迎えた。若い副官は何者でもない。特別なのは将軍のほうだった。将軍は総司令官のいるべき場所、自分のデスクに向かっていた。デスクは部屋の真正面に据えられていたが、将軍のかぎりない配慮は、ブラインドが下り、外光が面接を受ける者の目にじかにささないようになっているところにも感じられた。

その時期、総司令官はウェンゼル・ワレンスタイン大将、宇宙の奥深い僻遠《へきえん》にはじめて飛んでいった男であった。星へは行き着かなかった。当時、星まで行った人間はいなかったが、前人未到のかなたに到達した男であった。

ワレンスタインは老人だったが、さほど年を重ねているわけではなかった。まだ九十足らずであり、この時代では百五十まで生きる人びとも多いのだ。ワレンスタインが老いて見えるのは、精神的重圧に耐えた結果であって、不安や激しい競争によるものではなく、まして病気のせいでもなかった。

これはもっとひそやかなもの——感受性の問題であり、それが独特の苦痛を生みだすのだ。

とはいえ、それは現実だった。

ワレンスタインの沈着さは並はずれたものだが、若い少尉はいまはじめて総司令官と相対《あいたい》し、心に本能的におこった反応が、全組織を指揮するこの人物へのすなおな共感であることに我ながら驚いていた。

「きみの名前は？」

少尉は答えた。「ゴードン・グリーンです」

「生まれたときもかね？」

「いいえ、違います」

「もとの名前はなんだ？」

「ジョルダーノ・ヴェルディです」

「なぜ改名した？　ヴェルディだって立派な名前じゃないか」

「みんなが発音に苦労するものですから。できるだけ合わせるようにしました」

「わたしは名前を変えなかった」と老将軍はいった。「趣味の問題だろうね」

若い少尉が片手を上げた。左手、手のひらを前向きにした新しい敬礼で、心理学者たちが工夫したものである。将軍のほうでは、こうしたわざとらしい軍隊礼式はこのさい略してよいことを知っていたし、下級士官が一対一での面談を求めていることも察した。少尉のほうも敬礼の意味をわきまえていたが、この状況からして、全幅の信頼を置いてはいなかった。

将軍の反応はすばやかった。左手を上げ、手のひらを前に向け、敬礼を返した。もの憂い、疲れた、賢い、重圧に耐えた老人の顔には、なんの変化もなかった。将軍は待ちうけている。親しみを機械的にこめ、その目が少尉を追った。少尉はまなざしの背後に、なにもないことを知っていた。ただ内なる悩みをかかえた世界また世界がうちつづくだけ。

少尉がまた口をひらいた。こんどはたしかな基盤から。

「これは特別の面接ですか、将軍？　なにかをお考えになってのことでしょうか？　もしそうなら、はじめに申し出ておきますが、わたしは心理学的に不安定と判定されています。人事課はめったにまちがいませんが、わたしをよこしたのはもしかしたらまちがいなのかも」

将軍は微笑した。微笑そのものが機械的だった。筋肉をあやつっただけであり、人間感情の自然な発露ではなかった。

「わたしがなにを考えているかは、話しあえばわかると思うよ、少尉。これからもうひとり人を呼ぶが、そうすれば、きみがどういう人生を送ることになるか見えてくるはずだ。承知のように、きみは深宇宙行きを志願して、わたしの知るところ、その任務を手に入れた。そこで問題は〈ほんとうに行きたいのか？〉ということだ。引き受けたいのか？　礼式を略したいのは、それだけのためなのか？」

「そうです」と少尉。

「その種の質問に礼式を求めることはない。軍務の範囲内で直接わたしに申し出ればいいことだ。あまり心理学に深入りするのはやめようじゃないか。その必要はない。違うかね？」

ふたたび将軍はもの憂い笑みを少尉に向けた。

副官に手ぶりをすると、副官ははねあがって起立した。

ワレンスタイン将軍はいった。「彼を入れて」

「かしこまりました」と副官。

二人の男は心待ちする顔になった。弾むような生きいきしたすばしこい上機嫌の足どりで、不思議な少尉が部屋にはいってきた。

ゴードン・グリーンは、この少尉みたいな人間にいままで出会ったことがなかった。少尉は老人で、将軍とおなじくらいの年に見えた。顔つきは明るく、しわはない。頬やひたいの筋肉には、満足とくつろぎと自信たっぷりの人生観がうかがわれた。その少尉は軍人としての最高勲章を三つもつけていた。これ以上高い栄誉はないのだが、見たとおりの老人であり、いまだに少尉なのである。

グリーン少尉には理解できなかった。この男が何者なのか知らなかった。若者が少尉になるのはたやすいが、七十代、八十代の人間にできるものではない。その年の人間なら大佐か、退役しているか、員数外だ。

でなければ、民間人にもどっている。

宇宙は若者の世界なのだ。

将軍は、同年配者に思いやりを見せて立ちあがった。グリーン少尉は目をみはった。これもまた妙だった。将軍は行きあたりばったりに礼式を乱すような人だとは聞いていない。

「おすわりください、将軍」と、その奇妙な老少尉はいった。

将軍はすわった。

「こんどはどういう御用です？　もう一度ナンシー芝居について話しますか？」

「ナンシー芝居だと？」将軍は呑みこめない顔をした。

「そうですよ。こういう若い人たちにいままでも話してきたあいもかわらぬ話だ。あなたも聞いた、わたしも聞いた、知らんぷりをしても仕方がない」

奇妙な少尉は向きなおった。「わたしの名前はカール・ヴォンダーライエン。わたしのことはお聞きか？」

「いいえ」と若い少尉はいった。

「そのうち聞く」と老少尉。

「そうひねくれるな、カール」と将軍。「苦労した人間は多いんだ、あんた以外にもな。わたしだって同じことをやって、おかげで将軍になった。少なくとも、わたしをうらやむぐらいの礼儀は見せてほしいね」

「うらやましくは思っていないよ、将軍。おたくはおたくの人生を生き、こっちはこっちの人生を生きた。あんたはなにを逃《のが》したか知っている、というか知っているつもりでいるし、わたしは自分がなにを得たか知っていて、ぐらつくことはない」

老少尉は総司令官にもはや注意を払わなかった。若者のほうを向くと――

「きみは宇宙に出ていくわけだが、そこでちょっとした出し物をかける。ボードビル演芸だ。

将軍はナンシー抜きでやった。ナンシーをほしがらなかった。助けを求めなかった。〈空の向こう〉へ行って、乗りきった。三年間だ。三年というより、おそらく三百万年に近いだろう。地獄を通りぬけて、もどってきた。彼の顔を見てごらん。こちらは成功者だ。このうえないあっぱれな成功者で、すり切れ、疲れはて、どうやら心も傷ついている。わたしをごらん。いいか、よく見るんだ、少尉。わたしは敗残者だ。階級は少尉で、宇宙軍は昇進させてくれない」

司令官は無言のままだ。ヴォンダーライエンはつづけた。

「ああ、それは退役のときには、将軍にしてくれるだろう。まだまだ退役はしないよ。どこにいるより、宇宙軍にいるほうがいい。娑婆《しゃば》にいても、やることはたいしてない。用は足りているんだから」

「足りているとは？」グリーン少尉は勇気をふるって訊いた。

「わたしはナンシーを見つけた。彼は見つけなかった。単純なことさ」

将軍が会話に割りこんだ。「そこまでひどくはないし、そこまで単純ではないよ、グリーン少尉。ヴォンダーライエン少尉は、今日はちょっと虫の居所が悪いようだ。これはわれわれのほうから話さなければいけない問題だし、きみ自身が決断しなければいけない問題でもある。これは型どおりにやるわけにはいかないのだ」

将軍はじろりとグリーン少尉を見た。

「軍がきみの脳になにをしたかは知っているかね？」

「知りません」グリーンはうちに不安がこみあげるのを感じた。

「きみはソクタ・ウイルスのことは聞いたことがあるか？」

「ソクタ――なんですか？」

「ソクタ・ウイルスだ。ソクタは古いことばだよ。チョソンマール――古代コリアの言語から来たことばだ。むかし日本があった場所の西にあった国だ。ソクタとは〝たぶん〟の意味で、われわれはきみの頭にその〝たぶん〟を入れたのだ。小さな結晶体で、顕微鏡的というよりもっと小さい。そいつを脳に埋めた。船にはある装置を搭載してある。余分なスペースはないから、そんなに大きなものじゃない。これの起こす共鳴振動が、結晶体を活発化させる。活発化させると、きみはこの男みたいになる。なにもしなければ、わたしみたいになる――といっても、きみが生きていると仮定してだ。生きて帰ることはないかもしれない。そのときには、この話はあくまで学術的なものだ」

若者は勇気をふるってたずねた。「どういう作用をするわけですか？　なぜこんな大げさなことに？」

「それはあまり話すわけにはいかない。ひとつの理由は、語るほどの値打ちもないということだ」

「話せないということですか？」

将軍は悲しげに思慮深くうなずいた。

「うん、わたしは逃《のが》し、彼は得たわけだが、いざ話すとなると、どうも言語の外にはみでてしまうのだよ」

何十年ものち、ここまで話を聞いたところで、わたしは従兄《いとこ》にたずねた。「でもな、ゴードン、説明は無理だと彼らがいったのなら、なぜあんたが話せるんだ？」

「酒の酔いのせいさ、酔ってるんだ」わが従兄はいった。「ここまで持ってくるのにどれくらいかかったと思う？　もう二度と話さんよ――二度と。なんにしても、おまえさんは従弟《いとこ》だ、数にははいらん。ナンシーに約束したんだ、これは人には話さないと」

「ナンシーって誰だ？」とわたしは訊いた。

「そのナンシーが肝心なところさ。話というのはそこなんだ。まさにそこのところを、あの阿呆どもはオフィスで話そうとしていたんだ。連中にはわかっちゃいなかった。ひとりはナンシーを見つけた、もうひとりは見つけてないと来ている」

「ナンシーは本物の人間なのかい？」

その問いをきっかけに、従兄は物語のつづきを話してくれた。

面接はきびしかった。単刀直入、直接明快。代わりの選択肢は味気なかった。ワレンスタインが、グリーンを生きて帰らせたいと願っているのは明らかだった。宇宙軍の方針は、人間を生きた敗残者として帰すことであり、死んだ英雄に祭りあげることではないのである。パイロットは希少だ。そのうえ、明らかな自殺行を命じられるとあれば、士気はもっと低下するだろう。

すべては心理学に行き着くもので、部屋を出るグリーンは、入ったとき以上に煙《けむ》に巻かれていた。

彼らはいくたびも、それぞれの言いかたで――将軍は楽しそうに、老少尉はみじめそうに――これは重要なことだとくりかえした。こわい顔の将軍はほがらかな口調で説明した。しあわせそうな老少尉はたいへん同情的だった。

グリーン自身、なぜ総司令官にこんなに同情心をおぼえるのか、失敗した老少尉に対して、なぜこんなにも無頓着でいられるのか不思議でならなかった。本来なら同情する相手は逆のはずなのだ。


それから二十四億キロメートル、平常時間で四カ月、彼が耐えた時間で四生涯ののち、グリーンは彼らがなんの話をしていたか思い知った。古くからある心理学の教えだ。人間はまったくの孤独におかれると死ぬ。宇宙船はそれに対する防御策をとっていた。どの船も二人の男を乗せた。どの船もたくさんのテープを積み、不必要な動物までたくさん乗せた。この船にも、ひとつがいのハムスターが乗っていた。もちろん去勢され、子孫が増えないように処置されているが、これもまたひとつの小さな家族であり、地球で生きるしあわせのミニチュア版となっていた。

地球ははるかに遠い。

この段になって、副パイロットが死んだ。

グリーンをおびやかしていたあらゆるものが、このとき現実となった。

グリーンは彼らがなにをしゃべっていたか、はじめて納得した。

ハムスターが彼の唯一の希望となった。檻に顔をすり寄せ、話しかけた。気分を投影した。ハムスターたちといっしょに彼らの生を生き、あたかも彼らが人間であるかのように思いこもうとした。

あたかもまだ生きている人びとの一員になったように、薄い金属壁のひとつ向こう側、耳を聾《ろう》する静寂など知らぬことと決めこもうとした。することはなにもなく、ただ檻のなかの獣のように、理解を超えた機械のなかをさまようしかないのだ。

時間は奥行きをなくした。自分が狂っているのは承知で、こつを学びさえすれば、この局部的狂気を乗りきれることはわかっていた。自分は宇宙軍に適さないかもしれない。そんな疑いを生んだ人格面での不安定さが、どうやらここまで希望をもって任務に打ちこむあと押しをしてきたらしいことにさえ気づいた。

思いは絶えずナンシーとソクタ・ウイルスにもどった。

彼らはなんといっていたか？

彼の意向ひとつでナンシーは目覚める、そういったのだ、ナンシーが誰であるにしても。

ナンシーは彼の愛称ではない。ところが、どういうものか必ずウイルスは動きだす。それにはただ、あるところへ顔を向け、壁にある共鳴ボタンを押すだけでいい。ひと押し、それで任務は挫折、しあわせになり、生きて帰還できる。

彼には理解できなかった。なぜそんなものを選ぶ？

三千年ほども過ぎたと思われるころ、彼は宇宙軍に向けて最後のメッセージを吹きこんだ。なにが起こるのか見当もつかなかった。あの老少尉、ヴォンダーライエンだかなんだったかは、見たとおりまだ生きていた。将軍もやはり生きていた。将軍は耐えぬいた。少尉は耐えられなかったのだ。

そしていまグリーン少尉は、宇宙のかなた二十四億キロの空間で、選択をせまられた。彼は選んだ。挫折を。

しかし規律を重んじる意味でも、挫折していく人間の思いをことばにしたいと思い、地球に帰還したときの記録用に簡単なメッセージを吹きこみ、公平な裁きを求めた。

「……というわけで、みなさん、ボタンを押すことに決めました。ナンシーという名前がなにを語っているか、わたしは知らない。ソクタ・ウイルスにどんな効きめがあるのか、挫折へ通じる道だという以外に見当もつかない。この挫折の件では、心底情けなく思っております。わたしをこの結論に押しやった人間的弱さを残念に思っております。弱さとは人間的なもので、みなさんはこの計画に人間性がはいりこむ余地を与えてくれました。その意味では、挫折するのはわたしというより、挫折の許可をわたしに与えてくれた宇宙軍そのものということになります。みなさん、さよならをいうのに、ことばが苦々しくなってしまいましたがお許しを。しかし、いまこそいいます。さようなら」

口述を終え、目をしばたたくと、最後にもう一回ハムスターたちをながめ――ソクタ・ウイルスが活動をはじめると、彼らはどうなるのか？――ボタンを押し、身を乗りだした。

なにも起こらない。もう一度ボタンを押した。

船内にとつぜん不思議な匂いがみちわたった。なんの匂いだろうか。なんともいえない匂いだった。

とつぜんひらめいた――これは刈りたての干し草の匂いだ。かすかにゼラニウムの香りもまじり、もしかしたら薔薇も遠くに。数年まえ、農場でひと夏を過ごしたとき、そこではありふれた匂いだった。ポーチに出て、食事の用意ができたと彼を呼んでいる母親の匂い、そして彼自身の匂いだ。母親のなかに見える女に甘えられるくらいには大人になり、聞き慣れた声に嬉々としてきびすを返すくらいには子どもの彼。

心にいった。「ウィルスがこれだけのものなら、おれは我慢できるし、いままでとおなじ能率で働けるぞ」

つけ加えた。「二十四億キロの虚空で、二ひきのハムスターだけを無聊《ぶりょう》の友として何年も過ごすんだ。多少の幻覚も悪くはないぞ」

ドアが開いた。

ありえないことだ。

にもかかわらず、ドアは開いた。

この瞬間、グリーンはいままで味わったことのないいたたまれない恐怖をおぼえた。「おれは狂ってる、狂ってる」心にいいながら、開くドアを見つめた。

若い女がひとりはいってきた。その女がいった。「あら、こんにちは。わたしのことは知ってるんでしょう?」

グリーン。「いや、とんでもない、きみは誰だ?」

女は答えない。立ちどまり、ほほえんだ。

青いサージのスカートは幅広いプリーツがはいった仕立てで、ウエストはぴっちりと細く、おなじ素材のベルトを締め、ごくシンプルなブラウスを着ている。とりたてて不思議なところはなく、外宇宙の生き物にはほど遠かった。

彼が昔から知っている、それもよく知っている女性だった。愛してもいたのか。だが焦点が合わなかった――この瞬間、この場所では。

女は立ったまま、彼を見ている。それだけだ。

不意に呑みこめた。そうだ。彼女がナンシーだ。連中が話していたあのナンシーというだけでなく、彼のナンシー、昔から知っていたが会うことのなかった彼だけのナンシーなのだ。

ようやく気をとりなおすと、これを口にした。「知らなかったら、知りようのないことだね。きみはナンシーで、きみのことは昔から知っていたし、ずっと結婚したいと思っていた。おれがずっと恋をしていた相手なのに、いままで会ったことがなかった。これは変だぜ、ナンシー。ひどく変だ。おれにはよくわからないんだが、きみはどう思う?」

ナンシーはやってきて、彼のひたいに手をあてた。本物のかわいい手であり、彼女がいてくれることはありがたく、愛おしく、嬉しかった。ナンシーはいった。「それにはすこし頭をしぼる必要があるわ。いい、わたしは現実じゃないの、あなた以外の人たちにはね。だけど、あなたにとっては、これ以上に現実的なものはないのよ。ソクタ・ウイルスとはそういう働きをするの、ダーリン。それがわたし。わたしはあなた」

彼はまじまじと見つめた。みじめになっていいはずなのに、みじめな気持ちはせず、彼女がいることを嬉しく思った。

「どういうことなんだ？　ソクタ・ウイルスがきみを造ったというのかい？　おれは気が狂っちゃったのか？　これはただの幻覚か？」

ナンシーは首をふり、髪のかわいいカールが揺れた。

「そうじゃないの。わたしはあなたが恋人にしたいと思った女性だれもかも。あなたがずっと求めていた幻なんだけど、あなたの心の奥底にいるという意味で、わたしはあなた自身なのよ。実生活であなたの心が味わいそこねたなにもかも。あなたが掘り起こす勇気のなかったなにもかもね。でもわたしは来たし、ずっとここにいるつもりよ。この船にいて共鳴があるかぎり、仲良くやっていけるわ」

ここへ来て、わたしの従兄はすすり泣きをはじめた。ワインのフラスクをとると、安物の赤ワインを大きなグラスになみなみと注いだ。しばらく彼は泣いた。テーブルにつっ伏し、それから目を上げた。「ずっとずっと昔だ。遠い昔のことになってしまったが、まだ彼女の話しぶりをおぼえているよ。それに、なぜ話しちゃいけないのか理由もわかってきた。男がほんとうはどんな人生を送ったか話すには、すばらしい人生、美しい人生だったと言いきるには、こわいくらいに飲んだくれるしかないんだ。そうだろう？」

「そのとおりだ」とわたしはいって、つづきをせがんだ。

ナンシーは船を一変させた。彼女はハムスターの引っ越しをおこなった。船内を模様替えした。記録類をチェックした。仕事はいままで以上に能率よく進んだ。

だが二人のつくる家庭、これは別物だった。パンを焼く匂いがただよい、風が香り、ときには雨音も聞くことができたが、いまいちばん近い雨は二十六億キロもかなたに去り、ここではただ酷寒の静寂が、冷たい冷たい船体とこすれあっているばかりなのだ。

二人はいっしょに暮らした。二人がおたがいまったく距離を感じなくなるのにさほど長くはかからなかった。

彼はジョルダーノ・ヴェルディの名前で生まれた。彼には制約があった。

やがて二人が恋人同士以上に親密になるときがきた。彼はいった。「きみを受け入れることはできないよ、ダーリン。そういうのはものの道理に合わない、ここが宇宙であってもね、きみが現実じゃなくてもだ。きみはぼくには現実そのものだ。祈禱書に誓って、ぼくと結婚してくれるかい？」

ナンシーの目がかがやき、比類なく美しい唇が、彼女の個性としか思えない笑みにほころんだ。「もちろん」と彼女はいった。

ナンシーは抱きついてきた。彼はナンシーの肩の骨にそって指を走らせた。あばら骨が押しつけられるのを感じた。髪の一本一本が頬をなぶるのを感じた。これは現実だ。人生以上に真にせまっている。なのに、どこかの馬鹿はこれが全部ウィルスのせいだというのだ——ナンシーは存在しないと。もしこれがナンシーでなければ、なんなのだ？　そう彼は思った。

ナンシーの体を下ろすと、愛としあわせに有頂天になって、祈禱書を読みあげた。彼は新婦に誓いのことばを求めた。それから、「おれは船長のわけだから、これで二人の結婚式を執りおこなったことになる。そうだろう、ナンシー？」

結婚生活はうまく運んだ。船は彗星が描くような長大な弧をたどった。はるかかなたへ飛んだ。あまりにも遠いので、太陽は小さな光点になってしまった。太陽系からの干渉は、計器にはほとんど表われなかった。

ある日、ナンシーがそばに来た。「この暮らしがあなたにとってなぜ挫折なのか、あなたは知っているわね」

「いや」と彼はいった。

彼女は深刻な顔つきで見つめた。「わたしはあなたの心を使って考えている。あなたの体内で生きているわ。もしあなたがここで死んだら、わたしも死ぬ。でも、あなたが生きているかぎり、わたしは生きていて、別の人格を持っているの。これって変でしょう？」

「変だね」というそばから、古くて新しい心の傷がまた痛みだした。

「なのに、あなたの心の一部を使いながら、あなたに教えてあげられることがあるの。あなたなしでも、自分が存在しているとわかるの。あなたが専門技術を持っているとわかるし、隔たりも感じるわ。もっとも自分にそれが欠けているとは感じないんだけど。わたしの受けた教育だって、あなたが思ったとおりで、あなたが願っていたようなもの。だけど、これがどういう事態なのかわかるでしょう？　わたしたちは脳のパワーを十分の一どころじゃなく、ほとんど半分近く消費しながら暮らしているの。あなたの想像力は、全部わたしを造るのに注ぎこまれている。あなたの余分な思いは、全部わたしに関係したことなの。愛してほしいという気持ちとおなじくらいに、わたしにはそれが必要なんだけど、あなたにはもう緊急事態に対処する余裕はないし、考えを宇宙軍のほうにふりむける力もないわけ。あなたがやっているのは、ほんとに最小限のことだけ。わたしにそんな値打ちがあるかしら？」

「もちろんあるさ、ダーリン。ガールフレンドとして、恋人として、妻として、生涯の伴侶として、男が望む相手にきみくらいふさわしい人はいないよ」

「でも、わからない？　わたしはあなたのいちばん優秀な部分を吸い取っているのよ。ありったけを注ぎこんだあげくに、帰還したときにはわたしはいないの」

　グリーンは不思議なかたちで、薬物がいまだに作用しつづけているのに気づいた（スミスのテキストでははじめのソクタ・ウィルスがこれ以後「ソクタ薬」となってしまうが、原文どおりに訳した）。自分の身に起こっている変化が、彼にはわかるのだった。光ゆらめく髪をした最愛のナンシーを見つめながら、その髪には飾りつけもヘアカットも必要ないことに気づいた。着ているものを見ながら、彼女が船には収まりきらないほどたくさんの服を持っているのに気づいた。しかも日ごと、明るく楽しそうに美しく、とっかえひっかえ着替えをしているのだ。彼の口にはいる食事も、船にあるはずのないものだった。グリーンはすこしも頓着しなかった。ところがいまや、ナンシーを失うという心配さえできなくなっているのだ。ほかの余計な思いをみんな潜在意識からはねつけ、幻覚ではないという信念のもとにひれ伏してしまいそうな気がした。

これは腹に据えかねた。ナンシーの髪のなかに指を走らせ、彼はいった。「狂っているのは承知だよ、ダーリン。きみが存在しないことも――」

「でも、わたしは存在する。わたしはあなたよ。あなたと結婚してしまったくらい、まちがいなくゴードン・グリーンの一部なの。わたしは死なない、あなたが死なないかぎりはね。なぜかというと地球に帰ったら、ダーリン、わたしはひっこんで、あなたの心の奥底にもどってしまうから。でも、あなたが生きているかぎり、あなたの心に生きつづけるの。切り捨てることはできないし、わたしも逃げられないし、あなたは忘れることもできない。それにあなたの口からしか、ほかの人たちのところへ飛んでいくことはできない。だから話ばかりが先に立つの。だから、こんなに不思議なことなのよ」

「だから、おかしいとわかるんだよ」グリーンは頑固にいいはった。「おれはきみを愛していて、きみが幻だということも知っていて、おれたちの仲が終わるのを知っていながら、それがすこしも悩みにならない。きみといっしょなら、ずっと満足でいるだろう。酒はいらない。麻薬には手を出さない。でもしあわせなんだ*」

二人はこまごました日課をつづけた。いっしょに彼のつくった図表をチェックし、記録を保管し、二、三の他愛ないできごとを船の永久記録に収めた。つぎには大きな火をたいて、マシュマロを焼いた。火はりっぱな暖炉のなかにあったが、そんな暖炉などあるはずがなかった。炎が立ったが、立つはずはなかった。船内にマシュマロなどなかったが、そういうことはかかわりなく二人はマシュマロを焼き、おいしく食べた。

こうして二人の暮らしはつづいた——魔術がいっぱい、といってもそれは皮肉も挑発もない魔術だったし、怒りもあきらめも絶望もなかった。

二人はしあわせそのもののカップルだった。

ハムスターたちさえ影響を受けた。清潔でまるまると肥えた。餌を喜んで食べた。宇宙酔いも乗りこえた。檻のなかから二人を見つめた。

彼はそのうちの一ぴき、茶色の鼻をしたやつをつまみだし、部屋をかけまわらせた。彼はいった。「おまえはほんとうに軍隊っ子だな。かわいそうなやつ。宇宙へ行くために生まれて、こんなところでお役についている」

あと一度だけ、ナンシーが将来のことを話題にしたことがあった。こういった——

「子どもができないのはわかるわね。ソクタ薬ではそれは駄目なの。あなたはいつか子どもを持つでしょうけど、きっと変な気持ちだと思うわ。誰かほかの女性と結婚したはずなのに、いつもわたしがどこか陰にいるなんて。そう、わたしはいつもいるの」

二人はみごとに帰還をはたした。地球へ帰り着いた。

ゲートから出ると、疲れた仏頂面の軍医大佐がじろりとにらんだ。こういった――

「ああ、案の定だ」

「なんでしょうか？」ききかえすグリーン少尉は、太ってつやつやしている。

「ナンシーがいるな」と大佐。

「はい。すぐに連れてきます」

「行ってこい」

グリーンは宇宙船にもどり、見まわした。ナンシーの気配はなかった。彼はびっくりした顔でドアのところへもどった。まだ動転はしていなかった。こういった――

「大佐、いまここにはいないようですが、どこか近くにいると思います」

大佐は不思議な、同情するような、疲れた笑みをうかべた。「きっとどこか近くだ、少尉。きみは最小限の仕事をした。きみのような人間を落胆させていいものかどうか、わたしにはわからん。承知だと思うが、きみはいまの階級に凍結される。勲章は授与される、〈任務達成〉だ。人間が誰ひとり行ったことのない遠くへ到達したことにより、任務は成功だった。そういえば、ヴォンダーライエンがきみを知っていて、どこか向こうで待っているはずだぞ。そのまえにまず入院させて、ショック症状が出ないように容態を診《み》なければ」

「病院に行ったが」とわたしの従兄はいった。「ショック症状は出なかったよ」

彼はナンシーをさがし求めなかった。去ったわけでもないのに、どうしてさがす必要があろう。彼女はいつも、そこの角を曲がったところか、ドアのすぐうしろか、ほんの何分か先にいるのだ。

朝食をとりながら、ランチのときに会えるのはわかっていた。昼食の席では、彼女は午後に立ち寄るはずだった。日が暮れるころには、夕食をいっしょにできるのはわかっていた。

自分が狂っているのは知っていた。救いようもなく狂っている。

ナンシーはいないし、いたためしなどないことは百も承知していた。こんな仕打ちをするソクタ薬を憎んでいいはずだが、薬にはそれなりの救いもあった。

ナンシーの効果とは、永遠の希望への殉教、決して裏切られない約束であり、決して裏切られない約束とは、裏切られることの多い現実よりしばしばはるかにマシなものなのだ。

要するに、そういうことだった。ソクタ薬の使用に反対する団体が証言を求めてきたとき、彼はこういったものだ――

「おれが？　ナンシーを捨てるだと？　ばかなことをいわないでくれ」

「いないじゃありませんか」と誰かがいった。

「あんたがそう思うだけさ」とわが従兄、グリーン少尉はいった。

＊（原注）サテライト・サイエンス・フィクション誌掲載版では、小説はここで終わっている。

達磨大師の横笛
The Fife of Bodidharma

伊藤典夫◎訳

子曰く、音楽は心を開き、礼節がこれを磨き、旋律がこれを仕上げる。
――『論語』第八篇第八章

1

時は定かではないが、原始インドにおける第二期ハラッパー文化のころか、それとももっと早く、金属文明がまさに曙《あけぼの》を迎えたころか、ひとりの金細工師が、ふとしたはずみに魔法の横笛の製法を発見した。彼にとって、それは死か幸いかの横笛、救済も破滅も自由に選ぶことのできる大道となった。後世の人びとなら、これを音波によって発動する精神力学《サイオニックス》現象の早すぎた発見例と見抜いたかもしれない。

なんであるにしろ、その横笛には力があった！　釈迦生誕のはるか以前、長髪のドラビダ人僧侶たちは笛に力があることを学んでいた。

金細工師が工夫した鏡金《きょうきん》製（銀白色をした銅と錫の合金。スペキュラム合金ともいう）の部分をのぞけば、あとは金を鋳造したもので、吹くとかん高いピーッという音を発したが、それとともに狭い範囲に超音波振動を送りだした――狭いけれども強力で、脳内のシナプスを組みなおし、聞く者の基本感情を改変してしまうほどの振動である。

金細工師は、自分の楽器より長生きすることはできなかった。彼は死んで見つかった。

笛は僧侶たちに引き取られた。丁寧にも乱暴にも使われたが、そうした短いおそろしい時期を経て、笛はある偉大な王の墓に埋葬された。

2

盗賊たちが横笛を見つけ、試しては死んでいった。ある者は至福のうちに、ある者は憎しみにこりかたまって死に、たくさんの者が恐怖と幻覚にとらわれて発狂した。生き残った頑健な男がひとりいた。知覚と感情がめざめる得《え》もいわれぬ試練に耐えたのち、男はふるえながら笛を経文につつみ、聖者ボーディダルマ（菩提達磨または達磨大師。六世紀前半のインドの高僧で、中国禅宗の始祖）にさしだした。ちょうど聖者ボーディダルマがインドを発ち、世界の尾根を横切って遥かな中国《カセイ》まで、信じられないような過酷な旅に乗りだそうとしていたころである。

ペルシアをその目で見た男、智慧《ちえ》をたずさえた故老、聖者ボーディダルマが、山々のうちでもいちばん高い峰に挑んだのは、中国の北魏王朝が大いなる洛陽からその首都を移した年であった。（別のはるかな土地、人びとが救世主イエス・キリストの生誕から年を数えているような地方では、時はキリスト紀元五五四年とされていたが、インドと中国にまたがるこの高地では、キリストの教えはまだ伝わっていないので、釈尊ゴータマ・ブッダのことばが依然として人びとの耳にとどく無上の福音であった）

ボーディダルマは薄い袈裟《けさ》だけの姿で、氷河をわたり、登った。空気を飲んで食物とし、祈りを薬味に添えた。寒風が老いた肌を切り、老いた骨を打った。外套の代わりに高潔さを身にまとい、不屈の心のうちには、インド世界から中国の民のもとへ、時と運の導きにかけて、釈尊ゴータマ・ブッダの純粋にして汚れない教えを運ばなければならないという思いが宿っていた。

ひとたび峰と峠《とうげ》の連なりを越えると、高地砂漠の凍てつく寒冷のなかに出た。砂が足を傷つけたが、血は流れなかった。なぜなら足には神呪と護符をはいていたからだ。

とうとう獣たちが近づいてきた。彼らは罪と無知と羞恥の醜い衣をまとって現われた。獣にはちがいないが、彼らは獣以上のもの――無限の輪廻を運命づけられた悪者たちの魂だった。いま卑しい姿に落ちぶれているのは、前世においてよこしまな心のおもむくままに永劫の教義をあざけり、目のまえにさながら樹木か夜の天空のように公然と置かれていた智慧を拒絶したためである。心が邪悪であるほど、獣は醜くなる。それがさだめだ。この砂漠では、獣たちはたいへん醜かった。

聖者ボーディダルマはたじろいだ。

武器は使いたくなかった。「おお、永遠なる釈尊よ、蓮華座《れんげざ》にましますブッダよ、お助けを！」

心のうちにはなんの応答もなかった。獣たちの罪深さと邪悪さがあまりにも大きいため、釈尊さえそっと顔をそむけ、彼の遣《つか》わした布教者ボーディダルマになんの庇護《ひご》も与えようとしないのだ。

しぶしぶながらボーディダルマは横笛を取りだした。

横笛はきゃしゃな武器で、人間の指の倍ほどの長さしかなかった。金色をした見慣れない、醜いとさえいえる形で、いまのインドに住む何人《なんぴと》の記憶にもない太古の文明を偲《しの》ばせている。その横笛は人類文明の曙《あけぼの》に生まれ、いくつもの時代、あまたの歳月を乗り越え、古代人の底力のあかしとして残ったものだった。

笛の一端に小さな歌口がある。四つの音孔でピッチがきまり、音の組み合わせが豊かなものになる。

一度吹くと、笛はうちなる聖性に呼びかけた。これはすべての音孔がふさがれたときに起こった。

二度つづけて、それも音孔をすべて開けて吹くと、笛はそれ自身の力を放った。その力はなんとも不思議なものだった。それは音のとどく範囲にいるあらゆる生き物のその場の思いをことごとく増幅した。

聖者ボーディダルマが笛をたずさえたのは、心が休まるからだった。音孔をふさぐと、笛の音は彼がインドから中国に運んでいる聖なる教え、仏教の三宝を思い起こさせた。音孔を開くと、音色は心清い者には至福を、よこしまな者には罰をもたらした。正邪の区別は笛がつけるのではなく、なにものであろうが、聞く側がひとりでにつけた。木々はこの調べを樹木なりのやりかたで聞くと、より強く大地にしがみつき、空へ伸びあがり、樹木なりのおぼろな希望も新たに養分を求めた。虎はいっそう虎らしくなり、蛙はいっそう蛙らしくなり、人間はその性格のあらわれかたに応じて、いっそう善にも悪にもなった。

「とまれ！」と聖者ボーディダルマは獣たちにいった。

虎や狼、狐やジャッカル、蛇や蜘蛛、彼らは向かってきた。

「とまれ！」ふたたび声をはりあげた。

蹄《ひづめ》や鉤爪《かぎづめ》、針や歯、ぎらぎらした目で、彼らは向かってきた。

「とまれ！」三たび呼びかけた。

それでも彼らは向かってきた。ボーディダルマは横笛の孔を全開すると、二度、大きく晴れやかに吹いた。

大きく晴れやかに、二度。

動物たちは歩みをとめた。二度めの音色で、彼らはのたうちだし、それぞれの獣性のなかにさらに深く追いこまれた。虎はおのれの前足に向かって唸り声をあげ、狼はおのれの尻尾にかみつき、ジャッカルはおのれの影からおびえきって逃げ、蜘蛛は暗い岩かげにもぐりこみ、ほかの卑《いや》しい獣たちも聖者を脅すのをやめ、通行を許した。

聖者ボーディダルマは旅をつづけた。新都・安陽の街角では、仏教の心やさしい教えは好奇と落ち着きと喜びをもって迎えられた。中国北部の覇者となったこの享楽的な蛮族、拓跋《トーバ》タタール族は、いまや破滅へのおそれを捨て、来世への期待に心も魂もふくらませた。母親たちは死にかけた子らが至福のもとに召されると知って嬉し泣きした。皇帝みずからが剣を置き、無限の山並みを果敢に越えてもたらされた心やさしい教えに聞きほれた。

聖者ボーディダルマが死に、安陽の郊外に葬られたとき、横笛は聖なるオニキスの箱に納められ、彼の右手のかたわらに置かれた。こうして遺骸と箱は千三百四十年のあいだ眠りつづけた。

3

一八九四年になって、ドイツ人の探険家が――というか、本人がそう気取っただけだが――科学の名のもとに聖者の墓所を盗掘した。

村人たちが現場を押さえ、男をその丘の中腹から追いたてた。

男は逃げおおせたが、手に残った略奪品は、見たこともない銅製らしい横笛とそのオニキスの容器だけだった。見かけは銅のようだが、周期的に湿度が高くなる土地に長年埋まっていたにしては、その金属はじっさいの銅ほど腐食していなかった。横笛は汚れていた。ざっと汚れを落とし、こわれやすそうな造りで、漢字らしくない銘が刻んであるのだけは見とどけた。

磨きあげ、吹いてみることまではしなかった。おかげで男は生きのびた。

横笛は、ドイツの大公妃の名が付いた小さな市立博物館に寄贈された。それはドロテウム博物館の陳列品第34号としてケースに納められ、さらに五十一年間そのままにされた。

4

B29の編隊は去った。爆音をひびかせてラシュタットの方角に消えた。

ヴォルフガング・ヒューネは溝から這いあがった。自分が情けなく、連合軍が憎らしく、ヒトラーさえうらめしかった。ヒトラー青年である彼は、ハンサムでブロンドで長身でがっしりしていた。また勇敢で機敏で残酷で利口だった。彼はナチ党員だった。ナチス世界にあってこそ、生きる希望が湧いてくる。彼の考えのなかでは、両親は人間の屑だった。父親が爆撃で死んだとき、ヴォルフガングはなんとも思わなかった。母親が食物もなくインフルエンザで死んだときにも悲しまなかった。母親は年をくって、かまうほどの値打ちはない。ドイツこそが重要なのだ。

しかしいま、彼が大切に思うドイツは解体の過程にあり、爆弾に引き裂かれ、爆風にうがたれ、連合空軍の際限ない攻撃にぼろぼろにされていた。

若きナチ党員、ヴォルフガングは恐怖はおぼえなかったが、途方には暮れていた。

動物が本能で直感するように——考えたわけでもないのに——彼は知っていた。もしヒトラー主義が終わってしまうものならば、彼もまた生き残ることはないであろう。またやるべきことは残り少ないながらも、精いっぱいやっているという自覚はあった。いまもスパイたちをさがし、総統や戦争に不平を鳴らす腰抜けどもの居所を通報しているのだ。国民突撃隊《フォルクスシュツルム》結成を助け、連合軍がライン河を越えてきた場合には、ナチス・ゲリラになるつもりでいた。動物のように、といってもきわめて知能の高い動物だが、あとは戦いしかないことを知っており、その一方、勝ち目がなさそうなことも予感しているのだった。

彼は街路に立ちつくし、爆撃後の埃が舞い降りるさまを見まもった。

月光がひび割れた舗道を明るく照らしている。

このあたりの市街は静まっていた。ダウンタウンでは火事が燃えさかり、パリパリという火の音は、父親がレタスを食べる聞き慣れた音を思いださせた。彼のいる付近ではなんの物音も聞こえなかった。まったく独りぼっちで、月光のもと、世界の忘れられた片隅にいるようだ。

見まわす。

驚きのあまり目を丸くした。ドロテウム博物館が、爆撃を受けて開かれている。

ぶらぶらと廃墟のほうへ歩いていった。入口の暗がりに立った。

表通りをふりかえり、つぎに夜空を見上げ、光があってもだいじょうぶだと見きわめると、懐中電灯をつけ、展示室に明かりを向けた。ケースはこわれていた。ほとんどのケースでガラスが割れ、展示品にかぶさっていた。窓ガラスの破片が古い石のフロアにちらばり、ひんやりした月光に照らされて、凍った水たまりのように見えた。

すぐ目のまえに、見るかげもなくつぶれた陳列ケースがあった。

懐中電灯の明かりをそちらに向けた。光がとらえた短い金属管は、古めかしいピストルの銃身のように見えた。ヴォルフガングは管に手をのばした。楽隊で演奏したことがあるので、物の正体はわかった。横笛だ。

つかのま手に持ち、それからジャケットにつっこんだ。懐中電灯でもう一度博物館内部を照らすと、表通りに出た。警官に言いがかりをつけられてはたまらない。

そのころには、坂道をこちらに向かって登ってくるトラック隊の苦しげなエンジン音が聞こえていた。燃料の質が悪いため、エンジンは咳きこみ、ぶるぶると唸りをあげている。

ヴォルフガングは懐中電灯をポケットに入れた。手が横笛にふれ、取りだした。

本能的に、人が誰しもするように、四つの音孔ぜんぶに指を持っていき、笛を吹いた。孔はすべてふさがれた。

力をためた。

思いきり吹いた。

横笛が鳴った。

甘美な音色、想像もつかないほど輝かしく、この世の最高のシンフォニーの胸ときめく調べよりやさしく野放図な音色が、彼の耳にひびいた。

気分が変わり、休まり、満足感がこみあげた。

彼の魂は、というか魂があるなどとは彼自身夢にも思っていなかったが、いままで手に入れたことのない平安に達した。その瞬間、小さな宗教が生まれた。小さな宗教であったのは、乱暴な若者の心のうちに閉ざされていたからだが、まぎれもなく、それは真の宗教だった。なぜならそこには、今生《こんじょう》のかなたにある希望と安息と充足があますところなく約束されていたからだ。愛と、愛のもつ途方もない意味が、心に流れこんだ。愛は彼のしこった背筋をゆるませ、この何十日かではじめて認める率直な疲れに、疼《うず》くまぶたさえも重く垂れ下がった。

彼のうちのナチス思想は流れ去った。聖性への呼びかけ、ボーディダルマの横笛にひそむ忘れられた魔法が、ヴォルフガングのもとへひびいたのだ。そこで彼は誤りをおかした。致命的な誤りを。

横笛には、発射される以前の銃ほどの悪意もなければ、人を呑みこむ以前の川ほどの憎しみもなく、人がすべり落ちるかもしれない高みほどの怒りもなかった。横笛がもつ独特の力は、一部は音じたいから来るものだが、おおかたはメカニズムと精神力学《サイオニックス》との結びつきにあり、それは尋常ではない合金とその形状が、数十世紀の時のかなたに埋もれたハラッパーの金細工師の手を使って生みだしたものだった。

ヴォルフガング・ヒューネはもう一度吹いた。二本の指で笛を持ち、音孔はまったくふさがなかった。今回の音色は荒々しかった。幻影が降りてくる恐るべき迫真の一瞬があり、彼はおのれのうちに、ヒトラー第三帝国のあらゆる誤った決断、どす黒い愛国心、毒々しい勇気を肉化させていた。彼はふたたびヒトラー青年であり、一〇〇パーセントの北欧ゲルマン人であった。その目は、うちからあふれだすメッセージに輝いていた。

彼はふたたび吹いた。

この第三の音は、仕上げの音——千五百五十年まえ、チベット北部の厳寒の砂漠で、聖者ボーディダルマを守りぬいた音だった。

ヒューネは輪をかけたナチスとなった。もはや若者ではなく、人間でもない。彼自身の増幅版であった。彼はまるごと戦士となったが、自分が何者なのか、なにと戦っているのかは忘れていた。

ライトを消したトラック隊が丘を登ってきた。焦点の合わない目がその方向をながめた。横笛を手に、彼は車の群れにうなり声をあげた。

狂った思いが心をよぎった。「連合軍の戦車隊……」

彼はしゃにむに先頭のトラックのところへ走った。運転手には影のようなものが見えただけで、ブレーキを踏んだが遅すぎた。フロント・バンパーが、なにか柔らかい障害物をはねとばした。

前輪が若者の体を乗り越えた。トラックが止まったときには、若者は息絶え、横笛はなかばつぶれてドイツの石の道路に落ちていた。

5

ハーゲン・フォン・グリューンはドイツ人ロケット科学者で、いまはアラバマ州ハンツヴィル（マーシャル宇宙飛行センターの所在地）に勤務していた。ケープ・カナヴェラルにも出張し、アメリカの第五次ロケット計画に参加している。受けもった仕事のひとつは、系列中の第三回打ち上げで、人工衛星にのせる送信機の電波を、地上の標準波のラジオでも受信できるようにするというものだった。これは世界じゅうのラジオ聴取者にまで、人工衛星の追跡に参加してもらおうというのが目的である。今回の衛星は、比較的寿命が短く作られていた。運がよければ五週間いっぱい保《も》つが、それ以上ではない。

送信機は小型化されていて、外板の加熱と冷却から生じるほんのかすかな音をひろい、宇宙線の熱効果から来る音声パターンを発信するとともに、すこしばかりはそのイメージまでも音声パターンを通じて中継しようというものである。

ハーゲン・フォン・グリューンは最終組み立ての場にいた。工程の途中に、管を一本さしこむ簡単な作業があった。これは共鳴器として二重の役目を果たすもので、衛星の外殻と豆粒の半分ほどの微小マイクロフォンとのあいだに立ち、外殻から来る音がそのマイクロフォンに翻訳され、二千五百キロ下方の地球表面にいる聴取者たちにとどけられるわけである。

フォン・グリューンはもう愛煙家ではなかった。あの恐怖の夜、トラック隊で仲間たちと安全地帯へと移動する途中、連合軍機の爆撃にあって以来、まったく禁煙していた。戦争中なんとか煙草を切らさずにやってきた彼が、愛用のシガレット・ホールダーさえ持たなくなっていた。その代用に、道端でひろった妙なかたちの古い銅の横笛を、つぶれた形をなおして持っていた。生きのびためぐりあわせに迷信深くなり、禁煙の誓いを思いだすありがたい縁《よすが》でもあるので、彼は磨きもせず、吹いてもいなかった。重さをはかり、比重を調べ、長さを測り、良きドイツ人らしくミリメートルとミリグラムの単位まできちんと数値を出したが、しまいこもうとはせず、多少かさばるもののポケットに入れたままにしていた。

機首円錐部《ノーズ・コーン》を組み立てる最後の仕上げにかかったとき、筋交《すじか》いの金属が折れた。折れるはずがないのに、折れたのだ。

筋交いの役をする新しい金属管を見つけるには、五分かけてエレベーターで下まで降りなければならない。

心にふとなにかが突き上げ、ハーゲン・フォン・グリューンはお守りの横笛が必要な長さに一ミリと違《たが》わず、直径もぴったりなことを思いだした。音孔はべつに問題にならない。彼はやすりを取ると、古い横笛にやすりをかけて磨き、なかにさしこんだ。

彼らは衛星の外板を閉じた。円錐部《コーン》を封じた。

七時間後、メッセージ・ロケットは飛びたった。地球上のあらゆる標準波ラジオで受信できる初のロケット。上昇するその勇姿をながめながら、ハーゲン・フォン・グリューンはひとり問いかけた。「あの音孔が開いているか閉じているかで、なにか違いがあるのだろうか？」

アンガーヘルム
Angerhelm

伊藤典夫◎訳

変だ変だ変だ。なんだかすごく変だ変だ変だぞ、脳を使わずに考えるのは――まるで奇術みたいだが、脳なしに考えるのは奇術じゃない。しゃべるのはもっとむずかしいが、それもできる。

あのことばがひびいてきた瞬間のことは、まだ覚えている。われわれがやっとネルスン・アンガーヘルム老人の身柄を確保し、ズーズーと鳴るテープのまえにすわらせたあのときだ。話はそれよりずっと以前にさかのぼる。発端はわたしの知るところではない。

わたしの仕事はスパッツ氏の補佐で、スパッツ氏はこの十八年、各種予算のあら探しにたずさわっている。彼は予算局長にかわって、陸軍省と情報諸機関との特別連絡にからむあらゆる予算請求に承認を出す人物である。

仕事はたいへんできる。予算の獲得にやってきて、請求した額の十分の一で涙を飲んだ人間の数は、ペンタゴンのどこの廊下に並べてもはみだしてしまうほどだ。これは並大抵のことではない。

事件が漏れだしたのは数カ月まえ、ロシア人たちが妙な小型の録音カプセルの回収をはじめるようになってからだ。カプセルは彼らのスプートニク（ソ連初の人工衛星の系列）から出てきた。上空の宇宙空間からもどったカプセルになにがはいっているのか、われわれは知らなかった。ただなにかがあるということだけは見当がついた。

カプセルはどれも、落下時にレーダーで追尾できた。残念ながら、ほとんどはロシアの領土と領海に落ちてしまい、ひとつのカプセルだけが大西洋に着水した。経費が七百万ドルを超過したところで、われわれはカプセル捜索をあきらめた。

大西洋艦隊司令官は情報士官から、さがしつづければ発見の見込みはあると聞いていた。司令官はワシントンにこの件を照会し、予算局が請求書に目をとおした。問題はここで一時的にストップした。

事件はいっぺんにほぼ四つの場所から広まりだした。ソ連首相フルシチョフご本人までが、アメリカ合衆国国務長官に向かってなにやらとんでもないことをいいだした。やはり彼らはロンドンで接触していたのだ。

会談の終わりにフルシチョフがいった。「あなたがたはときにはおふざけもやるのかね、長官？」

国務長官は通訳の説明を聞いて、驚き顔になった。

「おふざけですと、首相？」

「そう」

「どういうおふざけですか？」

「機器類へのおふざけだ」

「機械装置をもてあそぶというのは感心したことではありませんな」とアメリカ人。

このあとしばらく応酬があり、悪ふざけがどうこうというより、おたがいスパイ活動にもっと精を出さなければいけないという話題になった。

ロシア側指導者はかたくなで、わが国はスパイ活動はしていない、スパイ活動など聞いたこともない、それにスパイ活動は自分だけで足りているので、スパイ活動などないことは自分がいちばんよく知っているといいはった。

ことばの激しさに、国務長官もいい返した。こちらもスパイ活動はしていないし、ロシアでなにが起こっていようが、まったく知らない。また、たんにロシアのことをなにも知らないというだけでなく、知らないということ自体を知っており、その点は確認ずみである。こうしたやりとりを最後に双方は別れ、相手はなにをしゃべっていたのかという疑問だけが残った。

問題はすべてワシントンに照会されたが、のぞき見を許されたリストのどこかに、わたしの名前があった。

その時期、わたしは〝銀河的〟人物証明を持っていた。銀河的人物証明は、全面的《ユニヴァーサル》人物証明のすこし下位に来るものだ（ユニヴァーサルに宇宙的の意味があるので、銀河はそれに次ぐ）。そんなに威力はないけれど、多少の役には立つ。わたしはスパッツ氏を連絡業務で補佐するという仕事の関係上、そうした特別書類に目を通せる立場にいた。といっても、現実にたいした得があるわけではなく、スパッツ氏に代わって予算をひねくりまわしていないとき、暇つぶしになる程度だった。

第二の手がかりは、〈谷《ヴァレー》〉のある部署からとびこんできた。われわれはここを〝ヴァレー〟としか呼ばず、ここの名前は連邦予算のなかでもあまり見たくない。〈ヴァレー〉については必要なことだけを頭に入れ、あとは考えるのをやめてしまう。他人《ひと》さまがなにをしているか考えるのは、われわれの仕事ではない。特にあちらが合衆国政府の金を毎日毎日数百万ドルもつかって、相手がなにを考えているか探るのを仕事とし、たいていろくな収穫もあげずに終わっている場合には。

あとでわかるのだが、その時期〈ヴァレー〉では、ある男をさがすために全米の保安要員をミネアポリスへ急行させていたのだ。男の名前はアンガーヘルムといった。ネルスン・アンガーヘルムだ。

聞いたこともない名前だが、一段落するころには、その名は今世紀最大の事件にのしあっていた。もし公表されたりすれば、必ずやこの二千年で最大の事件となるだろう。

物語の第三部は、すこし遅れてやってきた。

プラッグ大佐はG2所属だった（陸軍参謀部第二部。スパイ、保安活動をおこなう）。彼はスパッツ氏に電話を入れたが、つかまらないので、わたしに電話をしてきた。

大佐はいった。「きみのボスはどうなってる？　部屋にいることがあるのか？」

「わたしの手には負えませんよ。わたしが仕切っているわけじゃなく、あちらがわたしを仕切っているんですから。どういうご用件でしょうか、大佐？」とわたし。

大佐はがみがみといった。

「いいか、こちらは内外組織間の連絡という目的できみのところから予算をもらうということになっている。どこまで立ち入った連絡が必要なのか、それをわたしがわきまえているべきなのか、そういうことはわからん。部長にたずねてみたが、彼もわからんという。ひょっとしたらわれわれは手を引いて、情報関係の連中にまかせたほうがいいかもしれん。それとも、国務省にあずけるか。きみたちはいいよ、しっかり連絡をつけてるかどうか訊いて、予算を下ろすだけで時間がつぶれる。なあ、一度こっちへ来て、すこしばかり責任を肩代わりしてくれるというのはどうだ？」

わたしはプラッグのオフィスへかけつけた。これは陸軍問題だ。

事実関係はこうである。

ソ連大使館付きの武官補でポタリスコフ中佐なる者が、会見を求めてきた。中佐はいつも手ぶらでやってくる。こんどは通訳も連れていなかった。変てこな英語をしゃべったが、話は通じた。

ポタリスコフの話をかいつまめば、米軍の行為は厳粛な気象データ採集の妨害であり、ソ連側のレーダーに悪ふざけを仕掛けるのはフェアではないというものだった。アメリカ陸軍がよほど暇を持てあましているにしても、ソ連側にちょっかいを出すのはやめて、おたがい同士でやってくれないか？

これだけではなんのことやらわからない。

プラッグ大佐はくわしく問いただした。ロシア人の話はどこかピントがずれていて、悪ふざけがどうのこうのとくりかえす。

やがて一枚の紙片をロシア人がポケットに用意していることがわかった。ポタリスコフは紙を取りだし、プラッグに見せた。

そこには人名と住所が書いてあった。ネルスン・アンガーヘルム、ミネソタ州ホプキンズ、リッジ・ドライヴ２３２２。

ミネソタ州ホプキンズはミネアポリス郊外の町とわかった。これはそんなに時間もかからず見つかった。

住所も名前もプラッグ大佐に心当たりはなく、これについてなにか要求があるのかと彼はポタリスコフにきいた。

ポタリスコフは大佐に、このアンガーヘルム遊びを認めるようにせまった。

ポタリスコフによれば、情報機関では、通信隊と組んだ悪ふざけの話などはまったくしてくれないという。プラッグは知らないといいはった。いったん調査をして、結果をポタリスコフに報告すると答えた。ポタリスコフは去った。

プラッグは通信隊を呼びだし、用件がすむころには、手がかりが〈ヴァレー〉のほうにあることをつかんでいた。〈ヴァレー〉側は話を聞くと、すぐにひとりの男を送ってよこした。わたしが嚙みはじめたのはこのころだ。スパッツ氏はつかまらないし、ことは深刻だった。

肝心なのは、三者がともに捜査を進めていたことにある。〈ヴァレー〉側は名前をつかんでいた（どうして知ったか、わたしは明かす立場にはない）。アンガーヘルムの名前は、しばらくまえからソビエト全土の通信システムを駆けめぐっていた。じっさいソ連の役人たちはみんな、その名に心当たりがあるかという質問を受けていたし、そのほとんど全員が、というか〈ヴァレー〉側が調べたかぎり全員が、なんのことかわからないと答えていた。

フルシチョフが国務長官とおこなった会談のことが注目され、アンガーヘルム問題はこれと関係がありそうだということになった。われわれはさらに探りをいれた。やはりアンガーヘルムがすべての鍵らしかった。〈ヴァレー〉側はすでに彼のデータをつかんでいた。FBIに問い合わせていたのだ。

FBIの調査によれば、ネルスン・アンガーヘルムは六十二歳の軍隊経験のある養鶏業者だという。兵役についたのは第一次世界大戦のときである。

軍隊にいた期間は短かった。ニューヨーク州プラッツバーグまでは行ったが、そこで足首を折り、四カ月入院、この怪我から合併症が出た。以来、退役軍人手当てを受けとっている。合衆国外へは出たことがなく、危険団体に所属したことはなく、結婚経験はなく、浪費もしていない。FBIが調べたかぎりでは、生きる値打ちもないような人生といえる。

問題は宙ぶらりんとなった。この男をソビエト連邦と結びつけるものは皆無なのだ。

結局わたしの出番はないことがわかった。スパッツがオフィスに現われ、情報機関をすべて巻きこむ会議の召集がかかったと告げたのだ。国務省の人間も出席し、ホワイトハウスからは民間防衛動員局の代表まで、ようすを見にやってくるという。

ここで疑問が浮上した。「ネルスン・アンガーヘルムとは何者なのか？　われわれは彼をどう扱えばいいのか？」

追加報告をしたのは、国税庁の職員になりすますのが専門のエージェントだった。

この〝国税庁エージェント〟は、破壊活動の内偵にかけてはFBIでも指折りの男だった。まぎれもなくスパイ活動の達人であり、裏の世界によく通じていた。晴れた日には、三キロ離れたところから陰謀を嗅ぎわけることができた。部屋にしばらくいただけで、過去三年間にそこで不法な集会が開かれたかどうか、いいあてることができた。というのは大げさかもしれないが、そんなに誇張してはいないつもりである。

この男は赤色分子《コミー》を嗅ぎだす名人で、心なしか赤っぽい程度の者まであやまたずに選り分けたが、アンガーヘルムについてはなにひとつ引きだせなかった。

ただし、アンガーヘルムはひとつだけ広い世界とつながりを持っていた。彼にはタイスという弟がいたのだ。妙な名前であり、由来はわたしには見当もつかなかった。誰かがあとで教えてくれたところによると、これはタイス・アンケルイェルムと符合し、二百年まえのスウェーデンの海軍提督にちなんだものだという。おそらく家族の誇りであったのだろう。

この弟はウェストポインター、つまりは陸軍士官学校の出だった。彼は正規の出世街道を歩んでいた。軍務局長室付きからのスタートでは、これはたやすいことだった。しかし、やがて明るみに出たのは、この弟がつい二ヵ月まえに死んでいたことである。彼もまた独身だった。「なんという母親だ！」と、この事件を調べた精神科医のひとりはいったものだ。

タイス・アンガーヘルムは広く旅行をしていた。じっさい調べてみると、わたしが連絡役の二、三のプロジェクトにも関係していた。となれば、ここからあらゆる疑惑が生じてくる。だが、いまは故人である。ソ連関係の仕事に直接かかわったことはなかった。ソ連の友人もいず、ソ連邦を訪れたこともなく、ソ連軍とぶつかったこともなかった。ソ連大使館の公式レセプションなどにも出向いたことはなかった。

兵站《へいたん》業務、少々のフランス語、ミサイル計画の三つをのぞけば、とりたてて専門というものはなかった。カードゲーム愛好家であり、土曜の夜は、ちょっとしたドン・ファンでもあった。

このあたりで話は第四段階にはいった。

プラッグ大佐が命令を受け、ポタリスコフ中佐と接触し、相手の真意をただすことになったのである。おりかえしポタリスコフから電話があり、それならむしろ自分のボス、ソビエト大使本人が、国務長官なり次官なりのところへ出向くほうが早いということになった。

しばらく煮えきらないやりとりがつづいた。長官は不在だったが、国務次官は喜んでソ連大使と会い、なんなりと質問に応じると答えた。また当方ではアンガーヘルムを発見したので、もしソビエト当局がアンガーヘルム氏に会見を求めたいのなら、ミネソタ州ホプキンズへ行けば、自由に会談できるとも言った。

ここでひどくまごつく事態が持ちあがった。ミネソタ州ホプキンズ方面は、ソビエト外交官にとっては〝旅行禁止〟——すなわち、ソ連邦内でアメリカ外交官に〝旅行禁止〟区域があるように、その報復措置として設けられた区域であることがわかったのである。

これは調整された。ソ連大使に意向がただされた。ミネソタ州の養鶏家に会いたいという気持ちはおありか？

ソ連大使はこう答えた。当方としては養鶏家一般というよりアンガーヘルム氏に関心があるので、もしアメリカ政府に異存がなければ、日取りをあらためたうえでぜひとも会いたいと思う。これですべてはお目こぼしとなった。

なにごとも起こらなかった。おそらくロシア人たちは急使なり手紙なりなんなり、彼らが計画的かつ厳粛にことを進めたいときに取るリレー方式で、モスクワに報告を送っているのだろう。

新しい知らせはわたしのところにはなく、ソ連大使館のまわりを囲んでいた者たちも異常な接触を目撃していない。

ネルスン・アンガーヘルムはまだ話にからんでいなかった。この時期アンガーヘルムが気づいたのは、妙な男たちがちらほらと彼のまえに現われ、人物証明が必要だといって、たいした知りあいでもない陸軍時代の仲間のことをたずねただけである。

そして国税庁から男がひとりやってくると、死んだ弟の資産について長いあいだ事細かな話しあいをした。これで調査はあらかた終わったように見えた。

アンガーヘルムは養鶏をつづけた。テレビは持っていて、ミネアポリスからはさまざまな局がはいった。教会へはときどき足を運んだ。雑貨屋にはもっとたびたび姿を見せた。たいてい町から遠い方向へ足をのばすのは、新興のショッピング・センターを敬遠したいためらしい。ホプキンズの経済成長が気に入らないようすで、いまだに雑貨屋のある田舎の中心地区をめざすのだ。なにがそんなにいいのか、老人の唯一の楽しみは雑貨屋での買いもののようだった。

十九日後、そのころにはわたしも指折り数えるような気持ちで待っていたが、モスクワから返事がとどいたらしい。運んできたのは、おそらくずんぐりした茶色の髪の急使だろう、二週間に一回ずつ大西洋を往復している男だ。これは〈ヴァレー〉から来ていた連中のひとりに聞いた。わたしが知ってよい情報ではないが、当時は問題にならなかった。

どうやらソ連大使は、問題を軽く扱えと指示されていたようである。国務次官のもとを訪れたものの、最後はバターの世界相場に話を向け、ソ連がパキスタン相手にギーと麻の交換貿易を考えている矢先、アメリカがギー輸出に踏みきったことの影響を論じるにとどまった。

明らかにこれはソ連大使が持ちだす論題としては、まれに見る極秘事項である。それより国務次官としては、大使が開口一番にした話——ソ連がパキスタン向けに一億二千万ドルの借款《しゃっかん》を、さしたる用もないハイウェイ建設のために供与したという、この発言の真意がどこにあるかがわかればもっと感銘を受けたところだったが、結局すこしばかり口調は辛辣《しんらつ》ながら、もしソ連がアメリカと協力して世界市場の安定化をはかろうという気があるなら、われわれも喜んで協力するといった主旨の返事はすることができた。なんにしても、ソ連があらゆるガラクタ輸出品をわがほうにぶちまけているような現状では、金銭とかフェアな取引などを論じている余裕はなかった。

このソ連大使の持ち味は、拒絶をおだやかに受け流すところにあった。どうやら大使の任務は、任務のないことだったらしい。大使は去り、彼についてはこれですべてが終わった。

ポタリスコフがつぎにペンタゴンに来たときには、民間のロシア人をひとり連れていた。この新来者の英語は完璧をすこしばかり通り越していた。達者すぎて、たまらなくいらついてくるのだ。

ポタリスコフ当人は、日焼けした、こころもち馬面の学生という印象で、栗色の髪と茶色の目をしていた。わたしが彼と会ったのは、わたしが誰かを待っている風情《ふぜい》でプラッグのオフィスの奥にいるように、まわりの者が仕組んだからである。

会話は簡単なものだった。ポタリスコフは録音テープを取りだした。標準的なアメリカ製テープである。

プラッグはテープを見た。「いますぐにかけるかね？」

ポタリスコフは同意した。

速記者がテープレコーダーを用意した。そのころには、ほかに三、四人の将校が迷いこんできて、誰ひとり立ち去ろうとはしなかった。実をいえば、ひとりは将校でさえなく、その日だけ制服を着ていたにすぎなかった。

テープがまわりだし、わたしは耳を傾けた。たいていはズー、ズー、ズーだった。ほかにシューという音もあり、やがてパチパチッ、パチパチッ、パチパチッ。そしてまたズー、ズー、ズー。たとえるなら、ラジオのスイッチを入れたものの、空電すらはいってこないときに聞こえる音だ。変てこなズーズーは、誰かがどこかで無線送信をしているようだが、みんながよく聞く空電の大きなシャー、シャー、シャーほど安定した音ではない。

誰もがけっこう厳粛な面持ちで立っていた。根っからの軍人であるブラッグは、かたい表情で聞き入り、テープレコーダーとポタリスコフの顔をかわるがわる見ていた。ポタリスコフはブラッグを見つめ、それから一同を見まわした。

小柄な民間ロシア人は、蛇のような悪意をこめてひとりひとりに目を走らせた。われわれの品定めをしているのはたしかで、彼には聞こえないなにかを誰かが聞きとるのではないかと待ちうけているのだ。だが聞こえたという者はいなかった。

テープが終わりに来ると、ブラッグの手がのび、マシンのスイッチを切ろうとした。

「とめるな！」とポタリスコフがいった。

もうひとりのロシア人が口をはさんだ。「なにかが聞こえたと思ったかたは？」

全員が首をふった。なにも聞こえなかったのだ。

そうとわかると、ポタリスコフが妙にあらたまった口調でいった。「もう一度まわしてくれませんかね？」

またテープをまわす。前回と変わりなく、ただズーズーとパチパチッだけ。

十五分が過ぎるころには、気抜けする者も出てきた。一人か二人はほんとうに出ていってしまった。彼らはまぎれもない来客だった。素姓の怪しい来客たちは、部屋のなかで身を乗りだした。

プラッグ大佐がポタリスコフに煙草をさしだし、ポタリスコフは受けとった。二人は煙草をふかし、三度めのテープをまわした。そして三度めにポタリスコフがいった。「とめろ」

「聞こえなかったかね？」とポタリスコフ。

「なにが？」とプラッグ。

「名前と住所が」

その瞬間、わたしはなんともいえない奇妙な思いにとらわれた。たしかになにかが聞こえたようで、わたしは大佐に向いた。「変だな、どこで聞いたのか、どういうふうに聞いたのかわからないが、知らなかったことをいま知っている」

「というと？」と小柄な民間のロシア人はいい、顔をかがやかせた。

「ネルスン」といったのは、こうつづけようとしたからだ。〈ネルスン・アンガーヘルム、ミネソタ州ホプキンズ、リッジ・ドライヴ２３２２〉――ちょうど〝銀河的〟機密書類で以前見たとおりに。もちろん、あとは口をつぐんだ。これは書類のなかにあり、まさに機密なのである。なぜそんなものが出てきたのか？

民間ロシア人がわたしを見た。顔には変てこで、意地悪で、親しげで、よじれた微笑がうかんでいた。男はいった。「こう聞こえたんじゃないのかい、〈ネルスン・アンガーヘルム、ミネソタ州ホプキンズ、リッジ・ドライヴ２３２２〉と――なのに、どこで聞いたのかはっきりしないと？」

そこで疑問が浮上した。「どういうことなんだ？」

ポタリスコフが稀にみる率直さを見せて語りだした。そばにいる民間ロシア人さえも同感した。

「これは識閾《しきいき》知覚の一種じゃないかと思う。いまこのテープをかけた。これは明らかなコピーだ。こういうコピーはたくさんある。国じゅうで聞かせてみた。どのあたりでそう聞こえたのか、誰も特定できなかった。一流の専門家たちを呼んで調べさせた。三分ほどして聞こえたという者もいた。十二分という者もいた。十三分半だという者もいて、それも個所がみんな違っていた。しかしそれぞれの状況でいろんな人間が、みんな同じように聞こえたという印象を持った――〈ネルスン・アンガーヘルム、ミネソタ州ホプキンズ、リッジ・ドライヴ２３２２〉だ。中国人を集めて聞かせもした」

ここで民間ロシア人が口をはさんだ。「いや、ほんと、中国の人たちにも聞いてもらったというが、やはり彼らにもおなじネルスン・アンガーヘルムが聞こえたんだ。英語を知らなくてもネルスン・アンガーヘルムが聞こえる。ほかのなにを知らなくても名前が聞こえるし、番地が聞こえる。番地はきまって英語だ。その録音は取れない。手にはいる録音はこのノイズだけで、なのにそれが出てくるんだ。これにどういう解釈をつけるね？」

ソ連側のことばは事実とわかった。彼らが去ると、われわれのほうも実験してみたのだ。

われわれは大学生、外国人、精神科医、ホワイトハウスの職員、通行人に試した。どこかの市営ラジオ局からクイズ番組にして流し、聞き分けた人間に賞金を出すという手も考えた。これは少々問題がありすぎるということで、もうすこし穏当な提案を受け入れ、戦略空軍基地の内部放送システムに乗せることにした。ここなら日夜警備されている。

どちらにしても、誰も休暇はあまり取っていず、この先一週間の休暇カットぐらいなんでもなかった。このやっかいものが六回くりかえして放送されるうち、基地内では誰もが、ネルスン・アンガーヘルム、ミネソタ州ホプキンズ、リッジ・ドライヴ２３２２に手紙を書きたいという思いにとらわれた。おたがいをアンガーヘルムと呼びあって、なんの意味なのかと首をひねるのだった。

当然ながら、この名前にひっかけた駄じゃれがたくさん飛びかい、わいせつなジョークもいくつか作られた。だが、そんなのはなんの足しにもならない。

なにより腹だたしいのは、こうした何種類ものテストのあとでも、この名前と住所のサブリミナル送信がどの部分ではいってくるのか、つきとめられないことだった。

これがサブリミナル、つまり潜在意識にはたらきかけてくるものだというのはまちがいなかった。これはべつにたいした芸当ではない。腕のいい心理学者なら、受け手がほとんど気づかないうちに、音声メッセージや視覚メッセージを流すことができる。要するに問題は、識閾の近くまで降りていって、閾下《いきか》にすこし走りこみ、意識にとまるすれすれのところでメッセージを鋭くはっきりと発し、すべりこませればいいのだ。

というわけで、われわれがなにと取り組んでいるのかはわかった。わからないのは、ロシア側がこれにどう対処したか、どのように入手したか、なぜそんなにあわてているかだった。

とうとう問題はホワイトハウスに持ちこまれ、会議にかけられることになった。会議にはわたしのボス、スパッツ氏も、予算局長ならびにアメリカ人納税者の利益保護のため、監視人兼報告担当官として出席したのだが、これはごく短時間で終わった。

すべての道はネルスン・アンガーヘルムに通じていた。そのころすでにネルスン・アンガーヘルムは、FBI局員のほぼ半数と地域の軍組織の大半を動員して、警護のもとに置かれていた。家のどの部屋にも盗聴用マイクが仕掛けられた。マイクは心臓の音まで聞きとれる性能のやつだった。この男に対して取られた安全対策を見れば、われわれがフォート・ノックスの連邦金塊貯蔵庫に対して取っている防御計画も納得いただけよう。

アンガーヘルムはなにかおそろしく変てこなことが周囲で起こっているのに気づいていたが、その正体は知らなかったし、誰が標的になっているかも知らなかった。

数カ月後、ひとに打ち明けたところによれば、弟が文書偽造とか偽札造りをしでかして、周辺地区が徹底した捜査の対象になっているのだと思っていたという。彼には知るよしもなかったが、この警護態勢は、原子爆弾以来最大の国家の宝を守るためのものだった。

大統領がみずから命令を下した。彼は証拠を検討した。国務長官が意見を述べ、もしフルシチョフが事実をしっかりと押さえていれば、悪ふざけ云々《うんぬん》の質問は出てこなかっただろうといった。

もちろん、われわれはロシア人にもこれを試した——といっても、アメリカ国籍のロシア人たちだ。彼らもまた、録音からいままで以上のものは引きだせなかった。誰もがみんなあのありがたいおことば、〈ネルスン・アンガーヘルム、ミネソタ州ホプキンズ、リッジ・ドライヴ２３２２〉が聞こえたのだ。

だが、これではどこへも行き着かない。

唯一残った道は、当人にあたってみることだった。

同行する目立たない人間の人選となると、情報委員会は、外部者を引っぱりこむことにとたんに臆病になる。その一方で、これは国内管轄事項に属するため捜査権もない。ことに大統領がこの件をJ・エドガー・フーヴァー（当時のFBI長官）にまかせ、「エド、これはあなたがやってくれ。わたしにはどうもこいつが気にいらん」といったときには、まったく無力だ。

ペンタゴンの誰かが、流れこむ風評におそらく業を煮やしたのだろう、名案を思いついた。もし陸軍やいろんな情報機関がこれにかませてもらえないのなら、連絡役へのいちばんの復讐は、連絡役自体に仕事を押しつけてしまうことだ。それはスパッツ氏を意味した。

スパッツ氏はこの職について幾星霜《いくせいそう》、興味深いことやドラマチックなことには決して近づかず、重要なこと――それは予算と翌年度の権限付与なのだが――にはつねに目を光らせ、問題のある人物は、問題があることをほかの誰かが気づくずっとまえにいち早く排除し、そうすることで地位を保ってきた。

というわけで、彼は動かなかった。もしこのアンガーヘルム・スキャンダルが取り返しのつかないようなことになるなら、離れたところにいたいというわけだ。

任務はわたしにまわってきた。

わたしは名誉FBI局員といったようなものに仕立てられ、ついにはテープの運び役までまわってきた。テープはほかに少なくとも六本のコピーがあるはずだったから、これは見かけほど名誉ある仕事ではない。われわれは彼の弟についてなにがしかを知っている人間という体裁をとった。


空気の乾いた日曜日の午後だったが、空は心なしか赤みをおびて、夕暮れが来そうな時刻に見えた。

われわれはこぎれいな木造家屋のまえに車をとめた。家のぐるりはみんな二重窓で、喩《たと》えに言う寒い冬でも虫どもが暖かく暮らせる絨毯《じゅうたん》みたいな家だった。時節は冬ではなかったし、老人にはエアコンディショナーを買う余裕はないようだ。だがなんにしても住み心地はよさそうに見えた。

余分なものはなく、見せびらかしもない。まさに居住のために造られた家に見えた。

ＦＢＩ局員は寛大にも、ドアベルを押す役をわたしにまわしてくれた。返事がないので、さらにドアベルを押しつづけた。それでも誰も出てこない。

おもてで待つことにし、庭をぶらついた。庭にとめてある車を見たが、整備はちゃんとしてあるようだ。

もう一度ベルを鳴らしたあと、家の裏手にまわり、キッチンの窓からのぞいた。彼の車を調べ、エンジンが温かくないことを確認した。われわれは腕時計を見た。ひょっとしたら隠れていて、こちらをのぞき見しているのか。もう一度ドアベルを鳴らしてみた。

ちょうどそのとき老人が家のまえの小道を歩いてきた。

われわれは自己紹介し、すべりだしは変わりばえもなく進んだ。わたしは心臓がどきどき打っているのに気づいた。もしなにか得体の知れないものがソビエト連邦とほかの世界諸国を煙《けむ》に巻いたのだとしたら――宇宙の虚無からおそらく掬《すく》いあげられてきたもの、何千人もが聞いて誰ひとり正体をつかめないもの、哀れな泣き言のように理屈もなにも超え、ネルスン・アンガーヘルムの名前を果てしなくくりかえす謎めいたもの――その正体はなんなのか？

かいもく見当がつかなかった。

老人は突っ立っていた。背筋はまっすぐで日焼けし、頬も鼻も耳も血色がいい。健康そのもの、骨の髄までスウェーデン系だ。

こちらの出方としては、〝あなたの弟であるのタイス・アンガーヘルムに関心があってやってきた〟というだけだった。老人はわれわれの話に耳を傾けた。心配したほどのことはなかった、なんの心配もなかった。

話を聞くにつれ、老人の目は大きく見開かれた。「近ごろあちこちを嗅ぎまわってる連中がいたり、あんたがたがいろいろ困ってるのは知っていた。そのうち誰かが説明に来るだろうと思っていたが、こんなに早いとは思わなかったな」

FBI局員は丁重にもごもごいうばかりなので、アンガーヘルムはつづけた。「みなさんがたはFBIから来たのか。弟は悪いことはしてないと思うよ。あいつはそんなに不正直なやつじゃない」

ふたたび間《ま》があき、アンガーヘルムはつづけた。「しかしな、いつの時代にも妙にくるくるまわる頭はあるもんだ――弟はいたずらをしそうなやつではあったよ」

アンガーヘルムは目をかがやかせた。「いたずらをするやつなら、そりゃ犯罪だってやったかもしれん。よくわからんがな、みなさん。わしはただ養鶏をやって、自分なりに生きようとしているだけだ」

情報収集の手続きとしては邪道かもしれないが、FBI局員に先んじてわたしが口をはさんだ。「あなたは幸福ですか、アンガーヘルムさん？　満足のいく人生を送っていると思いますか？」

老人はわたしにきつい目を向けた。なにか理屈に合わないものを感じ、わたしの見立てを怪しんでいるのは明らかだった。

だがきつい目つきのかげには同情の色もあり、わたしが緊張でこちこちなのに気づいたのはたしかだった。その目がすこし大きくなった。両肩が上がり、誇らしげな顔になった。

老人には、祖先であるスウェーデンの海軍提督たちが見えているのかもしれなかった。アンガーヘルムの血筋が、ミネアポリスの西のこの平らな土地で弱まり、干上がっていくずっと以前には、その名前はすばらしいもので、もしかしたらその火花はいまでも宇宙のどこかにきらめきつづけている。そう思っているのかもしれなかった。

わたしにはなんともいえない。名前の重みがわかっているのだろう、老人は正面切って鋭くわたしを見返した。

「いや、兄さんがた、わしのはろくな人生じゃないし、気に入ってもいないね。わしみたいな生きかたは誰にもお薦めしないよ。だがそんなことはどうでもいい。いまのは当て推量でいったわけじゃなかろうし、これから楽しくないものを見せようというんだろう」

ここでFBI局員が引き継いだ。

「そうです。しかしあなたが困るようなものではないのですよ、アンガーヘルムさん。たとえ弟さんのアンガーヘルム大佐が生きておられても、気になさらないと思います」

「それは怪しいな」と老人。「弟はほとんどなんでも気にしたよ。じっさい昔わしにこういったことがある。〝なあネルス、もしおれが煮え湯を飲まされるような目にあったら、おれは地獄からでも這いあがってくるぜ〟――そういったのさ。これは本気だと思うよ。あいつには変てこなプライドがあってな。あんたがたが弟に関係のあるものを持ってきたなら、余計なことはいわずに見せたほうがいい」

　これをもって雑談はすみ、われわれはいわれたことを実行した。テープを出すと、携帯用のレコーダーにリールをかけた。車に積んできたハイファイのやつだ。

　テープがまわりはじめた。

　わたし自身はさんざん聞いて、口まねができるほどだった。パチパチッ、ズーズーだ。シャーシャーは聞こえず、またすこしパチパチッがはいり、またズーズー、あとは長い押しころした沈黙ばかり。レコーダーは動いているが、はいってくる音がないときにつづくわざとらしい沈黙だ。

　老人は聞いていたが、なんの反応も現われなかった。まったくの無反応だ。

　まったくの無反応？　それは正確ではない。

　反応はあった。一回めをかけおわると、老人は簡単に、ずばりと、ほとんど冷淡にいった。

「もう一度。もう一度だな。なにかがある」

　われわれはもう一度テープをまわした。

　二度めが終わると、老人は話しだした。

「こんな変なことがあるかい。わしの名前と住所が聞こえていて、それがどこで聞こえるのかわからない。ところが神に誓っていいが、兄さんがた、これはわしの弟の声だ。たしかに弟の声が、そのパチパチとズーズーのどこかにある。そのくせ聞こえるのは、ネルスン・アンガーヘルム、ミネソタ州ホプキンズ、リッジ・ドライヴ２３２２だけときている。だがたしかにあるんだ、兄さんがた。はっきり聞こえるだけじゃない、ちゃんと弟の声であって、わからないのはどこで聞こえているかだけだ。どうしてここにとどくのかがわからん」

われわれは三度めをまわした。

テープが半分まわったところで、老人は両手をふりあげた。「切ってくれ。切ってくれ。聞きたくない。切ってくれ」

われわれはレコーダーをとめた。

老人は荒い息をしながらすわっていた。ややあって、おそろしく変てこなかすれ声をもらした。「そうだ、ウイスキーがある。流しのわきの棚の上だ。一杯注《つ》いできてくれんかね、兄さんがた？」

ＦＢＩ局員とわたしは顔を見合わせた。うっかり毒でも飲まされてはたまらないということで、彼はわたしを行かせた。わたしは奥へ行った。なかなか上物のウイスキーで、よくある銘柄だった。老人のために二オンス分注ぎ、グラスを持って戻った。わたしもすこし口をつけた。ばかげた職務のようにも見えるが、ＦＢＩ局員を毒に近づけてはならないのだ。陸軍の対敵情報活動を長年見てきた関係で、わたしは文官勤務でいたかったし、スパッツ氏の下での割のいい仕事をふいにしたくなかった。

老人はウイスキーを飲み、こういった。「この機械は、テープを聞きながら、いっしょに吹きこみもできるかね？」

それはできないと、われわれは答えた。そこまでは考えていなかったのだ。

「これがなんといってるか説明できると思うんだ。だが何回もおなじことは話せそうもないよ、兄さんがた。わしは病人だ。具合がよくない。いままで具合がよかったためしがない。弟は人生を生きた。わしには人生はなかった。たいした人生を生きてはこなかったし、なにをしたわけでもなく、どこへも行かなかった。弟はなにもかも手に入れた。女には不自由しなかったし、あの娘《こ》もものにした――わしが好きだったたったひとりの娘をものにして、結婚もしてやらなかった。人生をひとり占めにして、さっさと出ていき、死んでしまった。冗談ごとが好きで、ひとに出し抜かれるのが嫌いだった。で、その弟が死んだわけさ、兄さんがた。わかるかい？　弟は死んだんだ」

　知っていると、われわれは答えた。遺骸を当局が掘りだし、棺のふたを開け、骨にX線をかけたことは明かさなかった。骨を分析し、指のかけらを使って新しく身元確認をおこなったことは話さなかった。指の保存状態は良好だった。

　認識番号を確認し、死にいたるあらゆる状況を調べ、あらゆる関係者たちのインタビューをおこなったことは話さなかった。

　そういったことは伏せ、弟の死についてわれわれが話せることだけ話した。老人もそれは知っていた。

「弟は死んだというのにな。妙なものが出てきて、なかにはあいつの声がはいっている。声だけだ……」

　われわれはうなずいた。なぜ声がまぎれこんだのかわからないし、声があることすら知らなかったといった。

すでに千回も聞きなおしながら、どこから聞こえてくるのかもわかっていないことは話さなかった。

戦略空軍の基地で放送し、みんながその名、ネルスン・アンガーヘルムを聞き、何者かがその名をいうのを聞きながら、どこから聞こえるのかわからないことも話さなかった。

ソビエトの全情報機関が、どれくらい以前からかは不明だがきりきり舞いさせられ、わがほうでは、これがスプートニクに乗って空から来たのではないかという悪い予感を持っていることも話さなかった。

こうした全部を話したわけではないが、われわれは知っていた。アンガーヘルムが弟の声と気づき、記録したいというのなら、よほどの重大事だということも知っていた。

「なにか口述するものを用意できるかい？」老人は言った。

「わたしがノートを取るよ」とFBI局員。

老人は首をふった。「それじゃ間に合わん。もしこれが聞きとれるものなら、あんたがたはまるごと手に入れたいだろうし、もう切れっぱしがはいってきてる」

「なんの切れっぱしが？」とFBI局員。

「この雑音の向こうにあるものの切れっぱしさ。弟の声がしゃべってる。なにかをいってる――あんまり聞きたくない話だ。こわいし、なにもかもがきたなく不愉快に見えてくる。ちゃんと口述できるかどうかわからないが、二度とはやらんよ。それくらいなら教会へ行く」

われわれは顔を見合わせた。「十分待ってもらえますか？　そうしたらレコーダーを用意できると思うので」

老人はうなずいた。ＦＢＩ局員は車のところへ出ていって、無線装置を立ち上げた。大型のアンテナがするすると車から伸びた。こんなものがなければ、ごく目立たないシボレーのセダンである。オフィスとつながった。レコーダーが警察のエスコート付きで、ミネアポリスのダウンタウンからホプキンズに急送されることになった。救急車がすっとばして何分かかるか知らないが、先方はこう答えた。「二十分か二十二分余裕を見てくれ」

われわれは待った。老人は黙りこくったままで、テープをかけることも許さなかった。すわりこんでウイスキーをちびちび飲んでいる。

「これで命をなくすかもしれんので、友達にまわりにいてもらいたいな。うちの教会の牧師はジェンセンだから、わしになにかあったら呼んでほしいが、まあ、なにも起こらんだろう。呼ぶだけは呼んでくれ。死ぬかもしれないんだ、兄さんがた、我慢して聞いていられるものじゃない。こんな恐ろしいことはいままで起こったためしがないし、あんたがたやほかの誰かをこれに巻きこみたくない。ひょっとしたら死ぬということはわかってくれ」

われわれは神妙に老人のいうことを聞いたが、なんのことやらさっぱりわからなかった。心臓が弱くて、倒れる心配があるのかぐらいにしか思わなかった。

先方は二十二分と見積もった。ＦＢＩのアシスタントが着いたのは十八分後だった。持ってきたのは、こぎれいでコンパクトな新型で、おみやげにしたいようなやつだった。どこにでもしまうことができ、音質はコンサート並みだ。

こちらが本気だとわかると、老人は晴ればれした顔になった。

「ヘッドホンをわしによこして、聞きながらしゃべらせてくれ。再現してみるよ。弟の声というわけにはいかない。これから聞くのはわしの声だ。わかるかね？」

われわれはテープをまわした。

彼はヘッドホンをかぶって口述した。

メッセージがはじまったのはこのときである。わたしが冒頭に引いたのもその一部だ。


変だ変だ変だ。なんだかすごく変だ変だ変だぞ、脳を使わずに考えるのは——まるで奇術みたいだが、脳なしに考えるのは奇術じゃない。しゃべるのはもっとむずかしいが、それもできる。

ネルス、こちらはタイスだ。おれは死んだ。

ネルス、ここが天国なのか地獄なのかは知らないが、きっと地獄だと思うよ、ネルス。これから、誰もやったことのない最大級のいたずらをやってやる。それが変なんだが、おれはアメリカ陸軍の将校で、死んじまっているんだが、それはどうでもいいんだ。ネルス、どういうことかわかるか？　死んだってかまわないんだ。アメリカ人だろうがロシア人だろうが将校であろうがなかろうがな。笑いとばしたっていい。

しかし、おれらしいものはまだ残ってるんだ、ネルス、昔のおれがまだ多少はあるんで、最後にもう一回、あんたやみんなにひと泡吹かせてやろうと思う。

　笑おうにも体がなくてな、ネルス。笑おうにも口はないし、頰はなくなって笑い顔もできんし、おれらしいものはどこにもない。タイス・アンガーヘルムはいまは全然違うものさ、ネルス。おれは死んだんだ。

　気分が全然違ってきたんで、自分は死んだとわかった。死んでるほうがもっと楽だ、気持ちがいいぜ。きついところがないんだ。

　それが問題だな、ネルス、きついところがない。まわりになにもないんだ。世界が感じられない、世界が見えない、なのにわかるんだ。なにもかもわかる。

　おそろしくさみしいところだぜ、ネルス。さみしくない隅っこもある。ちょっと変てこな隅っこがあって、そこでは親しい感じが、なにかかにかが這いよってくるのがわかる。

　ネルス、まるで子猫がたくさんいるみたいな、子どもらが顔をすり寄せてるみたいな、晴れた日の風の匂いみたいな、そういうふうさ。自分に背を向けて、自分のことを考えない、ちょうどそういうときの感じさ。

　なにかがほしくなくて、なにかがほしい、そういうようなときだ。

　なにかを怒っていなくて、嫌っていなくて、こわがっていなくて、あざけってもいない。

　そいつだよ、ネルス、それが死の内側のいいところだ。ひとによっては天国というだろう。これはふつうに暮らしていてもできる。天国を感じるように毎日習慣をつければいいんだ。

　まさにそれだよ。天国はそっちにあるのさ、ネルス、日ごと日ごと、毎日のふつうの暮らしのなかに、自分のまわりにな。

だが、おれにあるのはそういうものじゃない。そうさ、ネルス、おれはタイス・アンガーヘルムだ、あんたの弟で、いまは死んだ身だ。おれがいるところを地獄と呼んでもかまわんよ、おれが嫌ったものばかりなんだから。

ネルス、匂いからして、おれがいままでほしがったものばかりだぜ。昔の干し草の匂い、おれがウィリスのロードスターに乗ってたころ、あの八月の晩、はじめて女をものにしたときの匂いさ。なんなら彼女に訊きに行ってこい。いまはプレイ・ジェッスルトン夫人だ。セント・ポールの東の地区に住んでる。あんたは知らなかったが、おれは彼女とできてたんだ。

嘘だと思うのなら、自分から訊いてみろ。

とにかく、おれはどこかにいて、そこがどういうところなのかさっぱりわかってない。ネルス、おれさ、タイス・アンガーヘルムだ。これから思いきり叫ぶからな、口の代わりにいまあるものを使って。とにかく根のかぎりに叫んで、このたわけたソ連の機械にしみこませて送り返せるようにする。〈このメッセージの宛先は、ネルスン・アンガーヘルム、ミネソタ州ホプキンズ、リッジ・ドライヴ２３２２〉――これをあと二回ばかりつづけて、あんたにわかるようにするよ。これは弟がしゃべっているものであって、おれはどこかにいるが、そこは天国じゃなくて地獄でもなくて、宇宙空間というわけでもないとな。おれがいるところは宇宙とは違うんだ、ネルス。ただのどこかで、そのなかにおれがいるだけのことで、おれのほかにはなにもいない。そのおれといっしょに、なにもかもがあるんだ。

おれといっしょに、おれがいままで思ったなにもかも、おれがやったなにもかも、おれがほしかったなにもかもがあるんだ。

その逆もいえる。おれが嫌ったなにもかもとおれが好きだったなにもかも、これはおなじさ。おれがこわがったなにもかもとおれが憧《あこが》れたなにもかも――これもおなじなんだよ。ほんとうだ、いまは全部おなじで、なにかを欲ばって手に入れても、なにかを欲ばって手に入れそこなうのと罰はおなじくらいひどいんだ。

人生でただひとつ大事なのは、のんびりと心地よく、なにも欲ばらないでいる時間を持つことなんだ、ネルス。自分がなんというものでもない。欲ばってあがいていないときには、世界がただ自分のまわりにあるだけで、肌に水があたるように自然なものだけが手にはいるのは、心がさっぱりして、なにかにこだわっていないときなんだ。

命というのはそういうことさ、ネルス。おれはタイス、これは本気の話だぞ。おれは死んでるから嘘はつかない。

だいたいこんなソ連製の金属シリンダーをつかって嘘をつくか。こんな機械じかけが帰っていって、連中を惑わせるのがわかっていてな。

ネルス、悪く思わないでくれるといいが、これで彼女のことがみんなにばれてしまうな。彼女が許してくれるといいが、とにかく話を伝えたかったんだ。

で、これが話というわけだ――おれがこわいと思ったなにもかもさ。戦争しながら、こわいと思ったのが、戦争の臭いっていうのがあってさ。まるで真夏の安普請《やすぶしん》のスローターハウスだ。どこへ行っても逃げられない。物のかけらが燃える臭いから、ゴムの燃える臭いや、火薬の変な臭いもする。おれは原爆なんかがからんだ大がかりな戦争は知らない。古いタイプの爆弾だけだ。まえにも話しただろう、あれはほんとうに肝《きも》がちぢんだぜ。ところがそのただなかに、女の香水が匂ってくるんだ。メルボルンのホテルで会った女で、うまくすればものにできただろうが、女がなにかいって、おれがいい返して、それきりになっちまった。で、いまは死んでる。

なあ、聞いてくれ、ネルス——

いいか、ネルス、こうやって話していると奇術みたいだろう。なんだかわからんが、ほかの連中のこともわかる——おれとおなじような死者の連中だ。誰とも会ったことはないし、話をすることもないだろう。その連中もここにいるような気がする。しゃべれないんだ。いや、しゃべれないっていうわけじゃない。

しゃべるのさえいやなんだ。

しゃべる気がないんだ。しゃべるのは奇術のようなもんだ。そのうち誰かやってのける者が出てくる奇術で、やるとすれば、やっぱり無意味なくだらない人間が適任なんだろう。地獄のような人生を送って、けっきょく地獄へ来てしまった人間だ。そういうたわけたやつが一番なんだ、しゃべるコツをつかむにはな。なにをやってもしょうがないときのコインや煙草の奇術とおなじさ。

で、こうやって話してるわけだ、ネルスよ。それからネルス、あんたもおれとおなじよう

な死にかたをするだろう。そんなのはどうでもいいことさ、ネルス。変えようにも遅すぎる
——そんなもんだ。
さよならな、ネルス、なかなか元気そうじゃないか。あんたは自分の人生を生きてる。髪を風になびかせてな。いい日当たりも見てきたし、度を越して憎んだりこわがったり愛したりすることもなかった。

口述がひととおりすむと、FBI局員とわたしは、もう一度やってくれと頼んだ。

老人は拒絶した。

われわれはそろって立ちあがった。アシスタントを呼んだ。

老人はあいかわらず二度めの口述を拒んでいるが、なんにしてもテープの音から声を聞き取ることができるのは、この老人だけである。

拘束してむりやり口述させることもできたが、そのまえに録音をワシントンに持ち帰り、鑑定してもらわないことには、やるだけの意味はなさそうだった。

老人のさよならの声をあとに、われわれは彼の家を出た。

「一年かそこらしたら、またやる気になるかもしれんよ。しかし問題はだ、兄さんがた、わしがこれを信じていることなんだ。あれは弟のタイス・アンガーヘルムの声さ、その弟はとっくに死んでる。ところが、あんたがたが妙なものを持ちこんだ。霊媒《れいばい》だか心霊術師だか、なにを使って録音したのか、あんたがたに聞こえなくて、なぜわしだけに聞こえるのか、そ

の仕組みもわからん。だが兄さんがた、わしはたしかに聞いたし、聞いたとおりにしゃべった自信はあるよ。しゃべりかたもわし流のじゃなくて、弟のしゃべりかただ。さあ行った、兄さんがた、そいつからなにが出てくるか調べてみろ。それから、アメリカ政府が霊媒を使っていることをしゃべられたくないんだったら、わしは黙ってるから」

それが別れのことばだった。

われわれは地区オフィスを閉め、空港へ急いだ。テープはいっしょに持ち帰ったが、原稿版は、とっくにワシントンにテレタイプされていた。

これが物語の結末で、これが悪ふざけの顚末《てんまつ》だ。ポタリスコフはコピーを受けとり、ソ連大使もコピーを受けとった。

フルシチョフは、こんな狂ったいたずらを仕掛けるアメリカ人の神経にきっとあきれたことだろう。霊媒だかなんだか、得体の知れないものをサブリミナル知覚とからみあわせ、神や死を信じないソビエト連邦の攻撃に使うとは――そんなふうにでも受けとったか。

ソ連のスパイ網に期待をかけたくなるのは、こういう事件に出くわしたときだ。われわれが途方に暮れていることを、向こうの優秀なスパイたちに探りだしてもらいたいと思う。われわれが行き詰まっていることを知ってもらいたい。タイス・アンガーヘルムか、彼の名をかたる誰かの仕業なのか、宇宙空間でスプートニクの録音装置になにがあったにしろ、われわれアメリカ人はかかわっていないということを。

もしこれがロシア人の仕業ではなく、われわれでもないとしたら、いったい何者がやったのか？

向こうのスパイたちが突きとめてくれたらと思う。

親友たち
The Good Friends

伊藤典夫◎訳

高熱のせいで、男はほとんど少年のように見えた。ナースはドクターのうしろに立ち、注意深く男を観察している。彼女のうっすらした笑みには、思いやりとともに、彼の男っぽい魅力にほれぼれしているようすが見てとれた。

「いつ出られますか、ドック？」

「あと二、三週間だよ、たぶんな。そのまえに、まずよくならなければ」

「家へ帰るんじゃないんだ、ドック。いつまた宇宙へ行けますか？　おれはキャプテンなんです、ドック。優秀なんだ。わかってるでしょう？」

ドクターは重々しくうなずいた。

「もどりたいんだ、ドック。すぐにでももどりたい。治りたいんです、ドック。いま治ってしまいたい。船にもどって、また飛びたちたい。だいたいなぜ自分がここにいるのかもわからない。おれになにをしてるんですか、ドック？」

「きみを治そうとしているんだよ」と親しげに、まじめに、高圧的に、ドクターはいった。

「おれは病気じゃないです、ドック。人ちがいだ。ちゃんと入港したじゃありませんか。すべて異常無しだ、ちがいますか？　そして出る支度にかかったら、なにもかもがまっ暗になった。で、いま病院にいる。なんだかひどく怪しいな。宇宙港でなにか怪我でも？」

「いや」とドクター。「べつに怪我などはしていないよ」

「では、なぜ気を失った？　なぜ病院にいる？　なにかあったんですね、ドック。筋がとおる。でなければ、こんなところにいるはずがない。なにかひどくばかげたとんでもないことが起こったんだな。あの快調な飛行をやってきて。どこで起こったんだろう？」患者の目にぎらつく光が宿った。「誰かがおれになにかしたんですか、ドック？　怪我はしてないんでしょう？　再起不能とかいうことはない？　また宇宙へもどれるわけですね？」

「おそらくね」とドクター。

ナースがなにかをいいだしそうに息を吸いこんだ。ドクターはふりかえると、威圧的に眉をひそめ、〈静かに〉と合図を送った。

患者はそれを見ていた。

声にやけっぱちなひびきがはいり、泣き声に似てきた。「どういうことなんだ、ドック？　なぜ話してくれない？　どこが悪いんだ？　なにかがおれに起こったんだ。ラルフは？　ピートは？　ジョックはどこなんだ？　最後に見たときはビールを飲んでいた。ラリーはどこだ？　ウエントは？　ベティは？　仲間はどこへ行ったんです、ドック？　死んだんじゃないでしょう？　おれひとり生き残ったわけじゃないでしょう？　話してください、ドック？　ほんとうのことを。おれはスペース・キャプテンなんだ、ドック。へんてこな地獄には何回も出会ってる。なにを話してくれてもいいんです、ドック。そんなに具合が悪いわけじゃない。耐えられます。仲間はどこです、ドック――船乗り仲間は？　しかし、たいした旅だった！　話してくれませんかね、ドック？」

「話してあげよう」ドクターが重々しくいった。

「よし」と患者。「教えてください」

「特になにを聞きたい？」

「ばかなことをいわないでください、ドック！　ありのままですよ。仲間のことから最初に、それからおれの話です」

「きみの友人たちのことだが」ドクターは慎重にことばを選んだ。「これはわたしから保証できることだが、きみがいま挙げた人たちの立場には、マイナス方向への変化はない」

「なるほど、そうか、ドック、彼らじゃないとすれば、問題はおれですね。いってください。おれはどうなったんですか、ドック？　なにかおそろしくヤバいことが起こったんだ。でなければ、あんたがこんなふうにつき添ってくれるはずがない、便秘症の馬みたいな顔で！」

この奇怪なお世辞に、ドクターは苦い顔で、寒々と、短く笑った。「わたしの顔のことをきみに言いわけする気はないよ。この顔で生まれてきたんだ。だがきみの病状はまだ重くて、われわれはそれを治そうとしているところだ。真相をそっくり話そう」

「そうしてください、ドック！　いますぐにだ。宇宙港で誰かに襲われたのですか？　重傷だったのですか？　事故なのですか？　早く話してくれったら！」

ナースがドクターのうしろで身じろぎした。ドクターはふりかえった。ナースはトレイの上の皮下注射器のほうに目をやった。ドクターは軽く首をふって否定した。患者はこのやりとりをながめ、正しく読み取った。

「それでいいんです、ドック。薬を盛られるのはごめんだ。もう眠りなんかいらない。ほしいのは真相なんだ。仲間がぴんぴんしてるのなら、なぜみんなここに来《こ》ないんだろう？　ミリーはおもての廊下ですか？　ミリー、彼女の名前です、かわいい巻き毛の娘だ。ジョックはどこだろう？　どうしてラルフが見えないんだ？」

「洗いざらい話すよ、キャプテン。つらい話だが、きみは若い。男らしく受けとめられると信じている。しかし、最初にきみのほうの話を聞けると、助かるんだがね」

「おれの話？　おれのことを知りませんか？　われわれの仲間のことを読んでいませんか？　ラリーの話は広まっていませんか？　たいした航宙士だ！　ラリーがいなかったら、みんなここまで生きては帰れなかった」

　高く昇った朝日が、開いた窓からさしこんでいる。軽やかな春の風が、患者の若いやつれた顔をなでた。ドクターの声には、哀れみ以上のものがあった。

「わたしはただの医者だ。ニュースを始終追いかけてるわけじゃない。きみの名前と年齢と病歴は知っている。だがきみの旅のくわしいことは知らない。聞きたいものだね」

「ドック、ご冗談でしょう。一冊の本になる。われわれは有名なんですよ。いまごろはウエントが脚光を浴びて、彼が撮った写真でひと財産つくっているだろう」

「いっさいがっさいを話さなくてもいいんだ。着く直前の二日間のことを話してくれるだけでいい。それと、どうやって入港したかだ」

若いキャプテンはやましげに微笑した。顔には歓びと甘美な追憶の表情があった。「もしかしたら話してもいいかもしれない。あなたは医者で、秘密を保てる人だから」

ドクターは意気ごんだが、優しい態度をくずさずにうなずいた。「どうかな、ナースには席をはずしてもらうかね？」

「いや、かまいません」と患者は叫んだ。「この人は優秀ですよ。テープに取ってみんなに聞かせるようなこともあるまいし」

ドクターはうなずいた。ナースもうなずき、ほほえんだ。彼女は目がうるんでくるのをおぼえたが、涙をふきとる勇気はなかった。ここにいるのはたいへん観察力の鋭い患者だ。気づいてしまうかもしれない。彼の話をぶちこわしにしてしまう。

患者は話そうと急《せ》くあまり、片言のようにことばをほとばしらせた。「まずは例の船ですよ、ドック。大きいんだ。個室が十二、それに社交室、疑似重力、ロッカー、たっぷりのスペース」

この瞬間、ドクターの目がきらりと光ったが、なにをいうわけでもなく、そのまま注意深く気づかわしげに患者を見まもった。

「地球までもうあと二日しかないとなって、万事順調だとわかったとき、みんなで酒盛りをやりましてね。ジョックがロッカーのひとつにビールを見つけたんですよ。ラルフが手伝って運びだした。おれはベティと長い付き合いだけれど、そのときはミリーを口説いていたな。いやまあ、これが大成功！　もみもみ」ナースに気がつくと、我にかえったように首までまっ赤にした。「細かいところは省いてと。もう乱痴気騒《らんちきさわ》ぎですよ、ドック。いい機嫌になってね。酔っぱらって。最高。いや、盛りあがったなあ！　われわれみたいに楽しんだのはいままでいなかったんじゃないかな、おれと仲間みたいな連中は。ちゃんと船だまりに降りましたよ。あのラリー、彼が航宙士だからね。へべれけに酔って、膝にはベティを抱っこしていたが、まさに上品な老婦人が献金皿にコインを置くみたいなもので、するりと降ろした。どこもかも異常なし。まあ、クルー全員がいい機嫌に飲んだくれたままで船を降ろすなんて、すこしは恥ずかしいと思ったほうがよかったかもしれない。しかし旅は最高、仲間は最高、あのときは最高に楽しんでいたしね。それに、任務も大成功だったんです、ドック。あんなに順調でなかったら、最後に羽目なんかはずしはしませんよ。こうして降りていって、着陸ってわけです、ドック。そのとたんに目のまえがまっ暗になって、気がつくとここだ。さあ、そっちの話を聞かせてください。ただしお願いしときますが、ラリーやジョックやウエントが見舞いに来たら、すぐに入れてくださいよ。みんなおもしろいやつらなんです、ドック。そこのナースのかた、連中の持ち物には気をつけたほうがいいな。ご禁制のボトルをおみやげに持ちこんでくるかもしれない。どうぞ、ドック。話してください」

「わたしを信頼するかい？」とドクター。

「もちろん。信頼するつもりですが。それがどうか？」

「嘘いつわりなく話すと思うかね？」

「なんだか意地が悪いなあ、ドック。悪い予感がする。さあ、なんでもいいです」

「そのまえに注射を打とう」その声に優しさと威厳をにじませようと、ドクターは苦労していた。

患者はまごついた顔をした。その目が動き、ナースを、トレイを、皮下注射器を見た。やがてドクターに笑いかけたが、それは恐怖を裏にひそめた笑いだった。

「わかりましたよ、ドック。ボスはあなただ」

袖をまくる患者にナースが手を貸した。彼女は注射器に手をのばした。

ドクターがそれを制した。ナースと向かいあい、その目をじっと見つめた。「いや、静脈注射だ。わたしがやろう。わかるかね？」

彼女は呑みこみがよかった。

トレイから短いゴムチューブを取ると、患者の肘のすぐ下のところにくるりと巻いた。

ドクターは無言で見まもっている。

患者の腕を取ると、親指のひらで皮膚を上下になで、静脈を探った。

「さあ」とドクターはいった。

ナースが注射器をわたした。

患者、ナース、ドクターの三人が見まもるまえで、薬液は腕の内側にふくらんだ静脈のうねのなかに吸いこまれた。

ドクターは針を抜いた。彼自身ほっとしたように見えた。「気分は？」とたずねた。

「いいえ、まだ。そろそろ話してもらえますか、ドック？　薬が効いてきては、もう騒ぎも起こせない。ラリーはどこですか？　ジョックは？」

「きみは宇宙船には乗っていなかったんだよ。一人乗りの小型艇に乗っていた。二日ぶっとおしのパーティをやったわけじゃない。二十年間やっていたんだ。ラリーが船を降ろしたんじゃない。地球の関係当局がリモート・コントロールで降ろしたんだ。きみは飢え、脱水症状を起こし、九割がた死んでいた。艇には凍眠装置があり、きみは非常用のキットで養分を送られていた。きみは宇宙旅行の歴史のなかでも、もっともきわどい脱出をなし遂げたのだ。艇には新型の催眠キットが積みこんであった。顔にかぶせた一、二秒後には、すでに自動操縦になっていたはずだ。きみには友人はいなかった。みんなきみの心のなかから出てきたのだ」

「それはいいんです、ドック。もうだいじょうぶです。ご心配なく」

「ジョックやラリーやラルフやミリーはどこにも存在しなかったんだ。催眠キットのおかげだよ」

「わかりましたよ、ドック。もういいんだ。いま打ってもらった注射、これはよく効く。夢心地のいい気分になってきた。おれをほっておいて、眠らせてください。朝になったら、ま

た説明を聞きます。だけど、面会時間になって、ラルフやジョックが来たら入れてくださ
い」患者は二人に背を向けて、横になった。
ナースは毛布を引いて、彼の肩をおおった。
そして二人でドアに向かいかけた。最後の瞬間、彼女はドクターを追い抜くと、先に病室
をとびだした。泣き顔を見られたくなかったのだ。

解　説

SF評論家・翻訳家
大野万紀

本書はコードウェイナー・スミスの〈人類補完機構全短篇〉の第三巻であり、最終巻である。これで、スミスの未来史は、断片的なものを除いてすべて翻訳されたことになる。

第三巻である本書には、人類補完機構の未来史では最後の時代にあたる〈人間の再発見〉以後、星々を越えた宗教の輸出入が禁止された時代に、キャッシャー・オニールという名の一人の男が、自分の惑星を取り戻すまでの冒険を扱った〈キャッシャー・オニール〉シリーズの全作品と、スミスの死後に夫人だったジュヌヴィーヴ・ラインバーガーが執筆した、おそらくは未来史の再末尾に新たな時代をつけ加えようと試みた（かも知れない）「太陽なき海に沈む」、そして、人類補完機構の未来史には属さないとされる「その他の作品」（以前『第81Q戦争』に収録されたものとかぶっている）が収められている。

なお〈キャッシャー・オニール〉シリーズのうち二篇と、「太陽なき海に沈む」はこれまで（商業出版では）邦訳がなく、新たに酒井昭伸さんによって訳し下ろされたものである。

コードウェイナー・スミス、本名ポール・マイロン・アンソニー・ラインバーガー博士。中国名、林白楽《リン・バー・ロー》。一九一三年アメリカ生まれの政治学者で軍人。孫文の法律顧問だった父親に連れられて中国に渡り、第二次大戦中はアメリカ陸軍の諜報部員として活躍、その経験は『心理戦争』（みすず書房一九五三年六月）にまとめられている。戦中・戦後のアメリカの対日政策に大きく関わり、朝鮮戦争でも活躍。オーストラリア、ギリシア、エジプトと、多くの国を訪れ、ケネディ大統領の顧問もつとめた。そんな彼の経歴は、第一巻『スキャナーに生きがいはない』のJ・J・ピアスの序文に詳しく語られている。

少年のころから小説を書き始め、その一つが本書に収録されている「第81Q戦争（オリジナル版）」である。戦前、一九三〇年代から四〇年代にかけても多くの作品を執筆しているが、そのうちの一篇がようやく雑誌に掲載され、SF作家としてデビューしたのは、一九五〇年の「スキャナーに生きがいはない」だった（第一巻に収録）。一読してわかるとおり、スミスの魅力である人類補完機構の設定、文体、キャラクター、アイデアといったすべての要素が含まれた傑作である。

それから十六年、一九六六年に五十三歳という若さで亡くなるまでに、スミスが書いて発表したSFの中短篇は、この第一巻から第三巻に収められたものがすべてである。それでも、この壮大な未来史にはまだまだ謎が多く、大きなすきまがぽっかりと空《あ》いているようにすら思える。そのある部分は、スミスのいくつかの作品の共同執筆者でもあった夫人のジェヌヴィーヴが補足し、書き足している。また残された資料から、J・J・ピアスを始めとする研究者たちが調査し、見つけ出した断片もある。それでも、その全体像はわからないままだ。作品のなかで言及されているが、どこにもその出所がない謎めいた言葉は、いったいなんなのだろうか。そんな読者の想像力を刺激するのが、「失われた三千年」と呼ばれるスミスの執筆ノートだ。『シェイヨルという名の星』に収録された、ロジャー・ゼラズニイのエッセイから引用しよう。

あるときスミスは三千年をなくしてしまったことがある。西暦六〇〇〇年から九〇〇〇年までの歴史で、スミスはこれを背の赤い小型のノートブックのなかにしまっていた。ギリシャ領のロードス島にいたとき、彼はうっかりノートブックを波止場近くのレストランのテーブルに置き忘れてしまった。気づいてもどったときにはノートブックは消え、見つかれば賞金を出すと広告したけれど、それっきり出てこなかった。そのなかにはキャラクター・プロット・アイデアなどについて思いついたことが、何ページにもわたってびっしりと書きつけられていた。――要するに、いつか書くつもりでいた小説群の骨組みとなるものだ。ノートはまだどこかにあるのかもしれない。彼が生きていれば、復元もできたかもしれない。何ともいえないが、いまになっては遅すぎる。（伊藤典夫訳）

ゼラズニイは、もしノートが見つかったなら、ぼくに教えてほしいと語っている。そのゼラズニイも亡くなってしまい、仮にノートが見つかったとしても、ゼラズニイ作の二次創作は読めなくなってしまった。ゼラズニイが描く人類補完機構！　そう思うだけですごく読みたくなる。そういえばゼラズニイの初期の傑作「十二月の鍵」に出てくる〈猫形態〉なんて、動物じゃなくて改造された人間なんだけど、なんとなく下級民を思わせませんか？

　伊藤典夫さんは〈ＳＦマガジン〉に載った「宝石の惑星」の訳者解説で、「スミスは小説のなかに、読者の気づかない遊びをたくさんちりばめるのが好きだった」と書いている。宝石の惑星の名、ポントッピダンは「ノーベル賞受賞者で、デンマークの農民作家ヘンリック・ポントッピダン（一八五七～一九四三）にちなんでいる」。そしてその首都アネルセンは、「彼の代表作『約束の土地』の主人公の名前」で、「小説の英題は『土』*Soil* というが、実は農民にとって大切な『土』こそ、惑星ポントッピダンにいちばん欠けているものなのだ」ということだ。

　もっと重要なのは、キャッシャー・オニールの故郷である惑星ミッザーであり、彼の伯父で追放された独裁者だったクールァフのことだろう。

　実は『三惑星の探求』*Quest of the Three Worlds* が一九七八年にデル・レイ・ブックスから再刊されたとき、Ｊ・Ｊ・ピアスがその序文で種明かしをしているのだ。そもそも〝十二ナイル〟という言葉からもわかるように、この惑星がエジプトを意識していることは誰の目にも明らかだ。ミッザー Mizzer はエジプトの現地名ミスル Misr から来ており、首都カヒール Kaheer はもちろんカイロだ。でもクールァフについては、エジプトの現代史をひもとかなければならない。

一九五二年、エジプト王国に軍部によるクーデターが起こり、時の国王ファルークが追放されてエジプト共和国が成立する。初代大統領となったのがナギーブ、二代大統領が、有名なナセルである（ぼくが子どものころ「成せばなる、成さねばならぬ何事も、ナセルはアラブの大統領」ということばがはやったのを思いだした）。実はこの時代に、コードウェイナー・スミスは（というかラインバーガーは）エジプトでも活動しており、アメリカによるプロパガンダ活動を行なっていたらしい。

クールァフ Kuraf は、ファルーク Faruk を逆につづったものである。ちなみに〈ＳＦマガジン〉掲載時、伊藤さんはこれを「ルファーク」と訳していた。これはファルークの（カタカナでの）アナグラムだが、今回は、スミスの意図を尊重し、逆つづりということを明確にして、クールァフに変更されたとのことだ。なお、「宝石の惑星」では「ギブナ大佐とウェッダー大佐が惑星を乗っ取った」とあるが、これはファルークを追放して大統領になったナギーブとナセルをあらわしている。ギブナ Gibna はナギーブ Naguib から来ているとわかるが、ウェッダー Wedder とナセル Nasser の関係はわかりにくい。こういったことを徹底的に調べたアンソニー・ルイスの *Concordance to Cordwainer Smith* によれば、ウェッダーは Nasser をドイツ語で読んで、それを英訳した Wetter から来ているとのことだ。うーむ。

もうひとつ、ピアスが明かしているのだが、小説の内容と関係のない現代史の秘密が「嵐の惑星」には隠されている。一九六三年十一月二十二日にケネディ大統領が暗殺された。そしてその二日後に、犯人とされたオズワルドが刑務所内で射殺された。六五年に発表された「嵐の惑星」の8章には、センテンスの最初の一文字をつなぐと「KENNEDY SHOT」となる箇所があり、さらに9章の冒頭近くは「OSWALD SHOT TOO」となっているのだ。ことば遊びというか、この事件による強いショックが、スミスにそうさせたのだろう。こんな離れわざをしても、小説の文章にはまったく無理をしているようすは見えないのだから、見事というしかない。ちなみに本書でいえば、百二十四ページの最後の行の「ヘンリアダのことは～」から百二十五ページの十六行目まで、そして百三十三ページの「ふだんなら～」から百三十四ページの三行目までにあたる。そういわれても、読者にはなんの意味もないだろうが。

本書の収録作について

本書の最初の四作は、〈キャッシャー・オニール〉シリーズに属する連作で、一九六三年から六五年にかけてSF雑誌に掲載されたあと、一九六六年に *Quest of the Three Worlds* として一冊にまとまった。しかし、その年の秋、このペーパーバックがエースブックスから刊行された時には、スミスはもはやこの世の人ではなかった。六六年の八月六日に、五十三歳の若さで亡くなっていたのである。伊藤典夫さんは、スミスが生前、この本の現物と対面した可能性はあまり高くないと書いている。先に書いたように、七八年にデル・レイ・ブックスからピアスの序文つきで再刊された。

晩年のスミスは病気がちで入院生活を続けていたが、そんななかで執筆意欲はおとろえることを知らず、むしろ多くの傑作を生み出していた。伊藤さんも解説でこう書いている。「晩年の数年、体力の不足によって大学の講義に行けなかったり論文が書けなかったりすると、その苛立ちを鎮めるかのようにタイプライターに向かい、すごい早さでSFを書いた」

そのようにしてこのシリーズも書かれたのだ。

〈人間の再発見〉から二世紀後、圧制者に奪われた故郷の惑星を取り戻そうと、星々をめぐってその指導者に会い、援助を取り付けようとする放浪者キャッシャー・オニールの冒険を描くこのシリーズだが、ストーリーそのものより、むしろその主眼はエキゾチックな惑星のディテールと、個性的なキャラクターたちを描くことにあったように思える。まずは読んで、味わってみてほしい。

「宝石の惑星」On the Gem Planet（ギャラクシイ誌一九六三年十月）

ダイヤモンドやエメラルドの山、ルビーやトルコ石の谷が広がり、人々はみな豊かで、土が貴重品である惑星ポントッピダン。そこで話題になっているのは、一頭の馬。下級民ではない、ただの動物の馬だ。世捨て人のノーストリリア人が、ペットの馬を不老不死にしたまま、死んでいったのだ。残された馬は病み、だが死ぬことはできず、心は人間への愛でいっぱいで、酸素ボンベを背負い、人を求めて危険な宝石の山や谷を越えてきたのである。

この短篇で重要な役割を果たすのが、美しく知的で、せいいっぱい背のびしようとしている子どもの魔力を秘めた、小さな女の子、ジュヌヴィーヴ。そんなヒロインに最愛の妻の名を与えたスミスの心情を思うと、なんだか微笑ましくなる。

この作品は先述のとおり、〈SFマガジン〉一九九三年八月号に邦訳がある。

「嵐の惑星」On the Storm Planet（ギャラクシイ誌一九六五年二月）

シリーズの中核を占める中篇で、緊迫感と謎に満ちた傑作だ。

地上には絶えず吹き荒れる猛烈な嵐。何本かの竜巻がつねに垂れ下がっているすさまじい嵐の惑星ヘンリアダ。ここの司政官がキャッシャーを援助する条件として持ち出したのは、一人の下級民の少女を殺すことだった。だがその少女、亀を祖型とするト・ルースこそ、千年近くものあいだ、この惑星を実質的にひとりで支配してきた、真の支配者だったのである。

まず惑星の自然描写がすごい。町の一歩外は沼地。キャッシャーは、完全装備の地上車に乗って、彼女の領地へと向かう。コルク抜きのような螺旋体を食いこませて地面から飛ばされないようにしても、すさまじい嵐に翻弄される地上車。空中から地上車をのみこもうと狙う〈空鯱《くうこ》〉。それは竜巻に巻き上げられ空で暮らすようになった歯鯨類の子孫だ。風のままに空中を漂う野生化した人々もいる。彼らは〈風人《かざびと》〉と呼ばれる。ト・ルースはキャッシャーを待ち受けていた。彼女を殺すことなど不可能だった。なぜなら、彼女は〈愛〉で武装していたからである。彼女は、主人であるノーストリリア人マーリー・マディガンの世話をするためにこの惑星を支配しており、その権威は補完機構からではなく、今でもなかば非合法のもうひとつの権威、〈古代の有力宗教〉からくるものだった。

しかしト・ルースの魅力的なことと！　ク・メルの魅力がどちらかといえば身近で、親しみのわくものなのに対して、この少女はもっと神秘的で、謎めいている。ミッザー解放を目指すキャッシャーに、彼女は究極の兵器を与えるつもりだという。それは何かと問うと、少女は答えるのだ。「いますぐ教えてあげる。それはね、わたし」

このあとの展開は本書を読んでいただくとして、ここで、われわれにはあまりなじみのない〈古代の有力宗教〉のシンボルについて語っておこう。「二本の木片を交差させ、その上に釘で磔《はりつけ》にされた男をあしらった」宝飾品が、十字架に架かったキリスト像だとはすぐわかるだろうが、〈魚《イクテュス》のしるし〉というのも古代のキリスト教徒が迫害から逃れるために使った、キリストを表わすシンボルなのである。

このことからもわかるように、このシリーズには宗教的な（もっといえばキリスト教的な）イメージがきわめて濃厚に現われている。第一巻のピアスの序文によれば、スミスはカトリック教徒ではあったが、熱心な監督教会の信者となったのは人生の後半になってからだ。一九六〇年に深刻な病気にかかる以前のスミスの作品には、宗教的な要素があからさまに描かれることはほとんどなかった。それが『ノーストリリア』と、関連する短篇から、キリスト教的なイメージが強く押し出されるようになったのである。このシリーズは、それが頂点に達したものだといえよう。

とはいえ、この作品でも、補完機構宇宙の奇怪でグロテスクな、その独特の魅力が、宗教的イメージよりも遥かにまさっている。キリスト教的なイメージは、「帰らぬク・メルのバラッド」から続く、この世界の背景のひとつとして、むしろその奥行きを深めているのだといえるだろう。

本邦初訳である。

「砂の惑星」On the Sand Planet（アメージング・ストーリーズ誌一九六五年十二月）

そしてキャッシャー・オニールは、砂の惑星ミッザーへ帰還する。仇敵ウェッダーとの対決が描かれるが、それは今の彼の力をもってすれば、きわめてあっけないものとなる。物語の後半は、その後のキャッシャーの魂の遍歴を、〝第十三ナイル河〟への巡礼の旅を描く。それはとても穏やかで寓話的な、まさに宗教画を眺めるようなものだ。〈第一の禁じられた者〉〈第二の禁じられた者〉〈第三の禁じられた者〉とは、父と子と聖霊の、三位一体のことに違いあるまい。スミス最晩年の作品として、美しく、安らぎに満ちた物語である。

こちらも本邦初訳。

「三人、約束の星へ」Three to a Given Star（ギャラクシイ誌一九六五年十月）

時代はキャッシャー・オニールの物語のあと、人類に対する激しい憎悪を放射している惑星と、その脅威を取り除くために自らを武器としておもむく三人の改造人間の話である。キャッシャー・オニールがその種族を発見し、補完機構に知らせたのだ。彼らは「ガツガッコッコッ、ガツガツコッコッ、人間、人間、人間、ヤツラヲ食エ、食エ、ヤツラヲ食エ！」とテレパシーで叫ぶような種族だった……。

この敵に向かう、旧地球《オールド・アース》生まれの三人がいい。かつては美しい女だったが今は宇宙船のコントロール装置となったフォリー、身長二百メートルの鋼鉄の巨人となったサム、恒星をまるごと消し去る恐ろしい武器を内蔵した一辺五十メートルの立方体となったフィンスターニス。サムとフォリーはしきりにおしゃべりしているが、フィンスターニスは無口で、どこか狂気を感じる。彼ら三人のやりとりが楽しい。

この作品はまた、シリーズのほかの三作とおもむきが違い、むしろスミスの最盛期の作品に近い。〈ＳＦマガジン〉一九九八年一月号に掲載されたときの、伊藤さんの訳者解説から引用しよう。

　お読みになればわかるように、ほとんど補完機構の本シリーズに組み入れてもいいようなストーリーで、これだけで独立して楽しめる。シリアスにしてコミカル、結末近く、敵の正体にまつわるアイデアは、まさしくスミスのオリジナリティのあかしだろう。

続いて、スミス亡きあと、未亡人のジュヌヴィーヴ・ラインバーガーが夫名義で書いた作品である。

「太陽なき海に沈む」Down to a Sunless Sea（F&SF誌一九七五年十月）

本邦初訳。当時、F&SF誌に、未亡人ジュヌヴィーヴがスミスの新作を書いたと、とても話題になったことを覚えている。おそらく、スミスになんらかの元になるアイデアがあったのだろうとは思うが、この作品はスミスとの合作ではなく、ジュヌヴィーヴのオリジナルなものである。スミスが構想していたという新しいシリーズ、ピアスの年表にある〈落日の補完機構〉につながるものだったのかも知れない。ジュヌヴィーヴも一九八一年の十一月に亡くなり、詳しいことはわからない。

太陽がなく、無数の鏡で反射される二つの月のやわらかな光に包まれた惑星ザナドゥ（なんらかの超科学による光だと思われるが、気にすることはない）。ここは官能の歓び、伎芸の聖地、感覚、肉体、精神の歓びをもたらす惑星である。惑星スタイロン4での戦闘で傷つき、保養のために訪れた補完機構の若きロード、ケマルと呼ばれるロード・ビン・ペルマイスワーリーを迎えたのは、この地の総督クアト、その遠縁にあたる美しい娘マドゥ、母違いの弟ラリである。そして、人を乗せて走る巨大な猫——下級民ではなく、動物の猫——グリゼルダ。この猫が本当に可愛い。はじめおっかなびっくりだったケマルも、すぐにグリルダに慣れ、いつもいっしょに出かけるようになる。

物語はこの惑星での恐ろしい陰謀を巡って展開するが、結末はあっけなく、正直いって物足りなさを感じる。作家としてのジュヌヴィーヴは、小説のストーリーテリングをあまり重視していないのではないかと思われる。そのかわり、キャラクターたちの心情――とくにマドゥの気持ちや、グリゼルダへの愛情、美しい情景、そして数々の思わせぶりな細部――ここでも〈古代の有力宗教〉が重要な役割を果たしている――を描くことの方に興味が集中しているようだ。

ジュヌヴィーヴの作品を補完機構の「二次創作」といっていいかどうかはわからない。なにしろ、いくつかの作品では実際にスミスといっしょになって書いていたのだ。スミスが少し書いて立ちどまる。そのあとをジュヌヴィーヴが何ページか進める。するとスミスがその続きを書くといったこともあったそうだ。「黄金の船が――おお！　おお！　おお！」「星の海に魂の帆をかけた女」「ガスタブルの惑星より」（いずれも第一巻に収録）は、このようなスミスとの合作であり、同じく第一巻に収録の「アナクロンに独り」「昼下がりの女王」は、スミスの死後に彼の遺稿を完成させたものである。彼女自身の手による作品も、本作のほかに何篇かあるが、それらは結局日の目を見なかった。

スミスの死後の彼女の手による作品には、確かにぎごちないところも見受けられるが、それでもそこには確かに補完機構の重みと輝きがあるように思う。彼女は間違いなく、夫の作り上げた補完機構の宇宙を血肉化しているのだ。ほかの作家による「二次創作」というよりは、これはやはり補完機構の本来の世界に含めてもかまわないものだと思う。

ところで、ハーラン・エリスンも、シオドア・スタージョンといっしょにコードウェイナー・スミスのオマージュ作品を書いている。だがその作品 “Runesmith” は、なんというか——まあコードウェイナー・スミスとはなんの関係もない作品である。忘れましょう。

ここからは、以前に『第81Q戦争』に収録された作品が続く。

原書では「その他の作品」とされ、〈人類補完機構〉には属さないとされる短篇群である。とはいえ、それはスミス本人がそういったわけではなく、編集者がそう判断したというだけであって、補完機構の時間線に属していても何もおかしくないような作品も含まれている。実際、「第81Q戦争」はJ・J・ピアスの未来史年表に載っているし、「ナンシー」も、のちにスミス自身が未来史に含めていたという資料が見つかっている（ピアスの一九八三年の論文にある）。

「第81Q戦争（オリジナル版）」War No. 81-Q（アジュタント誌第9巻第1号 一九二八年六月）この作品は第一巻『スキャナーに生きがいはない』にも収録されているが、そちらは改稿版であり、こちらは以前に翻訳されたものと同じ、スミスが十代のころに初めて書いたというオリジナル版である。小説の出来としては改稿版の方が上だろうが、どうして、このオリジナル版も、淡々とした記述から細部を想像させる「書かれざる魅力」に満ちている。「ことは戦争に帰着した」という冒頭の一行がしびれるじゃありませんか。

「西洋科学はすばらしい」Western Science Is So Wonderful（イフ誌一九五八年十二月）
以前の邦訳タイトルは「西欧科学はすばらしい」となっていた。
まだソ連と中国が仲良かった時代、一九五五年の中華人民共和国に現われた火星人（?）。ソ連から来た軍人と中国共産党の党書記が彼と遭遇するという、政治的ファンタジー、というか笑い話だが、これが戦時中の中国での実際にあった話に材を取ったものだとすると、それっていったいどんな出来事だったのだろう。

「ナンシー」Nancy（サテライト・サイエンス・フィクション誌一九五九年三月）
宇宙空間でのすさまじい孤独と、それへのぞっとする対策。確かにこの作品は補完機構の未来史（おそらく始めのほうだろう）に属していても、なんの違和感もない。
『第81Q戦争』の「訳者あとがき」で伊藤さんが書いているが、サテライトSF誌に掲載されたとき、おそらくはページ数の問題で、結末部分がばっさりカットされていた。昔の編集がいかにいいかげんだったとはいえ、驚いてしまう。その結果、前半と結末で、矛盾が生じているところがある。

「達磨大師の横笛」The Fife of Bodidharma（ファンタスティック誌一九五九年六月）
遥かな古代にインドで作られ、達磨大師の手に渡った横笛。その笛には生き物の心を揺るがす力があった。笛は長い年月ののちにドイツ人の手に渡り、そしてやがて……。

この作品のアイデアはスミスが少年のころに思いつき、以後何度も改稿されてきたものだという。ほんのわずかな操作の違いで致命的なものとなる道具については、確かに別の形でもスミスの作品に繰返し現われている。

「アンガーヘルム」Angerhelm (*Star Science Fiction Stories #6* 一九五九年六月)

米ソ冷戦を背景に、スプートニク衛星の録音装置に吹きこまれた謎のことば。それは平凡な一民間人、アンガーヘルム氏の名前と住所だった。そこから始まる米ソの諜報機関を巻き込む大騒動。そしてその結末は……。

ここで描かれる政府組織の右往左往はとてもリアルで、内部の人であるスミスの、なんらかの経験に基づくものなのかも知れない。

「親友たち」The Good Friends (ワールズ・オブ・トゥモロウ誌一九六三年十月)

病院に収容された宇宙船のキャプテン。だが医者のいうことと彼の話には大きな食い違いがある。その真相は……。ショートショートだが、結末は衝撃的だ。これまた、スミスが繰返し描いた宇宙の孤独と恐怖を描く作品である。この作品も補完機構の未来史に含まれていてもなんの違和感もない一篇だ。この医者が、ヴォマクトという名前であっても不思議はない。

〈人類補完機構全短篇①〜③〉の全三冊は、一九九三年にニュー・イングランド・SF・アソシエーション（NESFA）が、コードウェイナー・スミス作品集成の決定版として刊行した、*The Rediscovery of Man* の全訳である。編集方針など詳しくは、第一巻にある「編集者による序文」を参照のこと。

〈訳者略歴〉
伊藤典夫　1942年生，英米文学翻訳家　訳書『猫のゆりかご』ヴォネガット・ジュニア（早川書房刊）他多数
酒井昭伸　1956年生，英米文学翻訳家　訳書〈ハイペリオン四部作〉シモンズ，『竜との舞踏』マーティン（以上早川書房刊）他多数

HM=Hayakawa Mystery
SF=Science Fiction
JA=Japanese Author
NV=Novel
NF=Nonfiction
FT=Fantasy

人類補完機構全短篇３
三惑星《さんわくせい》の探求《たんきゆう》

〈SF2138〉

二〇一七年八月十五日　発行
二〇一七年九月十五日　二刷

（定価はカバーに表示してあります）

著者　コードウェイナー・スミス
訳者　伊《い》藤《とう》典《のり》夫《お》
　　　酒《さか》井《い》昭《あき》伸《のぶ》
発行者　早川浩
発行所　株式会社早川書房
郵便番号　一〇一 - 〇〇四六
東京都千代田区神田多町二ノ二
電話　〇三 - 三二五二 - 三一一一（大代表）
振替　〇〇一六〇 - 三 - 四七七九九
http://www.hayakawa-online.co.jp

乱丁・落丁本は小社制作部宛お送り下さい。
送料小社負担にてお取りかえいたします。

印刷・株式会社亨有堂印刷所　製本・株式会社フォーネット社
Printed and bound in Japan
ISBN978-4-15-012138-9 C0197

本書は活字が大きく読みやすい〈トールサイズ〉です。